Flitterwochen Allein

Weitere Bücher von Keira Andrews

In deutscher Sprache

Contemporary
Flitterwochen Allein

Weihnachten
Der Weihnachts-Deal
Der Weihnachts-Sprung
Das Weihnachts-Veto
Santa Daddy (Deutsche Ausgabe)
Im Notfall

Action & Abenteuer
Jenseits des Ozeans
Codename: Valor
Testphase Valor

Fantasy
Vermählt mit dem Barbaren: Band 1 (Barbaren Dilogie)
Der Schwur des Barbaren: Band 2 (Barbaren Dilogie)

Historische Romantik
Geisel des Piraten

Sport
Wertvoller als Gold
Kalter Krieg

In englischer Sprache

Contemporary
The Spy and the Mobster's Son
Honeymoon for One
Beyond the Sea
Ends of the Earth
Arctic Fire

Historical
Kidnapped by the Pirate
Semper Fi
The Station
Voyageurs (free read!)

Paranormal

Kick at the Darkness Trilogy
Kick at the Darkness
Fight the Tide
Defy the Future

Fantasy

Barbarian Duet
Wed to the Barbarian
The Barbarian's Vow

Flitterwochen Allein

von Keira Andrews

Flitterwochen Allein
Geschrieben und veröffentlicht von Keira Andrews
Cover: Dar Albert
Formatierung: BB eBooks
Übersetzung: Xenia Melzer
Proofing: Veronika Kothmayer
Copyright 2018 Keira Andrews
Print Ausgabe

ISBN: 978-1-998237-59-3

Danksagung

Zusammen mit den üblichen wunderbaren Verdächtigen – Anara, Becky, Jules und Mary – die meine Beta-Leser sind und mich unterstützen, muss ich den Aussies Karen und Pat danken, dass sie mir ihre Expertise über die Besonderheiten der australischen Sprache zur Verfügung gestellt und dafür gesorgt haben, dass ich alles richtig mache. Clay ist eine Hommage an die „blokey blokes", die ich kennengelernt habe, als ich als Barfrau in einem Outback-Pub in der Nähe von Cloncurry gearbeitet habe. Diese Jungs haben wirklich wie Crocodile Dundee geklungen und haben Dinge wie „fair dinkum" ohne Ironie gesagt. Es war herrlich!

Dank an DJ Jamison für ihr finales Proofing mit Argusaugen und wie immer an Leta Blake für ihr unbezahlbares inhaltliches Lektorat und ihre geschätzte Freundschaft.

Anmerkung der Autorin

Mein Dad ist als Erwachsener taub geworden und Ethans Erfahrungen basieren auf seinen. Die Reise eines jeden, der sein Gehör verliert, ist einzigartig und ich möchte auch Connor K. dafür danken, dass er als Erwachsener, der spät taub geworden ist, das Buch gelesen und seine Perspektive eingebracht hat, um die Geschichte so authentisch wie möglich zu machen. Vielen Dank!

Anmerkung der Übersetzerin

Liebe LeserInnen,

dieser Roman spielt zum größten Teil in Australien und das Englisch dort hat seine sehr liebenswerten Eigenheiten. Im Folgenden findet ihr eine Liste mit Ausdrücken, die sich jeder Übersetzung verweigern, bzw. meines Erachtens so landestypisch sind, dass sie als feststehende Begriffe verwendet werden. Ich bemühe mich sehr, die Liste alphabetisch zu ordnen, aber bitte habt Nachsicht, wenn sich kleine Fehler in der Reihenfolge einschleichen.

PS: Ein paar Kricket-Ausdrücke sind auch dabei.

Ashes – Kricket-Serie für Männer, die alle zwei Jahre zwischen Australien und England ausgespielt wird

Aussie – Australier/in

Blokey Bloke – ein ‚echter' Mann nach australischem Standard (denkt an dieser Stelle an *Crocodile Dundee*)

Bludger – Partymensch, feiert lieber, als zu arbeiten

Bluey – Rotschopf

Bottlo – Laden, in dem Alkohol verkauft wird

Bowling Crease – Linie im Cricket

Chockers – voll sein, etwas überhaben

Cricket Bail – schmaler Stock, der auf den Stumps aufliegt

Drongo – Idiot

Fair dinkum – Im Ernst?

Footie – Australischer Football

F-Wort – In Kapitel 15 spricht Ethan über das F-Wort, das nicht Fuck ist. Er meint Fag, also Schwuchtel.

Macca – McDonalds

Mate – Kumpel

ODI – One Day International; Kricket-Match zwischen zwei Teams von internationalem Status; kann bis zu sieben Stunden dauern

Pom/Pommies – Bezeichnung für Engländer aus dem 19. Jahrhundert

Roo – Kangaroo – Känguru

Schooner –Bierglasgröße (um die 245ml)

Sheila – Frau

Shouts – Runde (Bier)

Spinner – ein Werfer (Bowler) im Kricket, der den Ball relativ langsam aber dafür mit einer schnellen Rotation wirft, wodurch dieser heftig abprallen kann; andere Bezeichnungen sind Spin Bowler und Slow Blower

Strewth! – Guten Tag!/Verdammt!/Was du nicht sagst.

Stubbies – Bierflasche mit einer bestimmten Form/Fassungsvermögen; Markenname für kurze Hosen in Australien und Neuseeland

Stumps – im Kricket drei vertikale Pfosten, die zwei Bails halten und das Wicket bilden

Sydneysider – jemand, der in Sydney wohnt

Thongs – Flip-Flops

QCE – Queensland Certificate of Education; grob mit dem Abitur zu vergleichen

Utes – Pick-up Trucks

Vegemite – Aufstrich aus konzentriertem Hefeextrakt; ein Klassiker in Australien, aber gewöhnungsbedürftig

Wicket – im Kricket wird das Wicket aus drei Stumps gebildet

Kapitel Eins

ALS DIE JUNGE Frau einen Schritt in die beinahe leere A-Bahn machte und Ethan eine Frage stellte, die wahrscheinlich simpel war, setzte sein Herz einen Moment aus und sein Magen krampfte sich sofort zusammen. Er antwortete: „Es tut mir leid. Was?"

Sie zog die Brauen zusammen und wiederholte ihre Frage, aber sie drehte beim Sprechen ihren Kopf, schaute auf eine Stelle über den Türen der Bahn – wahrscheinlich auf der Suche nach einer Karte mit den Haltestellen, was auf der A-Linie vergebliche Mühe war – und ihre Worte verloren sich in einem Gemisch nicht unterscheidbarer Laute.

Sie stand immer noch mit einem Fuß auf dem Bahnsteig, nicht willens, den finalen Schritt zu tun. Sie hob frustriert ihre Hände, ihre dünnen Brauen hatte sie nach oben gezogen. Wieder fing sie an „*Murmel*", aber dieses Mal hörte er auch „Fulton."

„Ja, sie hält in Fulton!", sagte er.

Als die Türen sich schlossen, hüpfte sie an Bord, gerade als ein Mann von weiter hinten im Waggon sich näherte, etwas sagte, das Ethan wegen des brüllenden Metalls nicht verstand, als der Zug schneller wurde.

Die Frau zeigte Ethan ein fragendes Lächeln, schüttelte dabei ihren Kopf, als wollte sie sagen, *Warum musstest du das so kompliziert machen?* Dann sagte sie etwas zu dem anderen Mann, nickte und lächelte ihn an, bevor sie sich setzte und der Typ wieder ans Ende des Waggons zurückkehrte.

Mit rotem Gesicht sank Ethan auf das orangene Plastik. Wenigstens war sie nicht zu wütend geworden. Metall kreischte und knallte erneut und er verzog das Gesicht, der Laut wurde von seinem Hörgerät verstärkt. Jemanden reden zu hören, konnte manchmal unmöglich sein, aber das Rattern und Rumpeln von Zügen, Presslufthämmer und Baulärm, brüllende Motoren, Mariachi-Bands auf der Straße – all das konnte Ethan bei seinem täglichen Weg zur Arbeit schmerzhaft laut hören.

Als er beim Times Square ausstieg und in die Q-Linie umstieg, war der Bahnhof, wie eigentlich immer, voll mit Leuten, obwohl es mitten am Tag im Januar war. Er eilte an einer Gruppe junger Männer vorbei, die tanzten. Ihre Musik pulsierte in seinen Ohren.

Als ein Akkordeonspieler in die U-Bahn kam, konnte Ethan es nicht mehr aushalten. Ernsthaft, was sollte dieser Scheiß? Seit wann bezahlten die Leute Geld, um ein verdammtes *Akkordeon* zu hören?

Er wollte nur in Frieden über seine Hochzeit und seine Flitterwochen fantasieren. Und vielleicht ein wenig Pseudo-*Scrabble* auf seinem Handy spielen, um seine Nerven zu beruhigen.

Warum sollte ich überhaupt nervös sein? Alles wird perfekt sein. Michael und ich sind uns endlich wieder einig. Obwohl –

Nein, er würde nicht zulassen, dass Zweifel sich einschlichen. Alles würde *perfekt* sein.

Sein linkes Hörgerät machte ihm ohnehin Ärger, darum schaltete Ethan, als der Bastard von einem Akkordeonspieler sich näherte, beide Hörgeräte aus und zog sie aus seinen Ohren, um sie in den kleinen Behälter zu legen, den er immer dabei hatte, um ihn dann in die Tasche seines dicken Wintermantels zu stecken.

Ahh. Der Lärm der Welt ließ massiv nach, als er „herunterfuhr", wie seine Chefin es nannte. Ethan war ohne seine Hörgeräte nicht hochgradig schwerhörig, wie die Ärzte es nannten, aber Laute waren gedämpft – vor allem Sprache und Geräusche in höherer Frequenz. Seine momentane Diagnose besagte, dass er sich im Bereich des moderaten Hörverlusts bewegte, aber eher in Richtung schwerwiegend als mild.

Ohne seine eingeschalteten Hörgeräte draußen in der Welt zu sein, ließ Säure in seinem Magen hochsteigen, aber New York City war einfach So. Verdammt. Laut. Ohne die Hörgeräte verblassten die Musik und die schreienden Kinder zumindest zu einem Summen fernen weißen Rauschens und dafür war er dankbar.

Diesem Aufblitzen von Dankbarkeit folgte natürlich sofort ein intensives Nagen der Schuld, denn je öfter er seine Hörgeräte ausschaltete, desto weniger Stimulation bekamen seine Hörnerven, was seine Fähigkeit, die Nuancen von Sprache zu verstehen, beeinträchtigen konnte.

Ohne seine Hörgeräte konnte er immer noch hören, dass jemand redete, aber es war nur ein mit Vokalen gefülltes Murmeln, die Klarheit der Worte blieb auf frustrierende Art und Weise außerhalb seiner Reichweite. Seine Hörgeräte halfen sehr viel, aber die meisten Menschen redeten viel zu schnell und er musste die Leute regelmäßig bitten, sich zu wiederholen. Tag um Tag und das war erschöpfend.

Das war mit ein Grund, warum er keine große Hochzeit hatte planen wollen. Der Gedanke, zu versuchen, all die Caterer, Leute von der Empfangshalle und Gäste zu verstehen, hätte ihm die Freude an dem Tag genommen.

Auf dem College hatten die Ärzte ihm versichert, dass es nichts gab, was er anders hätte machen können und dass eine genetische Anomalie für seinen Hörverlust verantwortlich war. Sie hatten deutlich gemacht, dass das eine Mal, als seine Ohren nach einem Jay-Z Konzert geklingelt hatten, nicht daran schuld war. Dennoch fragte Ethan sich manchmal und er wollte natürlich alles tun, was in seiner Macht stand, um das Hörvermögen zu erhalten, das er noch hatte.

Aber er hatte den ganzen Morgen Probleme gehabt, bei einer Videokonferenz mitzukommen und im Zug würde es ohnehin nur eine Wand aus Lärm sein. Sollten diese Kinder nicht in der Schule sein?

Er schnaubte bei diesem Gedanken. Michael sagte manchmal – mit einem variierenden Grad an Zuneigung, je nach Laune – dass Ethan zu einem grummeligen alten Mann geworden war, als er sein Gehör verloren hatte. Vielleicht war dem so. Die meisten Siebenundzwanzigjährigen schienen immer noch gerne auf Partys zu gehen und Unsinn zu machen, aber er ignorierte gern die Kinder und das Jaulen des Akkordeons, als die Bahn über die Manhattan Bridge ratterte. Er spielte das Wort „Kumquat" für fünfundzwanzig Punkte in seinem Spiel, was ihn vor seinen besten Freund, Todd, katapultierte.

Ethans Chefin in der Buchhaltung von Anderson/Fromm Investments hatte ihn als Hochzeitsgeschenk früher nach Hause geschickt, da sie es nicht geschafft hatte, eine Feier für ihn zu organisieren. Er war sogar erleichtert gewesen, einer Party zu entkommen, obwohl er den Gedanken dahinter zu schätzen wusste.

Das tat er wirklich – die Leute, mit denen er zusammenarbeitete, waren nett und er mochte sie. Aber um ehrlich zu sein würde er sich lieber nicht mit ihnen in einem Konferenzzimmer treffen, um Glückwunschkarten zu öffnen, während er unsicher lächelte, gefolgt von Small Talk, den er Probleme hatte zu hören, während sie alle zu süßen Kuchen aus dem Supermarkt aßen.

Einer der Gründe, warum er sich für Umwelt-Buchhaltung entschieden hatte, war, dass er dabei mit seinen Tabellen und Zahlen und den internationalen Staatsregularien allein war. Er fertigte Berichte darüber an, wie die Büros der Firma überall auf der Welt am kosteneffizientesten Energie nutzen und Verschwendung reduzieren konnten. Ethan musste zugeben, dass er nicht mehr sonderlich gesellig war, jetzt da er schwerhörig war und er hatte in der Arbeit nie wirklich *Freunde* gefunden, wie er es wahrscheinlich hätte tun sollen.

Michael, der nach der Arbeit immer noch etwas unternahm, dazu seine große, sich nahe stehende chinesische Familie und eine scheinbar endlose Parade an flüchtigen und engen Freunden hatte, sagte, dass Ethan sich einfach mehr Mühe geben sollte, so wie früher. Er verstand immer noch nicht, wie viel *Mühe* soziale Situationen ihm jetzt machten.

Als die Bahn durch Brooklyn rumpelte, atmete Ethan sich durch dieses Aufflammen von Abneigung. Michael gab sich Mühe, das tat er. Sie waren beide extrovertiert gewesen, als sie sich kennengelernt hatten und für ihn war es jetzt schwierig, weil Ethan soziale Interaktionen so viel erschöpfender fand. Aber Ethan bemühte sich, mehr auszugehen und Michael versuchte, sich daran zu gewöhnen, manchmal zu Hause zu bleiben. In einer Beziehung ging es immer um Kompromisse, oder? Darum funktionierten sie so gut zusammen. Darum liebten sie sich so sehr.

Sein Inneres wurde ganz weich, als er sich daran erinnerte, wie Michael ihn heute Morgen mit einem Blowjob geweckt hatte. Ethan hatte die Arbeit sausen lassen und ihn den ganzen Tag lang küssen wollen, aber wenigstens würde er jetzt früher nach Hause kommen und sie konnten damit weitermachen. Schließlich würden sie bald frischvermählt sein. Außerdem holten sie immer noch verlorene Zeit auf.

Ethan atmete durch ein weiteres Aufflammen von Schuld. Die Vergangenheit war die Vergangenheit und er konnte sie nicht ändern. Er war endlich durch den Tunnel seiner Depression und ihre Beziehung war im letzten Jahr komplett verjüngt worden. Auch wenn sie, sozial gesehen, nicht mehr so viel gemein hatten wie früher, war ihr Sexleben besser als je zuvor. Das zeigte, dass sie füreinander bestimmt *waren*.

Ein Schauder der Lust durchlief ihn, als er den Blick hob, um zu sehen, in welche Haltestelle die Bahn fuhr. Vielleicht konnten er und Michael den Nachmittag im Bett verbringen, bevor die Vor-Hochzeitsparty heute Abend begann. Ethan hätte es vorgezogen, überhaupt keine Party zu feiern, aber Kompromisse und all das. Sie hatten definitiv jede Menge Zeit, sich nackt zu sehen, es sei denn, Michael hatte zu viel Arbeit. Aber es war der Freitagnachmittag vor ihrer Hochzeit und ihren Flitterwochen und er war Freiberufler, darum konnte er hoffentlich früher aufhören.

Ethan schloss seine Augen und stellte sich Michaels glänzende schwarze Haare zwischen seinen Fingern vor, das Metall des Piercings in seiner Zunge, glatt und aufregend an Ethans Zunge … und seine Haut und seinen langen Schwanz …

Bevor er einen Ständer bekam, öffnete Ethan seine Augen und schaute wieder auf sein Handy, auf dem die Countdown-App auf seinem Bildschirm verkündete:

00001 TAGE BIS HOCHZEIT UND FLITTERWOCHEN

Es würde wirklich passieren. Sein Magen zog sich zusammen und sein Lächeln musste für jeden, der ihn anschaute, irre wirken. Er würde nicht nur den Jungen seiner Träume heiraten, wie seine Mom es gewollt hatte, sie hatten auch drei herrliche Wochen frei für ihre Flitterwochen in Australien.

Sie würden eine zehntägige Bustour an der Ostküste von Australien unternehmen, von Cairns nach Sydney und dann eine Woche in Sydney in einer Airbnb Wohnung verbringen. Sie würden sich die Sehenswürdigkeiten anschauen und jede Menge Sex haben. Das Leben hatte Ethan eine Menge Zitronen gereicht, aber er und Michael machten endlich etwas gottverdammte Limonade.

Als die Bahn sich Prospect Park näherte, zog er seine Mütze und seine Handschuhe an, immer noch vor sich hin grinsend. Er sollte seine Hörgeräte wieder einsetzen, aber bis zum Apartment waren es nur wenige Blocks. Er trat auf die Straße, schaute in beide Richtungen und fluchte, als er in eine große Pfütze am Gehweg trat, seine schwarzen Oxfordschuhe aus Leder waren sofort pitschnass. Der Schneematsch blockierte die Gullys, wodurch kleine Seen entstanden. Iih, Ethan war mit dem Winter so fertig und es war erst Mitte Januar.

Aber das spielte keine Rolle, denn bald – *morgen!* – würden er und Michael verheiratet sein und unterwegs nach Down Under zu Sonne, Sand und Koalas. Adrenalin kribbelte in ihm und Ethan überquerte die Straße und sprang in hohem Bogen auf den Gehweg, um sich die Schuhe nicht noch einmal nass zu machen.

Manche Leute dachten, dass Januar eine seltsame Zeit zum Heiraten war, aber er und Michael hatten sich auf eine standesamtliche Zeremonie geeinigt, gefolgt von einem späten Mittagessen. Ethans Mom hatte immer gesagt, dass es nicht die Hochzeit war, die wichtig war, sondern die Ehe. Auf diese Weise konnten sie den Großteil ihres Geldes für die Flitterwochen verwenden.

Ethan war tatsächlich schockiert gewesen, als Michael einer kleinen Hochzeit zugestimmt hatte, wenn man bedachte, dass Sieben-Gänge-Gourmet-Menüs und riesige Feiern mehr seinem Geschmack entsprachen. Aber andererseits war er überrascht gewesen, dass Michael seinem Antrag überhaupt zugestimmt hatte. Michael hatte in der Vergangenheit immer abfällig auf die Heteronormativität der Ehe herabgeblickt, aber mit der Liebe kamen Kompromisse und er wusste, dass die Ehe Ethan wichtig war.

Es gab ihm das Gefühl, sicher und geliebt zu sein, zu wissen, dass Michael aus seiner Komfortzone trat, um Ethan glücklich zu machen. Um ehrlich zu sein, hätten die meisten Männer Ethans traurigen Hintern schon vor langer Zeit verlassen, aber nicht Michael. Trotz der kalten Luft wärmte Ethans Brustkorb sich vor

Dankbarkeit und Zuneigung.

Ich heirate den Jungen meiner Träume.

Nach der Zeremonie würden sie zu einem trendigen kleinen Fondue-Restaurant in Park Slope gehen, das Dip hieß, als Erinnerung an Ethans Mom und Großmutter, die aus der Schweiz gekommen waren. Da sie das ganze Restaurant für zwei Stunden mieteten, hatte der Besitzer zugestimmt, die Hintergrundmusik auszuschalten. Abgesehen von Todd würden die Gäste ziemlich komplett aus Michaels Freunden und seiner engsten Familie bestehen.

Es hatte einiges an Überredung bedurft, um die Wongs für eine kleine Zeremonie und ein Mittagessen zu begeistern, bevor Ethan und Michael für ihren Abendflug an den Flughafen fuhren. Aber sobald er und Michael einen Kompromiss eingegangen waren und einer zusätzlichen Hochzeitsfeier im Frühjahr mit Michaels erweiterter Familie und den Familienfreunden der Wongs zugestimmt hatten, was irgendwie *hunderte* Leute waren und wozu ein Festsaal in Buffalo gemietet werden musste, hatten sie aufgehört zu schreien und angefangen zu lächeln.

Ethan würde wahrscheinlich nicht in der Lage sein, in dem Festsaal ein Gespräch zu führen, ohne ungefähr einhundert Mal „Pardon?" oder „Es tut mir leid, könntest du das wiederholen?", zu sagen, aber er war daran gewöhnt zu nicken und zu lächeln und so zu tun als ob. Er lachte in der Regel einfach nur freundlich und hoffte, dass niemand ihm eine Frage stellte.

Aber er würde alles tun, um die Wongs glücklich zu machen. Auch wenn sie nicht gerade ekstatisch gewesen waren, als er und Michael zusammengezogen waren, hatten sie ihre Meinung mittlerweile geändert und waren nette Leute. Außerdem würden sie jetzt auch seine Familie sein und er wollte, dass sie den Hochzeitsempfang bekamen, den sie sich für ihren Sohn erträumten.

Ethan vermisste seine Eltern mit einem vertrauten Ziehen.

Nicht zum ersten Mal fragte er sich, was sie denken würden. Nicht darüber, dass er schwul war oder heiraten würde – das hatten sie zu einhundert Prozent unterstützt. Nur, was sie von *ihm* denken würden. Wenn er daran dachte, wie er als Kind und Teenager gewesen war, so offen für alles. Er hatte so viele Freunde gehabt.

Sogar nachdem seine Eltern gestorben waren, waren seine Freunde ein großer Trost gewesen. Er hatte sich in Dates und Partys geworfen, war auf Konzerte gegangen und hatte Fußball gespielt. Jetzt musste er seine Hörgeräte herausnehmen, wenn er trainierte, damit der Schweiß sie nicht beschädigte und laute Musik war Folter.

Er mochte ja nicht mehr so lustig sein wie früher, aber seine Eltern würden den Mann, der aus ihm geworden war, sicher mögen? Vor allem jetzt, da er die Depression hinter sich gelassen hatte, in die er so lange versunken gewesen war, nachdem sein Gehör immer schlechter geworden war. Alles, was seine Eltern je für ihn gewollt hatten, war, dass er glücklich war. Und das war er! Er und Michael waren durch alle Probleme zusammengeblieben und jetzt würden sie den Rest ihres Lebens beginnen.

Er wartete auf die Ampel, Vorfreude blubberte in ihm hoch. Die Zeremonie und die Feiern spielten keine Rolle. Was eine Rolle spielte, war, dass er und Michael sich einander versprachen. Es war keine leichte Reise gewesen, aber sie hatten sie zusammen gemeistert. Und wenn Michael nicht *ganz* so aufgeregt wegen der Flitterwochen zu sein schien – obwohl es seine Idee gewesen war, weil er wusste, dass Ethan immer schon nach Australien gewollt hatte – war das absolut in Ordnung.

Seit dem College hatte Michael oft darüber gesprochen, nach Ibiza zu fliegen, für den ultimativen Party-Urlaub. Die ganze Nacht lang zu tanzen, dann die Hälfte des Tages mit einem Kater zu verschlafen und wieder von vorne anzufangen. Ethan hätte das gemacht, um Michael glücklich zu machen, aber Michael hatte für ihre Flitterwochen auf Australien bestanden, hatte gesagt, dass wenn Ethan das wollte, er es ebenfalls wollte.

Und wenn Ethan ihm das nicht so richtig abnahm, dann war das *in Ordnung.* Es war gut, von einem Mann geliebt zu werden, der ihn an erste Stelle setzte. Er lächelte wieder in sich hinein und machte einen kleinen Freudensprung, obwohl der Wind blies und die Temperaturen fielen, je später es wurde.

Aber was, wenn wir beschissene Flitterwochen haben, weil Michael die Reise hasst? Ist das dann ein schlechtes Omen für unsere Hochzeit? Aber warum hat er dann darauf bestanden? Warum —

Er war nur paranoid. Michael sagte ihm regelmäßig, dass er aufhören musste, immer über alles zu sehr nachzudenken und einfach zu *sein.* Und das würde Ethan tun, gottverdammt.

Das Ein-Zimmer-Apartment, das er und Michael sich in Prospect Park teilten, war natürlich nicht einmal in der Nähe des Parks, aber die Gegend war im Vergleich zu Midtown relativ ruhig. Nicht, dass sie sich Midtown leisten konnten. Das dreistöckige Gebäude brauchte dringend neue Farbe und Treppenhauslichter, die nicht nach Gutdünken funktionierten, aber das Apartment selbst war geräumig (gemessen an NYC-Standards) und wunderschön.

Michael war ein Grafik-Designer und hatte einen hervorragenden Geschmack. Auch wenn Ethan die kühle Farbpalette bestehend aus Grau und Schwarz mit einem Touch Eisblau nicht liebte, war sie doch sehr stylish. Jeder, der sie besuchte, sagte, dass ihr Apartment aussah, als käme es aus einem Magazin.

Es gab keinen Aufzug und Ethan summte vor sich hin, während er die drei Stockwerke hinaufging, dabei kurz das flackernde Licht über dem Treppenabsatz des zweiten Stocks finster anstarrte, das anscheinend nie repariert werden würde. Oft ging es komplett aus, was definitiv eine Verletzung der Brandschutzvorschriften darstellte.

Im Apartment hängte er seinen Mantel an einen Haken,

schnürte seine Schuhe auf und ließ sie zum Trocknen auf der Matte stehen, schob dazu ein paar Sneakers zur Seite. Mit einer Grimasse zog er sich seine feuchten, klammen Socken aus und legte sie auf die Heizung. Er zog seine Mütze ab und strich mit einer Hand durch seine Haare, die er hinten kurz hielt, aber vorne an der Stirn und an den Seiten etwas länger ließ, um die Plastikeinfassungen seiner Hörhilfen zu verstecken.

Er rieb über sein wundes linkes Ohr und ging dabei durch das kleine Foyer ins Wohnzimmer, überrascht, dass Michael nicht an seinem Schreibtisch saß. Michael arbeitete von zu Hause und am gegenüberliegenden Ende des Hauptraums standen sein ordentlicher Schreibtisch und seine Designtafeln. Er hatte ein Skizzenbuch offengelassen und Ethan blieb kurz stehen, um die sauberen Linien des Designs für eine neue Chardonnay-Marke zu bewundern.

Vielleicht war Michael nach draußen gegangen, um Mittagessen von dem Mexikaner an der Ecke zu holen. Scheiße, Ethan hätte ihm eine Nachricht schreiben und das Essen auf dem Weg nach Hause abholen sollen. Ethan weckte sein Handy und war sich schwach eines leisen Geräuschs bewusst, als er die Schlafzimmertür aufstieß, die wenige Zentimeter offenstand.

Er blieb wie erstarrt stehen und starrte in den Raum.

Michael war nicht ausgegangen, um Fisch-Tacos und die hervorragende Guacamole und Kochbananen-Chips von Pepe's zu holen.

Nein, Michael lag im Bett, auf seinem Rücken und er machte kein Nickerchen. Er war nicht allein. Es war noch jemand bei ihm – jemand, der ihn ritt, den Rücken durchgebogen und die Lippen geteilt, um Laute von sich zu geben, die zu leise waren, als dass Ethan sie hören konnte. Michaels Augen waren geschlossen, sein Mund in schwachem Stöhnen geöffnet. Sie beide schienen Ethans Anwesenheit nicht bemerkt zu haben und Ethan stand da wie der größte Verlierer aller Zeiten, sein Blut war in seinen Adern zu Eis erstarrt, als er zusah, wie sein Verlobter einen anderen Mann fickte.

Michael packte die fleischigen Pobacken des muskulösen blonden Mannes, der seinen Schwanz ritt. Dieser Mann war Todd, Ethans bester Freund, seit sie sich auf der Buffalo State bei Psychologie 101 kennengelernt hatten. Diese Erkenntnis sank ein paar grauenvolle, die Seele zerstörende Momente später ein.

„Was?"

Ethan war sich nicht sicher, ob er das laut gesagt hatte oder nicht, aber anscheinend schon, so wie Michael und Todd zusammenzuckten und mit ihren Blicken zu ihm in der Tür ruckten. Ethan musste Todds Schrei nicht hören – er konnte seine Lippen problemlos lesen. *„Heilige Scheiße!"*

Todd beeilte sich, von Michael herunterzukommen, und jetzt redeten sie zu schnell und wild, als dass er ein Wort verstehen könnte, sogar wenn er seine Hörhilfen tragen würde. Michaels Gesicht war knallrot, seine hohen Wangenknochen stärker akzentuiert als sonst. Er streckte flehend die Hände aus, als wäre Ethan ein wilder Hund, den er anflehte, ihn nicht anzugreifen.

Als ob er um *irgendetwas* bitten könnte, auf *ihrem* Bett, mit einem Kondom immer noch auf seinem harten Schwanz. Seinem Schwanz, der gerade in Ethans *verdammtem besten Freund* gewesen war.

Ein Trommeln aus Zorn und Schmerz pochte durch ihn, zusammen mit einem zischenden Laut in seinem Kopf und Ethan wünschte sich, er könnte von diesem verdammten Albtraum aufwachen, in den er gerade gestolpert war. Das konnte nicht wahr sein. Das konnte nicht passieren. Er stand nutzlos da, während sie mit ihm redeten, seine Wangen wurden heiß vor Scham.

Er schrie: „Ich kann euch nicht hören!", und hasste sich selbst.

Ethan musste sich in den Flur zurückziehen, um seine bescheuerten Hörhilfen aus seinem Mantel zu fischen. Ein schreckliches, klebriges Durcheinander aus Demütigung ließ seine Augen von Tränen brennen. Für einen Moment, als er die Hörgeräte wieder einsetzte und die beigen Plastikgehäuse hinter seine Ohren hakte, dachte er darüber nach, einfach zu gehen, seine Beine zitterten in dem Drang, so schnell und weit zu laufen, wie er konnte.

Nein.

Er wirbelte herum und stürmte zurück ins Schlafzimmer, fand Michael und Todd, die jetzt zu beiden Seiten des Bettes saßen und sich wieder anzogen. Michaels dunkle Haare, die er an den Seiten rasiert und am Oberkopf aufgegelt trug, standen in Stacheln ab. Ethan schrie: „Was zur Hölle soll das hier?"

Nachdem er den Reißverschluss seiner Jeans nach oben gezogen hatte, streckte Michael die Hand aus. Ethan zuckte zurück und knallte mit seinem Hinterkopf gegen den Türrahmen. Michaels Gesicht verzog sich vor offensichtlicher Sorge – was Ethans Blutdruck noch mehr in die Höhe trieb – und er streckte erneut die Hand aus.

„Nein!" Ethans Brustkorb hob und senkte sich, als er darum kämpfte, zu Atem zu kommen. „Fass mich nicht an. Du wirst mich nie wieder anfassen." Ein Krampf aus Schmerz packte ihn, als die Wahrheit seiner Worte einsank. *Das kann nicht sein.*

Die Sorge auf Michaels Gesicht verwandelte sich in Schmerz, Tränen traten ihm in die Augen. „Bitte. Lass es uns erklären."

Ethan musste lachen, weil er sonst vielleicht gekreischt oder geschrien hätte. Er starrte Todd an, der auf der anderen Seite des Bettes stand, sein bleiches Gesicht war knallrot und seine blonden Haare standen ab. Sein schwarzes Hemd war falsch zugeknöpft, eine Seite hing tiefer als die andere.

„*Wie?*" Ethan schaute zwischen den beiden hin und her. „Ihr wolltet den Nachmittag damit verbringen, in unserem Bett zu ficken und dann heute Abend im Rollertown aufzutauchen, als – als wäre *nichts gewesen*? Als wäre *das* hier *nichts*?"

Da Michael sich mit einer stillen, kleinen Hochzeit einverstanden erklärt hatte, hatte Ethan vorgeschlagen, dass sie in der Nacht davor eine Party mit allen Freunden von Michael feiern sollten. Auch wenn die Musik zu laut sein würde, hatte Ethan sich gedacht, dass er sich beim ironischen Hipster-Rollerskaten nicht so viele Sorgen machen musste, an Gesprächen teilzunehmen.

„Wir hatten nie vor …" Michael schüttelte seinen Kopf und dann brachen die Worte aus ihm heraus. „Wir wollten nicht *murmel,* aber *murmel,* musst *murmel!*"

„Was?" Ethan ballte seine Fäuste. „Rede. Langsamer. Ich kann dich nicht verstehen. Du redest immer zu schnell! Ganz egal, wie oft ich es dir sage!"

Wut blitzte in Michaels Gesicht auf, bevor sein Adamsapfel hüpfte und er sichtbar Luft holte. Er war ein paar Zentimeter kleiner als Ethans ein Meter zweiundachtzig und er musste zu Ethan aufschauen. „Es tut mir leid. Ich habe gesagt, dass wir das nicht geplant haben. Und du musst verstehen, wie sehr wir beide dich lieben."

Ethan konnte nur erneut lachen, sein Brustkorb fühlte sich hohl an. „Muss ich das? Ist es das, was ich verstehen muss?" Galle stieg in seiner Kehle auf. „Wir sollen morgen heiraten. Morgen! Wie konntest du nur?" Eine schreckliche Erkenntnis traf ihn wie ein Fausthieb in die Magengrube. „Das …" Er schüttelte seinen Kopf. „Das ist nicht das erste Mal, oder?" Er wusste es instinktiv, als sie stammelten und einander Blicke zuwarfen. Todds Gesicht wurde so rot, dass Ethan sich unter anderen Umständen Sorgen gemacht hätte. Ihr wisst schon, wenn er Todd nicht gerade dabei erwischt hätte, wie er *seinen Verlobten fickte.* „Wie lange?"

Michael murmelte etwas, fing sich dann und sprach deutlicher. „Ungefähr eineinhalb Jahre. Nun … Eher zwei Jahre, nehme ich an."

Ethan sank gegen den Türrahmen, seine Knie waren weich, die Luft wich aus seinen Lungen, als ob er gerade einen Tritt in den Magen erhalten hätte. „Bevor ich dich gefragt habe?" Er hatte Michael an einem warmen Juliabend vor sechs Monaten gebeten, ihn zu heiraten, als sie Hand in Hand an der High Line entlang geschlendert waren. „Oh mein Gott, ich bin so ein Idiot."

„Das bist du nicht!", widersprach Michael. Er sagte etwas, das Ethan nicht verstand und dann: „Du bist endlich wieder glücklich geworden. Ich … Ich wollte nicht …"

Die Demütigung wurde noch schlimmer. „Hast du darum Ja gesagt? Weil ich dir leid getan habe?"

„Nein! Ich habe es getan, weil ich dich liebe!", beharrte Michael. „Das tue ich. Wir lieben dich beide." Er schaute zu Todd. „Und *murmel.*"

Todd nickte eifrig. „Wir wollten dich nie verletzen. Wir haben so lang gegen unsere Gefühle angekämpft-"

„Wie lang?", fragte Ethan und fürchtete die Antwort, sein Kiefer war so angespannt, dass er dachte, er würde gleich brechen. Todd und Michael teilten einen weiteren Blick und Ethan wollte ihnen die Gesichter einschlagen.

Er hatte noch nie jemanden geschlagen, aber er konnte sich vorstellen, wie seine Fäuste auf sie niederregneten und Blut aus ihren Nasen spritzte. Ganz egal, dass er dürr und nicht so stark wie die beiden war. Er wollte, dass sie *litten.*

Michael antwortete. „Nach dem College, als wir alle in die Stadt gezogen sind … Du warst so unglücklich. Und natürlich haben wir den Grund dafür verstanden. Dein Gehör zu verlieren war beschissen. Du hast lang gebraucht, um einen Job zu finden, und du hast dich wirklich abgekapselt. Dich eingeigelt. Du wolltest nicht ausgehen, du wolltest keine neuen Freunde finden. Du warst die ganze Zeit über wütend."

Ethan konnte das nicht leugnen. Er war nach seiner Diagnose extrem depressiv gewesen, von seiner schlechten Laune ganz zu schweigen. Er konnte sich keine Therapie leisten und er hatte gute vier Jahre gebraucht, um sich damit abzufinden. Er wartete, dass

Michael weiterredete.

„Wir beide wollten dich unterstützen und durchhalten, aber es war hart, Eth." In Michaels Augen glänzten Tränen. „Es war wirklich, wirklich hart. Ich habe mich damals oft auf Todd gestützt. Wir haben einander gestützt. Du warst so distanziert."

„Es ist also meine Schuld?", krächzte Ethan, sein Magen drehte sich um. „Du weißt, dass ich dir keinen Vorwurf gemacht hätte, wenn du mit mir Schluss gemacht hättest. Ich habe dir gesagt, dass du das tun sollst!"

„Das konnte ich nicht!" Michael warf einen Blick zu Todd. „*Wir* konnten das nicht. Du wärst allein gewesen. Wir konnten dir das nicht antun." Er ließ seinen Kopf hängen. „Aber *murmel*."

Ethan spie aus: „Ich kann dich nicht hören, wenn du mich nicht ansiehst."

Michael rollte seine Schultern zurück und atmete lang aus, begegnete dann Ethans Blick. „Todd und ich haben uns verliebt."

Fuck, Ethan würde kotzen. „Du willst mit ihm zusammen sein und nicht mit mir?"

Dieser flehende Gesichtsausdruck kehrte zurück und Michael bewegte seine Hände, während er redete. „Ich will mit euch beiden zusammen sein. Ich liebe euch beide so sehr." Er schaute zu Todd, der nickte. „Wir haben darüber gesprochen, wie es funktionieren könnte – dass es sogar ziemlich toll sein könnte."

„Toll?" Ethan war sich nicht sicher, ob er das richtig verstanden hatte. „Wie *was* toll sein könnte?"

Michaels Gesicht leuchtete in hoffnungsfroher Aufregung auf. „Wie wir zusammen eine Familie sein könnten."

„Zusammen", wiederholte Ethan. „Hast du das gesagt?"

„Eine Menge *murmel* dieser Tage", meinte Todd.

„Was?"

Todd wiederholte langsamer: „Eine Menge Leute sind poly dieser Tage."

„Poly?" Ethan starrte sie an. „Ihr wollt ... einen Dreier?" Er und Todd waren nie etwas anderes als Freunde gewesen und es wäre, als würde er seinen Bruder ficken. Seinen Bruder, der ihn verraten hatte.

„Nein, nicht so." Todd lachte unsicher, sein Blick huschte durch den Raum. „Wir könnten beide mit Michael zusammen sein und wir könnten gemeinsam eine Familie sein. Du bist mein bester Freund. Es könnte großartig werden!"

Ethan starrte weiter. Schließlich meinte er: „Zusammen. Also, wir beide ficken Michael und du und ich wären was? Etwas wie Schwester-Frauen in einem Kult?" Er fühlte sich so leer, dass er nicht einmal lachen konnte.

„Eine Menge Leute sind in polyamourösen Beziehungen sehr glücklich", schnappte Michael. „Daran ist nichts falsch. Unsere Gesellschaft ist so urteilend und heteronormativ und wenn du deinen Geist öffnen kannst-"

„Ich verurteile keine anderen Menschen!" Ethans Wut explodierte erneut, zerschmetterte die Taubheit, die sich eingeschlichen hatte. „Wenn poly zu sein, andere Menschen glücklich macht und alle dem zustimmen, großartig. Aber das ist das Problem, oder nicht? Dass alle zustimmen? Dass alle davon *wissen*, verdammt noch mal? Wann wolltet ihr es mir sagen? Du hättest gewartet, bis wir *verheiratet* sind, bevor du mich damit konfrontierst?"

Michael wurde rot und sah wenigstens beschämt aus. „Du warst im letzten Jahr nur so viel glücklicher. Und du hast dich auf Australien gefreut und *murmel*."

„Es ist also wieder meine Schuld, weil ich glücklich gewesen bin? Weil ich mich auf unsere verdammten *Flitterwochen* gefreut habe? Genau. Im Ernst, warum hast du überhaupt Ja gesagt, als ich dir den Antrag gemacht habe?"

„Weil ich dich liebe!" Michael streckte die Hand aus, ließ sie dann aber wieder fallen. „Ich liebe dich wirklich. Wir waren Babys, als wir zusammengekommen sind. Wir waren zwanzig und hatten keine Ahnung von nichts. Ich wusste rein gar nichts über mich selbst. Mir ist klar geworden, dass ich nicht monogam sein kann. Aber ich will dich heiraten! Ich will damit sagen, warum sollen wir nicht all die Vorteile bekommen, die Hetero-Paare auch haben? Und es hat dir so viel bedeutet."

Ethan war sich nicht sicher, ob er das richtig verstanden hatte. „All die … Vorteile?" Eine Erinnerung kam hoch und ein Ziegelstein fiel in seinen Magen. „Du warst wirklich aufgeregt, weil du meine Krankenversicherung von der Arbeit bekommen würdest. Ist das …" Ein weiterer Stich Demütigung sank mit noch größeren Haken ein. „Hast du Ja gesagt, um an meine *Versicherung* zu kommen?"

„Nein!", beharrte Michael, aber er rieb sich das Gesicht und wandte den Blick ab. „Aber weißt du, ich hatte zwei Jobs, als wir hierhergezogen sind. Ich habe dich unterstützt."

„Das stimmt", meinte Ethan dumpf. „Das hier ist also … die Rückzahlung?"

„*Nein*. Ich liebe dich, aber ich brauche mehr als nur dich. Ich liebe Todd auch. Ich möchte mit euch beiden zusammen sein. Ich weiß, dass es dir wegen deiner Mom wichtig ist, zu heiraten -"

„Rede nicht über meine Mutter! Himmel, du hast was?" Ethans Kehle schmerzte. „Mir einen *Gefallen* getan, indem du mich heiratest? Ich dachte, wir würden einander lieben."

„Das tun wir!" Michaels dunkle Augen waren wieder feucht. „Das *tun* wir. Wir können weiter zusammenbleiben. Es könnte wunderbar sein. Wir können eine andere Art von Familie haben. Ich weiß, dass wir mit dir darüber hätten reden sollen-"

„Bevor ich euch beim Ficken erwischt habe? Ja, DAS wäre schön gewesen." Er schaute zwischen den beiden Menschen hin und her, auf die er sich am meisten in der ganzen Welt verlassen hatte. Er hatte kaum noch Familie und es waren Todd und Michael gewesen, denen er seine Seele anvertraut hatte, als seine Welt um ihn herum zusammengebrochen war.

Todd konnte ihm anscheinend nicht in die Augen sehen, sein

Kopf war gesenkt. Ethan wollte ihn anschreien, ein Mann zu sein und sich ihm zu stellen, aber ein anderer Teil von ihm war froh, dass Todds strähnige blonde Haare sein gesenktes Gesicht verdeckten. Dieses Gesicht hatte immer Sicherheit und Verlässlichkeit bedeutet und der Verrat war zu groß, als dass er ihn verarbeiten konnte.

Ethan fauchte. „Ihr habt mich beide angelogen. Monatelang. Jahrelang! Ich weiß, dass es nicht einfach mit mir war." Seine Kehle zog sich zusammen, seine Stimme brach, als er gegen die Tränen ankämpfte. „Ich weiß, dass ich sehr lange Zeit Probleme hatte, aber wie konntet ihr mir das antun?"

„*Murmel, murmel!*", wandte Michael ein. „Bitte. Ich weiß, dass es ein Schock ist-"

Ethan wich zurück, taumelte durch das Wohnzimmer zur Eingangstür. Er schnappte sich seinen Mantel und quetschte seine nackten Füße in die nassen Oxford-Schuhe. Michael und Todd folgten ihm, beide redeten sie, die Worte waren verloren in einem Durcheinander aus Lauten, die Ethan nicht unterscheiden konnte.

Als er die Eingangstür öffnete, packte Michael seinen Arm. Ethan riss sich so wild los, dass er mit einem schmerzlichen Knall gegen das Holz prallte. „Ihr beide wart alles, was ich hatte!", schrie er, seine Kehle schmerzte dabei. Er drehte sich um und wankte in Richtung der Treppe am Ende des Flurs.

Sie folgten ihm nicht. Er war sich nicht sicher, ob er froh war oder ob ihn das noch mehr schmerzte.

Seine Finger und Zehen wurden bald taub, als er ziellos herumirrte. Er hatte sich keine Mütze oder Handschuhe mitgenommen und der Wind fegte durch den Park. Seine Kapuze wurde ihm immer wieder vom Kopf geweht, darum gab er auf. Seine Hörgeräte befanden sich wieder in seiner Tasche, die Welt war gedämpft und fern. Menschen eilten an ihm vorbei, ein paar gingen mit ihren Hunden Gassi.

Ethan war sich nicht sicher, wie lang er auf einem der mit

Schneematsch bedeckten Wege gestanden war und in die Ferne gestarrt hatte, als jemand seinen Arm berührte. Er zuckte zurück, fiel beinahe auf seinen Hintern. Er öffnete seinen Mund, um Michael und/oder Todd anzuschreien, dass sie ihn zur Hölle in Ruhe lassen sollten, als er Clara sah. Ihre roten Lippen formten seinen Namen und der Klang ihrer hohen Stimme war nur ein unverständliches Murmeln.

Ihre dichten, dunklen Brauen zogen sich zusammen und sie wiederholte seinen Namen mit offensichtlicher Sorge. Sie schaute seine Ohren an und tippte fragend gegen ihre eigenen – die im Moment von Micky Maus Ohrschützern bedeckt waren. Ethan wollte einfach nur seinen Kopf schütteln und weggehen, anstatt mit Michaels Schwester zu reden, aber sie war immer nur nett gewesen.

Sie hatte geholfen, die Familie zu beruhigen, als Michael sich geoutet hatte und war eine verlässliche Freundin gewesen, als Ethan sich von der Welt zurückgezogen hatte. Clara sollte seine neue Schwester sein.

Er hatte sich wirklich darauf gefreut, eine Schwester zu haben.

Mit eisigen Fingern schaffte er es, seine Hörgeräte wieder einzusetzen, drückte die kleinen Schalter, um sie zu aktivieren. Er sagte: „Es tut mir leid."

Clara lächelte zögerlich. „Schon gut. Ich dachte, dass du es bist. Ich wollte dich nicht erschrecken." Sie schaute sich um. „Was machst du hier?"

„Solltest du nicht in der Arbeit sein?"

„Heute ist mein Lern-Nachmittag." Sie deutete auf ihren Rucksack. „Ich dachte mir, ich könnte bei euch ein paar Stunden MBA-Mist lernen und meine Bücher vor der Party dalassen. Ich bin *so* bereit, zu etwas klassischem Rock zu rollern." Sie grinste über ihr Rollerskating-Wortspiel.

Fuck, die Party. „Ich ..."

Ihr Lächeln verschwand. „Was ist los?"

Er versuchte zu lachen. „Weiß Michael, dass du kommst? Weil er heute Nachmittag ein wenig beschäftigt war."

Clara starrte ihn mit offensichtlicher Verwirrung an. „Was geht hier vor sich?"

Es laut auszusprechen, intensivierte den Schmerz wie ein elektrischer Schlag. Er konnte immer noch nicht glauben, dass dies sein reales Leben war. „Ich habe Michael und Todd im Bett erwischt." Er wünschte, er müsste seine eigenen Worte nicht hören.

Ihr Kiefer klappte nach unten. „Ich … Was? Oh mein Gott!" Sie öffnete und schloss ihren Mund noch einige Male und dann sackten ihre Schultern nach unten und ihr Blick wurde weich. Sie sagte noch etwas, aber ein Bus fuhr vorbei und ihre Worte verloren sich in dem Anschwellen von Lärm.

Er musste fragen. „Kannst du das wiederholen?"

„Schon gut." Zwei Worte, die Ethan mit jeder Faser seines Seins hasste. Sie schüttelte ihren Kopf, ihr Gesicht war traurig verzogen. „Es tut mir so leid."

Dass ihr Schock so kurzlebig war, schickte einen grauenvollen Verdacht durch ihn hindurch. Er trat zurück. „Wusstest du es?"

„Nein, das schwöre ich!" Sie seufzte unglücklich. „Aber ich hatte einen Verdacht."

„Wow." Er schüttelte seinen Kopf. „Ich bin wirklich der größte Idiot auf dieser Welt."

„Nein, bist du nicht! Das ist mein Bruder." Clara streckte eine behandschuhte Hand nach seinem Arm aus. „Lass uns irgendwohin gehen und reden. Okay?"

Ethan ließ sich von ihr aus dem Park und zum nächsten Coffeeshop führen. Er schlurfte in seinem dicken Mantel in eine Ecke, seine bloßen Hände kribbelten, jetzt da er sich in einem Gebäude befand. Seine Ohren und seine Zehen brannten, als sie auftauten, sein linkes Ohr schmerzte immer noch von seiner Hörhilfe.

Die grauenvoll fröhliche Popmusik, die im Hintergrund spielte, füllte seine Ohren, aber zumindest war das Café halb leer. Volle Restaurants und Cafés waren so laut, dass Ethan in der Regel nur die Hälfte dessen verstand, was die Leute sagten. Auf Autopilot setzte er sich mit dem Rücken zum Raum und wechselte den Modus seiner Hörhilfen, damit der Lärm hinter ihm herausgefiltert wurde. Es funktionierte nicht perfekt, aber es half.

Clara kam an den Tisch und stellte eine Tasse Kaffee vor ihm ab. Nachdem sie ihren Mantel ausgezogen hatte und sich auf die gepolsterte Bank an der Wand gesetzt hatte, rührte sie eine Packung Kaffeesahne und eine halbe Packung Zucker in die Tasse. Die Tatsache, dass sie wusste, wie er seinen Kaffee mochte, zog Ethans Kehle zusammen und er kämpfte darum, nicht in armselige Tränen auszubrechen.

Sie trug immer noch ihre Micky Maus Ohrschützer und als sie das bemerkte, zog sie sie mit einem unsicheren Kichern aus. „Ich weiß, ich bin mit einunddreißig zu alt für Disney, aber ich hatte schon immer einen kitschigen Geschmack. Laut-" Sie brach ab.

„Michael ist ein Snob", sagte Ethan. Das stimmte, aber Ethan hatte das immer niedlich gefunden. Nun, manchmal. „Ich mag deine Disney-Sachen."

„Danke." Sie spielte mir der Schnur des Teebeutels, die aus ihrer Tasse hing und schob sich dabei mit ihrer anderen Hand ihre zum Bob geschnittenen schwarzen Haare hinter ein Ohr. Sie trug immer noch ihre Bürokleidung, eine rosa Bluse und eine braune Hose. Ihr Lipgloss passte zu ihrem Oberteil. „Wow. Ich kann nicht glauben, dass das passiert. Es tut mir leid. Das verdienst du nicht."

„Ich bin wohl nicht offen genug. Michael möchte polyamorös sein, hat er gesagt." Ethan öffnete den Reißverschluss seines Mantels weit genug, um an seiner Krawatte zu ziehen und sie zu lockern.

„Und das hat er vorher nie erwähnt?", fragte sie ungläubig. Ihr

Kiefer spannte sich an. „Ich werde ihm einen Schlag auf den Kopf verpassen, verdammt noch mal."

„Du hast es aber kommen sehen. Stimmt's? Ich nicht." Ethan nahm seinen Papierbecher, trank aber nicht. Die Hitze ließ seine auftauenden Finger schmerzhaft kribbeln. „Das hätte ich aber. Todd ist muskulös und heiß. Ich bin nur … na ja. Eine Bohnenstange." *Ich hätte wissen müssen, dass das passiert. Warum sollte Michael mich wollen, wenn es Typen gibt, die wie Todd aussehen?*

Es war einfacher, darüber nachzudenken, wie er physisch unzulänglich war als darüber nachzudenken, wie er vielleicht als Person versagt hatte. Denn Michael *hatte* ihn unterstützt, als er depressiv gewesen war. Und sogar nachdem Ethan sich soweit mit dem Verlust seines Gehörs abgefunden hatte, um seine Hörgeräte zu benutzen, und sich einen Job zu suchen, war er nicht mehr der Mann gewesen, der er davor war.

Na schön, ich bin jetzt anders, aber ist das so schlimm? Warum zur Hölle hat er sich nicht einfach von mir getrennt? Wie konnten sie mich hintergehen? Zwei Jahre lang?

Ethan blinzelte sich wieder zurück in die Gegenwart, weil er bemerkte, dass Clara redete. „Es tut mir leid, kannst du das noch einmal sagen?"

Sie drückte kurz seine Hand. „Ethan, du bist absolut heiß. Du hast unglaublich dichte, *kastanienfarbene* Haare, dein Lächeln ist hinreißend mit diesen Grübchen und du bist keine Bohnenstange! Du bist schlank, wie ein Schwimmer. Todd kann seine schwellenden Muskeln behalten. Und dazu seinen Mangel an *murmel murmel*. Himmel, ich hatte mir wirklich gewünscht, ich würde mich irren. Ich *murmel* Michael *murmel*. Ich liebe meinen Bruder, aber *murmel*."

Das Geplapper einer Gruppe Mädchen, die sich gerade an einen Tisch in der Nähe setzten, machte es für Ethan schwer zu hören. Sie musste das in seinem Gesicht erkannt haben, weil sie deutlich mit den Lippen formte. „Er ist ein Feigling."

Michael – ein Feigling. Ethan hatte ihn nie so gesehen. Er war ein Snob, wenn es um Mode ging und ein Geek, was Videospiele betraf, ein grauenvoller Koch und großzügig mit seinen Trinkgeldern. Er war so viele Dinge, aber „Feigling" war Ethan nie in den Sinn gekommen.

Er dachte daran, wie Michael ihn stundenlang gehalten hatte, nachdem er nach seiner Diagnose in absolutem Schock nach Hause getaumelt war. Scheiße, er würde weinen.

Er holte ein paar Mal Luft, bevor er flüsterte: „Wieso habe ich das nicht gewusst? Wie konnte ich so blind sein? Er und Todd – sie … Sie waren … alles für mich. Immer für mich da, als die Situation so schlimm war. Ich wollte ihn heiraten. Morgen. Ich …" Die Realität legte sich auf ihn, das Gewicht erschwerte ihm das Atmen. „Ich werde nicht den Jungen meiner Träume heiraten. Wie meine Mom …" Er rieb sich sein Gesicht und vermisste den Trost seiner Eltern so sehr, dass er fürchtete, er würde anfangen zu weinen. Als er sich wieder im Griff hatte, sagte er: „Es wird nicht passieren. Es ist vorbei."

„Aber … Vielleicht, wenn etwas Zeit vergangen ist, könnt ihr Jungs darüber reden. Ich weiß, dass du gerade unter Schock stehst, aber …"

Er konnte Todd und Michael vor seinem inneren Auge sehen – verschwitzt und leidenschaftlich, Michaels Schwanz in Ethans bestem Freund. Sie hätten sich geduscht und Todd wäre gegangen, um am Abend zurückzukommen, damit sie zusammen zu der Party vor der Hochzeit gehen konnten.

Tatsächlich erinnerte Ethan sich, dass die Rollerskate-Party Todds Vorschlag gewesen war. Er hatte gesagt, wie sehr Michael das gefallen würde und sie hatten darüber gelacht, wie Hipster es war, zu den Eagles und der Steve Miller Band zu rollern, und sicher auch zu ein paar Liedern von Lynyrd Skynyrd und Zeppelin. Todd arbeitete in einer Bar, wo die Getränkekarte in einer Kassettenhülle steckte, darum kannte er sich mit Hipster eindeutig aus.

Ethans Atem stockte, eine Welle aus Trauer füllte die Leere des Schocks in ihm, drückte in jede Pore. Michael und Todd waren ineinander *verliebt*. „Ich kann nicht glauben, wie gut sie im Lügen sind. Wie sie mich so lange hintergehen konnten. Ich habe ihnen vertraut." Es war beinahe schlimmer, dass sie ihr Geheimnis bewahrt hatten, weil Ethan ihnen leidtat und sie ihn nicht verletzen wollten. Wie erbärmlich war das?

Claras Augen standen voller Tränen. „Ich weiß auch nicht, wie sie das tun konnten." Sie murmelte etwas, schüttelte dabei ihren Kopf. Ethan machte sich nicht die Mühe, sie zu bitten, es zu wiederholen. Es spielte keine Rolle.

„Ich werde morgen nicht heiraten. Es wird nicht passieren." Ethan presste seine Handflächen gegen seine Augen. „Und fuck! All das Geld, das wir für unsere Flitterwochen ausgegeben haben." Er strich sich mit den Fingern durch die Haare. „Ich habe keine Reiserücktrittversicherung abgeschlossen. Himmel, ich bin wirklich ein Idiot. Alles ist abgesagt. Meine Hochzeit, meine Flitterwochen. Mein Leben."

„Nein, nicht dein Leben. Eth, ich weiß, dass du leidest, aber nichts ist abgesagt, Hon."

„Die Hochzeit schon. Ich kann ihn nicht heiraten. Nicht jetzt. Niemals."

„Ja, okay." Sie wischte ihre Tränen weg. „Die Hochzeit ist definitiv abgesagt. Ich mache dir da keinen Vorwurf. Aber dein Leben ist nicht vorbei, okay?"

„Du hast recht. Ich weiß." Ethan ließ seinen Kopf hängen, auch wenn er seine eigenen Worte nicht ganz glaubte, wusste er, dass er solche Dinge nicht sagen konnte, ohne den Leuten Angst zu machen. Nachdem er in die Depression gefallen war, hatte er das gelernt. Und er wollte Clara keine Angst machen. „Aber zur Hölle, ich muss für Morgen wirklich alles absagen. Und wo werde ich heute Nacht schlafen? Scheiße, wo werde ich wohnen? Wird

Michael zu Todd ziehen? Reicht ihm Todd? Ficken sie zusammen andere Männer?"

Demütigung überwältigte ihn, so heiß, dass er seinen Mantel ganz öffnen musste. „Ich wette, das tun sie. Sie hatten dieses ganze andere Leben. Und ich war nie ein Teil davon. Ich habe sie ermutigt, gemeinsam durch die Clubs zu ziehen, weil ich das jetzt hasse. Ich war so froh, dass sie unabhängig von mir Freunde waren." Er lachte bellend, seine Kehle war wund. „Eine große glückliche Familie, huh?"

Clara sagte etwas und als er sie leer anstarrte, schniefte sie, ihre Augen schimmerten von frischen Tränen. „Es tut mir so leid. Wenn du heute Nacht einen Platz zum Schlafen brauchst, kannst du bei mir bleiben, okay? Ich will nicht, dass du allein bist."

Er liebte sie für dieses Angebot, wusste aber, dass ihre Eltern wegen der Hochzeit bei ihr übernachteten und das wäre unsagbar peinlich. „Danke. Ich komme klar. Ich werde mir für heute Nacht etwas überlegen und morgen Nacht-" Eine frische Welle des Entsetzens wusch über ihn, als die Realität Stück für Stück einsank.

So viele Male hatte er sich vorgestellt, wie er sich auf dem langen Flug nach Sydney an Michael kuschelte, wie sie beide ihre Reise ins Ausland unternahmen. Es zusammen als verheiratetes Paar taten. Den ersten Tag vom Rest ihres Lebens mit einem großen Abenteuer begannen, ihre Bäuche immer noch voller Fondue.

„Ich werde wohl doch nicht nach Australien kommen." Es laut auszusprechen, machte es nicht weniger schmerzhaft und es schien immer noch nicht real zu sein. Nichts davon. Musste er die Fluggesellschaft anrufen und absagen oder kamen sie einfach nicht? Machten die Leute das so?

„Du solltest trotzdem fliegen!" Clara lehnte sich mit leuchtenden Augen über den Tisch und nahm seine Hand. „Das ist deine Traumreise, oder? Lass dir das von Michael und seinem selbstsüchtigen Mist nicht nehmen."

„Wie, ich soll allein fliegen?"

Sie redete zu schnell, als dass Ethan es verstehen konnte. Als er sein Kinn vorschob und fragend blinzelte – einer seiner nonverbalen Hinweise, dass er etwas nicht gehört hatte – sagte sie: „Warum nicht?"

„Weil es armselig ist?"

Clara packte seine Finger. „Warum? Dass Michael dich betrogen hat, war armselig. Die Leute fahren ständig allein in Urlaub."

„Ich kann nicht einfach *allein* gehen." Wie konnte das passieren? Wie konnte das sein verdammtes Leben sein?

„Aber du-" Sie brach ab und schüttelte ihren Kopf. „Es tut mir leid. Du stehst immer noch unter Schock. Ich weiß nicht, was ich rede. Ich versuche, etwas Gutes aus all dem zu ziehen und das ist wahrscheinlich nicht das, was du im Moment gerade brauchst. Es tut mir leid."

„Schon gut. Ich weiß, dass du versuchst, mir zu helfen." Er klammerte sich an ihre Hand. Sie war in all diesen Jahren gut zu ihm gewesen. Wenigstens hatte er mit ihr reden können. Sein Brustkorb verengte sich. „Ich werde dich wirklich vermissen, Clara."

Tränen liefe ihre Wangen hinunter und sie unterdrückte ein Schluchzen. „Sag das nicht. Vielleicht können wir trotzdem …" Aber anscheinend konnte sie ihren Gedanken nicht zu Ende denken, weil die Realität war, dass, ganz egal, was für ein feiges Arschloch er auch war, Michael ihr Bruder war. Sie saßen in peinlichem Schweigen, bis Ethan sie umarmte und dann nach draußen floh, als die bittere Kälte einsetzte.

Kapitel Zwei

D AS TREPPENHAUS WAR dunkel. Denn natürlich war es das. Ethan war anscheinend der Einzige, den die Brandschutz bestimmungen interessierten.

Seine dummen nackten Füße waren taub und wund. Er war in seinen nassen Lederschuhen durch den Prospect Park gelaufen und hatte sich dann in einem anderen Coffeeshop versteckt, war dort stundenlang gesessen, seine Gedanken ganz durcheinander und seine Hörgeräte ausgeschaltet.

Er hatte sein Handy ausgemacht und als er es jetzt aufweckte, um die Taschenlampe zu benutzen, leuchtete sein Bildschirm mit einer Wand aus Textnachrichten auf. Vor allem von Todd und Michael. Eine von Clara. Ein paar von anderen verwirrten Freunden, die wegen der Rollerskating-Party nachfragten und wo Ethan und Michael blieben – Leute, die eigentlich *Michaels* Freunde waren, nicht seine.

Ethan trottete die Treppe hinauf. Als er oben ankam, ging er zu seinem Apartment und stand mit dem Schlüssel in der Hand davor. Dann setzte er seine Hörhilfen ein und schaltete sie an. Den Atem anhaltend, beugte er sich vor und lauschte. War Michael da? Und *Todd*?

Eine frische Welle des Schmerzes traf ihn. Wie konnte Todd ihm das antun? Todd, der sich in Ethans Kurse gesetzt und für ihn mitgeschrieben hatte, als sein Gehör rapide schlechter geworden war, zusätzlich zu seinen eigenen Kursen. Der jede Menge Partys hatte sausen lassen, um sich mit Ethan einzuigeln und Videospiele zu spielen, ohne eine Million Fragen zu stellen und der immer drauf gewartet hatte, bis Ethan reden wollte.

Dieselbe Person hatte heute Nachmittag Michaels Schwanz in sich gehabt. Und wer wusste, an wie vielen Nachmittagen davor. Und Morgen und Abenden und Nächten – all die möglichen Male, zu denen sie zusammen gewesen waren, tickten jetzt unkontrolliert in Ethans Kopf. Und Todd hatte seinen Schwanz wahrscheinlich auch in Michael gehabt, ein Bild, das jetzt Ethans Gedanken füllte, mit der Liste an Zeiten konkurrierte, zu denen sie ihn betrogen haben konnten.

Als Ethan letztes Thanksgiving zu seinem Onkel gefahren war, hatte Todd gesagt, dass er arbeiten musste und Michael hatte behauptet, dass er Überstunden für die Entwürfe für eine neue Werbekampagne machen musste. Waren das alles nur Ausreden gewesen, um das Wochenende über zu ficken?

Ethan dachte an jedes Mal, als sie drei zusammen gelacht hatten, zusammen gegessen hatten, zusammen gespielt hatten oder einfach nur … gewesen waren. All das war jetzt befleckt. Jahre der Erinnerungen. Ethan wollte seinen Schädel aufbrechen und in sein Hirn greifen, um sie alle herauszuholen. Sie in die Toilette werfen und in einem Wirbel aus Wasser wegspülen.

Es gab sonst nichts zu tun, darum drehte Ethan den Schlüssel im Schloss. Das Licht war an und er wusste, dass Michael da war. Er war sich nicht sicher, warum – er spürte es einfach. Nachdem er seine Schuhe ausgezogen und seinen Mantel aufgehängt hatte, ging er durch das Wohnzimmer, seine nackten Füße kribbelten, als sie auftauten.

Michael stand am Rand der schwarzen Ledercouch, die stylische scharfe Kanten hatte und schrecklich unbequem war, seine Hände hatte er in die Taschen seiner Skinny Jeans geschoben. Es war nach Mitternacht und er hatte offensichtlich gewartet. Er trat nervös von einem Bein auf das andere und senkte seinen Kopf, seine gegelten Haare waren immer noch durcheinander. Er sagte etwas über Clara.

„Was?", fragte Ethan. Er wollte nur eine heiße Dusche und sich aufwärmen. Und aus diesem Albtraum aufwachen.

Michael schaute zu ihm auf. „Ich habe gesagt, dass Clara mich zur Sau gemacht hat."

Gut. Ethan zuckte mit den Schultern, wartete. Sollte ihm der arme Michael leidtun?

„*Murmel murmel* Onkel."

Als würde er *Glücksrad* spielen, riet Ethan und füllte die Lücken. „Die Fahrt nach Cheektowaga dauert ungefähr sechseinhalb Stunden und auch nur, wenn der Verkehr normal ist."

Es war gut, dass Ethans Tante jeden Moment ihr fünftes Kind bekommen konnte und Onkel Chuck Angst gehabt hatte, dass wenn sie für die Hochzeit nach New York kamen, sie vielleicht zu weit weg von ihrem Arzt Wehen bekommen könnte. Ethan hätte es nicht gefallen, wenn sie diese Reise umsonst gemacht hätten. Er und der jüngere Bruder seines Dads standen sich nicht extrem nahe, aber Chuck war die einzige Familie, die er noch hatte. Er war ein guter Mann und er würde Platz in seinem beengten Heim finden, sollte Ethan dort schlafen wollen, aber Ethan konnte sich im Moment mit niemandem auseinandersetzen.

„Ich habe auch kein Auto."

Michael nickte. „Und du hasst den Greyhound."

Groll blubberte hoch, schmeckte bitter auf Ethans Zunge, als er ausspie: „Ja, das tue ich. Du kennst mich so gut, stimmt's? Weißt du, was ich auch noch hasse? Betrügende Lügner. Irgendwie ist dir das in all diesen Jahren entgangen?"

Michael murmelte etwas und ließ den Kopf hängen.

„Ich kann dich nicht hören, wenn du mich nicht anschaust!", schrie Ethan.

Michael richtete sich auf. „Es tut mir leid. Ich habe gesagt, dass ich das verdient habe."

„Oh, vielen Dank für die Bestätigung."

Michaels Kiefer spannte sich kurz an. „Können wir bitte wie Erwachsene darüber reden?"

„Oh, bin ich unreif? Mein Fehler."

„Ich weiß, dass das, was wir gemacht haben, falsch war, okay? Aber alles war so gut und wir wollten das nicht ruinieren. Du hast endlich wieder gelebt. Du warst davor so deprimiert. Jahrelang." Er fuhr sich mit einer Hand durch seine Haare, die Enden standen in die Luft. „*Jahre*, Eth. Aber ich habe durchgehalten."

„Du musstest mir keinen Gefallen tun." Ethans Wangen waren heiß und er kämpfte gegen den Drang an, sich zu winden. Scham raste durch ihn hindurch. „Du hättest nie Ja sagen sollen, als ich den Antrag gemacht habe."

„Ich konnte nicht Nein sagen. Du warst endlich wieder unter den Lebenden. Und ich möchte dich heiraten!" Michael hob flehend seine Hände. „Ich weiß, wie wichtig dir das ist wegen dieser Sache mit deiner Mom. Ich wollte deine Familie sein. Ich wollte dir geben, was du brauchst."

„Was ich brauche, ist, dass du nicht hinter meinem Rücken meinen besten Freund fickst!" *Nicht weinen. Fang ja nicht an zu weinen.*

Michael seufzte und ließ seine Arme an seinen Seiten nach unten hängen. „Ich weiß. Aber ich liebe dich wirklich. Ich liebe nur nicht *nur* dich. Es gab keine gute Art, es dir zu sagen. Wir wollten es ansprechen, bevor wir die Hochzeit geplant haben, aber dann waren die Feiertage und … Es war nie der richtige Zeitpunkt." Er sagte noch etwas, aber Ethan konnte es nicht verstehen, weil Michael sich das Gesicht rieb.

„Himmel, könntest du deine Hände von deinem Mund fernhalten, wenn du redest? Ich kann dich nicht verstehen, wenn du das tust! Wie oft muss ich dir das sagen?"

Michael schrie zurück. „Es tut mir leid! Ich gebe mir Mühe! Aber es ist nie gut genug für dich!"

Ethan zuckte zusammen, seine Hörgeräte verstärkten das Geschrei auf unangenehme Weise. „Es ist nicht so kompliziert, langsam und deutlich zu sprechen."

„Ich bemühe mich! Aber es wird wirklich mühsam, mich ständig wiederholen zu müssen!"

„Verdammt, wenn das so hart ist, warum hast du dann nicht vor Ewigkeiten mit mir Schluss gemacht? Und oh je, es tut mir so leid, dass du keinen guten Zeitpunkt finden konntest, um mir von deinem Betrug zu erzählen. Ich kann mir vorstellen, dass es schwierig ist, den richtigen Moment zu finden, deinem festen Freund – nein, deinem Verlobten! – zu sagen, dass du auch seinen besten Freund fickst und dass wir dich jetzt teilen sollen oder irgend so ein Scheiß. Dass wir eine große, offene, glückliche Familie sein sollen."

Michael verschränkte seine Arme. „Das funktioniert für viele Leute wirklich gut, okay? Denk nur eine Minute darüber nach. Ich will damit sagen, warst du im vergangenen Jahr nicht viel glücklicher? Ich habe versucht, dir alles zu geben, was du willst."

„Fuck." Ethan schüttelte seinen Kopf. „Darum hast du Australien vorgeschlagen. Darum hast du praktisch allem zugestimmt, was ich gesagt habe. Du hast zu allem, was ich wollte, Ja gesagt, obwohl du das in der Vergangenheit niemals getan hättest. Himmel. Ich dachte, es würde sich endlich alles für mich – für uns – fügen, dass wir an unserer Kompromissbereitschaft arbeiten, aber das war alles eine Lüge."

Und im tiefsten Inneren habe ich es gewusst.

Das war wahrscheinlich das Schlimmste daran. Dass er in seiner Depression gewusst hatte, dass er Michael verlor. Dass etwas Fundamentales sich verändert hatte. Doch als Ethan wieder angefangen hatte, Sex zu initiieren, hatte er gedacht, dass die Dinge besser geworden waren. Michael war ihm so willig wie immer vorgekommen, oder nicht? Vielleicht hatten sie sich beide zu sehr bemüht.

Ich hatte gedacht, dass zu heiraten das alles irgendwie in Ordnung bringen würde.

Ethans Finger kribbelten, Schock durchflutete ihn, als wahres Verständnis sich breitmachte und Wurzeln schlug. Als er aus dem depressiven Zustand erwacht war, in dem er sich zu lang befunden hatte, hatte er so unbedingt wieder glücklich sein wollen. Hatte gewollt, dass alles perfekt war. Er hatte die Warnhinweise ignoriert, die ihm sagten, dass etwas nicht stimmte. Die Zweifel über Michael und ob sie wirklich den Rest ihres Lebens zusammen verbringen sollten.

Michael war bei ihm geblieben, als er depressiv gewesen war, und Ethan hatte sich eingeredet, dass dies alles bedeutete, obwohl sie jetzt nicht mehr viel gemein hatten, abgesehen von ihrer Vergangenheit.

Michael musterte ihn unsicher. Er räusperte sich und sagte: „Eth, vielleicht solltest du dich setzen.“

„Oh mein Gott, ich war so ein Narr. Ich wusste, dass wir nicht mehr richtig füreinander waren und ich hatte gedacht, zu heiraten wäre irgendwie eine magische Reparatur. Und du hast mir … nachgegeben. Für wie lange? Wie viele andere Männer hat es gegeben? Fuck, wir haben darüber gesprochen, keine Kondome mehr zu benutzen!“ Das hatten sie stets getan, seit sie während der Schulzeit zusammengekommen waren, eine Angewohnheit, die sie nicht gebrochen hatten, weil vor allem Ethan schon immer jemand gewesen war, der die Regeln befolgte. „Wir haben uns letzten Monat testen lassen und alles. Und du hast kein Wort gesagt.“

„Und wir sind beide gesund!“ Michaels Augen waren vor Schmerz geweitet. „Ich würde niemals ungeschützten Sex haben und deine Gesundheit riskieren. Oder meine. Und außer Todd hat es nie jemand anderen gegeben. Wir haben immer Kondome benutzt.“

„Soll ich dafür dankbar sein? Du hast mich zwei Jahre lang angelogen! Oder vielleicht länger – wie kann ich irgendetwas glauben, was du sagst? Nicht, dass es eine Rolle spielt. Ich kann nicht ..." Er schüttelte seinen Kopf. „Ich kann nicht glauben, dass du das getan hast. Wofür? Sex?"

Jetzt blitzten Michaels Augen auf. „Nun, es ist ja nicht so, als ob du großes Interesse daran gehabt hättest, mich zu ficken! *Jahrelang.* Ja, weiß du was?" Er atmete scharf ein, hob seinen Kopf, richtete sich voller Selbstgerechtigkeit auf. „Sex *ist* mir wichtig. Ich habe mehr gebraucht, als du geben wolltest. Viel mehr. Du warst so lang so depressiv und du hast dich kaum von mir anfassen lassen. Ich hatte immer das Gefühl, dass du *mir* einen Gefallen tust, wenn du dich herabgelassen hast, dich von mir ficken zu lassen oder wenn du mir einen halbherzigen Blowjob gegeben hast."

Ethan wollte das leugnen, aber das konnte er nicht. Die simmernde Schuld blubberte hoch. Während seiner Depression hatte er keinerlei Interesse an Sex gehabt und nach einer Weile war er im besten Fall unregelmäßig gewesen. Aber im letzten Jahr hatte Ethan sich solche Mühe gegeben, alles in Ordnung zu bringen. Es war besser gewesen!

Zu wenig, zu spät.

Dennoch musste er es sagen. „Aber es war in letzter Zeit doch wirklich gut? Ich ... ich dachte, dass es das war." Er dachte auch, dass er sich angesichts dieser Demütigung übergeben musste. Er war sich so sicher gewesen, dass ihr Sexleben besser als je zuvor war, aber es war nicht gut genug gewesen. Was für ein verdammter Narr er doch gewesen war.

Michaels dunkler Blick wurde weich. „Es war wunderbar, wieder eine Verbindung mit dir aufzubauen. Aber ..." Er schüttelte seinen Kopf. „Es ist dennoch nicht genug für mich. Und das liegt nicht an dir. Ich wäre niemals mit nur einem Mann zufrieden, ganz egal, wer es ist. Und ich meine das nicht nur sexuell. Ich brauche eine Menge Interaktion und Intimität. So bin ich."

Ethan schluckte schwer und murmelte: „Das gibt dir nicht das Recht, mich zu betrügen. Mir so lange ins Gesicht zu lügen."

„Nein, das tut es nicht. Ich habe einen Fehler gemacht." Michael nickte, aber er hielt seinen Kopf noch immer in die Höhe gereckt, diese Selbstgerechtigkeit blieb. „Als wir zusammengekommen sind, hatte ich noch nicht wirklich gewusst, worauf ich stehe. Zwischen uns war es immer ziemlich zahm und ich wollte mehr als das – wildere Dinge, auf die du nicht stehst. Ich sollte mich nicht dafür entschuldigen müssen, wer ich bin."

„Nein, nicht dafür, dass du es willst – dafür, dass du gelogen und mich betrogen hast. Du hast mit mir nie darüber gesprochen! Wenn ich dir nicht *kinky* genug bin, dann hättest du etwas sagen sollen." Jetzt war er an der Reihe, selbstgerechte Empörung zu spüren. „Und ich kann kinky sein! Du weißt nicht, was ich will! Du hast nur dieses *Bild* von mir gehabt."

Seine Gedanken rasten, gingen Erinnerungen durch, versuchten festzustellen, ab wann er es hätte wissen müssen. Dann wusch eine Welle der Trauer über ihn, saugte all seine Energie aus. „Wir haben jahrelang zusammengewohnt und ich denke nicht, dass wir einander wirklich kennen."

Michael schien ebenfalls in sich zusammenzusacken und seine Augen glänzten. „Das tun wir wohl nicht."

Sie standen da und starrten einander an, die Wahrheit hing niederdrückend und schwer in der Luft. Ethan räusperte sich. „Ich denke, du solltest gehen. Es gibt nichts mehr zu sagen."

Es war nichts mehr übrig. Punkt.

Michael sagte etwas zu leise. Als Ethan ihn fragend anstarrte, wiederholte er es. „Was ist mit der Hochzeit?"

„Ruf alle an und sage ab. Ich werde dich nicht heiraten, Michael. Nicht morgen. Niemals. Ich kann dir nie wieder vertrauen. Es ist vorbei."

„Verdammt, Ethan." Er wischte sich frische Tränen aus den Augen. „Hör zu, ich weiß, dass ich Mist gebaut habe. Ich hatte Angst. Ich weiß, dass es falsch war, aber … *Murmel.*"

„Es gibt kein aber. Du und Todd habt mich *zwei Jahre* lang betrogen und mir ins Gesicht gelogen. Du hast es mir nicht erzählt, weil du wusstest, dass ich das nicht wollen würde. Und anstatt euch zusammenzureißen und alles zu gestehen, habt ihr gelogen und gelogen und gelogen. Du hättest mich *geheiratet* und meine Krankenversicherung bekommen und weiterhin hinter meinem Rücken meinen besten Freund gefickt. Richtig?"

Michael seufzte. „Wir wollten es dir sagen. Wir hätten es dir gesagt."

„In weiteren zwei Jahren?" Ethan lachte ohne Erheiterung. „Verschwinde. Geh zu Todd oder Clara oder wem auch immer – Es ist mir egal. Ich werde meine Sachen dieses Wochenende packen."

„Und wohin gehen?" Michael sagte etwas, das Ethan nicht verstehen konnte, erkannte dies anscheinend und redete langsamer: „Es könnte Monate dauern, eine neue Wohnung zu finden."

Verdammt, das stimmte. Der Gedanke, ein neues Apartment in New York zu finden, war der finale, alles zerstörende Tropfen in diesem Fass voller Scheiße. Ethan wollte sich zu einem Ball zusammenrollen und schlafen. Wollte, dass dies alles verschwand. „Ich weiß nicht."

„Du solltest hierbleiben." Michael nickte resolut. „Ich werde ausziehen."

„Du denkst, ich könnte nach all dem hier wohnen? Nein. Die Möbel haben mir ohnehin nie gefallen. Du kannst sie behalten. Verdammt, ich wollte eigentlich nie in die Stadt ziehen." In New York zu wohnen war Michaels Traum gewesen – und der von Todd. Ethan hatte mitgemacht, denn wo wäre er sonst hingegangen? Michael und Todd waren sein ein und alles. Natürlich war er mitgekommen.

Michael verspannte sich, seine Stimme wurde höher, die Worte kamen schnell. „Oh, das ist also jetzt meine Schuld? Ich *murmel* dich *murmel?*" Er hielt inne, redete dann deutlicher. „Ich habe dich gezwungen, nach dem College hierher zu kommen? Nein. Du hattest keine Ahnung, was du tun wolltest. Abgesehen davon, dir selbst leidzutun. Du hattest kaum noch Familie und du hast nie versucht, neue Freunde zu finden, aber ich bin bei dir geblieben."

„Was für ein Glück für mich! Und ja, zusätzlich dazu, dass meine Eltern beide gestorben sind, bevor ich zwanzig war, war mein Gehör zu verlieren wirklich verdammt deprimierend! Es war beschissen. Es ist immer noch beschissen. Es wird weiterhin beschissen sein. Es ist ein Kampf. Jeden. Einzelnen. Tag. Du verstehst nicht, wie erschöpfend es ist. Wie etwas so Nichtiges wie eine Packung Kaugummi zu kaufen oder ein Mittagessen zu bestellen erschöpfend sein kann. Diese Stadt ist so *laut* und sie übertönt alle Worte."

Michaels Schultern sackten nach unten. „Ich weiß. Es tut mir leid." Er fuhr sich durch seine Haare und ließ dann niedergeschlagen seine Hand sinken. Er zeigte auf den eckigen Kaffeetisch. „Was ist mit den Ringen?"

Die blaue Samtschachtel stand dort, die gehämmerten Titan-Ringe befanden sich darin. Michael liebte die dunklen, nicht-traditionellen Ringe und Ethan hatte mitgemacht, einfach weil er so erfreut gewesen war, dass Michael überhaupt zugestimmt hatte, ihn zu heiraten.

Ethan zuckte mit einer Schulter. „Bring sie ins Pfandhaus. Was du willst. Heirate stattdessen Todd und nimm sie dafür her."

„Das ist nicht-" Michael seufzte, überlegte sich dann anscheinend noch einmal, was er sagen würde. „Ich wollte nie, dass das passiert. Ich wollte dir gleich nach dem ersten Mal mit Todd die Wahrheit sagen, aber wir haben uns immer tiefer reingeritten. Wir haben uns immer wieder gesagt, dass wir es dir bald erzählen würden."

Ethan hatte nichts mehr hinzuzufügen. Er wartete, wollte, dass

Michael verschwand. Aus seinem Leben – obwohl dieser Gedanke auch eine Welle der Angst durch ihn hindurch schickte, wie Eiswasser an seinem Rückgrat. *Was ist mein Leben ohne Michael und Todd? Wer* bin *ich ohne sie?*

Michael streckte erneut seine Hände aus. „Vielleicht – vielleicht, sobald etwas Zeit vergangen ist, kannst du darüber nachdenken, es zu versuchen. Du kennst Grace und Sarah und Lina? Sie haben eine wunderbare Poly-Beziehung. Baby, wenn du dich darauf einlassen kannst-"

„Ich bin nicht dein Baby." Die Wut schien sich für den Moment ausgebrannt zu haben und jetzt war da nur Trauer. Michael hatte recht, dass Grace, Sarah und Lina eine herrliche Poly-Beziehung zu haben schienen. Aber Ethan war sich ziemlich sicher, dass sie alle mit voller Zustimmung damit angefangen hatten.

Die Realität senkte sich schwer um ihn herum und machte es schwierig zu atmen. Es passierte tatsächlich. Als er an diesem Morgen aufgewacht war, hatte er ein komplett anderes Leben gehabt. Ein Leben, das eine massive Lüge gewesen war. Die Erde war verbrannt und es gab kein Zurück.

Er wiederholte: „Ich bin nicht dein Baby und du bist nicht meines. Nicht jetzt. Niemals wieder. Ich habe euch beiden vertraut. Mehr als allen anderen. Ich könnte euch in einhundert Jahren nicht vergeben. Und vielleicht macht mich das unreif und kleinlich, aber so ist es nun einmal." Sein leerer Magen drehte sich um. „Es gibt nichts mehr zu sagen. Ich werde meine Sachen einlagern und in einem Hotel wohnen, bis ..."

Fuck, bis was?

Er wusste nur, dass er so weit weg von Michael und Todd kommen wollte, wie es menschenmöglich war. Er hatte die drei Wochen Urlaub für die Flitterwochen, darum konnte er zumindest auf die Suche nach einem Apartment gehen ...

Die Idee, die Clara eingepflanzt hatte, erblühte in seinem

Kopf. Moment, warum musste er in New York bleiben? Die Reise war bezahlt. Er hatte den Urlaub. Und er konnte nicht viel weiter weg als ans andere Ende der Welt.

Ethan räusperte sich, fühlte ein winziges Flackern unter dem Schmerz und dem Schock und der Furcht – ein Körnchen Hoffnung, das er kaum erkennen konnte, als er danach griff. „Bis ich weiß, wo ich wohnen werde, nachdem ich aus Australien zurück bin.“

Kapitel Drei

AN DEM EINEN Morgen, an dem er ausschlafen konnte, fing sein verdammtes Handy an zu summen.

Clay stöhnte, seine Verärgerung wich einem Anflug von Sorge. Er streckte sich auf dem Hotelbett, schnappte sich sein Handy und blinzelte den Bildschirm an, während er sich aufsetzte und an die Wand lehnte.

Erleichterung durchflutete ihn, aber sein Herz wurde schwer, als er die Textnachrichten las, die eine nach der anderen mit immer höherer Dringlichkeit hereingekommen waren und seine Verärgerung kehrte mit voller Macht zurück.

„Verdammt", murmelte er. Wie viel Uhr war es in Norwegen? Er versuchte sich an dieser mentalen Matheaufgabe, bevor er murmelte: „Zur Hölle damit."

Außerdem, welche Rolle spielte es schon? Pete brauche mehr Geld, ganz egal, wie viel Uhr es war. Er schlug die Decke zurück, zitterte wegen der Klimaanlage und kratzte sich seinen nackten Hintern, als er sich auf den Weg zur Kaffeemaschine machte und eine Kapsel einlegte. Er tippte das Mikrofon an seinem Handy an und sprach die Nachricht auf WhatsApp. „Immer langsam mit den jungen Pferden. Ich muss zuerst mit deiner Mum reden."

Natürlich kam dabei heraus: *Immobilien mit den Jungen Pferden. Emus zuerst mit Mumie reden.*

Er löschte den Unsinn und tippte die Nachricht richtig ein. Beinahe sofort kam die Antwort, dass Pete bereits mit seiner Mutter gesprochen hatte. „Uh-huh", murmelte Clay. „Sie sagt nie Nein bei dir."

Er wollte seine Ex-Frau lieber nicht anrufen, bevor er nicht zumindest einen Kaffee intus hatte, wenn nicht sogar Frühstück, aber er ging pissen und öffnete dann seine Kontakte und drückte auf die Nummer. Es klingelte ein paar Mal, bevor Barry abhob, und Clay redete in seinem freundlichsten Ton, als würde er Tour-Gäste begrüßen.

„Guten Tag, Baz. Hier spricht Clay. Ist Barb in der Nähe?"

„Hallo. Ja, sie ist im Garten. Die Lilien stehlen allen die Show. Obwohl ich sagen muss, dass die Dianthus-"

„Absolut, ich bin mir sicher, dass alles hammermäßig aussieht." Sobald die lateinischen Bezeichnungen auftauchten, neigte Barry dazu, nicht mehr aufzuhören. „Kann ich nur kurz mit Barb reden? Es geht um Pete." Nicht, dass er eine Entschuldigung brauchte, um mit seiner Ex-Frau zu reden, aber das beschleunigte den Prozess in der Regel. Sie und ihr neuer Ehemann wohnten in Christchurch, Neuseeland. Angeblich waren die Gärten dort viel besser als in ihrer staubigen Heimatstadt im Outback und Blumen waren Barbs neue Obsession.

Als sie am Telefon war, sagte sie: „Der kleine Scheißer ist ständig knapp bei Kasse."

„Das ist er. Wie viel mehr werden wir ihm schicken, bevor wir sagen, dass es jetzt reicht?"

Sie seufzte. „Er hat versprochen, dass er ab nächster Woche einen Job in einem Ski-Resort hat."

„Na gut, überweise ihm noch ein paar Hundert mehr. Aber wir müssen eine Grenze ziehen. Das sollte ein Arbeitsurlaub sein, nicht nur ständiges Feiern. Er ist jetzt vierundzwanzig. In seinem Alter-"

„Erinnere mich nicht. Wir hatten in diesem Alter zwei Kinder und eine Hypothek. Und schau, was daraus geworden ist.“

Es war Unsinn, sich verletzt zu fühlen und Clay setzte ein Lächeln auf, obwohl sie ihn nicht sehen konnte. „Ja, nun, wir hatten keine allzu schlechte Zeit.“

„Natürlich nicht. Ich ziehe dich nur auf. Wo bist du heute? Sam hat gesagt, dass du wieder weiter oben an der Küste bist? Sie ist gestern sogar ans Telefon gegangen, als ich sie angerufen habe. Es war ein verdammtes Wunder.“

Clay verzog das Gesicht. Sam war stinksauer auf ihre Mutter gewesen, als Barb zu Barry gegangen war. Sie war ein Papakind und hatte ihn wie eine Löwin beschützt. Hatte monatelang nicht mit ihrer Mum geredet, bis Clay ein Machtwort gesprochen hatte. Zwischen Sam und Barb konnte es immer noch schwierig sein, aber ihre Beziehung war zum Glück langsam wieder aufgetaut.

Dennoch stieg der Drang, Sam zu verteidigen, auf. „Du weißt, dass ihre Tage überfüllt sind, mit den Sommerkursen und der Arbeit im Pub. Nicht zu vergessen Jase.“

Barb seufzte. „Ja, ich weiß. Ich kritisiere nicht. Sehr. Oh, hat sie dir erzählt, dass sie in der Prüfung gute Noten hatte?“

„Hatte sie. Es ist wunderbar.“ Zumindest eines ihrer Kinder hatte einen Kopf für die Uni. Pete hatte gerade einmal seine QCE geschafft, bevor er abgehauen und durch Thailand und Vietnam getingelt war, sobald er achtzehn wurde. „Und ich bin in Cairns. War gestern früh mit der Sydney-Gruppe in Port Douglas. Heute Nachmittag fahre ich mit der neuen Gruppe noch einmal hin. Wir fahren in zwei Tagen die Küste entlang zurück.“

„Die Arbeit geht nie aus. Wie dem auch sei, ich werde dem Scheißer das Geld schicken, damit er uns in Ruhe lässt.“

„Tu das. Frohes Gärtnern.“

„Bis bald, Mr Kelly.“

Obwohl Barb jetzt Mrs Wallingford war, verabschiedete sie sich immer noch mit ihrem traditionellen Gruß. Es war seltsam tröstlich, auch wenn es Clay gleichzeitig nervös machte. Aber er war stolz darauf, wie einvernehmlich ihre Trennung gewesen war. Das war das Wort, das der Anwalt immer und immer wieder benutzt hatte: *einvernehmlich.*

Clay musste duschen und seinen Bart stutzen, aber er zog sich eine kurze Hose und ein Tanktop an und ging die ruhige Straße hinunter zu Macca's für Bratkartoffeln und einen McMuffin mit Wurst. Sam würde ihm einen Vortrag über gesundes Essen halten und versuchen, ihm irgendein veganes Zeug mit Nüssen und Samen und Tofu aufzuzwingen, wenn er mit ihr zu Hause wäre, aber was sie nicht wusste, würde sie nicht heißmachen.

Mit einem Fettfleck, der sich durch seine Papiertüte sog, als er zum Hotel zurückkehrte, wich er einer Ansammlung Touristen aus, die voller Staunen die Flughunde begafften, die in dem gewaltigen Feigenbaum wohnten, der auf dem Grundstück der Bibliothek stand.

„Gütiger Gott, das sind *Fledermäuse!*" rief ein Mann mit einem sehr hochgestochenen englischen Akzent. Seine Kinder johlten zustimmend.

Obwohl die Fledermäuse während des Tages schlafen sollten, schafften sie es dennoch, einen Wahnsinnslärm zu veranstalten, wodurch sie ständig die Aufmerksamkeit auf sich zogen. Clay warf einen Blick auf die schwarzen Gestalten, die von kräftigen Ästen hingen. Sie waren ein beeindruckender Anblick, wenn sie in der Dämmerung losflogen, um Nahrung zu suchen. Wunderschön, auf seltsame Art und Weise, sogar mit dem Gekreische, das sie von sich gaben.

Der Klingelton seines Handys war immer noch aus, aber das Summen fing wieder an, gerade als er sein Zimmer erreichte. Zuerst kam eine Nachricht von Pete.

Vielen Dank, Dad.

Clay wollte ihm sagen, dass er sich zusammenreißen und nicht mehr jede Nacht betrinken und so sein ganzes Geld verbraten sollte und dass er einmal etwas ernst nehmen sollte, so wie seine

Schwester, aber Pete wusste das alles schon. Stattdessen schrieb Clay zurück:

Such dir einen Job, Mate. Bald. Liebe dich.

Dann tippte Clay auf Sams Namen, ihr breites, lächelndes Gesicht auf dem kleinen Foto brachte ihn zum Lächeln. Sie hatte die weichen goldenen Locken ihrer Mutter, anstatt Clays drahtigen, braun-roten Mopp, den er kurz hielt. Er war Sam gegenüber schon immer nachsichtiger gewesen als bei ihrem Bruder, das stimmte. Aber sie war immer ein braves Mädchen gewesen und Pete hatte nie auf irgendetwas gehört. Nicht dass Clay Pete nicht genauso sehr liebte. Natürlich tat er das. Es war nur so, dass Pete ihn öfter auf die Palme brachte.

Aber an diesem Morgen widersprach Sam dem Trend und Clay stöhnte, als er die Fotos anstarrte, die sie geschickt hatte. Eine nach der anderen füllten sieben lächelnde Frauen den Bildschirm. Sie waren alle in ihren Dreißigern oder Vierzigern, so wie er, alle sicher sehr nett, aber … Eine Brünette saß mit einem Retriever zu ihren Füßen am Strand. Sam hatte geschrieben:

Die hier hat einen Hund! Mach deine App auf und schick ihr eine Nachricht. Ich habe sie alle deiner Favoritenliste hinzugefügt. Du bist zu jung und heiß, um immer noch Single zu sein. Jase stimmt mir da übrigens zu. Seine Eltern sind uralt.

Clay lachte und schüttelte seinen Kopf. Er war froh, dass der feste Freund seiner Tochter ihn attraktiv fand. Warum er je zugestimmt hatte, ein Profil auf OzLove.com zu posten, würde er niemals begreifen. Eigentlich wusste er genau warum – Sam hatte ihn so viele Male deswegen genervt, dass er schließlich nachgegeben hatte, damit er sein Kricket in Ruhe und Frieden genießen konnte.

Er hatte versprochen, es am nächsten Tag zu machen, aber sie hatte darauf bestanden, das Profil sofort einzurichten auf ihrem Laptop, bevor sie ihn gezwungen hatte, die App auf seinem Handy zu installieren. Sie hatte sein Profilbild ausgesucht und ihm einen Vortrag darüber gehalten, wie wichtig es war, den richtigen ersten

Eindruck zu machen, damit er die Gelegenheit bekam, einen zweiten zu machen.

Clay hatte eingewandt, dass er auf seinem oben ohne Foto etwas schlanker war – Sam hatte es vor ein paar Jahren auf ihrer Reise nach Bali gemacht, bevor sie mit der Uni angefangen hatte. Das war ihr letzter gemeinsamer Familienurlaub gewesen, ehe die Sache mit Barb den Bach hinuntergegangen war. Nun, nicht so sehr den Bach hinunter, es war einfach … vorbei gewesen.

Er sah sein Spiegelbild in dem Spiegel neben dem Schrank, als er die Rechnung für das Essen in den Mülleimer warf. Er war immer noch fit, auch wenn er etwas weicher um die Mitte herum war als zu seinen besten Zeiten. Er ging an den meisten Abenden während der Tour schwimmen, bevor er sich schlafen legte, oder stemmte in den Fitnessräumen der Hotels Gewichte. Er hatte zu viele Sommersprossen auf seinen Armen und Schultern, aber er war groß und stark. Barb hatte immer gesagt, dass er ein Fang war. Obwohl sie nicht bei ihm geblieben war, darum sollte er ihre Worte vielleicht nicht für bare Münze nehmen.

Als würde das das Fast Food wettmachen, ließ er sich auf den Teppich fallen und machte zwanzig Liegestütze und lachte über sich selbst, als er damit fertig war. Sam hatte recht – er war immer noch jung. Erst vierundvierzig, auch wenn er sich mit zwei erwachsenen Kindern manchmal älter fühlte, als er das sollte. Aber im Outback war es nicht außergewöhnlich gewesen, direkt nach der Schule zu heiraten und eine Familie zu gründen. Jetzt fühlte er sich auf den Dating-Apps definitiv wie ein Außenseiter.

Er schauderte beim Gedanken an das schmerzlich peinliche Speeddating, an dem er vor ein paar Monaten zögerlich teilgenommen hatte. Er schien mit den Singlefrauen in Sydney nichts gemeinsam zu haben. Sie waren absolut nett, aber es fühlte sich gezwungen an. Vielleicht musste er zurück in eine Kleinstadt ziehen, um eine neue Frau zu finden. Zurück zu den Wurzeln.

Clay schnaubte, als er sein Handy ausschaltete und sein Frühstück auspackte, bevor es noch mehr auskühlte. Wenigstens war er zufrieden mit seiner eigenen Gesellschaft und der von Sam und ihrem Hund, Gilly. Romantik und Sex waren seiner Ansicht nach nie so großartig gewesen, wie alle immer behaupteten.

Vielleicht gab es da ein Sehnen nach *mehr*, das er nicht ganz erklären konnte. Es hätte ihn begierig machen sollen, zu daten und die richtige Frau zu finden, aber durch die Fotos mit den lächelnden Gesichtern zu scrollen, hinterließ nur ein leeres Gefühl.

Er schaltete den Fernseher an, suchte nach Sport oder den Nachrichten und verzog das Gesicht angesichts des beschissenen Bildes. Es hörte nie auf ihn zu erstaunen, dass die besseren Hotels auf der Tour kein digitales Kabelfernsehen hatten, die im Motel-Style aber schon. Er saß auf dem Bett, aß und trank seinen Kaffee, der nicht so stark war, wie er ihn gerne gehabt hätte, aber er tat seinen Dienst.

Das fettige Frühstück traf ins Schwarze, auch wenn er wusste, dass er es eigentlich nicht essen sollte, wegen Cholesterin und gesättigten Fettsäuren und vielen anderen scheußlichen Dingen, über die Sam ihm einen Vortrag gehalten hatte. Sie war unglaublich klug und wusste, wovon sie redete, aber manchmal brauchte ein Mann einfach nur Macca's. Ganz zu schweigen von Urlaub, aber er hatte noch weitere zehn Nächte an der Küste entlang zurück nach Sydney für die Tour, bevor er eine echte Pause hatte.

Er hatte den Bus bereits gereinigt, darum hatte er noch zwei weitere Stunden, bevor er sich unten mit Shiv, dem Tourguide traf, um die neue Gruppe zu begrüßen. Es würde ein langer Tag werden, mit dem Willkommensabendessen draußen im Aborigines-Zentrum, aber sie würden noch zwei weitere Nächte in Cairns sein, darum konnte er zumindest ein wenig auspacken. Nicht, dass er viel dabeihatte. Dennoch, er konnte sich mehr einrichten als bei den Stopps, die nur eine Nacht dauerten.

Clay schaute den internationalen Kricket-Bericht fertig und

duschte sich. Er trimmte seinen Bart und machte es sich gerade für mehr Fernsehen bequem, als es klopfte. Er schlang sich ein Handtuch um die Hüften, öffnete die Tür und fand dort Shiv, rasiert und ordentlich aussehend in einem weißen Leinenhemd, das zu seiner dunklen Haut passte. Seine kurzen schwarzen Haare waren glatt nach hinten gegelt.

Shiv grinste. „Morgen! Hast du gesehen, dass Indien das Testspiel verloren hat?"

„Jep. Die Kiwis haben sie fertiggemacht."

„Es war herrlich. Meine Tante in Pakistan ist auf Facebook ganz schadenfroh."

Clay lachte. Kricket-Rivalitäten brachten jeden in den Wettkampfmodus. „Solange wir Indien in ein paar Wochen besiegen können."

„Mate, das sollten wir besser. Ich will gar nicht über eine Niederlage nachdenken."

„Ich auch nicht." Clay hob eine Braue. „Bist du nur gekommen, um über Kricket zu reden, oder kann ich mich anziehen?"

Shiv lachte und etwas an seinem Ton machte Clay vorsichtig. „Tut mir leid, Mate. Ich muss dich um einen winzigen Gefallen bitten."

Clay zog ihn ins Zimmer, als er hörte, wie jemand den Flur entlangkam. Er verschränkte seine Arme. „Na schön, spuck es aus."

„Erinnerst du dich an Jane und Sharon? Von der Reise hier rauf?"

„Zwei irische Sheilas. Nette Mädels."

„Sehr nett. Wir haben ein Date mit ihnen. Zum Mittagessen."

Stöhnend schüttelte Clay den Kopf. „Ich ganz sicher nicht. Sie sind zu jung für mich."

Shiv schnaubte. „Sie sind in meinem Alter. Du bist nur zehn Jahre älter. Du musst ein wenig leben. Ich weiß, dass du praktisch geheiratet hast, nachdem du aus der Gebärmutter gekrochen bist, aber du bist immer noch jung und jetzt bist du Single. Tob dich ein wenig aus!"

Clay schnaubte. „Wirst du mir gleich erzählen, wie heiß ich bin?"

Shiv musterte ihn nachdenklich. „Würde es helfen dich zu überzeugen, mit zum Mittagessen zu kommen? Denn du bist verdammt heiß, Mate."

„Ja", antwortete Clay trocken.

„Komm schon! Jane steht auf mich und wenn wir einfach eine nette kleine Mahlzeit mit ihnen haben, dann weiß ich, dass ich sie für später heute Abend klarmachen kann. Außerdem, musst du dich nicht ein wenig entspannen? Wir sind zwei Single-Typen und du hast diese Aura des mysteriösen Outback-Mannes."

„Habe ich das?" Jetzt war Clay an der Reihe zu schnauben.

„Absolut! Du bist eine Rückblende mit deinem altmodischen Slang und deinem kantigen Kiefer. Ein richtiger Mann. Die Mädels stehen darauf. Vertrau mir." Er hörte mit dem bittenden Tonfall auf. „Im Ernst, ich brauche das wirklich. Lori scharwenzelt mit diesem toskanischen Arschloch in Italien herum und …" Er verstummte und seufzte verzweifelt.

Shivs Frau hatte in Italien Busreisen für dieselbe Firma gemacht, für die sie arbeiteten und hatte Shiv vor mehreren Monaten eine Textnachricht geschickt und ihn nach zehn Jahre Ehe verlassen, ohne auch nur anzurufen. Das hatte ihn hart getroffen.

Shiv fügte hinzu: „Habe ich dir das Foto von ihnen in Amalfi gezeigt? Trägt dieser Angeber je ein Oberteil?"

„Du musst dich wirklich von Facebook fernhalten. Oder zumindest damit aufhören, Loris Account zu stalken." Zur Hölle, er hasste es, Shiv so niedergeschlagen zu sehen. Wenn er versuchte, eine andere Frau aufzureißen, würde er vielleicht damit aufhören, wegen Lori traurig zu sein. „Wir müssen kurz nach eins fertig sein, damit wir für die frühen Vögel da sind."

Mit aufleuchtendem Gesicht nickte Shiv. „Absolut. Das ist

perfekt. Ein kurzes kleines Mittagessen mit einer Deadline. Nett und lässig und du und ihre Freundin werdet als Puffer da sein. Hey, Sharon sieht auch nicht schlecht aus. Vielleicht haben wir beide Glück. Du bist schon zu lang Single."

„Schon gut, schon gut. Du klingst wie meine Tochter. Lass mich wissen wo und wann und dann lass mir meine Ruhe, es sei denn, du willst mich ohne das Handtuch sehen."

„Nein, nein, alles gut." Grinsend trat Shiv rückwärts aus dem Zimmer. „Im Hotelrestaurant um zwölf. Danke, Kumpel. Du bist mein Held."

„Eher ein Idiot", murmelte Clay vor sich hin. Er ließ sich aufs Bett fallen.

Es war nicht so, dass er etwas gegen Jane und Sharon hatte, die wunderbare Tourgäste gewesen waren. Und klar, sie waren attraktiv und jünger als die üblichen Senioren. An ihnen war gar nichts verkehrt. Aber Herr im Himmel hasste er Small Talk.

Es war ja nicht so, als ob er *einsam* wäre oder irgendwie so.

Die Trennung von Barb war jetzt zwei Jahre her und vielleicht *war* es seltsam, dass er sich nicht auf die Gelegenheit gestürzt hatte, wild zu daten und sich auszutoben. Er und Barb hatten in ihren gemeinsamen Jahren gute Zeiten im Bett gehabt. Absolut in Ordnung. Er war, als sie jünger gewesen waren, nie so sex-verrückt gewesen wie seine Kumpel. Er genoss einen Kuss und Kuscheln und ein wenig Action in den Federn, aber er konnte ohne leben.

Er war es müde, sich wegen seines mangelnden Liebeslebens zu stressen. Oder genauer gesagt, war er es müde, dass andere Leute sich für ihn deswegen stressten. Vielleicht würde die richtige Frau noch kommen, aber er würde sich nicht auf den Kopf stellen, um sie zu finden.

Er hatte im Busfahren eine zweite Karriere gefunden, die ihm Spaß machte und wenn er in Sydney war, konnte er Sam und ihren Hund regelmäßig sehen. Wenn man ihm Kricket oder Footie im Fernsehen gab und ein eiskaltes Bier, dann ging ihm überhaupt nichts ab.

Kapitel Vier

„WARUM HABE ICH gedacht, das wäre eine gute Idee?“, murmelte Ethan vor sich hin, als er aus dem Aufzug in die Lobby des Hotels trat. Ein Paar warf ihm einen seltsamen Blick zu, was wahrscheinlich bedeutete, dass er zu laut redete. Ein weiterer wunderbarer Vorteil, wenn man schwerhörig war, war, dass er es nicht bemerkte, wenn er lauter redete, als er dachte. Er versuchte, die beiden anzulächeln, sein Magen drehte sich dabei um.

Wenigstens hatte er früh einchecken und sich schnell duschen und rasieren können. Er war erschöpft, wusste aber, dass er für den Rest des Tages wach bleiben musste, um gegen den Jetlag anzukommen. Die Flüge von New York nach LA, dann nach Brisbane und schließlich hinauf nach Cairns – das die Aussies „Cans“ aussprachen – hatten keine großen Verspätungen gehabt, aber er fühlte sich, als wäre er tagelang gereist. Was wohl der Fall war? Er war sich nicht sicher.

Es war beinahe den gesamten Flug nach Brisbane dunkel gewesen, eine endlose Nacht, während der er versucht hatte zu schlafen, weil die Filme keine Untertitel hatten. Wenn sein Handy genügend Speicherplatz gehabt hätte, hätte er ein paar Filme vorab laden und anschauen können, während der Sound über Bluetooth direkt an seine Hörgeräte übertragen wurde, aber er hatte weniger als ein Gigabit übrig. Am Ende hatte er unruhig gedöst und weil er seine Hörgeräte ausgeschaltet hatte, hatte er das Baby, das in der Reihe hinter ihm geplärrt hatte, kaum hören können.

Sie waren durch ein paar Turbulenzen gekommen und Ethan hatte die Karte mit den Anweisungen für den Notfall mehrfach durchgelesen und sich selbst immer wieder daran erinnert, dass der nächste Notausgang sich sechs Reihen hinter ihm befand. Er hatte die Rückseiten der Sitze gezählt, als er an Bord gekommen war, wissend, dass, wenn es in der Kabine dunkel oder voller Rauch war, er theoretisch in der Lage war, die Sitze zu ertasten und seinen Weg zum Ausgang zu zählen.

Theoretisch.

Wenn sie sich über dem Ozean befanden, gingen die Chancen, eine Wasserlandung zu überleben, gegen Null, aber es schadete nicht, vorbereitet zu sein. Er stellte sich Michaels Augenverdrehen vor, während er ihm sagte, dass er sich nicht diese Serie über Flugzeugabsturzermittler hätte ansehen sollen.

Ein weiterer schmerzhafter Stich, so scharf, dass er nach Luft schnappen musste. Er konnte sich für kurze Zeitspannen ablenken und Michael und Todd dankenswerterweise vergessen und dann erinnerte er sich und erlebte alles in einer großen Kaskade – Schmerz, Demütigung, Zorn, Verzweiflung.

Zusammen mit der harten, unleugbaren Wahrheit unter all dem, dass er Michael nur aus einem fehlgeleiteten Versuch heraus, ihre Beziehung wieder in Ordnung zu bringen, einen Antrag gemacht hatte. Um sein Leben in Ordnung zu bringen. Dieser kleine Zyklus hatte sich mehrfach wiederholt, der kurzen Erleichterung durch die Ablenkung folgte die niederschmetternde Rückkehr seiner neuen Realität.

Denken sie an mich? Oder sind sie zu sehr mit Ficken beschäftigt?

Jetzt war er hier – allein in Australien. Er dachte, er würde sich vielleicht übergeben. Es war wahnsinnig feucht und Schweiß machte seine Handflächen bereits nass, als er sich in der Lobby nach seiner Tourgruppe umsah. Seine Nervosität half nicht. Er hatte ein Bandana gefaltet in seiner Tasche, um den Schweiß um seine Ohren abzuwischen, damit seine Hörgeräte nicht zu nass wurden. Er musste sehr viel schwitzen, damit es wirklich besorgniserregend wurde, aber die tropische Feuchtigkeit machte ihn nervös.

Auf seinem Plan stand, dass die Gruppe sich um halb zwei in der Lobby traf, doch als Ethan sich umschaute, sah er keine Gruppen oder jemanden, der ein Schild in die Höhe hielt. Als er den Kopf nach draußen steckte und von einer frischen Wand aus Feuchtigkeit getroffen wurde, erkannte er, dass der DL Tours Bus mit offener Tür dastand. Ethans Herz tat einen Sprung. Scheiße, war er zu spät? Er linste zögerlich hinein.

Hinter dem Lenkrad auf der rechten Seite des Busses saß ein Mann, der wahrscheinlich Anfang vierzig war. Sexy auf diese raue, irgendwie männliche Art, mit kurzen, bräunlichen Haaren und einem ordentlichen Bart und Schnauzer. Er trug eine Uniformhose in Blau und ein kurzärmeliges weißes Hemd, auf dem das kantige DL Tours Logo auf die Brusttasche genäht war.

„Ah, *murmel*", sagte der Fahrer.

Ein Mann, von dem Ethan annahm, dass er der Reiseleiter war, erschien oben an den wenigen Stufen, die in den Bus führten. Anfang dreißig oder so und kräftig, hatte er braune Haut und kurze dunkle Haare und seine Zähne leuchteten in einem breiten Lächeln. „Hallo! Kommen Sie rein."

„Hi. Ich bin Ethan Robinson." Er winkte dem Fahrer und dem Guide kurz zu. „Es tut mir leid, dass ich zu spät bin. Ich dachte, wir treffen uns um halb zwei?"

„Nah, *murmel murmel*", sagte der Reiseleiter, trat ein paar Schritte in den Bus zurück und reichte ihm eine DL Tours Tasche mit Inhalt.

Ethan trat zu ihm in den engen Gang und war sich bewusst, dass Dutzende Augenpaare auf ihn gerichtet waren. „Es tut mir leid? Das habe ich nicht verstanden." Ethan drehte seinen Kopf, deutete auf ein Ohr. „Ich bin schwerhörig." Ugh. Er hasste dieses Spielchen. „Wenn Sie langsam und deutlich sprechen und mich direkt ansehen könnten, während Sie das tun, wäre das wirklich sehr nett."

„Es tut mir leid! *Murmel murmel.*"

Ethan verlagerte nervös sein Gewicht von einem Bein auf das andere. Er war in Versuchung, einfach zu nicken und zu lächeln und so zu tun, als hätte er verstanden. Er war daran gewöhnt, dass Michael oder Todd da waren und ihm halfen, die leeren Stellen zu füllen, und er fühlte sich wie ausgeweidet, weil alle zuschauten. „Es tut mir leid, das war immer noch zu schnell. Mit dem Akzent ist es schwierig."

Der Guide beugte sich näher, sein Verhalten wechselte zu dem einer Person, die mit einem Kind redete. Seine Brauen hoben sich und er legte eine Hand auf Ethans Schulter. „Können Sie. Mich jetzt. Verstehen?"

Sich wünschend, dass sich die Erde oder der Boden des Busses auftat, nickte Ethan, während seine Haut unter dem Starren von allen anderen an Bord kribbelte.

„Großartig!" Jetzt schrie der Guide auch noch, zusätzlich dazu, dass er ihn von oben herab behandelte. „Ich habe gesagt, dass alle anderen früh dran waren. Sie sind nicht zu spät."

Ethan wollte ihm sagen, dass Schreien nicht nötig war – und sogar schmerzhaft sein konnte, wegen der Verstärkung in seinen Hörhilfen – aber er wand sich bereits unter den Blicken der anderen Touristen. Auf den ersten Blick schienen sie alle vierzig Jahre älter zu sein als er und dann traf es ihn wie ein Vorschlaghammer.

Oh mein Gott. Ich bin auf einer Senioren-Tour. Nicht, dass ich etwas gegen alte Leute habe, aber ...

Der Guide lehnte sich zur Seite und schaute aus der Tür. „Kommt Michael gleich nach?"

Ethans Herz sank mit einem ätzenden Pulsieren in seine Eingeweide. Er hatte dem Reiseanbieter eine E-Mail geschrieben und informiert, dass er allein sein würde, aber anscheinend war dieses Memo verloren gegangen. Ehe er eine Antwort formulieren konnte, grinste der Reiseleiter ihn an und scherzte: „Kein Wunder, dass die Flitterwöchner die Letzten an Bord sind!"

Das Murmeln des Lachens aller Anwesenden und ein paar wahrscheinlich gut gemeinte Kommentare verwirbelten zu einem Chaos aus Klang. Ethans Wangen waren heiß und er dachte darüber nach, sich umzudrehen und zurück in sein Zimmer zu fliehen, um sich zu verstecken. „Ich … Wir …" *Fuck.* „Es gibt keine Flitterwochen!", platzte er heraus. „Wir haben uns direkt vor der Hochzeit getrennt. Ich bin allein hier." *Wie ein erbärmlicher Verlierer.*

In der plötzlichen Stille klappte der Kiefer des Guides nach unten. „Es tut mir leid, *murmel*. Das wusste ich nicht."

Ethans Gesicht war so heiß, dass er dachte, sein Kopf würde vielleicht explodieren. „Es ist in Ordnung. Es ist gut. Mir geht es gut!"

„Natürlich tut es das!", stimmte der Guide zu und die anderen Passagiere nickten nachdrücklich. „Hier, nehmen Sie den vorderen Sitz. Dort hat man die beste Aussicht, während wir *murmel murmel!*"

Begierig darauf, nicht all die mitleidigen Blicke sehen zu müssen, ließ Ethan sich auf den Sitz fallen. Sein Blick begegnete dem des Fahrers und dieser schenkte ihm ein mitfühlendes halbes Lächeln, bevor er sich wieder zum Lenkrad drehte. Ethan glitt zum Fenstersitz und überlegte erneut, ob er abbrechen und zurück in sein Zimmer laufen sollte.

Er war ein absoluter verdammter Idiot gewesen, zu denken, dass diese Reise allein anzutreten eine gute Idee war.

Der Guide nahm ein Mikrofon und sagte: „Jetzt da wir alle da sind, möchte ich mich kurz vorstellen. Mein Name ist Shiv

Chatterjee. Ich bin in Melbourne aufgewachsen, bin dann abtrünnig geworden und auf die Uni gegangen und wurde zu einem Sydneysider. Ich liebe es, im Touristensektor zu arbeiten. Es ist großartig, neue Leute kennenzulernen und Ihnen dieses wunderschöne Land zu zeigen." Er schien sich zu bemühen, deutlich zu sprechen, das war zumindest etwas.

Shiv redete weiter. „Und hinter dem Lenkrad sitzt Clayton Kelly. Er ist vom, wie wir es nennen, Arsch der Welt – in seinem Fall dem Queensland Outback. Er hat früher in den Minen als Mechaniker gearbeitet und das war schon ein- oder zweimal hilfreich, obwohl diese Busse ganz hervorragend sind, machen Sie sich keine Sorgen. Clayton redet nicht viel, aber stille Wasser sind tief. Sie sind in guten Händen."

Immer noch das Mikrofon in der Hand, setzte sich Shiv auf den Platz auf der anderen Seite des Mittelgangs und fuhr mit seiner Willkommensrede fort. Es war einfacher, die tieferen Töne einer Männerstimme zu verstehen, aber wegen des Aussie-Akzents erwiesen sich die breiteren Vokallaute bereits als Herausforderung. Konsonanten waren für Ethan immer am schwierigsten zu hören und Shiv schien sie bei einigen Worten komplett wegzulassen, vor allem den Buchstaben „r", auch wenn er sich nicht sicher sein konnte, weil er Michael nicht hatte, den er fragen könnte.

Sind er und Todd zusammen? Todd ist wahrscheinlich schon eingezogen. Vermissen sie mich? Kümmert es sie überhaupt, dass ich auf der anderen Seite der Welt bin? Oder sind sie froh, dass ich weg bin? Wollten sie mich einfach nur seit Jahren loswerden? War dieses Poly-Zeug nur eine Ausrede?

Ungewollt kam eine Erinnerung an seine Mom zu ihm. Von damals, als sie in ein Hospiz gebracht worden war. Er war vierzehn gewesen und sie hatte ihn wegen ihres eigenen, bevorstehenden Todes trösten wollen, obwohl er derjenige hätte sein sollen, der sie tröstete. Ihre Hand hatte so dünn gewirkt, als sie seine gedrückt hatte, ihre Haut hatte sich papieren angefühlt in seinem schwitzigen Griff.

„Es wird nicht immer so sehr wehtun. Alle Dinge verblassen. Das heißt nicht, dass du vergisst, aber der Schmerz wird nicht mehr in jedem Atemzug sein, Liebling."

Mit brennenden Augen verfluchte Ethan sich. Als wenn er nicht schon traurig genug wäre, musste er auch noch über seine Mom nachdenken? Himmel, wenn sie nur hier bei ihm wäre. Sie hatte so unbedingt nach Australien gewollt und er hatte vorgehabt, die Reise absolut zu genießen, für sie genauso sehr wie für sich selbst. Bis jetzt hatte er nur in ein Loch kriechen wollen.

Die Touren in Australien waren augenscheinlich entweder für Backpacker oder Senioren gewesen, obwohl diese hier weder „Senior" noch „golden" im Titel gehabt hatte, darum hatte Ethan gehofft, dass sie vielleicht ein eher gemischtes Publikum anziehen würde. Die Backpacker wären eher in seinem Alter gewesen, aber Ethan wollte keine Partys feiern und in Jugendherbergen in Schlafsälen übernachten. Er konnte sich die Wand aus Lärm vorstellen und wie er Mühe hätte, irgendein Gespräch zu hören. Wenigstens würden die Senioren keine laute Musik spielen.

Durch die große Windschutzscheibe schaute Ethan hinaus auf die weißen Schaumkronen, wo der Ozean auf die Felsen am Fuß der Klippen traf. Die Straße bog Richtung Norden ab, als sie Cairns verließen. Ihm wurde klar, dass Shiv redete, und dass er abgedriftet war, ohne seine Hörgeräte ausschalten zu müssen.

Sei im Jetzt. Hör deinem Tourguide zu. Zur Hölle mit allem anderen.

Ethan schaute Shiv an, der auf dem Sitz auf der anderen Seite das Gangs redete, etwas über die Geografie der Gegend erzählte und die Regensaison. Anscheinend hatten sie Glück gehabt, an einem Tag anzukommen, an dem die Sonne hinter den Wolken hervorschaute und auf das blau-grüne Wasser des Pazifiks schien. Es war wirklich atemberaubend schön. Nachdem er gefühlt Tage in Flugzeugen verbracht hatte, war es surreal.

Nach ein paar Minuten zeigte Shiv ihm ein nervöses Lächeln und Ethan wandte mit pochendem Herzen den Blick ab. Es konnte manchen Menschen unangenehm sein, wie er sie intensiv betrachtete, wenn er versuchte, jedes Wort zu verstehen. Er öffnete seine Tasche und zog ein Willkommenspaket mit dem Zeitplan heraus sowie zwei Namensschilder, die mit einem Magneten befestigt wurden, anstatt mit einer Nadel. Seine Hände zitterten furchtbar, als er seines an seinem T-Shirt befestigte. Das von Michael warf er zurück in die Tasche. Vielleicht würde er es später verbrennen.

Und dann löse ich wahrscheinlich ein Feuer aus und brenne das Hotel nieder, weil ich verflucht bin. Oder vielleicht –

In dem Versuch, seine Gedanken zu stoppen, bevor er sich in einer ängstlichen Litanei aus was-wenns verlor, schaute er aus dem Fenster und hoffte, dass er einen Großteil der Erklärungen mitbekam, als sie auf der kurvigen Straßen nach Norden nach Port Douglas fuhren. Ethan war noch nie in so einem vornehmen Bus gewesen. Viel besser als die Greyhounds, nahmen hier die Fenster die komplette obere Hälfte des Gefährts ein, sodass jeder einen guten Blick hatte.

Ich bin wirklich hier.

Er wollte aufgeregt sein. Er war endlich in Australien, lebte seinen Traum – eigentlich den Traum seiner Mutter, aber es war etwas gewesen, das sie geteilt hatten. Vielleicht schaute seine Mom aus dem Himmel zu und sah alles mit ihm. Er war sich nicht sicher, ob er das glaubte, aber es war ein netter Gedanke. Sie hatte ihm das Versprechen abgenommen, dass er eines Tages für sie nach Australien fliegen würde und zumindest erfüllte er diesen Schwur. Das war etwas.

Fuck, ernsthaft. FANG NICHT AN ZU WEINEN.

Es war schlimm genug, dass alle anderen im Bus wahrscheinlich dachten, dass er nicht nur zu spät gekommen und darum unverantwortlich war, sondern dass er ein erbärmlicher Verlierer war, der allein in seine Flitterwochen fuhr. Fuck, nahmen sie alle an, dass er verlassen worden war?

Ethan stoppte sein Hirn nachdrücklich, bevor er zu weit abrutschte und erneut die Wut und den Schmerz und die Demütigung und die Furcht empfand. Ganz egal, was sie dachten, er musste nicht auch noch zu weinen anfangen, verdammt. Er fiel ohnehin bereits auf wie ein bunter Hund.

Zum Glück hielten sie an einem Aussichtspunkt und Ethan konnte zumindest für ein paar Minuten seinen Gedanken entkommen, als er den Ausblick genoss. Die drückende Hitze war oben auf der Straße an den Klippen entlang erträglicher, als sie es in der Stadt gewesen war, obwohl Cairns winzig war. Es musste die Brise sein, die den Hut einer Dame davontrug.

Ethan sprang hinterher, erwischte die breite Krempe, bevor der Hut über den Rand der Steinmauer entlang des Aussichtspunkts flog. „Bitteschön." Er reichte ihn ihr.

Die Frau rief etwas, das er über dem Rauschen des Windes und dem Rumpeln eines weiteren Tourbusses, der auf der Straße vorbeifuhr, nicht verstand. Sie war klein und hatte weiße Haare und ihr Ehemann war nicht viel größer. Sie trugen Bauchtaschen und Laufschuhe und lächelten breit. Ihr Akzent war englisch, dachte Ethan.

„Guter Mann", sagte der Ehemann und schlug Ethan dabei mit überraschend starkem Griff auf die Schulter. Auf seinem Namensschild stand, dass er Clive war, und seine Frau hieß Sylvia, laut ihrem.

Ethan nickte und lächelte und wandte sich dann wieder der Aussicht zu. Er hatte sich von Instagram und Facebook ferngehalten, aber vielleicht sollte er ein Foto posten. Michael und Todd und ihren Freunden zeigen, dass er sich ohne sie HERVORRAGEND AMÜSIERTE. Ganz *gewaltig*! Er brauchte sie nicht.

Er drehte seinen Rücken dem schimmernden Ozean zu, holte sein Handy heraus und tippte auf das Icon, um die Kamera auf sich zu wechseln. Er streckte seinen rechten Arm aus und verfluchte sich, weil er nicht eines dieser Pop Socket Dinger gekauft hatte, die es angeblich einfacher machten, Selfies zu posten. Wenigstens hatte er sich am Flughafen eine neue SIM-Karte gekauft, damit er keine astronomischen Roaming-Gebühren bezahlen musste.

Wegen der anderen SIM hatte seine Handynummer sich geändert, darum würden Michael und Todd ihn nicht erreichen können, sogar wenn sie das wollten. Vielleicht flogen draußen in der Cloud Dutzende Textnachrichten herum. Vielleicht tat es ihnen leid und sie flehten ihn an, ihnen zu vergeben.

Ethan war sich nicht einmal sicher, ob er das wollte. Und plötzlich war der Gedanke, etwas in den Sozialen Medien zu posten – der Gedanke an all die verwirrten und mitfühlenden Kommentare, die ganz sicher folgen würden, weil die nicht stattgefundene Hochzeit sich sicher herumgesprochen hatte – viel zu viel.

Ethan ließ seinen Arm sinken. Der Wind verursachte ein Pfeifen in seinen Hörhilfen und er fummelte ungeduldig an ihnen herum, als jemand etwas sagte. Er hob den Blick und blinzelte den Fahrer an, der ein paar Schritte entfernt stand.

Seinen Kopf ein paar Zentimeter drehend und sein Kinn nach vorne schiebend, legte Ethan seine Hand hinter sein Ohr. „Wie bitte?"

Der Fahrer trat näher. Sie hatten ungefähr dieselbe Größe, knapp über einen Meter zweiundachtzig, aber Clayton war muskulöser, seine Schultern breit. Seine Haare hatten im Bus größtenteils braun ausgesehen, aber in der Sonne glänzte sein Bart rot. „Ich habe gefragt, ob ich dich fotografieren soll. Es sei denn, du möchtest es selbst machen." Seine Stimme war ein tiefes Rumpeln.

Sogar wenn er nicht auf Insta postete, sollte Ethan dennoch ein paar Fotos machen, oder? Er könnte es später bereuen, wenn er das nicht machte. Er hielt sein Handy zögerlich hin. „Wenn es dir sicher nichts ausmacht?"

Clayton sagte etwas, das wahrscheinlich „Überhaupt nicht" war oder ähnliche Worte, weil er das Handy nahm. Ethan versuchte, seine Haare zu zähmen, und lächelte dann. Aber Clayton warf ihm einen zweifelnden Blick zu, seine Brauen zogen sich zusammen.

„Versuch auszusehen, als wärst du im Urlaub, nicht vor einem Erschießungskommando." Dann schien er noch einmal darüber nachzudenken, was er gesagt hatte. „Es tut mir leid, Mate. Ich kann mir vorstellen, dass es im Moment hart ist." Er fügte schnell hinzu: „Oder auch nicht. Hör zu, ich halte einfach den Mund und mache das Foto."

Ethan lächelte, dieses Mal aufrichtig, ein kleiner Hauch Wärme floss durch ihn. „Schon gut. Ich war noch nie allein in den Flitterwochen. Oder mit irgendjemandem, wenn wir schon dabei sind. Darum hatte ich definitiv schon bessere Tage." *Halt den Mund. Der Typ ist nur nett und macht ein Foto von dir. Er will deine traurige Geschichte nicht hören!*

Ethan straffte seine Schultern und versuchte erneut zu lächeln. Dieses Mal schaffte er es, während Clayton das Foto machte und seine Aufgabe sehr ernst nahm, als er auf den Bildschirm tippte. Dann gab er das Handy zurück, seine rauen Finger strichen über die von Ethan.

Ethan lächelte erneut. „Danke. Das war sehr nett." Er schaute sich den Rest der Gruppe an, die in Paaren im Bereich der Aussichtsstelle verteilt war. Es schienen ungefähr zwanzig Menschen zu sein. „Vielleicht musst du im Laufe der Reise noch mehr Fotos von mir machen. Ich glaube, ich bin der Einzige, der allein unterwegs ist." *Und auch der Einzige, der noch keine Seniorenfahrkarte besitzt.*

„Keine Sorge. Wir haben ständig Leute, die Single sind, auf der Tour."

Als sie zurück in den Bus stiegen, fragte Ethan sich, ob das stimmte. Das Wort „Single" hallte in seinen Gedanken.

Single.

Er war wahrscheinlich ein Vollidiot, aber das war wirklich das erste Mal, dass er an die Tatsache dachte, dass er wieder *Single* war. Er war so lang Teil eines Paares gewesen, dass er sich kaum daran erinnern konnte, keinen festen Freund zu haben. Er hatte in der High School ein paar Romanzen gehabt, aber diese Jahre waren auch überschattet von der Trauer um seine Mom. Er hatte alles unverbindlich gehalten, war auf Partys gegangen und hatte niemanden zu nahe an sich herangelassen.

Dann war während Ethans erstem Jahr auf dem College sein Dad plötzlich an einem Herzinfarkt gestorben und die Trauer hatte wieder übernommen. Erst als Ethan im zweiten Collegejahr war und Michael in sein Leben geplatzt war – so modisch und hip und anders als alle, mit denen Ethan aufgewachsen war – hatte er ernsthaft etwas mit einem Mann angefangen.

Und jetzt bin ich hier. Single.

Sie hielten in einer kleinen Stadt in der Nähe, in der es nicht viel zu tun gab und Ethan spazierte herum und schaute in Schaufenster und tat so, als würde er sich für verbilligte Golfkleidung und Touristensouvenirs interessieren. Irgendwann fuhr der Bus zurück nach Cairns. Shiv erzählte noch ein paar weitere Dinge über den Regenwald oder etwas in der Art und Ethan bekam einen Teil davon mit, hörte aber nicht wirklich zu, während er aus seinem Fenster aufs Meer starrte, das jetzt grauer war, weil dunkle Wolken wieder heraufzogen.

Er war endlich in Australien und er hatte sich in seinem ganzen Leben noch nie so *Single* gefühlt.

Kapitel Fünf

„LEUTE, ICH SCHWÖRE, dass es kein Kater ist", scherzte Shiv. Sie alle standen vor dem Hotel, der Bus wartete mit geschlossenen Türen und wohl laufender Klimaanlage in der Nähe. Ethan hatte einen Teil dessen, was Shiv erzählt hatte, verpasst, aber der Mann sah beschissen aus, seine Augen waren blutunterlaufen und seine Haare auf eine Weise verschwitzt, die nicht von der Hitze zu kommen schien.

Das Fazit war anscheinend, dass nur Clayton sie auf ihrem ersten vollen Tag der Tour begleiten würde – ein Bootsausflug zum Great Barrier Reef. Üblicherweise hätte Clayton sie nur dorthin gefahren und am Ende des Tagesausflugs abgeholt, und als Shiv ihnen winkte und wieder ins Hotel verschwand, füllte eine kleine Blase aus Aufregung Ethans Brustkorb. Was dämlich war, aber Clayton war heiß und Ethan brauchte unbedingt eine Ablenkung.

Er suchte sich einen Platz in der Mitte des Busses, der, wie ihm aufgefallen war, achtundvierzig Sitze hatte, laut einem kleinen Aushang mit Regularien, der im vorderen Teil an der Wand klebte. Er zählte neunzehn Gäste, inklusive ihm selbst, darum gab es wenigstens eine Menge Platz zum Ausbreiten.

Bei dem Willkommensessen am Abend zuvor in einem Kulturzentrum der Aborigines, hatte Ethan festgestellt, dass alle anderen entweder aus Großbritannien oder Kanada kamen und er vermutete, dass die Jüngsten frischgebackene Pensionäre Mitte sechzig waren. Sie waren alle nett und zuvorkommend und niemanden schien es zu kümmern, dass er einen anderen Mann hatte heiraten wollen.

Ein Kanadier namens Stan, der Mitte Siebzig war, trug ebenfalls Hörgeräte, aber seine waren kleiner und wurden im Ohr getragen. Ethan hatte herausgefunden, dass er mehr brauchte, als diese Art bieten konnte. Dennoch war es schön, mit Violet, Stans Frau, zu reden, weil sie daran gewöhnt war, mit einem Hörverlust umzugehen, und sehr deutlich sprach.

Die anderen, die in Ethans Nähe gesessen waren, schien es nicht gestört zu haben, sich zu wiederholen, während sie nach Wild schmeckendes Kängurufleisch und andere australische Gerichte von einem Buffet gegessen hatten, gefolgt von einer Show mit Tänzen und kulturellen Geschichten. Dennoch hatte Ethan sie nicht oft gebeten, etwas zu wiederholen. Er hatte in der Regel einfach versucht, die Leerstellen selbst zu füllen, hatte wenig gesagt und gehofft, dass wenn irgendjemand ihm eine Frage stellte, er sich nicht zum Narren machte, indem er über etwas vollkommen anderes redete. Restaurants waren am schlimmsten. Wenn er nur mit einer Person an einem ruhigen Ort redete, war es viel weniger stressig.

Clayton fuhr sie nur ein paar Blocks weiter zum Hafen, bevor sie wieder ausstiegen und dabei die Tür vorne und die in der Mitte des Busses benutzten, was praktisch war. Ethan wartete, bis die älteren Leute ausgestiegen waren, um dann neben Clayton in Gleichschritt zu fallen, als sie das Schlusslicht bildeten und entlang dem Pier zu einem der Boote im Fährenstil schlenderten.

„Ich bin überrascht, dass wir nicht zu Fuß gegangen sind", bemerkte Ethan.

„Es ist besser, alle zusammenzuhalten. Und für die älteren Leute kann es anstrengend sein. Vor allem bei dieser Hitze."

„Oh, natürlich. Daran habe ich gar nicht gedacht." *Dummkopf. Halt einfach deinen Mund.* Er wollte plötzlich unbedingt etwas Kluges sagen oder etwas Kluges fragen oder – nun, irgendetwas, das nicht dumm war. „Clayton, ich habe mich gefragt-"

„*Murmel,* in Ordnung."

„Wie bitte?"

Clayton drehte sich zu Ethan. „Ich habe gesagt, dass Clay in Ordnung ist. Shiv ist gerne formell und nennt mich Clayton, weil er mich einmal einen ganzen Tag lang ‚Clinton' genannt hat, bis einer der Gäste etwas gesagt hat. Ich habe nur gewartet, wie lang er brauchen würde, um es zu kapieren." Er schaute sich um, aber die anderen waren mehrere Schritte vor ihnen.

Ethan spürte einen kleinen Hauch Freude bei diesem verschwörerischen Tonfall. „Okay. Clay."

Clay lächelte ihn an, seine wunderschönen blauen Augen hatten in den Augenwinkeln Falten und seine Zähne blitzten weiß. „Du hattest eine Frage?"

„Oh!" Ethan suchte verzweifelt nach etwas Intelligentem, das er sagen konnte. „Ähm … Ist Shiv krank? Ich habe nicht alles gehört, was er gesagt hat, aber er sieht grauenvoll aus."

„Ja, er behauptet, es ist eine Lebensmittelvergiftung, aber ich weiß nicht. Es könnte sein, dass er einen auf krank macht."

Ethan war sich nicht sicher, ob er das richtig verstanden hatte, und versuchte, die Worte zu begreifen. „Du denkst, dass er nur so tut?"

Clay blinzelte überrascht und runzelte die Stirn. „Nein. Ich habe nur gescherzt, Mate. Shiv würde das nicht tun. Er ist sehr gut in seinem Job. Er ist definitiv geplättet." Er klang ein wenig beleidigt.

„Oh, nein! Ich bin sicher, dass er krank ist! Ich war mir nur nicht sicher, ob ich verstanden habe, was du gesagt hast." Ethan schob seine Hände in die Taschen seiner Kaki-Shorts. *Großartig. Jetzt denkt er, ich bin ein Arschloch.* Er versuchte, die plötzliche peinliche Stimmung loszuwerden, während er sich gleichzeitig wünschte, der endlose Holz-Pier würde sich öffnen und ihn in die Tiefen darunter fallen lassen. Clay war so nett und Ethan hatte es ruiniert.

Clay murmelte etwas und Ethan hob den Blick von seinen Füßen und sagte: „Es tut mir leid, kannst du das wiederholen?"

„Ich wollte nur nicht, dass du denkst, DL stellt Reiseleiter an, die ihre Arbeit nicht ernst nehmen. Das ist tatsächlich das erste Mal, dass ich ihn einen Tag aussetzen sehe."

„Armer Kerl. Lebensmittelvergiftungen sind das Schlimmste. Hast du gesagt ... Bedeutet ‚geplättet' krank?"

Clay lächelte. „Das tut es. Tut mir leid, ich vergesse, dass es am Anfang immer eine gewisse Lernkurve gibt. Vor allem für Amerikaner. Die Kanadier scheinen unseren Slang aus irgendeinem Grund etwas besser zu verstehen und die Briten natürlich sowieso. Wir haben eine Menge gemein." Seine Augen funkelten. „Außer während der Ashes."

„Oh, ja." Ethan versuchte, etwas aus dem Kontext abzuleiten, und fand nichts. Hatte er die richtigen Worte gehört?

„Du hast nicht die geringste Ahnung, wovon ich rede, oder?"

Ethan musste lachen, auch wenn sein Gesicht heiß wurde. „Nein. Tut mir leid, mein Gehör ist beschissen."

Das Rumpeln von Clays freundlichem Lachen war ein tröstlicher Laut. „Nah, das ist nicht deine Schuld, Mate. Ich rede über Kricket. Ich glaube nicht, dass das in Amerika sonderlich bekannt ist. Ich erkläre es dir später, wenn du möchtest." Sie hatten das Boot erreicht und Clay legte seine große Hand auf Ethans Schulter. „Aber ich kann den ganzen Tag über Kricket reden und ich bezweifle, dass du zu Tode gelangweilt werden möchtest."

Er lächelte Ethan an, bevor er einem Angestellten auf dem Boot winkte und zu ihm ging, um mit ihm zu reden. Ethan schaute zu, wie sie eindringlich auf ein Klemmbrett starrten und dabei etwas besprachen. Clay deutete und schüttelte seinen Kopf.

Und für einen Moment ließ Ethan sich den kleinen Thrill genießen, den er durch das Gewicht von Clays Hand, die ihn berührte, gefühlt hatte. Dann überfluteten Schuldgefühle ihn. Er sollte jetzt *verheiratet* sein. Er sollte sich nicht zu einem anderen Mann hingezogen fühlen, auch wenn es absolut einseitig war.

Warum zur Hölle nicht? Michael hat zwei Jahre lang meinen besten Freund gefickt. Zwischen uns ist es aus. Für immer. Vielleicht ist eine Trost-Affäre genau das, was ich brauche.

Er lachte über sich selbst. Der Mann war für ungefähr fünf Minuten nett zu ihm gewesen und Ethan hatte das in seinem Kopf bereits zu einer Affäre aufgebauscht. Er war wirklich erbärmlich.

Kurz darauf gingen sie an Bord und Ethan begab sich sofort zum obersten Deck, zusammen mit einigen anderen aus der Gruppe und weiteren Passagieren. Die Fähre konnte ein paar hundert Menschen aufnehmen, schätzte Ethan, darum befanden sich einige andere Touristengruppen und Einzelreisende an Bord. Er setzte sich an die Reling und holte seine Sonnenbrille heraus. Es war ziemlich bewölkt, aber dennoch hell.

Clay bemerkte ihn und setzte sich zu ihm und zur Hölle damit. Warum sollte Ethan sich darüber nicht freuen? Clay war wunderschön und sah überhaupt nicht wie Michael oder Todd aus – Ethan wappnete sich, als die Bilder in seinem Kopf Räder schlugen – und was war falsch daran, die Aussicht zu genießen? Außerdem lenkte es ihn von dem erschöpfenden Zyklus aus Schmerz-Wut-Demütigung-Verzweiflung ab und es war schön, sich nicht ganz allein zu fühlen.

„Hast du einen Hut mitgebracht?“, fragte Clay und setzte sich seinen eigenen braunen Lederhut mit breiter Krempe auf. Er sah beinahe wie ein Cowboyhut aus und Ethan stellte sich vor, wie Clay ein Pferd durchs Outback ritt, während rote Erde um ihn herum aufflog.

„Hmm?“, sagte Ethan, versuchte, sich wieder zu konzentrieren.

„Sogar wenn es bedeckt ist, ist die Sonne hier unten intensiver als in deiner Hemisphäre." Er blinzelte in den Himmel hinauf und Ethan folgte seinem Blick. Die Sonne schaute durch die dichten Wolken, die zumindest nicht grau waren. Noch nicht. Clay fügte hinzu: „Ich muss wirklich aufpassen, als Bluey. Vor allem auf dem Wasser. Oh, entschuldige. ‚Bluey' bedeutet Rotschopf."

Ethan lachte. „Ich liebe es, dass es hier für alles eine seltsame Bezeichnung gibt. Ich meine nicht *seltsam*, nur anders."

„Oh, wir Aussies sind ein seltsamer Haufen. Ich bin nicht beleidigt. Also, kein Hut?"

„Scheiße, nein. Ich wollte gestern einen kaufen und habe es total vergessen."

Clay zog ihn freundlich auf. „Wie kannst du ohne Hut nach Oz kommen?"

Anstatt zu tun, was jede normale Person machte und mit einem Scherz zu reagieren, platzte Ethan heraus: „Ich hatte einen, aber den hat mein fester Freund mir zu Weihnachten geschenkt. Verlobter, meine ich. Ex-Verlobter. Ex fester Freund. Ex-alles." *Erschießt mich jetzt.* Er schloss lahm: „Ich wollte einfach nichts mitnehmen, das mit ihm in Verbindung steht."

Clay nickte, sein Lächeln war verschwunden. Er sagte etwas, das Ethan nicht verstand, weil ein junges Paar in der Nähe lachte. Ethan überlegte, was er sonst sagen konnte. Clay schien es nicht zu stören, dass er schwul war, was ein wenig überraschend war, wenn man die Stereotypen über Männer aus dem Outback bedachte. Aber er wollte wahrscheinlich nicht herumsitzen und über Ethans Ex-Freund reden. Verlobten. Wie auch immer. Dann fühlte Ethan sich schuldig, weil er überrascht war.

Warum falle ich überhaupt auf Stereotypen herein? Wenn er nicht homophob ist, sollte das nicht überraschend sein! Ich nehme an, er könnte es wegen seines Jobs verstecken, weil er mit den verschiedensten Gästen zu tun hat und – nein! Warum bin ich so misstrauisch? Warum denke ich das Schlimmste von ihm? Fuck, warum analysiere ich das zu Tode, wie SONST NICHTS? Und warum habe ich die

Sache, die eigentlich am wichtigsten gewesen ist, nicht zu Tode analysiert? Meine Beziehung zu Michael und unsere verdammte, zum Scheitern verurteilte Hochzeit?

Clay räusperte sich und sagte: „Wenn wir später heute Nachmittag wieder auf dem Festland sind, zeige ich dir, wo du einen guten Hut kaufen kannst. *Murmel murmel.*"

Ethan bat ihn nicht, das zu wiederholen, weil er sich ziemlich sicher war, dass er das Wichtigste mitbekommen hatte. Er hoffte es zumindest. „Danke. Das wäre super." Clay war sicher nur nett – machte nur seinen Job – aber Ethan konnte ein Lächeln nicht unterdrücken. Es fühlte sich tröstlich an, dass zumindest eine Person hier am anderen Ende der Welt sich um ihn sorgte. Und wenn diese Person wahnsinnig sexy war, dann hatte eine kleine Fantasie noch nie jemandem geschadet.

Als hätte ich nicht in einer Fantasiewelt gelebt, als ich dachte, ich und Michael würden für immer und ewig glücklich zusammen sein, obwohl wir uns schon vor Jahren hätten trennen sollen.

„Wie hat dir das Aborigines-Zentrum gestern Abend gefallen?"

Ethan erschrak bei diesem Themenwechsel. „Es war wirklich interessant! Es ist cool, dass alle Leute, die dort arbeiten, vom selben Stamm sind und dass sie die Souvenirs selbst herstellen, anstatt Zeug zu verkaufen, das in China angefertigt wurde oder sonst wo. Ich wünschte aber, dass es mehr geschriebene Informationen gegeben hätte. Es war schwierig, einen Teil der gesprochenen Präsentation zu verstehen, vor allem weil es dunkel war. Aber das Tanzen und die Feuersachen waren wirklich cool." *Sage ich zu oft „cool"?* Er fügte hinzu: „Es hilft, wenn ich die Münder der Menschen sehen kann, wenn sie reden."

„Dann kannst du Lippenlesen?", fragte Clay langsam und bemühte sich offensichtlich, um sicherzustellen, dass Ethan ihn hören konnte.

„Nicht wie jemand es tun würde, der wirklich taub ist. Aber ich habe es ein wenig für einige Worte gelernt. Vor allem Flüche. Die Leute neigen dazu, empathischer zu sein, wenn sie die benutzen."

Clay lachte. „Ergibt Sinn."

„Es kann ein paar Lücken füllen, aber was mir am meisten hilft, ist, wenn die Leute deutlich sprechen und mich gleichzeitig ansehen – sodass der Schall direkt zu mir kommt, weißt du, was ich meine? Und nicht zu schnell."

„Kannst du mich gut verstehen?"

„Ja, du bist super. Deine Stimme ist tief, das hilft auch. Und du wirst nicht wütend, wenn du dich wiederholen musst. Na ja, bis jetzt", scherzte er und lachte lahm. Erinnerungen an Auseinandersetzungen mit Michael flackerten durch seine Gedanken, eine vertraute Furcht breitete sich in seinem Bauch aus. Gefolgt von scharfen Bildern von Michael und Todd, wie sie fickten, das machte also SPASS.

Clays Brauen schossen nach oben. „Die Leute werden aggro bei dir?"

„Manchmal. Ich kann es verstehen – es ist frustrierend, wenn man Dinge wiederholen muss. Am schlimmsten ist es, wenn die Leute mich behandeln, als wäre ich dumm."

„Huh." Er schien darüber nachzudenken. „Nun, sie sind die Drongos. Nicht du." Er lächelte verlegen. „Idioten, meine ich damit. Mein Dad hat beinahe jeden als ‚Drongo' bezeichnet. Nicht viele Leute benutzen dieses Wort noch, aber ich kann manchmal nicht anders."

Ethan lächelte. „Danke für die Erklärung. Und danke, dass du sagst, sie sind die Idioten."

„Richtige Idioten, finde ich. Wichser, Deppen, Arschgeigen. Ich könnte weitermachen."

Die Motoren des Bootes erwachten brummend zum Leben und nachdem sie den Hafen verlassen hatten und Geschwindigkeit aufnahmen, hüpfte das Gefährt über die Wellen und einige Leute gingen wieder nach unten. Eine junge Frau, die in der Nähe des Bugs stand, flog beinahe davon, als sie versuchte, ein Selfie zu machen. Der Mann, der bei ihr war, konnte sie gerade noch greifen, als das Boot hin und her hüpfte.

Ein Crewmitglied mit Pickeln und einem roten T-Shirt und Shorts kam zum Bug und schrie etwas, das Ethan wegen des Lärms, den der Wind machte, nicht verstehen konnte. Wahrscheinlich, dass sie nach unten gehen mussten, weil die See zu rau geworden war, und schon kamen weitere Crewmitglieder in roten Oberteilen und halfen den Leuten von den langen Bänken auf und in Richtung Ausgang.

Die Fähre hüpfte wirklich auf den Wellen und ein Hauch Furcht wand sich an Ethans Rückgrat nach unten, als er darauf wartete, dass die Reihen, die der Treppe näher waren, gingen. Die junge Crew begleitete die älteren Leute nach unten und ging kein Risiko ein, was klug war. Als Ethan aufstand, sprang das Boot und er taumelte gegen Clay, der ebenfalls aufgestanden war.

Clay spreizte seine Beine und stabilisierte sie, seine großen, rauen Hände lagen auf Ethans Schultern. Obwohl sie beinahe gleich groß waren – Clay war nur etwa zwei Zentimeter größer – war er im Gegensatz zu Ethan, der sehr schlank war, muskulös. Ethan legte seine Handflächen auf Clays Brustkorb und durch die Baumwolle seines Unterhemdes und dem DL-Uniformhemd, konnte er seine Brustmuskeln spüren. Die Fähre bockte erneut wild, aber Clay hielt ihn, seine starken Hände warm durch Ethans T-Shirt.

Hinter ihnen erklang Gemurmel und Ethan drehte sich um und sah einen Teenager, der ein paar Schritte entfernt stand, den Mund zu einem ungeduldigen Strich zusammengepresst.

Ethan ließ Clays Brustkorb los und wollte sich gerade entschuldigen, aber Clay – der eine Hand immer noch auf Ethans Schulter hatte – sagte: „Wir suchen nur gerade unser Gleichgewicht, Mate." Er drängte Ethan, zuerst zu gehen und blieb hinter ihm und führte ihn mit seiner Hand. Er ließ sie den ganzen Weg die enge Treppe hinunter dort, während sie wankten und stolperten.

Als sie das geschlossene untere Deck erreichten, ließ Clay los und nahm seinen Hut ab. Er sagte etwas, das Ethan nicht verstand und ging dann weg. Ethan beobachtete, wie Clay durch den großen Raum marschierte und nach dem Rest der Gruppe schaute. Dieses Deck bot Tische für vier Personen entlang der Wände und dazu zwei Reihen in der Mitte.

Einige Leute sahen grün im Gesicht aus und Crewmitglieder verteilten Papiertüten. Ethan wurde mit Entsetzen klar, dass es Spucktüten waren, gerade als eine Frau sich in seiner Nähe auf den Boden übergab. Er war gerade so in der Lage, außer Reichweite zu springen. Er wartete, um sicherzustellen, dass jemand sich um sie kümmern würde, bevor er auf der anderen Seite einen leeren Tisch fand.

Als mehr und mehr Leute anfingen, sich heftig zu übergeben, schaltete Ethan seine Hörgeräte aus, weil der Klang von Würgen seinen eigenen Magen umdrehte. Eine alte Frau am Tisch nebenan schwitzte heftig und ehe er den Blick abwenden konnte, kotzte sie in ihre Tüte. Ethan kniff seine Augen zu.

Oh mein Gott, wie lang ist diese Bootsfahrt?

Wie sich herausstellte, war sie wirklich, wirklich verdammt lang.

Ethan hatte nie viel darüber nachgedacht, aber er hatte sich immer vorgestellt, dass das Great Barrier Reef direkt vor der Küste von Cairns lag. In Wirklichkeit war es eine neunzigminütige Fahrt und mit der rauen See und dem Deck, das sauer nach Kotze stank, dachte Ethan, dass sie niemals enden würde. Er hatte schon immer einen starken Magen gehabt, aber eine unterschwellige Übelkeit hatte sich festgesetzt, als sie die massive Plattform aus Beton erreichten, die permanent ins Riff gebaut war.

Es gab in der Ferne noch andere Aussichtsplattformen, die wohl anderen Firmen gehörten. Zumindest war die Plattform absolut solide und in den Ozeanboden gegraben, darum war sie herrlich stabil und bewegte sich nicht.

Das Wetter war leider nicht besser geworden, der Himmel war bewölkt und es nieselte, keine Spur von Sonnenschein war übrig. Es gab verschiedene Aktivitäten zur Auswahl, inklusive Tauchen, Schnorcheln, eine Fahrt in einem U-Boot oder ein Trip in einem Boot mit gläsernem Boden. Tauchen kam nicht infrage, weil Ethan Angst hatte, was der Druck mit seinen Ohren anstellen würde. Er hatte vorgehabt, Schnorcheln zu versuchen, auch wenn Michael ihn aufgezogen und gesagt hatte, dass er einen Rückzieher machen würde, wegen seiner etwas irrationalen Angst vor Haien.

Um ehrlich zu sein fand Ethan, dass es eine *absolut* rationale Furcht war. Außerdem, *zur Hölle mit Michael*. Er verzog das Gesicht, als der Schmerz und die Demütigung und die Furcht nacheinander durch ihn hindurchrasten, dann auf Wut landeten und er sich daran klammerte, bevor er im Strudel versank.

Der Hauptbereich der überdachten, rechteckigen Plattform war auf einer langen Seite offen, die Fähre hatte an der gegenüberliegenden Seite angelegt. Auf einer Seite befand sich die Küche, wo das Mittagsbuffet serviert werden würde, zusammen mit Ansammlungen großer Tische.

Wegen des Regens waren alle Fahrgäste jetzt auf der Plattform versammelt, anstatt direkt ins Wasser auf Erkundungstour zu gehen. Einige sahen schrecklich krank aus und Clive schrie Ethan zu, dass sogar Touristenhelikopter kamen, um einige von ihnen zu evakuieren – zu einem hohen Preis für die Seekranken.

Das Schlimmste war, dass es gute fünf Stunden dauern würde, bevor das Boot sie zurück zum Festland bringen würde. Ethan ging hinunter in einen Aussichtsraum unter Wasser, der eine gläserne Seite hatte, was cool war. Er schaute auf sein Handy. Er hatte es geschafft, ungefähr zehn Minuten totzuschlagen.

Er konnte immer noch die nervigen Echos von Michaels Aufziehen hören, dass er nicht Schnorcheln gehen würde, wenn es so weit war und er wünschte sich, er könnte sein dämliches Hirn ausschalten.

Zur Hölle damit. Was habe ich zu verlieren? Abgesehen von meinem Leben, wenn ein Hai mich frisst.

Ethan lachte ein wenig hysterisch in sich hinein, was ihm einen Seitenblick von einer Familie einbrachte, die an der Glaswand beobachtete, wie lila Fische vorbeischwammen.

Zur Hölle damit. Zur Hölle mit Michael. Ich kann das.

Entschlossen ging er wieder nach oben. In der Broschüre mit den Aktivitäten war gestanden, dass es Schnorchel-Unterricht gab, und er dachte sich, dass dies eine gute Idee wäre. Wenn es schon sonst nichts brachte, wären zumindest ein paar andere Leute mit dabei, die die Haie zuerst fressen konnten. Aber dann wurde ihm etwas klar.

Michael war nicht dabei, um für ihn zu übersetzen.

Ethans Hörgeräte waren nicht wasserdicht, darum würde er draußen im Wasser ohne sie praktisch taub sein. Vielleicht würden die Lehrer ihn gar nicht erst mitnehmen wollen. Demütigung troff an seinem Rückgrat nach unten, während er im Kopf verschiedene Szenarien durchging, jedes beschissener als das davor.

Warum bin ich überhaupt auf diese Reise gegangen? Was habe ich mir dabei gedacht?

Die Übelkeit erreichte einen Höhepunkt und er fühlte sich so klein und albern, wie er so ganz allein auf dieser vollen Plattform stand. Eine Frau mittleren Alters mit lockigen Haaren, die einen Neoprenanzug trug, blieb vor ihm stehen und sagte etwas. Natürlich konnte er es nicht hören und er hasste sich selbst, weil er fragen musste. „Wie bitte?" Er drehte seinen Kopf ein wenig und hob eine Hand hinter sein Ohr.

Sie lächelte und redete lauter und langsamer, Gott sei Dank. „Ich habe mich nur gefragt, ob alles in Ordnung ist? Du siehst ein wenig verloren aus, Mate."

„Ich ..." Was zur Hölle. „Ich wollte eine Schnorchel-Stunde nehmen, aber ich bin mir nicht sicher, ob das überhaupt möglich ist. Ich müsste meine Hörgeräte herausnehmen."

„Keine Sorge! Du redest mit der richtigen Frau. Ich bin Steph und ich werde ihn zehn Minuten eine kleine Stunde abhalten. Ich werde dir die Basics jetzt erklären, während du mich hören kannst und ich werde versuchen, Gesten zu benutzen, die du verstehen kannst, wenn wir im Wasser sind. Klingt das gut?"

Das tat es wirklich und er nickte dankbar.

Zehn Minuten später in einer engen Kabine aus gewelltem Metall, mühte Ethan sich, seine Hand im richtigen Winkel hinter sich zu bringen, um den Neoprenanzug zuzubekommen, und schaffte es schließlich. Er fühlte sich in dem hautengen Material wie ein knochiger Idiot, aber sei's drum.

Es ist ja nicht so, als ob irgendjemand, den du kennst, hier wäre, den es interessiert, wie du aussiehst.

Nachdem er seine Hörhilfen in ihren Behälter gesteckt hatte, schloss er diesen in der inneren Tasche seines Rucksacks ein, zusammen mit seinem Handy und seiner Geldbörse. Er verließ die Umkleide, schaute sich um und erkannte plötzlich, dass er einen Ort brauchte, an dem er seinen Rucksack aufbewahren konnte – und da er auf dieser Reise leider allein war anstatt mit seinem neuen Ehemann, gab es niemanden, der auf seinen Kram aufpassen konnte.

Er stand da und klammerte sich an seinen Rucksack. Sich auf der überfüllten Plattform umschauend, versuchte er jemanden aus seiner Gruppe zu finden, aber es waren so viele andere Gruppen hier, dass er niemanden entdecken konnte. Vielleicht waren sie alle mit dem U-Boot unterwegs.

Steph tippte ihn an und deutete zur Seite der Plattform. Ethan schaute seinen Rucksack an und sie sagte etwas und gestikulierte in Richtung eines Mülleimers, neben dem andere Taschen aufgestapelt waren. Ethan starrte sie entsetzt an. Vielleicht waren diese Menschen vertrauensseliger als er, aber niemand schien die Taschen und Rucksäcke zu bewachen und klar, sie befanden sich auf einer Plattform im Ozean und mussten alle mit demselben

Boot zurückfahren, aber würde das einen Dieb von einem Versuch abhalten?

Seine Kehle wurde trocken. So beschissen es wäre, seine Geldbörse und sein Handy zu verlieren, der Gedanke, seine Hörgeräte zu verlieren, ließ seine Knie zittern. Er schüttelte seinen Kopf in Stephs Richtung, die etwas sagte, das ihn wahrscheinlich überzeugen sollte, Dabei lächelte sie.

Plötzlich war Clay da, seine Brauen hatte er zusammengezogen. Erleichterung durchflutete Ethan. Er redete wahrscheinlich zu laut, aber er sagte: „Es tut mir leid, dich zu nerven, aber könntest du auf meinen Rucksack aufpassen? Meine Hörgeräte sind da drin. Ich kann sie auf gar keinen Fall verlieren."

Clay fing an, etwas zu sagen, überlegte es sich dann anders und nickte. Er griff nach einer der Schlaufen, legte seine große Hand auf Ethans Schulter und drückte sie. Ethan zwang seine Finger, sich von der anderen Schlaufe zu lösen und er lächelte Clay dankbar an, als dieser sich den Rucksack über die Schulter warf, kurz tätschelte und so die stumme Versicherung gab, dass er darauf achtgeben würde.

Ethan konnte endlich aufatmen und er lächelte Clay erneut an, im Wissen, dass er ihm vertrauen konnte. Was wahrscheinlich dämlich war, weil er den Mann kaum kannte, aber Clay wirkte einfach so … fähig. Vielleicht lag es daran, dass er älter war, aber es war sexy auf eine ganz andere Art und Weise, als Ethan es gewöhnt war.

An der Seite der Plattform gab es Metallstufen, die hinunter in das aufgewühlte Wasser führten. Steph stattete Ethan mit einer Maske, einer Schwimmweste und Flossen aus und nahm ihn und zwei alte Damen dann mit ins Wasser, nur ein paar Schritte von der Seite der Plattform entfernt. Es gab einen Ring, der knapp zwei Meter im Durchmesser hatte, an dem sie sich alle festhielten. Ihre Füße schwammen hinter ihnen hoch. In diesem Kreis konnten sie üben, ihre Gesichter unter Wasser zu halten und durch ihre Schnorchel zu atmen.

Es war unglaublich, wie friedlich es unter Wasser aussah, obwohl der Ozean so rau war. Das Blau und Grün war schockierend kräftig, wenn man bedachte, wie grau der Tag war und Ethan schaute staunend zu, wie Korallen sich wiegten und Fische hin und her schwammen. Mit den Ohren unter Wasser konnte er sogar besser hören als an der Luft, die Geräusche von Bewegungen waren lauter. Es hatte etwas damit zu tun, dass der Schall eher durch seine Knochen ging als durch die Nerven in seinen Ohren, aber in New York ging er selten schwimmen.

Vielleicht sollte ich in einen Schwimmverein gehen, wenn ich zurückkomme. Aber ich muss ein Apartment finden und –

Ethan unterbrach seine Gedanken, bevor sie außer Kontrolle gerieten. Er schnorchelte im Great Barrier Reef. Er würde im Jetzt bleiben und wenn es ihn umbrachte.

Steph führte sie etwas weiter von der Plattform weg und Ethan trat mit seinen Flossen, das Gefühl im Wasser genießend, während er weitere bunte Fische beobachtete, die jetzt orange und gelb waren und durch das endlose Blaugrün schwammen.

Dann sah er eine verdammte Qualle – nein, drei Quallen! – und riss seinen Kopf nach oben.

Er sagte – na gut, wahrscheinlich schrie er – „Qualle!", aber Steph lächelte nur. Sie deutete in die amorphe Richtung der Quallen und zeigte Ethan das universelle Symbol für „Okay".

Stimmt, sie hatten etwas darüber gesagt, dass die Quallen in dieser Gegend nichts waren, worüber man sich Sorgen machen sollte. Mit immer noch hämmerndem Puls lächelte Ethan ihr schwach zu, steckte sein Gesicht wieder ins Wasser und packte den Ring dabei fester. Er sah weitere Quallen vorbeischweben, ihre weißen Körper waren von innen erleuchtet. Wie sie so pulsierten und anmutig durch das Wasser schwebten, entschied Ethan, dass sie sogar richtig schön waren. Er mied die Mistkerle aber weiterhin, nur für den Fall, aber sie waren cool anzusehen.

Die Stunde war zu schnell vorbei und er entschied, dass er allein draußen bleiben konnte. Er nickte Steph zu und lächelte. Es waren jetzt andere Menschen im Wasser, alle blieben in der Nähe der Plattform und er trat immer wieder aus Versehen Leute mit seinen Flossen. Nachdem er die Flossen einer anderen Person ins Gesicht bekommen hatte, entfernte Ethan sich etwas weiter, bewunderte all die Farben und Formen der Korallen und Pflanzen, die sich sachte im Strom wiegten.

Als er an die Oberfläche kam, erkannte er mit einem Anflug von Panik, dass er sich weiter von der Plattform entfernt hatte als geplant, nachdem er sich von der Menge der anderen gelöst hatte. Irgendwie, mit seinem Gesicht im Wasser, hatte alles ruhiger gewirkt und er war den bunten Fischschwärmen bis in die Nähe der Grenze des Schnorchelbereichs gefolgt, der mit Bojen abgetrennt war. Hier waren die Wellen des Ozeans höher. Eine Welle wusch über sein Gesicht und er spuckte, trat mit seinen Flossen und versuchte, kein Salzwasser zu schlucken.

Weiß der Rettungsschwimmer, dass ich hier bin? Was, wenn sie mich rufen und ich es nicht hören kann? Ich habe meine Schwimmweste. Ich kann damit nicht ertrinken, oder? Werden sie mich holen? Das ist ihr Job, oder nicht?

Er blinzelte in Richtung der Plattform, hatte Mühe, zu Atem zu kommen, und ein eisernes Band lag um seine Lungen. Aber dann entdeckte er einen Mann, der neben der Treppe an der Seite der Plattform stand. Er trug eine kurze blaue Uniformhose, ein weißes, kurzärmeliges Hemd und einen braunen Hut. Über seine Schulter hatte er einen Rucksack geschlungen, der auf der hinteren Tasche einen gut erkennbaren roten Stern hatte.

Clay hob seinen Arm und winkte und Ethan schaute hinter sich. Aber niemand sonst war hier, nur die Bojen und das offene Meer, eine weitere Plattform erhob sich in der Ferne, verschwommen und klein. Ethan drehte sich und winkte Clay, der seinen Arm erneut hob. Es sah wie ein … Ein Daumen hoch aus.

Weitere Wellen rollten herbei, aber weil Clay zusah, säuberte

Ethan seine Maske, steckte sein Mundstück wieder an und kehrte in die Unterwasserwelt zurück, mit ihren unglaublich leuchtenden Farben, schaute nach rechts und links auf die Korallen und Fischschwärme. Er sah hin und wieder ein paar andere Leute, aber niemanden in der Nähe. Zum größten Teil war er allein mit dem Meer –

Und einer verdammten, riesigen Meeresschildkröte.

Er hatte seinen Kopf langsam gedreht, als die große Gestalt in seinem rechten Blickwinkel erschienen war und einen Stoß reiner Angst durch ihn hindurchgeschickt hatte. Aber nach einem Moment wurde ihm klar, dass es kein Hai oder Rochen oder irgendetwas Schreckliches war, sondern eine sehr große Meeresschildkröte, die sich von Ethans Anwesenheit überhaupt nicht stören ließ, als sie in einem gleichmäßigen, nicht sonderlich schnellen Tempo schwamm.

Ethan schaute sich um, aber er war die einzige Person hier. Mit hämmerndem Herzen bewegte er seine Flossen und folgte der Schildkröte, kam ihr nicht *zu* nahe, aber doch bis auf knapp zwei Meter an sie heran. Die Schildkröte schien auf eine Qualle fixiert zu sein, die vorbeipulsierte, näher und näher kam, bis –

Heilige Scheiße. Sie frisst die Qualle!

Mit einem gewaltigen Bissen zerteilte die Schildkröte die Qualle in der Mitte. Sie schluckte den Hauptteil der Kreatur hinunter, der Rest driftete im Wasser und Fische kamen aus dem Nichts, um die Quallen-Krumen zu verspeisen. Jetzt bedauerte Ethan ernsthaft, dass er sich keine dieser unglaublich teuren Unterwasserkameras gekauft hatte, während er zuschaute, wie die Schildkröte sich eine weitere dämliche Qualle schnappte, die ihr Schicksal nie kommen sah, weil sie keine Augen und kein Gehirn hatte.

Es war so verdammt *toll.*

Ethan folgte der Schildkröte eine Weile, aber als er wieder Wasser in seine Maske bekam und seinen Kopf hob, um es loszuwerden, traf ihn eine Welle direkt im Gesicht und er flippte ein wenig aus. Salzwasser spuckend, paddelte er zurück zur Plattform. Nichts würde es toppen, eine Meeresschildkröte Quallen fressen gesehen zu haben, darum konnte er sein Schnorchel-Abenteuer ebenso gut beenden, bevor es zu viel wurde.

Nachdem er seine Flossen und die Maske in die richtigen Kisten gelegt hatte, drehte Ethan sich und sah Clay mit einem Handtuch dastehen, dazu Ethans Sandalen und natürlich seinem Rucksack. „Danke!", rief Ethan, grinste dabei wie ein Idiot, fühlte sich aber glücklicher als seit einer gefühlt sehr langen Zeit, auch wenn es nur Tage waren.

„Ich habe gesehen, wie eine Meeresschildkröte eine Qualle gefressen hat!", erzählte er Clay und versuchte, seine Stimme zu modulieren, damit er nicht brüllte. Clays Brauen hoben sich und ein Grinsen breitete sich auf seinem attraktiven Gesicht aus, seine Wangen bekamen über seinem Bart Falten. Er zeigte Ethan einen weiteren hochgereckten Daumen.

Ethan tropfte und musste den Neoprenanzug ausziehen und er nahm seinen Rucksack dankbar von Clay. Ethan deutete mit seinem Daumen hinter sich in Richtung der Umkleiden und Clay nickte.

Ethan erwartete nicht wirklich, dass er auf ihn wartete, doch als er mit seinen Hörhilfen im Ohr wieder zurückkam, das Summen der Aktivitäten und Stimmen überall auf der Plattform harsch nach dem Frieden des Meeres, war Clay immer noch da, bereit zuzuhören, als Ethan ihm alles über sein Abenteuer erzählte.

„ALSO GUT. WIR können nicht abfahren, bis jede Person sich gemeldet und ihren Namen von der Liste gestrichen hat. Es geht hier um die Sicherheit. Wir suchen nach Michael Wong, Lu Lee, Wenjing Han, Audrey Steinberg-"

Ethan hörte auf, sich die anderen Namen anzuhören, die über die Lautsprecher des Bootes verkündet wurden, sein Herz hämmerte dumpf, Michaels Name wiederholte sich in einer Endlosschleife in seinem Kopf. Die Durchsage wurde dann anscheinend auf Mandarin wiederholt und Ethan schaute sich nervös um, als ob Michael – und Todd – plötzlich auftauchen würden.

Offensichtlich würden sie das nicht und „Michael Wong" war kein ungewöhnlicher Name. Es gab anscheinend einen an Bord, der nicht den Anweisungen gefolgt war, sich anzumelden, als sie wieder an Bord gegangen waren.

Ethan blätterte eine Broschüre durch und schlug die Zeit tot, während sie alle darauf warteten, dass die unverantwortlichen Passagiere ihre Namen abhaken ließen, damit das Boot ablegen konnte, sicher in dem Wissen, dass sie niemanden mitten im Nirgendwo zurückgelassen hatten, um von Haien gefressen zu werden. Natürlich war die Plattform da, darum würde niemand tatsächlich auf See zurückgelassen.

Dann kam die Durchsage erneut, mit weniger Namen, aber „Michael Wong" wurde wiederholt. Die Worte erneut laut zu hören, war wie Salz in seinen Wunden, aber Ethan weigerte sich, seine Hörhilfen herauszunehmen. Er konnte Michaels dämlichen Namen hören und überleben. Er konnte die Terroristen nicht gewinnen lassen. Oder etwas in der Art.

Um sich abzulenken, beobachtete er Clay, der eine Runde auf dem Deck drehte, nach allen Mitgliedern seiner Gruppe schaute. Klar, Ethan war allein in seinen Flitterwochen, aber wenigstens hatte er etwas fürs Auge. Clay war viel heißer als der Typ, der Crocodile Dundee gespielt hatte, aber er hatte eine ähnlich entspannte, selbstbewusste Ausstrahlung. Als ob er ohne Probleme mit einem Krokodil kämpfen könnte, aber er hatte auch eine sensible Seite.

Während die Minuten langsam vergingen, redete Clay mit den

anderen Tourgästen, lächelte freundlich, sein Uniformhemd spannte über seinen breiten Schultern, als er sich vorbeugte, um etwas zu Gwen zu sagen, eine nette walisische Dame Mitte Siebzig, die vorhin eine von denjenigen gewesen war, denen es so furchtbar schlecht gegangen war. Clay redete ein paar Minuten mit ihr und sie strahlte ihn an, auch wenn sie immer noch ein wenig grün im Gesicht aussah.

Als Clay Ethan erreichte, setzte er sich ihm gegenüber hin und Ethan versuchte nicht zu grinsen. Er erinnerte sich daran, dass Clay nur nett war, aber er hatte sich zu niemand sonst gesetzt und Ethan konnte nicht anders, als sich als etwas Besonderes zu fühlen.

Ich bin verrückt, aber zur Hölle damit. Die Fantasie soll gewinnen.

Clay fragte: „Wie geht es dir, Mate? Ich weiß, dass der heutige Tag wegen des Wetters nicht so spaßig war, wie wir gehofft hatten."

Aus irgendeinem Grund wollte Ethan ihn beruhigen. „Ja, mir geht es gut. Es war großartig. Ich habe gesehen, wie eine Meeresschildkröte eine Qualle gefressen hat. Ich beschwere mich nicht."

Clay grinste. „Ich bin immer noch eifersüchtig."

Ein junges Crewmitglied in Rot erschien in der Mitte des Decks und redete ihn ein Megafon, was Ethan zusammenzucken ließ. „Wir suchen immer noch nach Michael Wong. Michael Wong, Sie müssen einchecken! Wir können nicht ablegen, bevor sie das tun!"

Als sie die Nachricht auf Mandarin wiederholte, setzte Clay sich aufrecht hin, sagte etwas, das Ethan nicht verstand. Er schüttelte seinen Kopf, sprang auf und eilte zu der jungen Frau mit dem Megafon. Sie redeten eine Minute, Clays Gesichtsausdruck war ernst. Ein paar weitere Crewmitglieder kamen dazu, inklusive einem mit einem Klemmbrett. Clay wandte sich an ihn, sein Kiefer spannte sich an. Er schien streng mit dem Mann zu reden, der ein paar Mal nickte und sich dann über das Gesicht rieb.

Die anderen Angestellten wirkten genervt und die junge Frau mit dem Megafon schien kaum widerstehen zu können, ihre Augen zu verdrehen, während sie den Typen mit dem Klemmbrett mit ihren Blicken erdolchte. Sie entfernten sich in verschiedene Richtungen und Clay kam zurück an den Tisch. Als er sich hinsetzte, bemerkte er Ethans Blick. Er wirkte … verlegen?

Clay beugte sich über den Tisch und sagte betont: „Ich habe ihnen gesagt, dass Michael bei dieser Tour nicht dabei ist und dass sie seinen Namen *von der Liste streichen sollten*. Der Depp mit dem Klemmbrett hat das anscheinend vergessen." Er schüttelte seinen Kopf, sagte noch etwas, das Ethan nicht verstand und sah dabei unglücklich aus. Seine Mundwinkel bogen sich nach unten.

In diesem Moment war Ethan nichts anderes wichtig, als Clay wieder selbstbewusst lächeln zu sehen. „Oh, schon gut. Das ist nicht deine Schuld." Ein Blitz aus Wut auf den gottverdammten Michael durchfuhr ihn, so irrational das auch war.

Clay schüttelte den Kopf. „Ich hätte es wissen müssen, sobald sie seinen Namen gesagt haben."

„Woher solltest du das wissen? Mir war es auch nicht klar. Es ist ein verbreiteter Name."

Clay rieb sich seinen Bart und murmelte etwas. Ethan zögerte, fragte dann aber vorsichtig: „Kannst du das bitte wiederholen? Wenn deine Hand in der Nähe deines Mundes ist, dann kann das den Schall verzerren."

Clay ließ seine Hand auf den Tisch zwischen ihnen fallen, als wäre sie ein Fels. „Es tut mir leid. Das hätte mir klar sein müssen."

„Schon gut. Ich weiß, dass es nervig ist."

Clay runzelte die Stirn. „Das ist es nicht. Wenn ich es vergesse, bitte erinnere mich."

Dankbarkeit wärmte Ethans Brustkorb. „Okay. Danke. Äh, jedenfalls, seinen Namen zu hören war beschissen, aber es ist nicht so, dass mir nicht beinahe jede Sekunde bewusst ist, dass er nicht hier bei mir ist. Ich versuche, mich abzulenken, aber ..." Er sagte nicht wie, seine Wangen wurden heiß, als er an seine wachsende Schwärmerei dachte. Es war gut, dass Clay seine Gedanken nicht lesen konnte. „Ich muss mich daran gewöhnen. Dass er nicht bei mir ist."

Clay musterte ihn eindringlich. „Das wirst du. Glaub mir. Ich habe das schon durch und du wirst dich daran gewöhnen. Das Leben geht weiter. Es wird sogar besser, finde ich." Schnell fügte er hinzu: „Je nachdem, wie die Situation ist, natürlich."

Ethan lächelte sanft. „Es tut gut, das zu hören. Danke." Er starrte in Clays Augen und er bildete es sich wahrscheinlich ein, aber es fühlte sich so an, als ob ein gewisses Verständnis zwischen ihnen aufkam. Ethan versuchte, sich etwas einfallen zu lassen, was er sagen konnte, sein Herz hämmerte, als der Moment immer länger andauerte.

Das Boot startete endlich mit einem lauten Rumpeln der Motoren und Ethan und Clay zuckten beide ein wenig zusammen, bevor sie peinlich berührt lachten. Clay schaute sich um. „Weißt du, hinten gibt es ein kleines Deck. Etwas frische Luft könnte gut sein und es sollte nicht so unruhig sein wie vorhin, wegen den Gezeiten."

Ethan nickte und folgte ihm. Tatsächlich gab es am Ende des Hauptdecks einen kleinen Bereich im Freien. Die Crew ließ noch immer niemanden auf das Oberdeck und es gab keine offiziellen Sitzgelegenheiten, aber Clay und Ethan konnten sich auf eine Kiste setzen, in der sich Schwimmwesten befanden, die hoch genug war, dass ihre Füße baumelten.

Draußen war es laut mit dem Rumpeln der Motoren und dem Wind, aber Clay schien zufrieden zu sein, schweigend dazusitzen. Die Sonne erschien erneut und sie beide setzten ihre Sonnenbrillen auf, Clays sexy Pilotenbrille ließ Ethans Mund trocken werden.

Vielleicht hätte es seltsam sein müssen, mit einem praktisch

Fremden abzuhängen, aber Clay wirkte … anders. Ethan wagte immer wieder verschämte Blicke zu ihm, als Clay sich an die Wand hinter ihnen lehnte. Ethan konnte sehen, dass seine Augen geschlossen waren und er bewunderte den Hauch Rot in Clays Bart und wie seine Sommersprossen seine Haut bedeckten, sogar seine Ohrspitzen.

Ethan drehte nach allem, was passiert war, wahrscheinlich durch, aber Clays solide Anwesenheit gab ihm ein Gefühl der Sicherheit. Vielleicht lag es daran, dass er älter war und ganz anders als Michael. Ihm war Mode wahrscheinlich vollkommen gleichgültig oder durch die Clubs zu ziehen oder welche Hashtags gerade im Trend lagen.

Clay war ein Mann – erwachsen und solide. Und *heiß*, aber es waren die Verlässlichkeit und Stärke, die er ausstrahlte, die Ethan am meisten anzogen. Jemand, auf den er sich stützen konnte und er musste sich keine Sorgen machen, dass es zu viel sein würde oder dass er sich auf eine laute verdammte Party verziehen würde, um seiner Bedürftigkeit zu entkommen.

Okay, vielleicht fantasierte Ethan jetzt wirklich, aber es fühlte sich dennoch gut an, neben einem Mann wie Clay zu sitzen. Etwas, wonach er streben konnte, sobald er sich von seinem Scheiß mit Michael erholt hatte. Denn er *würde* sich erholen. Er würde sie nicht gewinnen lassen.

Die Fähre pflügte durch die Wellen, aber es war jetzt im vergehenden Nachmittag definitiv ruhiger. Als sie in eine größere Welle fuhren, stieß Ethans Knie gegen Clays muskulösen Oberschenkel, ihre Beine wurden zusammengedrückt. Ethan wollte sich gerade entschuldigen, aber Clay hatte seine Augen geschlossen und es schien ihn nicht zu stören.

Sie wogten vor und zurück, ihre Arme berührten sich jetzt auch und Clays drahtige Haare lösten bei Ethan Gänsehaut aus. Er war noch nie mit einem älteren Mann zusammen gewesen und hatte nie viel darüber nachgedacht, abgesehen davon, dass er sich manchmal nach Hugh Jackman und George Clooney verzehrte, denn wer machte das nicht?

Aber Clay bestand sehr eindeutig aus Fleisch und Blut neben ihm und spielte nicht in einem Film und als Ethan sich erneut an ihn lehnte, als die Fähre hüpfte, stellte er sich vor, wie es sich anfühlen würde, die Berührung seines gesamten Körpers zu spüren. Nackt, mit Clay auf ihm, dieses solide Gewicht, das ihn nach unten drückte, Clay zwischen seinen Beinen …

Nun, Ethans Schwanz war definitiv an dieser Idee interessiert und er biss sich auf die Lippe, ein wenig wegrückend, bevor er sich blamierte. Er grinste dabei wie ein Idiot, als er auf die Wellen schaute, die Blau im spärlichen Sonnenlicht schimmerten. Scheiße, er hatte vergessen, wie viel *Spaß* eine Schwärmerei machen konnte.

Natürlich kehrten Gedanken an Michael und Todd in seinen Kopf zurück, tränkten ihn mit virtuellem Eiswasser. Er atmete tief die salzige Luft ein, erinnerte sich daran, im Jetzt zu bleiben. Und wenn das Schiff ihn und Clay weiterhin aneinanderstieß, dann tat das niemandem weh.

Als sie später das Hotel erreichten, verweilte Ethan, während die anderen Gäste sich verabschiedeten und Clay Gute Nacht sagten, der neben dem Bus stand und sie erinnerte, ihre Koffer am nächsten Morgen um Viertel nach sechs vor ihren Zimmern stehen zu haben, damit sie abgeholt werden konnten.

Ethan tat so, als würde er in seinem Rucksack nach etwas suchen, obwohl die anderen Teilnehmer dieser Tour sich nichts dabei denken würden, wenn er zurückblieb, um mit Clay zu reden. Es gab nichts, worüber man nachdenken musste.

Dennoch wartete er, bis alles weg waren, um zu sagen: „Wie heißt der Laden? Der mit den Hüten? Ich bin mir sicher, dass ich ihn finden kann, wenn du mir die Richtung sagst."

„Ich muss ohnehin in diese Richtung, um etwas zum Beißen zu holen. Wenn du wartest, während ich den Bus parke, es wird nicht *murmel murmel.*" Er hielt inne, als Ethan ihn anblinzelte. Clay wiederholte die Worte, redete langsamer. „Es wird nicht mehr als zehn Minuten dauern."

„Oh, klar. Ja. Cool."

Und so wartete Ethan und ging im Schatten des Hoteleingangs auf und ab, der ein hohes Dach über der gekurvten Auffahrt hatte. Die unterschwellige Übelkeit, die er beinahe den ganzen Tag auf dem Meer verspürt hatte, war verschwunden, aber sein Magen war wieder nervös. Er war seltsam aufgeregt, mit Clay einen Hut zu kaufen, was bewies, dass er ein Idiot war, weil Clay nur nett zu ihm war.

Ich tue ihm leid, weil ich allein bin. Nicht zu vergessen ein Verlierer, der nicht einmal einen Hut mit nach Australien bringt, verdammt noch mal. Er würde auch mit Violet zum Hutladen gehen, wenn sie einen bräuchte. Aber Violet hat viel besser vorausgeplant als ich. Er ist nur großzügig. Natürlich ist er das, denn was sonst sollte er sein? Es ist sein Job, nett zu dämlichen Touristen zu sein.

Clay erschien und Ethan wäre beinahe aus der Haut gefahren, war plötzlich nervös. Er versuchte, es lachend abzutun. „Hey. Ich habe geträumt."

Clays Lippen hoben sich zu einem kleinen Lächeln, nicht, als würde er ihn auslachen, sondern mit einer Süße und einem Verständnis, das wahrscheinlich komplett in dem Durcheinander in Ethans Kopf fabriziert wurde. Dennoch fühlte es sich an, als hätte er einen Freund gefunden und ihm wurde klar, dass Clay die erste neue Person war, die er seit Jahren kennenlernte. *Jahren.*

Als Clay ihn die Straße hinunterführte, sagte er: „Wir sollten es gerade noch schaffen, bevor sie schließen."

Ethan schaute auf sein Handy und es war noch nicht einmal fünf. „So früh?"

„Ja, die meisten Läden schließen spätestens um sechs. Außer am Donnerstag. Das ist der lange Tag. Da ist bis um neun offen."

„Huh. Ich bin wohl daran gewöhnt, dass viele Sachen vierundzwanzig Stunden am Tag erhältlich sind. Ihr seid hier unten ein wenig entspannter. Untertreibung des Jahres."

Clay lachte. „In Sydney wirst du mehr davon finden, aber Cairns ist im Grunde eine bessere Kleinstadt."

Sie erreichten sehr schnell die Einkaufsstraße. Auf jeder Seite der breiten Straße wurde der Gehweg von einem Dach überspannt und es gab verschiedene Läden, von einem Juwelier über Ugg-Schuhe bis hin zu einem Supermarkt, einer Apotheke und Kleiderläden und sogar Designer-Sachen in einem vornehmen Gebäude auf der anderen Straßenseite.

Clay führte sie in einen Laden, der Surfsachen verkaufte und sagte zu der jungen Verkäuferin: „Wir werden nicht lang brauchen. *Murmel murmel.*"

Sie deutete auf ein Regal voller Fischerhüte, wie Ethan dachte, rund, mit einer Krempe und nah am Kopf sitzend. Sie sagte etwas, das Ethan nicht verstand und dann: „SPF fünfzig."

Ethan dankte ihr und suchte sich einen blauen Hut aus. Er setzte ihn sich auf, fühlte sich plötzlich unsicher, weil Clay zuschaute, und betrachtete sich im Spiegel. Der Hut schien zu passen und Ethan fand, er sah absolut albern aus, aber wann tat er das nicht? Er würde noch alberner aussehen, wenn er einen Sonnenbrand hatte. „Der ist ganz gut?"

„Sieht großartig aus", sagte Clay.

Er sprach das mit solchem Selbstbewusstsein aus, dass Ethan ihn sofort aufsetzte, nachdem die Verkäuferin nach dem Bezahlen die Zettel für ihn abgeschnitten hatte. „Danke für deine Hilfe", sagte Ethan zu Clay. „Ich habe das Gefühl, dass dies mehr ist, als wofür du bezahlt wirst."

Clay lachte nur mit diesem tiefen Rumpeln. Ethans Magen schlug einen Purzelbaum und das lag definitiv nicht an der Seekrankheit.

Kapitel Sechs

Es WAR NICHT einmal sieben Uhr morgens, aber Clay musste sich bereits Schweiß von der Braue wischen, als er die Koffer in den Bus lud. Die Luftfeuchtigkeit lag schwer in der Luft und auf seiner Haut und dicke Wolken sammelten sich über ihnen. Einer der Portiere war so nett, zu helfen, und Clay schüttelte seine Hand, bevor er ins Restaurant ging. Es würde nicht der Tag mit der längsten Fahrt der Tour sein, aber lang genug und er brauchte einen Kaffee und ein ordentliches Frühstück, um in Gang zu kommen.

Wie bei allen Hotels, die sie auf der Tour ansteuerten, war das Frühstück ein Buffet. Dieses hatte köstlichen Mango-Joghurt, auf den Clay sich immer freute, sowie gute Eier und Speck. Da sehr viele chinesische Touristen nach Cairns kamen, gab es auch gebratenen Reis, Congee, Klöße und andere Gerichte, die viele Aussies, nach Clays Ansicht, nicht zum Frühstück aßen. Es war aber gut, für jeden Geschmack etwas zu haben, und er hatte festgestellt, dass die Klöße gut mit Rührei schmeckten.

Nachdem er sich seinen Teller gefüllt hatte, klemmte er sich eine der kostenlosen Zeitungen unter den Arm und begab sich in den offenen Essbereich an der Vorderseite des Hotels, direkt neben dem Buffet. Shiv winkte ihm von einem Tisch in der Nähe der großen Fenster zu. Clay suchte sich einen Weg durch die anderen Tische und nickte einigen der Tourgäste zu, die er erkannte. Er setzte sich und wünschte Shiv, der deutlich besser aussah als am Tag zuvor, einen guten Morgen.

„Nicht mehr so krank heute?", fragte Clay.

„Viel besser." Dennoch hatte er nur ein Stück Toast und ein gekochtes Ei auf seinem Teller. „Noch einmal danke, dass du übernommen hast."

„Kein Problem. So wie du dich gefühlt hast, hätte es sicher nicht geholfen, auf dem Schiff herumgeschüttelt zu werden."

Shiv verzog das Gesicht. „Viele Passagiere, die seekrank wurden?"

„Jep. Ich habe mich selbst nicht so gut gefühlt. Einige von uns waren ein wenig krank, aber bei keinem war es zu schlimm. Nun, die Dame aus Wales hatte keinen Spaß, aber sie hat sich später wieder gefangen."

Shiv stocherte auf seinem Handy herum und nahm einen kleinen Bissen Toast mit Vegemite. Nach einer Minute des Schweigens, in der sie aßen, fragte er: „Ich frage mich, was mit Ethans Verlobtem passiert ist? Das ist wahrscheinlich eine ziemlich interessante Geschichte."

„Es geht dich nichts an, oder?", antwortete Clay – schärfer, als er es vorgehabt hatte.

Mit gerunzelten Brauen hob Shiv den Kopf. „Da hast du wohl recht. Ich bin nur neugierig." Er wandte sich wieder seinem Handy zu.

Sie aßen friedlich, Clay blätterte zu den Sportseiten. Aber schon bald stellte er fest, dass er sich umschaute und sich fragte, wo Ethan war. Vielleicht hatte er ausgeschlafen oder mochte kein Frühstück. Nicht, dass es eine Rolle spielte, und Clay war sich nicht sicher, warum er überhaupt über die Frühstücksvorlieben des Mannes nachdachte.

Er kam den Gästen in der Regel nicht so nahe. Nicht, dass er ihm *nahegekommen* war – er hatte ihm gezeigt, wo er einen Hut kaufen konnte, und hatte ein wenig mit ihm geplaudert. Hatte versucht, ihn aufzuheitern, weil er so niedergeschlagen war. Ethan hatte so entsetzt ausgesehen, als er das erste Mal in den Bus gestiegen war und es dieses Missverständnis gegeben hatte. Clay hatte befürchtet, dass der Junge in Tränen ausbrechen würde, aber er hatte sich gefangen.

Und auch wenn es ihn wirklich nichts anging, hatte Clay sich doch mehr als einmal gefragt, was da zwischen Ethan und dem abwesenden Michael Wong vorgefallen war. Sie hatten hin und wieder Gäste, die allein unterwegs waren, aber das kam nicht oft vor und selten jemanden, der so jung war wie Ethan und nicht mit einem Elternteil reiste. Sie hatten manchmal Mutter/Tochter Duos an Bord, aber ein junger Mann in seinen Zwanzigern entschied sich in der Regel für die Backpacker-Touren. Wie war Ethan allein hier gelandet, wo dies doch seine Flitterwochen sein sollten? Das brauchte Mut.

Als er sich umschaute, konnte er ihn immer noch nicht entdecken und Clay war sich nicht sicher, warum er überhaupt darüber nachdachte. Er nahm an, dass da etwas an Ethan war, das ihn faszinierte. Vielleicht war es das Geheimnis seiner Trennung oder dass er so einsam zu sein schien. Ethans Verletzlichkeit weckte in Clay den Wunsch, sich um ihn zu kümmern, aber natürlich würde er sich um jeden Sorgen machen, der so ein Trauma erlebt hatte.

Er bewunderte Ethans Mut, dennoch diese Reise anzutreten. Er hatte krank vor Nervosität ausgesehen, als er allein ins Wasser gegangen war, ohne hören zu können, aber sobald er drin gewesen war, war er trotz der rauen See weiter als alle anderen geschwommen. Es war so wunderbar gewesen, ihn danach so viel lächeln zu sehen, wobei er die Grübchen in seinen Wangen zeigte.

Shivs Handy piepte und sein Gesicht leuchtete auf. „Das ist Jane", sagte er, obwohl Clay nicht gefragt hatte. „Sie wird in zwei Wochen in Alice sein und möchte, dass ich rauffliege, wenn wir wieder in Sydney sind, um ein Ferienwochenende mit ihr zu verbringen.“

„Großartig. Und bevor du fragst, ihre Freundin war nett, aber ich werde nicht nach Alice Springs fliegen, um dir zu helfen, noch einmal zu punkten.“ Es war schlimm genug gewesen, Small Talk zu machen und nett zu sein, aber nicht *zu* nett.

Shiv lachte. „Keine Sorge, Mate. Deine Pflicht ist getan. Sharon ist aber nett. Hat auch keinen schlechten Körper. Wenn du deine Meinung änderst ...“

Clay blätterte nachdrücklich seine Zeitung um und fing an, einen Artikel über eine Teenagerin zu lesen, die unten in Brisbane ermordet worden war. Natürlich war es ein Fehler, das zu tun, und sein Magen drehte sich um, als er an Sam dachte. Sie wusste, seit sie ein kleines Mädchen war, dass sie nicht mit Fremden mitgehen sollte, aber oft schienen diese Killer überhaupt keine Fremden zu sein.

Er holte sein Handy heraus und tippte ihr eine kurze Nachricht.

Morgen. Alles in Ordnung?

Er wartete angespannt und trank Kaffee, bis er die kleine Blase mit den Punkten sah. Ein paar Momente später kam ihre Antwort.

Natürlich. Warum sollte es das nicht sein? Bin auf dem Weg zum Unterricht. xo

Clay war überrascht, dass sie schon so früh für die Uni wach und unterwegs war, aber dann fiel ihm ein, dass New South Wales um diese Jahreszeit eine Stunde voraus war. Queensland weigerte sich, bei der Zeitumstellung mitzumachen, was natürlich mit zwei Zeitzonen im Osten zu Verwirrung führte. Es war einfach nur nervig.

Er tippte:

Ich wollte mich nur melden. Sei vorsichtig, hab dich lieb.

Clay konnte sich ihr Augenverdrehen vorstellen, als sie zurückschickte:

Wenn es um das tote Mädchen aus den Nachrichten geht, hör auf, dir Sorgen zu machen. Mir geht es hervorragend. Liebe dich, Dad.

Er musste lachen. Sam hatte ihn schon immer durchschauen können, sogar in einer verdammten Textnachricht. Während er darüber nachdachte, mehr zu schreiben, entdeckte er Ethan, der mit einem Kaffee und einem vollen Teller in den Essbereich kam.

Clay lächelte in sich hinein, als er zuschaute, wie er sich einen Weg durch die Tische suchte, seine langen Beine in einer Skinny Jeans und mit einem grünen T-Shirt, auf dem stand:

„Bitte hier den schlagfertigen Kommentar einfügen. "

Clay lachte erneut und als Ethan ihn entdeckte, winkte er Clay kurz zu, seine Wangen bekamen Grübchen. Wenn Clay und Shiv an einem größeren Tisch gesessen wären, hätte Clay Ethan vielleicht zu sich gewunken, aber in der Regel ließen sie die Gäste unter sich bleiben oder allein essen. Was wahrscheinlich besser war. Clay hatte schließlich einen Job zu erledigen.

Als er und Shiv aufstanden, um sich für den Tag vorzubereiten, warf Clay einen Blick auf Ethans Tisch. Zu seiner Überraschung schaute Ethan ihn direkt an und für einen Moment starrten sie einander nur an, wobei Clays Schritte stockten, als er Shiv folgte. Clay nickte und Ethan lächelte nervös und ließ seinen Kopf sinken.

Den Morgen verbrachte er mit Warten, nachdem er die Gruppe ein wenig nach Norden nach Kuranda gefahren hatte, wo sie in einer Seilbahn über den Regenwald schwebten und die Barron Falls sahen. Es regnete und die Sicht war nicht die Beste, aber die Wasserfälle waren in der Regensaison der Hammer.

Als Ethan als Letzter in den Bus stieg, fragte Clay: „Hattest du Spaß?"

Ethan grinste, das Lächeln verwandelte sein Gesicht. Er sah die meiste Zeit über so ernst aus, mit diesen großen, traurigen braunen Augen. Ein junger Mann mit einer alten Seele, dachte Clay. Aber wenn er wirklich lächelte, war es, als ob ein Licht angeschaltet wurde.

Es brachte auch Clay zum Lächeln, als Ethan sagte: „Es war wunderbar! Ziemlich neblig, darum konnten wir nicht viel sehen, als wir nach oben gefahren sind, aber der Wasserfall war unglaublich. Einfach … so viel Wasser!" Seine Wangen nahmen eine zauberhafte Röte an. „Ich meine damit, natürlich, weil es ja ein Wasserfall ist und so."

„Ah, aber jetzt ist die beste Jahreszeit dafür."

Shiv wartete und Ethan eilte weiter, nachdem er Clay ein weiteres Lächeln geschenkt hatte. Clay stellte fest, dass er leise pfiff, als er auf die Straße fuhr, die sie in Richtung der Atherton Tablelands führen würde. Sie hielten bei einem kleineren Wasserfall und dem wirklich riesigen Cathedral Fig Tree, einem uralten Würgebaum, der mehrere Stockwerke hoch – und breit – war und immer beeindruckte.

Er schlenderte über den Pfad, der um den Baum herumführte und bot an, Fotos zu machen, während Shiv einen kleinen Vortrag hielt. Clays Blick fand Ethan, der gerade eine Infotafel las und er ging zu ihm und fragte: „Hast du alles gut gehört?"

„Entschuldige?"

Clay lächelte und redete langsamer. „Ich habe mich gefragt, ob du alles gut gehört hast."

Ethan lachte reuevoll. „Nicht alles, aber das hier hilft." Er deutete auf die Tafel. „Es ist wirklich cool."

„Das ist es. Ich finde, das ist einer der schönsten Tage der Tour. Mission Beach heute Abend ist ziemlich entspannend. Das kleine Resort ist nicht übermäßig vornehm, aber es liegt direkt am Wasser." Er zögerte und sagte dann: „Und wenn du ein Frühaufsteher bist, die Sonnenaufgänge sind in der Regel der absolute Hammer. Ich gehe zu dieser Jahreszeit immer gegen fünf raus."

Eines von Clays Lieblingsdingen an der Ostküsten-Tour waren die friedlichen Sonnenaufgänge in einem verschlafenen Mission Beach, wo er oft der Einzige war, jetzt da die Kinder wieder in der Schule und die Resorts nicht so überfüllt waren.

„Ich nehme an, der ‚Hammer‘ ist gut.“ Ethan grinste. „Es klingt gut.“

Shiv war nähergekommen und er lachte und schlug Clay scherzhaft auf den Rücken. „Ich denke, dass Clayton manchmal einen Übersetzer haben sollte. Diese Outback-Typen können wandelnde Aussie-Stereotypen sein. Hat er schon jemanden als ‚Drongo‘ bezeichnet? Oder ‚fair dinkum‘ gesagt? Oh und ‚strewth!‘ ist mein Favorit. Er ist Old School.“

Ethans Lächeln verblasste ein wenig, als er sagte: „Ich kann ihn gut verstehen. Und hast du nach dem Frühstück nicht gesagt, dass du ‚chockers‘ bist?“

Shiv lachte. „Schuldig im Sinne der Anklage. Wir haben definitiv unsere eigene, einmalige Herangehensweise an die englische Sprache. Ich ziehe ihn nur auf. Er liebt das.“ Er grinste Clay an. „Stimmt's?“

Es störte ihn nicht wirklich, aber Clay warf ihm dennoch einen übertrieben finsteren Blick zu und murmelte: „Verpiss dich.“

Ethan lachte auf und als Shiv mit einem Lächeln weiterging, um mit einem älteren Paar aus Alberta zu reden, kicherte Clay. „Ich dachte nicht, dass du das hören kannst.“

„In diesem Fall konnte ich deine Lippen lesen.“

Sie grinsten einander an, bevor Ethan sich wieder der Infotafel zuwandte. Clay blieb bei Ethan, als die anderen weitergingen. Es hatte geregnet und fette Wassertropfen klebten an den Blättern und Ästen, die Luft war feucht und angereichert mit dem Geruch nach Moos, Holz und Erde. Abgesehen von den Vögeln war es herrlich still.

Als Ethan damit fertig war, über das Wurzelsystem von Würgefeigen zu lesen, zögerte Clay, er fragte sich, ob es unhöflich war, das zu fragen. „Benutzt du je Gebärdensprache?“

„Gebärdensprache?“ Als Clay nickte, erklärte Ethan: „Nein. Ich denke, wenn es passiert wäre, als ich noch ein Kind war, hätte ich es gelernt. Aber ich habe gerade das College beendet, als mein Gehör anfing nachzulassen."

„Warum hat es das getan? Wenn es dich nicht stört, dass ich frage." Es war verdammt neugierig, aber es interessierte ihn. Er redete selten so viel mit Gästen, aber er stellte fest, dass er mehr über Ethan erfahren wollte. Wahrscheinlich, weil er so anders war als die typischen Senioren auf der Tour.

Ethan zuckte mit den Schultern. „Es stört mich nicht. Ich kann mittlerweile darüber reden." Er schwieg für einen Moment und starrte dabei hinauf in die dichten Äste der massiven Feige. „Mir ist eine Weile aufgefallen, dass alles gedämpft wurde. Ich dachte, dass ich vielleicht eine Ohrinfektion habe oder vielleicht einen dieser widerlichen Klumpen Ohrschmalz. Wie die, die man auf YouTube sieht?"

„Wie das Pickeldrücken? Ich schaue mir nur die Kricket und Footie Highlights an, Mate."

Ethan lachte. „Auch gut. Jedenfalls, ich wurde an eine HNO-Spezialistin überwiesen und ich hatte nur erwartet, dass sie mir ein Antibiotikum verschreibt oder das Ohrschmalz herausholt. Ich weiß nicht, irgendwie dachte ich, dass es nur etwas Routinemäßiges ist. Stattdessen hat sie einen Hörtest gemacht. Ich saß in einem kleinen Raum, der absolut schalldicht war. Sie befand sich auf der anderen Seite des Glases und ich sollte die Worte und Laute wiederholen, die sie durch die Gegensprechanlage gemacht hat."

„Ok. Das macht Sinn."

Ethan hob den Blick wieder, seine Schultern kamen nach oben, bevor er mit einem Seufzen ausatmete. „Zuerst konnte ich gut hören, obwohl es schwach war. Dann konnte ich nichts mehr hören. Ich saß da und wartete darauf, dass sie redete und Geräusche machte und habe mich gefragt, warum sie das nicht getan hat. Ich habe angefangen, mich klaustrophobisch zu fühlen und als sie endlich die Tür geöffnet hat, um mich herauszulassen, war da dieser Ausdruck in ihren Augen, den ich niemals vergessen werde." Er schauderte. „Er war so grauenvoll mitfühlend, weißt du?" Als Clay nickte, fügte er hinzu: „Ich wusste, dass etwas Schlimmes passierte, aber ich wollte es nicht glauben."

Sie blieben auf dem Weg um den Baum herum stehen, ein schwacher Regen setzte ein, die anderen waren beinahe außer Sichtweite um eine Kurve in den Wald hinein. Sein Brustkorb zog sich zusammen und Clay wollte beinahe nicht fragen. „Was ist dann passiert?"

„Sie hat mich zu einem Audiologen geschickt, der weitere Tests gemacht und mir erklärt hat, dass es sich um einen Nicht-Syndromatischen Hörverlust handelte. Was bedeutet, dass es keine anderen Anzeichen oder Symptome gab. Wie zum Beispiel, dass ich keine Krankheit hatte und die Taubheit nur ein Symptom davon war."

„Was war dann die Ursache?"

„Eine Genmutation. Meine Mom war wahrscheinlich die Trägerin und hat es nicht gewusst. Ich habe bilateralen sensoneuralen Hörverlust. Es ist, technisch gesehen, immer noch ein moderater Verlust, aber er wird mit der Zeit wahrscheinlich schwerwiegend werden. Vielleicht sogar absolut. Ich war beinahe zweiundzwanzig, als es begonnen hat, darum bin ich ein sogenannter ‚spättauber Erwachsener'. Ich war nie Teil der Tauben-Community mit großem T."

Clay runzelte die Stirn. „Was ist der Unterschied?"

„Es ist eine kulturelle Sache, mit Gebärdensprache und anderen Dingen. Taub zu sein ist Teil ihrer Identität und Kultur."

„Ah, ich verstehe. Könntest du Teil dieser Community sein? Wenn du das wolltest?" Es nieselte weiter, ein feiner Nebel, der sich in der Hitze des feuchten Tages wunderbar anfühlte. Sie mussten den Rest der Gruppe einholen, aber im Moment war Clay alles egal, abgesehen davon, mehr über Ethan zu erfahren.

„Ich weiß nicht. Ich glaube, es ist wirklich anders, wenn man ohne Gehör geboren wird oder wenn es passiert, wenn man jung ist. Eine Menge Leute sehen es nicht als Behinderung. Es ist einfach, wer sie sind. Weißt du, was ich meine? Sie sind glücklich und fühlen sich damit wohl, taub zu sein und das respektiere ich absolut. Es ist wunderbar. Ich beneide sie manchmal. Aber für mich …"

„Ist es verdammt schwer zu akzeptieren, nehme ich an."

Der Hauch eines Lächelns umspielte Ethans volle Lippen, als er zu Clay aufblickte. „Ja. Verdammt schwer. Ich habe das Gefühl, dass manche Leute denken, ich sollte das mittlerweile verwunden haben oder so. Und ich *habe* es akzeptiert, aber … Es ist immer noch beschissen. Vor allem, wenn ich allein bin und etwas nicht verstehen kann." Er zuckte angespannt mit den Schultern. „Es kann nervig sein. Und der Frust geht nicht weg. Zumindest nicht für mich. Andere Leute werden wegen mir frustriert und das ist stressig."

„Das kann ich mir vorstellen." Es war wirklich ein angsteinflößender Gedanke, als Erwachsener Teile eines wichtigen Sinns zu verlieren. Clay hätte sich gerne mit den Personen unterhalten, die dachten, dass Ethan das einfach überwinden sollte.

Ethan schob seine Hände in seine Taschen. „Es kann so isolierend sein. Es ist … Ich bin nicht taub genug, um Gebärdensprache zu benutzen, aber ich bin auch keine hörende Person mehr. Dennoch lebe ich in der hörenden Welt – der einzigen Welt, die ich je gekannt habe. Ich bin kein Teil der Tauben-Kultur. Ich weiß nicht, wo ich hinpasse. Wer ich bin." Er neigte seinen Kopf nach hinten, um an der Feige aufzuschauen, die über ihnen aufragte.

Als Ethan mit diesen großen Augen aufblickte, die so traurig wirkten, sehnte Clay sich danach, das Richtige zu sagen, um es besser zu machen. Aber er wollte verdammt sein, wenn er wüsste, was das war. Er räusperte sich. „Gibt es jetzt nicht diese Implantate?"

Ethan senkte seinen Kopf, um Clays Blick zu begegnen. „Es

tut mir leid, das habe ich nicht verstanden.“

„Was ist mit diesen Hightech-Implantaten, die beim Hören helfen?“

„Oh, ja. Cochlea-Implantate. Darüber habe ich natürlich nachgedacht. Aber sie sind wirklich teuer. Meine Krankenversicherung von der Arbeit deckt das Gehör nur beschissen ab. Sie zahlen gerade so die Kosten für einen Besuch beim Audiologen pro Jahr und nichts für meine Hörhilfen. Und die Sache ist die, mit einem CI kann man das, was man an natürlichem Gehör noch hat, verlieren. Der Klang über ein Implantat ist anscheinend flacher. Eher digital, anstatt dass natürliche Laute verstärkt werden, wie meine Hörhilfen das machen. Aber mein Arzt denkt ohnehin nicht, dass ich im Moment ein guter Kandidat bin. Ich weiß nicht. Es gibt Vor- und Nachteile.“

Clay nickte und wünschte sich erneut, dass ihm das Richtige einfallen würde, das er sagen konnte. Sie standen da, schauten einander an, der Nieselregen formte kleine Tropfen an den Enden von Ethans dichten Haaren.

Ethan flüsterte praktisch, als er sagte: „Der Gedanke, mein *gesamtes* Gehör zu verlieren – dass die Welt wirklich still wird – es ist einfach …“ Er schauderte, sprach lauter, als er hinzufügte: „Wie dem auch sei. Es gibt ständig Neuerungen, darum werde ich einfach abwarten, was passiert.“

Clay konnte die Furcht in Ethans Augen sehen – in seinem angespannten Lächeln und der Art, wie er seine Finger zu Fäusten ballte. Er wurde von dem Drang übermannt, zu trösten, und er hätte beinahe die Hände ausgestreckt, bevor er sie in seine Taschen schob. „Es ist angsteinflößend, Mate.“

„Oi! Setzt euch in Bewegung, da hinten“, rief Shiv gutmütig, als er in Clays peripherer Sicht erschien weiter den Pfad entlang, der in einer Schleife zurück zu ihrem Bus führte.

Clay winkte. „Wir kommen!“

Ethan lächelte Clay an, als sie losgingen. „Es tut mir leid. Ich halte uns mit meinem Drama auf." Er schaute die nächste Infotafel kaum an.

Da streckte Clay die Hand aus und drückte kurz Ethans Schulter. „Mach dir keine Sorgen. Wir haben jede Menge Zeit. Sie können ohne mich nirgendwohin."

Ethans Grübchen erschienen auf seinem Gesicht. „Danke."

Und so schlenderten sie weiter und Clay sorgte dafür, dass Ethan die Gelegenheit hatte, jede einzelne Infotafel zu lesen.

Kapitel Sieben

UM FÜNF UHR im grauen Licht vor dem Sonnenaufgang, wanderte Clay über den mit Tautropfen benetzten Streifen Gras zwischen dem Resort und dem schmalen Pfad, der durch die Reihe Palmen führte, die vor dem Sand standen. Es lagen Kiesel und Blätter und Stöcke auf dem Weg, aber seine Füße waren vor langer Zeit von der trockenen Erde des Outbacks abgehärtet worden.

Er hatte sich eine kurze Hose und ein T-Shirt angezogen und die Brise vom Wasser war kühl und perfekt. Er trank aus seiner Thermoskanne Kaffee und ging weiter nach Süden, den schmalen, leeren Strandabschnitt entlang. Die Gewächse rechts von ihm wechselten von nur Palmen zu dichtem Gebüsch, als er über die Grenze des Resorts trat. Links trafen sanfte Wellen mit einem leisen, rhythmischen Dröhnen auf den Strand und einige Felsen, die in der Dünung verteilt waren.

Keine andere Seele war zu sehen. Genau wie er es mochte.

Doch als eine weitere Gestalt eine Minute später von dort kam, wo er gegangen war, stellte Clay fest, dass er lächelte. Er erkannte Ethans schlanke Gestalt und seine langen Beine und winkte ihm, als er näherkam. Khakis und ein T-Shirt tragend, winkte Ethan zurück, hielt in der anderen Hand etwas, das die Touristen oft als „Flip-Flops" anstatt Thongs bezeichneten. Clay

"

nahm an, der Name passte irgendwie.

Ethan brauchte ein paar Minuten, um ihn zu erreichen, und als er das tat, sagte er: „Guten Morgen. Wow, das ist atemberaubend." Er ließ seine Thongs in den Sand fallen und schaute auf das Wasser. „Es wird rosa."

„Warte nur." Clay schenkte etwas Kaffee in den Deckel seiner Thermoskanne und bot ihn Ethan an. „Er ist nur schwarz. Wenn du irgendetwas Vornehmeres willst, hast du Pech."

„Wenn ich was? Es tut mir leid, das habe ich nicht verstanden." Ethan fummelte an seinen Hörgeräten herum. „Es ist vielleicht besser, wenn ich mit dem Rücken zum Wasser bleibe. Ich kann eine andere Einstellung wählen und die wird dieses Geräusch ausblenden."

Clay sprach ein wenig lauter und achtete darauf, langsamer zu intonieren. „Du wirst den Sonnenaufgang verpassen, wenn du auf die Bäume schaust. Ich habe gesagt, dass der Kaffee nur schwarz ist."

„Oh! Äh … So mag ich ihn sogar. Es ist perfekt." Ihre Finger berührten sich, als Ethan den Deckel nahm und einen Schluck trank, bevor er ihn zurückreichte. Er schaute sich um, dann hinaus aufs Meer. „Was ist das für eine Insel?" Ethan deutete auf die schattenhaften Erhebungen in der Ferne.

„Die Größte ist Dunk Island. Ich kann mich nicht erinnern, wie die anderen heißen."

„Sie sehen irgendwie wie Vulkane aus da draußen. Das ist cool."

Sie standen in friedlichem Schweigen, während der blassgelbe Himmel blauer und rosiger wurde. Dünne Wolken bedeckten einen Großteil des Himmels und nahmen eine warme Röte an, mit Stücken strahlenden Blaus dazwischen. Das Rosa spiegelte sich in einem sanften Glühen im Ozean und Ethan gab kleine seufzende Geräusche von sich und machte eine Menge Fotos mit seinem Handy. Er hatte lange Finger und Clay fragte sich, ob er

Klavier spielte, obwohl, soweit er wusste, die Fingerlänge nichts damit zu tun hatte.

Ethan rief aus: „Es ist, als ob die ganze Welt rosa wäre." Er schaute staunend zu, ein Lächeln umspielte seine Lippen und der Sonnenaufgang spiegelte sich in seinen Augen und auf seiner blassen, glatten Haut. Clay war froh, dass er Ethan sein Geheimnis anvertraut hatte. Ethan legte sein Handy zu seinen Thongs und rollte seine Hose bis zu seinen Knien auf, bevor er Clay angrinste und in die Dünung platschte.

„Pass auf die Strömung auf!", schrie Clay. „Sie ist hier unten stärker als im Schwimmbereich."

Ethan reagierte nicht und Clay wurde klar, dass er ihn wahrscheinlich nicht gehört hatte. Es war nicht so, dass Ethan schwimmen gehen würde, weil er seine Kleidung und seine Hörgeräte trug, aber es gab so weit unten am Strand keine Netze.

Als Ethan weiter hineinging, das rosa beschienene Wasser ihm beinahe um die Knie spülte, hatte Clay Visionen eines Krokodils, das für sein Frühstück vorbeischwamm. Es war in dieser Gegend nicht wahrscheinlich, aber nicht unmöglich, vor allem nicht während der Regenzeit.

Und im nächsten verdammten Moment taumelte Ethan rückwärts, ruderte mit seinen Armen, bevor er auf seinen Hintern fiel. Clay rannte bereits auf ihn zu, als die nächste Welle sich näherte und er packte Ethan von hinten unter den Achseln und hob ihn hoch, als das Wasser harmlos um ihre Knie wogte, keine Krokodile oder Quallen in Sicht. Dennoch wich Clay auf den Sand zurück und trug Ethan dabei praktisch.

Ethans Rücken war an Clays Brust gepresst und Clay hatte seine Arme um ihn geschlungen. Er schauderte und ließ los, trat einen Schritt zurück, als Ethan sich umdrehte. Ethans Adamsapfel hüpfte. „Scheiße, meine Hörhilfen dürfen nicht nass werden. Danke. Ich bin über einen Felsen gestolpert."

Clay nickte mit hämmerndem Herzen. „Schon gut. Außerdem

sind hier keine Netze. Es kann hier Krokodile und Quallen geben."

Mit aufgerissenen Augen wirbelte Ethan zurück zum Wasser, dann wieder zu Clay. „Verarschst du mich gerade?"

„Nein, Mate." Clay schüttelte seinen Kopf, für den Fall, dass seine Worte nicht gehört wurden. Er versuchte, deutlich zu sprechen. „Darüber würde ich keine Witze machen. Die bekannten Krokodil-Habitate sind alle gekennzeichnet und es ist viel wahrscheinlicher, eines in den Sümpfen oder an den Flüssen etwas weiter Inland zu treffen. Aber sie greifen manchmal in Far North Queensland Menschen am Strand an."

Ethan starrte mit offenem Mund. „Wow. Ich habe gewusst, dass es Salzwasserkrokodile gibt, ich dachte nur nicht…" Er schaute wieder zum Meer. „Es ist so friedlich." Dann senkte er den Blick und wich vom Wasser zurück. „Sind wir hier sicher?"

„Ja, keine Sorge. Im Wasser zu sein ist gefährlich. Sogar knietief ist nicht sicher. Sie können Leute auch im Seichten erwischen."

Ethan lachte schnaubend. „Hast du ‚erwischen' gesagt? Du meinst fressen, oder?"

Clay lachte ebenfalls. „Jep. So drücken wir es wohl höflich aus. Haie und Krokodile ‚erwischen' Leute. Wie dem auch sei, es ist nichts passiert. Vielleicht nur deinem Stolz."

„Wie lautet das Sprichwort? Dass er vor dem Fall kommt?" Ethan wischte sich über seinen Hintern, sein Gesicht war rot im verblassenden rosa Sonnenaufgang, Blau und Gelb begannen, sich über die Wolken auszubreiten. „Danke, dass du da warst." Er lächelte, aber es hielt nicht. „Scheiße, ich muss vorsichtiger sein. Wenn meine Hörgeräte beschädigt worden wären …" Er atmete zittrig aus. „Oder, du weißt schon, wenn ich von einem *verdammten Krokodil gefressen worden wäre*, wäre das suboptimal. Vor allem für mein Leben."

„Und der Papierkram wäre ein Albtraum, wenn ich zulassen

würde, dass ein Krokodil einen Gast vor meinen Augen erwischt", sagte Clay trocken.

Ethan lachte herzlich und Clay wollte ihn beinahe als hübsch bezeichnen, wenn er so lachte. Es war seltsam, so über einen Typen zu denken.

Clay sagte: „Lass uns den Kaffee austrinken." Er deutete Trinken an, als Ethan seine Brauen runzelte.

Sie wanderten ein wenig weiter vom Wasser weg in Richtung der Pflanzen, wo er hoffte, dass der Klang der Wellen Ethan nicht so viele Probleme bereiten würde. Ethan setzte sich mit seiner nassen Hose hin und verzog das Gesicht. Clay meinte: „Häng sie während des Frühstücks in die Sonne und sie wird im Handumdrehen trocken sein."

Minute um Minute verging der rosa Sonnenaufgang, sie schauten schweigend zu und reichten sich den Thermos-Deckel hin und her. Nach einer Weile bemerkte Ethan: „Das war wirklich unglaublich. Der beste Sonnenaufgang, den ich je gesehen habe."

„Fair dinkum? Nun, das freut mich." Stolz schwoll warm in Clay an.

Ethan lachte erfreut. „Du hast es gesagt! Fair dinkum!"

Clay kicherte. „Das habe ich wohl. Du kannst den Jungen aus dem Outback holen, aber ..."

„Ich fühle mich so weit weg von zu Hause. Das bin ich auch. Ich war zuvor nie weiter als Kanada und das hier ist eine ganz neue Welt. New York im Winter – das ist so grau und kalt und, ich weiß nicht. Blah. Das hier ist wie das Paradies. Mit Krokodilen und Quallen, aber trotzdem. Paradies. Es ist, ich weiß nicht wie lang? Was für einen Tag haben wir überhaupt? New York fühlt sich beinahe wie ein anderes Leben an."

„Das ist wohl gut. Du kannst deinen Urlaub genießen, trotz allem."

Ethan schaute an den Horizont, wo die letzten Reste Rosa und Gelb zu Blau verblassten. „Ja. Es ist seltsam, hier zu sein. Es ist, als wäre ich auf dem Mond und sie befinden sich auf einem weit entfernten Planeten."

„Sie?", fragte Clay neugierig. In der Stille, die sich ausdehnte, saß Ethan wie eine Statue da und Clay fühlte sich plötzlich wie ein Narr und platzte heraus: „Du meinst wahrscheinlich deine Familie."

Ethans Kehle hüpfte, als er nachdrücklich schluckte. „Nein. Meine Mom ist gestorben, als ich vierzehn war und mein Dad ein paar Jahre später. Ich bin ein Einzelkind und außer meinem Onkel und seiner Familie ist nicht mehr wirklich jemand da. Sie sind cool, aber wir stehen uns nicht supernahe oder so. Und ich habe Cousins, aber sie sind überall verstreut und niemand hält wirklich Kontakt."

Clay verfluchte sich, weil er das angesprochen hatte. „Es tut mir leid, das zu hören."

Mit einem Schulterzucken schaute Ethan auf seine Füße und grub seine Zehen in den Sand. „Schon gut." Er erklärte nicht, wen er mit „sie" gemeint hatte und Clay würde ganz sicher nicht fragen. „Es war genau genommen meine Mom, die in mir den Wunsch geweckt hat, nach Australien zu kommen. Kennst du diesen alten Film, *Crocodile Dundee*?"

Clay musste lachen. „Es kann sein, dass ich davon gehört habe."

Ethan lachte ebenfalls. „Ich nehme an, er war damals ein ziemlich großes Ding."

„Jep, in diesen lang vergangenen Zeiten war er ein großes Ding. Ich war noch ein Kind, als er herausgekommen ist, nur fürs Protokoll."

„Ist notiert. Jedenfalls, meine Mom war gerade erst mit meiner Großmutter aus der Schweiz in die Staaten gekommen. Meine Mom war ungefähr neunzehn, glaube ich. Sie kannte niemanden und ihr Englisch war lückenhaft und sie wurde besessen von diesem Film. Sogar zehn Jahre später, nachdem sie mich bekommen hatte, hat sie *Crocodile Dundee* immer noch geliebt. Es war wie ein Trostessen, weißt du? Es ist einer der ersten Filme, dich ich mich erinnere, gesehen zu haben. Mein Dad hat gesagt, dass er, als er sie kennengelernt hat, nicht sicher war, woher sie kam, weil sie bei einigen Worten einen australischen Akzent hatte. Er hat sich gedacht: „Was macht diese wunderschöne Schweizer-Deutsche-Australierin in Buffalo? Und wieso interessiert sie sich für einen nebbischen Juden wie mich?" Ethan lächelte liebevoll.

Clay lachte. „Wo ist Buffalo?"

„Wo ist Buffalo?", wiederholte Ethan. Als Clay nickte, erklärte er: „Western New York. Dem Staat, nicht der Stadt. In der Nähe der Niagarafälle und der kanadischen Grenze. Ich weiß nicht einmal, wie sie und Oma da gelandet sind. Es war einer der kältesten Orte mit dem meisten Schnee, den sie sich aussuchen konnten, aber ich nehme an, daran waren sie gewöhnt. Und es war definitiv überhaupt nicht in der Nähe der Schweiz. Sie wollten nirgendwo in der Nähe von Europa sein."

Nachdem er etwas mehr Kaffee getrunken und den Deckel weitergegeben hatte, fragte Clay: „Warum?"

„Oh, mein Großvater war ein gewalttätiges Alkoholiker-Arschloch. Sie sind zuerst nach Deutschland gezogen und er ist ihnen dorthin gefolgt, darum haben sie entschieden, dass ein Ozean zwischen ihnen eine gute Idee war."

„Ah. Es tut mir leid, das zu hören."

„Ja." Ethan schluckte etwas Kaffee und schaute hinaus auf den Horizont. „Ich bin ihm nie begegnet oder sonst jemandem von dieser Seite der Familie. Mom war ein Einzelkind. Es ist wohl nicht so gut angekommen, als sie und Oma gegangen sind. Sie haben nicht gern darüber gesprochen. Sie haben als Zimmermädchen in Hotels gearbeitet und irgendwann hat meine Mom meinen Dad kennengelernt und mich bekommen. Sie hatte ihre eigene private Reinigungsfirma zusammen mit Oma. Sie haben Häuser geputzt. Es war wirklich erfolgreich und dann ist Mom krank geworden." Mit flachem Ton fügte er hinzu: „Krebs. Oma ist kurz nach ihr gestorben."

„Das ist heftig, Mate. Tut mir leid, das zu hören."

„Ja. Danke." Ethan zuckte mit den Schultern, spannte sie dann. „Es ist, wie es ist, weißt du? Ich kann es nicht ändern. Wie dem auch sei. Hast du eine große Familie?"

„Groß genug. Dad ist tot – er kam bei einem Unfall draußen auf den Backroads ums Leben. Das ist jetzt fünfzehn Jahre her."

„Es tut mir leid."

Clay nickte. „Es fühlt sich mittlerweile wie eine lange Zeit an. Er war nicht immer ein einfacher Mann, aber natürlich vermisse ich ihn. Wie du gesagt hast, es ist, wie es ist."

Ethan nickte. „Ja." Sie lächelten einander traurig an, in Anerkennung ihrer geteilten Verluste.

„Tante Marg wohnt immer noch hier in Queensland. Onkel Eddie und Tante Susan ebenfalls. Viele Cousins. Meine Schwester Jen wohnt mit ihrem Ehemann und ihren Kindern in Perth und unsere Mum lebt bei ihr." Er atmete durch das unvermeidliche Anschwellen von Schuld, auch wenn es aufgrund seines Jobs nicht möglich war, dass seine Mum bei ihm und Sam wohnte. „Sie hat eine frühe Form von Alzheimer. Sie ist erst dreiundsechzig, aber sie kann nicht allein leben."

Ethans Gesicht verzog sich vor Mitgefühl. „Es tut mir so leid, das zu hören. Wow. Sie ist so jung."

„Ist sie. Hat als Teenager geheiratet, genau wie meine Großeltern vor ihr. Sie sind erst vor einigen Jahren gestorben. Dann habe ich auch jung geheiratet. Das scheint sich jetzt ein wenig zu ändern, aber in meiner Stadt war das die Norm."

Eine Emotion flackerte über Ethans Gesicht, bevor er nickte, und sagte: „Oh, ich verstehe." Es hatte wie ... Enttäuschung ausgesehen? Seltsam. Ethan fragte: „Bist du oft in Perth? Das ist ziemlich weit weg."

„Ist es, aber die Fluggesellschaften bieten ziemlich oft Rabatte an. Ich besuche sie alle zwei Monate oder so. Es ist sehr schön dort. Der Westen von Australien hat immer noch eine gewisse Unberührtheit. Ich könnte mir vorstellen, dort zu wohnen. Wir werden sehen, was passiert."

Ethan lächelte sanft. „Cool. Ich bin froh, dass du deine Mom relativ oft siehst."

„Ja." Er schluckte schwer an der aufkommenden Trauer. „Das letzte Mal, als ich zu Besuch war, hat sie mich zuerst nicht erkannt. Es ist die Hölle, wenn deine eigene Mum dich nicht kennt. Es fühlt sich an, als wäre sie schon fort, obwohl sie das nicht ist."

Er wusste nicht, warum er mit einem Typen, der praktisch ein Fremder war, über diese Dinge redete. Aber die Worte waren herausgeflossen. Da war etwas an Ethan, dem er vertraute.

„Das will ich mir gar nicht vorstellen." Ethan legte seine warme Hand auf Clays Unterarm, diese langen Finger schlangen sich tröstend um ihn. Obwohl der Tag immer wärmer wurde, zitterte Clay. Ethan riss seine Hand zurück und sagte: „Es tut mir leid. Ich versuchte nicht …" Er lachte nervös. „Es tut mir leid, wenn ich dir zu nahe getreten bin."

Clay zuckte mit den Schultern. Er fühlte sich plötzlich ebenfalls peinlich berührt. „Überhaupt nicht, Mate." Er suchte nach etwas anderem, das er sagen konnte. „Das ist meine Familie im Schnelldurchlauf. Und ich habe natürlich die Kinder." Er hielt inne. „Hast du das alles verstanden?"

Ethan lächelte schwach. „Das habe ich, danke. Ich weiß es wirklich zu schätzen, dass du dir die Mühe machst, langsam zu reden. Das hilft so sehr."

Clay tat das Lob ab. „So rede ich einfach."

„Du hast also Kinder? Das ist wunderbar!" Ethan senkte den Blick, spielte mit seiner aufgerollten Hose und strich Sand von den dunklen Haaren an seinen Beinen.

Clay wartete, bis Ethan ihn anschaute, um zu sagen: „Mein

Sohn Peter ist vierundzwanzig und reist. Er meidet es, sesshaft zu werden, aber das sollte ich ihm nicht neiden. Ich wünschte nur, dass er etwas besser mit Geld umgehen würde. Samantha ist beinahe zweiundzwanzig und in den letzten Semestern an der Uni in Sydney. Sie war immer schon klug und die Beste ihrer Klasse. Wenn ich in Sydney bin, wohnen wir zusammen in einem kleinen Mietshaus in Parramatta – das ist eine der Suburbs. Wir haben einen Hund namens Gilly. Er ist halb Australian Shepherd und zur anderen Hälfte vielleicht ein Labrador. Wir sind uns nicht sicher. Jedes Mal, wenn ich nach Hause komme, behandelt er mich wie einen Helden, der etwas erobert hat. So sind Hunde, Gott segne sie."

Ethan lächelte, die Brise blies seine dichten braunen Haare aus seiner Stirn. „Wie alt ist er?"

„Wir sind uns nicht ganz sicher. Wir haben ihn letztes Jahr mit gebrochenem Bein am Straßenrand gefunden. Armer Kerl. Der Tierarzt meint, er ist sieben oder acht. Er war in einem schockierenden Zustand, als wir ihn gefunden haben. Sehr unterernährt. Aber trotzdem ist er so ein Softie. Will immer Aufmerksamkeit und Liebe. So vertrauensvoll, sogar nachdem er praktisch gefoltert wurde. Ich wünsche mir immer noch, ich könnte die Person finden, der er gehört hat. Ich bin in der Regel kein gewalttätiger Mann, aber …"

„Ich verstehe nicht, wie Menschen so grausam sein können. Ich bin so froh, dass ihr ihn gefunden habt." Er schwieg ein paar Momente lang, biss sich auf seine volle Unterlippe und machte sie so noch röter. „Und deine Frau ist auch in Sydney?"

Ah, stimmt. Das hätte Clay beinahe vergessen. Lustig, wie es so lang her zu sein schien, dass sie zusammen in Curry gewesen waren. „Wir haben uns vor ein paar Jahren scheiden lassen. Barb und ich hatten eine gute Zeit, nehme ich an. Sie hat neu geheiratet und lebt jetzt in Christchurch. Sie hat ihn online kennengelernt und entschieden, dass sie nicht mehr mit mir verheiratet sein wollte.“

Wieder wusste Clay nicht, warum er Ethan das alles erzählte. Er redete normalerweise mit niemandem so viel. Zumindest nicht über wichtige Dinge. Seine Haut fühlte sich zu eng an. Es war peinlich, dass ihn seine Frau für einen anderen Mann verlassen hatte. Dass Clay nicht gut genug war.

Ethans Augen weiteten sich und er sah für einen Moment so schmerzerfüllt aus, dass Clay schon fragen wollte, ob es ihm gut ging. Dann fragte Ethan: „Ihr wart also immer noch zusammen, als deine Frau diesen Typen kennengelernt hat?“

Clay nickte, versuchte zu lachen. „Sie hatte genug von mir.“

„Das ist nicht *deine* Schuld“, sagte Ethan wild.

Die Spannung ließ nach und Clays Finger entrollten sich wieder. Er grub sie rhythmisch an seinen Seiten in den Sand. „Ich nehme an, es ist nicht wirklich jemandes Schuld.“ Dass Ethan nicht schlecht von ihm dachte, war eine seltsame Erleichterung.

Ethan fragte: „Hast du es kommen sehen?“

„Nein. Wir haben nicht die Welt in Brand gesteckt, aber es war in Ordnung. Wir hatten die Kinder und haben uns durchgebissen. Ich nehme an, nachdem erst Pete und dann Sam ausgezogen sind … Nun, Barb und ich hatten nicht mehr viel, worüber wir sprechen konnten. Sie bekam Hummeln im Hintern. Wollte mehr, als ich oder das Curry ihr geben konnten. Ich kann ihr das nicht wirklich zum Vorwurf machen. Es war ein Schock, aber wir haben das Beste daraus gemacht.“

Ethan nickte. Er öffnete seinen Mund, zögerte aber dann. Er zog eine blassweiße Muschelschale aus dem Sand, hielt seinen Blick darauf gerichtet und fragte: „Bist du im Moment mit jemandem zusammen?“

Clay wand sich, seine Wangen wurden heiß. Seine Ex hatte wieder geheiratet und er hatte kaum ein Date gehabt. Würde Ethan ihn erbärmlich finden? Er dachte darüber nach, eine Freundin in Sydney zu erfinden, aber der Gedanke, Ethan anzulügen, stieß ihm sauer auf. Und warum kümmerte es ihn so sehr, was Ethan dachte?

Er antwortete: „Nein. Meine Tochter hängt mir ständig im Nacken, diese Dating-Apps zu benutzen und mehr auszugehen. Aber ich weiß nicht. Ich bin mit meinem Job beschäftigt und wenn ich zu Hause bin, dann möchte ich mich entspannen und meine Zeit mit Sam und Gilly verbringen." Er zuckte mit den Schultern. „Ich nehme an, wenn die richtige Frau daherkommt, wird es einfach passieren."

„Das stimmt. Und ich verstehe, warum du zurückhaltend bist. Es tut höllisch weh, betrogen zu werden." Er ließ seinen Kopf sinken und spielte mit dem leeren Thermos-Deckel, seine langen Finger strichen über den Rand.

Ah. Clay fragte nicht nach, aber sein Instinkt sagte ihm, dass dies zumindest ein Teil dessen war, was mit Michael Wong passiert war. *Arschloch.* Natürlich hatte Clay Ethan gerade erst kennengelernt, aber wenn er schwul wäre –

Eine Art manisches Lachen stieg in ihm auf, brach sich aber nicht Bahn. Natürlich war er das nicht, darum wusste er nicht, warum er solchen Unsinn dachte. Er konzentrierte sich wieder auf seine eigene Trennung.

„Um fair zu sein, sie hatte Barry noch nicht persönlich getroffen. Aber sie war von ihm eingenommen und sogar wenn es zwischen den beiden nicht funktioniert hätte, sie wollte mehr vom Leben."

„Wow. Sie ist also einfach nach Neuseeland geflogen, um bei ihm zu sein, und sie hatten sich noch nicht einmal gesehen?"

„Auf gar keinen Fall. Ich habe sie nach Brissie gefahren, um sicherzugehen, dass er ein anständiger Kerl ist. Brisbane, meine ich."

Ethans Kiefer klappte nach unten. „Hast du gerade gesagt, dass du deine Frau zu einem Treffen mit dem Mann gefahren hast, für den sie dich verlassen hat?"

Clay zuckte mit den Schultern. „Ich musste sichergehen, dass er nicht einer dieser Irren ist, von denen man immer hört."

„Wow. Wie lang ist die Fahrt vom Outback nach Brisbane?"

„Von Curry sind es ungefähr neunzehn Stunden, plus/minus."

„Heilige Scheiße! Einfach?"

„Jep." Clay zuckte erneut mit den Schultern, er fühlte sich unsicher. „Da wo ich herkomme, sind wir an lange Strecken gewöhnt. Vielleicht bin ich ein Narr, aber sie war meine Frau. Ich musste sicherstellen, dass sie in Sicherheit ist. Ich habe sie mein ganzes Leben gekannt und wir waren zusammen, seit sie mich in der Schule ins Visier genommen hat."

Ethan schaute ihn an, als ob Clay den Mond und die Sterne aufgehängt hätte. „Du bist der Wahnsinn."

Sein Gesicht wurde heiß und er zuckte erneut mit den Schultern. Er fühlte sich seltsam erfreut. „Ich bin kein Heiliger, das kannst du mir glauben. Es hat mich verletzt, als sie gegangen ist, das steht außer Frage. Es war ein Schlag für meinen Stolz, so viel steht fest. Aber es war besser so. Ich habe eine Weile gebraucht, das zu sehen, aber so war es." Er hielt inne, bevor er hinzufügte: „Es wird besser, Mate. Das verspreche ich."

Für einen Moment schaute Ethan ihn nur an. Seine Augen schimmerten und seine Lippen bebten. Dann nickte er, sein Brustkorb hob sich in einem tiefen Atemzug und er wandte seinen Blick wieder dem Wasser zu.

Sie saßen schweigend da, die Wellen rollte in einem beruhigenden Rhythmus heran, die Sonne stieg am blauen Himmel auf und die Wolken von vorhin lösten sich auf. Ethan malte mit seinem Finger Muster in den Sand, sein nackter Arm strich gegen den von Clay. Clay hätte wegrutschen können, aber das tat er nicht.

Nach einer Weile drehte Ethan seinen Kopf zurück zu Clay und fragte: „Redest du je mit ihr?"

„Oh ja, einmal pro Woche oder so. In der Regel über was

immer die Kinder grade treiben. Barb und ich, wir verstehen uns noch. Wie ich schon gesagt habe, ich kenne sie, seit ich ein Junge war. Es wäre seltsam, sie plötzlich gar nicht mehr zu kennen. Ich glaube, das wäre traurig, nach allem. Nichts mehr zu haben."

„Wo hat sie ihn online kennengelernt?"

„Nicht auf einer Dating-Seite oder so." Clay wusste nicht, ob er Barb verteidigte oder sich selbst. Er wollte nicht, dass Ethan dachte, sie hätte aktiv nach jemand Neuem gesucht, dass mit ihm etwas nicht gestimmt hatte. Was dumm war, aber so war es. „Sie haben über eine Fernsehserie gechattet – *Dark Orphan*."

Ethan runzelte für einen Moment die Stirn. „Hast du *Orphan Black* gesagt?"

Er lachte. „Genau, das meinte ich. Sci-Fi war nie wirklich mein Ding, aber Barb hat es schon immer geliebt. Raumschiffe und Klone und all das. Auch Vampire und Werwölfe."

„Was magst du?"

„Kricket natürlich. Und ein gutes Footy-Match – oder irgendein Footy-Match, genau genommen. Und ich mag Serien über Cops."

„Cop-Serien?" Als Clay nickte, sagte Ethan: „Ich auch! Hast du je *Southland* gesehen? Da geht es um Polizisten in L.A. Ich war auf dem College davon besessen. Vielleicht zum Teil, weil ich absolut für Ben McKenzie geschwärmt habe, aber auch, weil es eine wirklich gute Serie war."

„Ich muss sehen, ob ich sie auf Netflix oder sonst wo finden kann." Clay wusste nicht, wer Ben McKenzie war, und fragte sich, wie er wohl aussah. Nicht, dass es eine Rolle spielte. Es überraschte ihn, mit welcher Leichtigkeit und Offenheit Ethan über ... schwule Dinge redete. Es war aber gut, dass die Welt sich verändert hatte.

Nach ein paar ruhigen Momenten fragte Ethan: „Also, wie alt warst du, als du geheiratet hast? Du hast gemeint, du wärst jung gewesen."

„Damals kam es mir nicht so vor. Neunzehn und mit der Schule fertig – zu heiraten war in Curry in der Regel das Nächste.“

Ethan runzelte die Stirn. „Entschuldige, wie heißt die Stadt?“

„Cloncurry ist der volle Name. Curry bei den Einheimischen. Es ist eine Bergbaustadt – Kupfer und Gold. Ungefähr achthundert Kilometer westlich von Townsville, wo wir morgen rasten werden. Kein schlechter kleiner Ort. Es gibt einen Fluss, darum ist es nicht ganz so trocken wie an anderen Orten im Outback.“

„Ist es sehr heiß?“

Clay lachte. „Das ist eine gute Beschreibung. Im Winter hat es ungefähr …“ Er rechnete grob in Fahrenheit um. „Achtzig Grad. Einhundert im Sommer. Oder höher.“

„Wow. Wie viele Menschen leben dort?“

„Ungefähr dreitausend.“

Ethans Brauen schossen nach oben. „Hast du dreitausend gesagt?“ Als Clay nickte, meinte er: „Mann, das ist wirklich klein. Wie weit wart ihr von einer Stadt entfernt?“

„Nicht zu weit. Hundertzwanzig Kilometer östlich von Mount Isa.“

„Wie viele Menschen leben dort?“

Clay lächelte schwach. „Ungefähr zwanzigtausend oder so. Kommt nicht annähernd an den Big Apple ran.“

Ethan lachte. „Das kann man wohl sagen. Obwohl New York für mich viel zu groß ist. Zu voll. Ich wollte dort nie wirklich leben, aber …“ Er schien sich selbst zu schütteln und fragte dann: „Hattest du einen großen Kulturschock, als du von zu Hause weggezogen bist?“

„Den hatte ich wohl, ja. Ich bin natürlich erst vor zwei Jahren weggezogen. Habe mir Zeit gelassen.“

„Du hast was?“ Ethan blinzelte ein wenig.

Clay bemerkte, dass er seinen Kopf gesenkt hatte, während er redete, weil er den Deckel auf die leere Thermoskanne gedreht hatte. Er schaute Ethan direkt an und wiederholte. „Ich habe mir

Zeit gelassen. Man könnte sagen, ich bin ein Spätzünder."

„Es ist nie zu spät. Das glaube ich." Er nickte und wiederholte. „Das glaube ich."

„Ich bin der lebende Beweis, Mate. Genau wie Barb. Sie macht jetzt dieses New Age Zeug. Reiki. Für mich nur ein Haufen Bockmist, aber das letzte Mal, als ich sie gesehen habe, hatte sie ein Leuchten in ihren Augen, das ich nicht mehr gesehen habe, seit sie ein Mädchen war. Sie hat immer davon geträumt, Curry zu verlassen, aber ich glaube, sie hat nie gedacht, dass sie das könnte. Nicht damals, zu unserer Zeit."

„Du bist nicht so alt."

Clay schnaubte. „Erzähl das meinem unteren Rücken. Aber die Welt hat sich gewaltig geändert, seit Barb und ich Kinder waren und geheiratet haben. Das Internet hat damals kaum existiert und wir hatten es auch noch nicht zu Hause. Wir konnten unsere Fernsehsender an einer Hand abzählen. Die Welt war so … weit weg. Vergiss die Welt. Das verdammte Brisbane kam uns wie die andere Seite des Mondes vor. Ganz zu schweigen von Sydney oder Melbourne."

„Das will ich wetten. Shiv hat erwähnt, dass du Mechaniker warst?"

„Ja. Ich habe den Großteil meines Lebens mit meinem Vater an Bergbau-Equipment gearbeitet. Und manchmal Utes."

Ethan runzelte die Stirn. „Was war das Zweite?"

„Utes."

Ethans Brauen waren immer noch zusammengezogen. „Kannst du das buchstabieren?"

„U-t-e-s." Dann verstand er. „Es tut mir leid. Ihr nennt sie Pick-up Trucks."

„Ohhh." Ethan lachte. „Kapiert. Es tut mir leid, dass ich dich unterbrochen habe."

„Kein Problem. Bist du dir sicher, dass du das hören willst? Es ist nicht sonderlich aufregend." Als Ethan enthusiastisch nickte, fuhr Clay fort. „Nun, mein Dad war bereits tot, als Barb entschieden hat, dass sie gehen würde und Mum war in Perth bei Jen. Mir gefiel der Gedanke nicht sonderlich, allein zu sein. Sam hat angerufen und hat gesagt, dass sie einen Plan hat, dass ich nach Sydney ziehen soll. Ihr hat der Gedanke, dass ich allein in Curry sitze auch nicht gefallen."

Ethan lächelte. „Sie klingt wie eine gute Tochter."

„Oh, das ist sie. Sam ist eine hervorragende Tochter. Die Beste, die ein Mann sich wünschen kann."

„Du strahlst total, wenn du über sie sprichst." Ethan lächelte. „Das ist schön."

„Tue ich das?" Es war ihm ein wenig peinlich, aber was zur Hölle. „Wir haben uns schon immer nahegestanden. Nicht, dass Pete mir nicht auch nahegestanden ist. Er ist ein guter Junge. Nicht so verantwortungsbewusst oder klug wie seine Schwester, aber natürlich liebe ich den Bludger."

„Du liebst …was?" Ethan runzelte die Stirn.

„Pete. Er kann ein Bludger sein." Ethan schaute immer noch fragend drein, darum fügte Clay hinzu: „Er liebt Partys mehr als zu arbeiten."

„Genau." Ethan nickte. „Ich kenne solche Leute. Wie bist du dazugekommen, für DL zu fahren?"

„Die Mum von einer von Sams Freundinnen arbeitet dort im Büro und hat erwähnt, dass sie Leute suchen. Ich habe entschieden, dass, wenn ich schon alles andere in meinem Leben veränderte, ich richtig durchmischen sollte. Es war gut. Die langen Touren werden aber ermüdend. Es würde mich nicht stören, in Zukunft Tagesausflüge zu machen. Vielleicht sogar mein eigenes kleines Geschäft zu führen. Mir einen Minibus kaufen und die Leute tageweise herumfahren. Wir werden sehen."

„Was war der letzte Teil? Hast du gesagt, dass du dein eigenes Geschäft für Ausflüge gründen möchtest?" Ethan verzog das Gesicht. „Es tut mir leid, dass du dich wiederholen musst." Er seufzte schwer. „Es ist so verdammt anstrengend.“

Clay stellte sicher, dass er deutlich redete. „Es ist kein Problem. Ich habe gesagt, dass ich meinen eigenen Minibus haben und Touren anbieten möchte. Mein eigener Chef sein will.“

„Cool. Ich mache Umwelt-Buchhaltung. Jede Menge Zahlen und Tabellen und sich über staatliche Regularien für Energie kundig machen und solche Sachen. Das klingt aber schön – dein eigener Herr zu sein.“

„Ja. Ich nehme an, das könnte gut sein. Wir werden sehen.“ Er blinzelte in den Himmel. „Wir sollten frühstücken gehen.“

„Ja.“ Ethans Lächeln war dieses Mal klein und dankbar, eine Wärme füllte seine Augen in der aufgehenden Sonne. „Danke, dass du Zeit mit mir verbracht hast.“ Er legte seine Hand auf Clays Schulter und kribbelnde Gänsehaut breitete sich aus. „Vor allem, weil das deine freie Zeit ist und so.“

„Nein, kein Problem.“ Er stand auf und löste dabei Ethans Hand, seine Haut fühlte sich seltsam warm an.

Ethan stand ebenfalls auf, lachte und lamentierte über seine nasse Hose, als sie den schmalen Sandstrand zurückgingen. Jetzt befanden sich Leute am Strand des Resorts, der Morgen nahm Fahrt auf.

Nach einer Minute meinte Ethan: „Ich bin froh, dass du und deine Frau noch befreundet seid. Ich weiß nicht, ob ich das könnte.“

„Nun, das ist nicht für jedermann, Mate. Aber Barb geht es bei Barry gut. Er ist ein ganz netter Kerl. Ein bisschen ein Musterknabe, aber sie mag ihn. Barry hasst es, wenn die Leute ihn ‚Baz‘ nennen, darum mache ich das immer.“ Er grinste verschlagen. „Ich kann mich nicht beherrschen.“

Ethan brach in Gelächter aus. „Hast du ‚Baz‘ gesagt?“

„Jep. So nennt man jemanden, der Barry heißt. Baz oder Bazza.“

„Das ist super.“ Sie näherten sich dem Hotel und Ethan sagte:

„Das war wirklich der beste Sonnenaufgang aller Zeiten. Und wir hatten ihn ganz für uns."

„Das ist um diese Jahreszeit mein kleines Geheimnis."

Ein schüchternes kleines Lächeln kam auf Ethans Lippen. „Danke, dass du dein Geheimnis mit mir geteilt hast."

„Kein Problem, Mate. Jederzeit. Ich freue mich, dass es dir gefallen hat." Es war wirklich keine große Sache – es war nicht so, dass der Strand ihm gehörte. Doch als er zurück auf sein Zimmer ging, um seine Uniform anzuziehen, war Clay dennoch mit sich selbst zufrieden.

Kapitel Acht

ALLE LACHTEN UND Ethan fühlte sich unglaublich einsam.

Das war der schlimmste Klang – Leute um ihn herum, die über einen Witz oder Kommentar lachten, den Ethan nicht gehört hatte. Er lächelte mit den sechs Mitgliedern der Gruppe, mit der er im Restaurant des Resorts frühstückte. Es war nett von ihnen gewesen, ihn an ihren Tisch einzuladen, und er versuchte, dem Gespräch zu folgen, aber das Restaurant war gefliest und ein großer Raum, ohne Schallbrecher oder weiche Materialien, die Geräusche verschluckten.

Durch die Lautsprecher ertönte Hintergrundmusik und viele Familien und andere Besucher befanden sich hier, ihr aufgeregtes Schnattern erfüllte die Luft. Ethan hatte sich mit dem Rücken zum Hauptteil des Restaurants gesetzt und die Einstellungen seiner Hörhilfen so verändert, dass der Lärm hinter ihm geblockt wurde, aber es war dennoch schwierig, die Hälfte dessen zu hören, was an seinem Tisch gesagt wurde.

Er machte sich nicht die Mühe, Dale, einen pensionierten Lehrer aus Quebec, der mit seiner Frau reiste, zu bitten, zu wiederholen, was immer er gesagt hatte, das so lustig war. Das machte es nur für alle peinlich und die Aussagen waren selten lustig, wenn sie wiederholt und erklärt werden mussten. Ethan hatte vor langer Zeit gelernt, einfach zu lächeln und mitzulachen und so zu tun, als hätte er den Scherz verstanden.

Er schaute sich um und fragte sich, wo Clay war. Sicher bereitete er den Bus für einen weiteren Tag vor. Nach Mission Beach hatten sie für drei Nächte auf Hamilton Island in den Whitsundays halt gemacht. Nach dem Frühstück würden sie mit dem Boot zurück aufs Festland fahren.

Die Whitsundays, die sich am Ende des Great Barrier Reefs befanden, waren atemberaubend schön, mit weißem Sand und blau-grünem Wasser. Ethan hatte es genossen, in den Pools zu schwimmen und auf organisierte Wanderungen zu gehen und noch einmal zu Schnorcheln, dieses Mal in viel ruhigerem Wasser. Er hatte nicht gesehen, wie eine Meeresschildkröte eine Qualle fraß, aber es war dennoch cool gewesen.

Viel weniger cool war, dass er Clay die zwei Tage zuvor überhaupt nicht gesehen hatte. Nicht, dass er nach ihm *gesucht* hatte, aber zwischen all den Aktivitäten, für die er sich angemeldet hatte, um sich zu beschäftigen und nicht an – ein aufblitzendes Bild von Todd und Michael im Bett füllte seine Gedanken und er verfluchte sich selbst – um sich zu beschäftigen und nicht *daran* zu denken, hatte er Clay nirgendwo im Resort entdeckt.

Was Sinn machte – das waren Clays und Shivs freie Tage und sie hatten sich wahrscheinlich für eine Weile auf ihre Zimmer zurückgezogen. Sie waren wahrscheinlich schon einhundert Mal auf Hamilton Island gewesen. Und Clay hatte seinen Job bereits mehr als erfüllt, als er Zeit mit Ethan verbracht hatte, obwohl er das nicht hätte tun müssen. Er war nicht verpflichtet, Ethan Gesellschaft zu leisten.

Ich habe mich entschieden, allein herzukommen. Wenn ich einsam bin, ist das meine Schuld. Clay ist nicht mein Freund, *er war nur nett. Und er ist ganz sicher nicht mehr als ein Freund.*

Natürlich meldete sich dann eine andere Stimme und nährte seine Ängste.

Vielleicht mag er mich nicht. Vielleicht meidet er mich, weil ich zu sehr geklammert habe, als er nur nett zu dem erbärmlichen

Verlierer war, der allein in seine Flitterwochen gefahren ist.

In genau diesem Moment hörte er Clays Namen und seine Aufmerksamkeit kehrte zum Tisch zurück.

Eine britische Frau namens Joanna beendete gerade eine Aussage und Ethan fragte: „Entschuldige, könntest du das wiederholen?"

„Es war nicht so interessant." Sie winkte ab.

Aber Ethan war überzeugt, dass er gerade Clays Namen gehört hatte und er musste sicher sein. „Könntest du bitte wiederholen, was du gerade gesagt hast?"

Sie schrie: „Ich habe gesagt, dass der arme Clay sich gestern nicht sonderlich gut gefühlt hat. Ich hoffe, es geht ihm wieder besser."

Ethan verlor alles Interesse an seinem Käseomelette. „Was ist mit ihm?"

„Magenverstimmung, hat Shiv gesagt. Armer Kerl."

Die Gäste an einem Tisch nebenan schauten und Ethan wollte Joanna sagen, dass sie nur langsam und deutlich sprechen sollte und nicht schreien musste, weil das bei der Klarheit der Worte nicht wirklich half, aber dann waren die Leute oft beleidigt, ganz egal, wie vorsichtig er versuchte, es zu erklären. Er nickte einfach und sagte: „Ich hoffe, es geht ihm gut."

Zum Glück war Clay, als Ethan ein wenig später in die Lobby kam, um zum Treffpunkt in der Nähe der Docks zu gehen, in seiner blauen Uniformhose und seinem weißen, kurzärmeligen Hemd da. Ethans Magen schlug einen kleinen Purzelbaum, den er zu ignorieren versuchte. Aber er wiederholte das, als Clay ihn entdeckte und winkte.

„Morgen", sagte Clay, als Ethan näherkam. Er sah ein wenig blasser aus als normal, seine Wangen nicht so gerötet. In der Sonne, die durch das Oberlicht der Lobby schien, schimmerten die Haare auf Clays muskulösen, mit Sommersprossen bedeckten Armen kupfrig.

Hör auf, seine Arme anzustarren, oh mein Gott. Rede. „Hey. Wie geht es dir? Joanna hat gesagt, dass du krank warst?"

Clay verzog das Gesicht und murmelte etwas vor sich hin, während er sich das Gesicht rieb.

„Es tut mir leid, das habe ich nicht verstanden." Ethan lächelte entschuldigend. „Ich weiß, dass es nervig ist."

„Nein, entschuldige dich nicht. Wir haben auf den Touren viele ältere Leute, die schwerhörig sind. Ich sollte besser aufpassen."

Ethan zuckte innerlich zusammen. „Oh, ähm … Nur zu deiner Information, das gilt mittlerweile als beleidigender Ausdruck. Es legt den Fokus darauf, was jemand nicht tun kann. ‚Schwerhörig' ist negativ. Ich nehme an, es war in den Neunzigern oder so politisch korrekt? Aber jetzt bevorzugen die Leute Ausdrücke wie ‚Probleme beim Hören' oder nur taub. Oder Taub mit großem T, wenn das ihre Identifikation ist."

Clays Wangen wurden rosa. „Es tut mir leid, Mate! Ich hatte keine Ahnung."

„Oh, schon gut! Ich bin nicht beleidigt. Ich wusste es auch nicht, bis ich meine Hörfähigkeit verloren habe. Ich treibe mich auf ein paar Foren für Leute wie mich herum und sie alle bezeichnen sich als Menschen mit Problemen beim Hören oder PBH. Darum sehe ich mich selbst auch so."

„Es tut mir wirklich leid. Danke, dass du es mir gesagt hast."

„Natürlich. Ich weiß, dass du es nicht negativ gemeint hast." Jetzt hatte er es peinlich gemacht, aber Ethan wollte nicht, dass Clay den falschen Ausdruck bei jemandem verwendete, der beleidigt sein *würde*. Er hatte festgestellt, dass die meisten hörenden Menschen es schlicht nicht wussten. Aber er war vor gar nicht so langer Zeit einer dieser Menschen gewesen – obwohl es sich wie ein ganzes Leben anfühlte – darum versuchte er, aufzuklären. „Wie dem auch sei, was hast du gesagt? Du fühlst dich besser?"

Clays Wangen über seinem Bart waren immer noch rosig. „Stimmt. Vielleicht war es etwas, das ich gegessen habe oder dieses Virus, das Shiv oben in Cairns hatte. Nicht sicher. Heute geht es aber schon aufwärts. Was gut ist, weil wir heute ziemlich weit fahren müssen. Aber es gibt nicht wirklich viel zwischen hier und Fraser Island. Früher haben wir für eine Nacht in Rocky halt gemacht, um die Fahrt aufzuteilen, aber dort gibt es nicht viel zu sehen."

„Rocky?" Ethan versuchte, sich an sein Wissen über die Geografie von Queensland zu erinnern.

„Rockhampton. Es ist es wert, einfach bis nach Hervey Bay durchzufahren und nach Fraser Island zu kommen."

„Zu dumm, dass du alles fahren musst."

Clay lachte. „Nun, das ist mein Job, oder nicht? Ich kann mich nicht zu laut beschweren. Bin trotzdem froh, dass die Fahrt heute ist und nicht gestern oder vorgestern. Wir hätten ein paar zusätzliche Halte fürs Örtchen machen müssen, das kann ich dir sagen."

Ethan lachte ebenfalls und nahm an, dass dies der australische Ausdruck für Bad war, ein Wort, das sie nicht oft zu benutzen schienen. Er hatte einen Gärtner auf der Insel gefragt, wo sich das nächste Bad befand, und der Mann hatte ihm einen seltsamen Blick zugeworfen und dann gesagt: *„Nun, die* Toilette *ist links um die Ecke."*

Er fragte Clay: „Was würde passieren, wenn du wirklich zu krank zum Fahren wärst?"

„Ich müsste sehr verletzt sein, um meinen Job nicht machen zu können. Einmal musste die Firma mich von Sydney nach Brissie fliegen, weil der Fahrer schlimm gestürzt war und sich sein Knie schwer verletzt hatte. Du kannst dir vorstellen, dass sie nicht zu scharf darauf sind, so viel Geld auszugeben, es sei denn, sie sind absolut gezwungen."

„Ja, das will ich wetten. Nun, wenn du etwas brauchst, dann

lass es mich wissen."

„Ich komme klar. Aber danke, Mate. Oh, da fällt mir etwas ein." Clay trug eine Schultertasche und zog ein paar Papiere heraus. „Ich habe mir gedacht, dass, wenn du weiter hinten im Bus sitzt und Shiv und mich nur über die Lautsprecher hörst, es vielleicht schwieriger ist zu verstehen, was wir sagen. Darum habe ich eine Kopie von den Notizen des Guides gemacht. Ich habe mir nur gedacht, es könnte dir helfen, die Informationen auch zu lesen. Es sind vor allem Stichpunkte und Shiv wird es ausschmücken, aber es stehen interessante Fakten und Zahlen und so drauf."

„Ich …" Ethan starrte die Papiere in seiner Hand an, mindestens zwanzig zusammen getackerte Seiten. Er schaute wieder zu Clay auf, der ihn unsicher musterte. „Du hast das für mich gemacht?"

Clay wedelte mit einer Hand durch die Luft. „Ich dachte mir, das könnte helfen." Dann wurde sein Gesichtsausdruck ernst. „Aber ich wollte dich nicht beleidigen."

„Oh! Nein, nein, ich bin nicht beleidigt!" Ethan wollte ihn umarmen, aber das würde offensichtlich jede Menge Grenzen überschreiten. Er wiederholte: „Ich bin nicht beleidigt." *Ich bin überrascht. Ich bin gerührt. Ich bin … glücklich.*

Clay atmete offensichtlich erleichtert aus und lachte kurz. „Das ist gut. Für einen Moment war ich mir nicht sicher. Ich will wetten, dass die Leute richtige Arschlöcher sein können und du hast erzählt, dass manche Drongos dich behandeln, als wärst du dumm. Das war nicht meine Absicht."

„Nein, das hast du überhaupt nicht!" Ethan grinste und hielt den Stapel Papier in die Höhe. „Das ist wunderbar. Im Ernst, danke. Es wird großartig sein, heute alles mitzubekommen. Du redest also auch? Vielleicht habe ich das noch nie richtig gehört, aber ich bin letztes Mal weiter hinten gesessen." Die Passagiere rotierten durch den Bus, sodass jeder die Gelegenheit hatte, an verschiedenen Stellen zu sitzen. Da der Bus nur halb voll war, war es schön, sich ausbreiten zu können.

„Ah, nur hin und wieder eine Geschichte. Ich lasse die Reiseleiter den Großteil des Redens übernehmen. Aber manchmal muss ich etwas Ankündigen oder so."

„Natürlich. Ich … Noch einmal danke. Das ist wirklich großartig."

Clay winkte ab. „Es ist keine große Sache. Ich habe nur die Sheila an der Rezeption gebeten, mir eine Kopie zu machen."

„Gut. Cool." *Hör auf, eine große Sache daraus zu machen. Sei kein Spinner!* Dennoch war es sehr nett, dass Clay überhaupt an ihn gedacht hatte und als sie in Richtung der Docks aufbrachen und andere Gruppenmitglieder sich ihnen anschlossen und mit Clay plauderten, versuchte Ethan, nicht zu sehr zu grinsen.

ALS ETHAN AM nächsten Nachmittag nach einem Ausflug zum wunderschönen Lake McKenzie durch das Resort auf Fraser Island spazierte, gestand er sich endlich ein, dass er nach Clay suchte.

Weil er nett ist! Es macht Spaß, mit ihm zu reden. Außerdem ist meine harmlose Schwärmerei genau das. Harmlos. Warum sollte ich das nicht genießen? Nichts wird passieren. Er ist offensichtlich hetero und ich habe grade eine Beziehung hinter mir. Aber wir können nett zueinander sein. Ich mag seinen Akzent und er ist ein netter Kerl.

Natürlich war Clay nicht nur nett. Er war *sexy*. Sein Akzent? *Sexy.* Der australische Slang, den er benutzte, der ihn manchmal wie Crocodile Dundee klingen ließ? *Sexy.* Seine breiten Schultern und sein kräftiger Körperbau? *Sexy.* Dass er keine gemeißelten Bauchmuskeln hatte und um die Mitte herum ein wenig weich war? *Sexy.* Diese blauen Augen, und wie das Rot in seinen Haaren in der Sonne schimmerte, vor allem in seinem Bart und an den Haaren auf seinen Armen und dass er Sommersprossen hatte …

Sexy, sexy, sexy.

Aber das Heißeste von allem war, wie sehr er mitdachte. Dass er sich solche Mühe gab, sicherzustellen, dass Ethan ihn hören konnte, wenn er redete. Dass er ihm das Geheimnis des Sonnenaufgangs in Mission Bay erzählt hatte. Dass er die Tour-Notizen für ihn kopiert hatte. Schon in Cairns, als er Ethans Rucksack gehalten hatte, während Ethan beim Schnorcheln war und auf ihn aufgepasst und später mit ihm einen Hut gekauft hatte.

Ethan trug den Hut gerade im Moment und das versetzte ihn in freudige Aufregung.

Ist er wirklich hetero?

Die Frage nagte an ihm. Clay war jahrelang mit einer Frau verheiratet gewesen und hatte Kinder, aber natürlich bedeutete das nicht, dass er hetero war. Er konnte bi oder pan sein. Auch wenn er erwähnt hatte, dass die richtige Frau kommen würde.

Dennoch, als Ethan an diesem Morgen in Mission Beach seinen Arm berührt und in Clays Augen geschaut hatte, konnte er schwören, dass zwischen ihnen ein Flackern gewesen war. Dieses unbenannte Schauern des *Wissens*.

Wunschträume. Sei kein Idiot.

Es gab vier Pools im Resort und Ethan schlenderte um die ersten beiden herum. Es war sonnig und durch seine polarisierte Sonnenbrille wirkten das Wasser, die umgebenden Palmen und der Wald dahinter strahlend. Er winkte Shiv, der auf einer Liege las, weil nach dem Ausflug zum See an diesem Morgen in 4x4 Jeeps nichts weiter geplant war – und ging weiter zu einem kleineren, nierenförmigen Pool, der ein wenig versteckt lag und –

Fuck. Clay.

Da war er, ausgestreckt auf einer Liege im Schatten eines Sonnenschirms und der umgebenden Bäume auf dem Deck auf der anderen Seite des Pools. Ein paar Erwachsene paddelten träge im Wasser, andere sonnten sich auf der weniger schattigen Seite des Betondecks. Die Kinder schienen in den größeren Pools zu sein, ihr Planschen und Kreischen war jetzt ein ferner Lärm.

Ganz lässig schlenderte Ethan um den Pool und wagte aus den Augenwinkeln Blicke auf Clay. Die Liegen zu beiden Seiten von ihm waren leer. Tatsächlich war die ganze schattige Seite des Pools leer und ruhig. Es wurde keine Musik gespielt, man hörte nur das Rascheln der Blätter in der Brise. Es war perfekt.

Clay trug seine wahnsinnig heiße Pilotensonnenbrille, eine blaue Badehose und sonst nichts außer seiner goldfarbenen Uhr. Es war irgendwie altmodisch, eine Uhr zu tragen, und es war *sexy*. Er war offensichtlich im Wasser gewesen. Weil seine Haare nass und dunkler waren und Wassertropfen auf seiner Haut trockneten.

Seine langen, muskulösen Beine waren an den Knöcheln überkreuzt. Auf seinem Bauch lag eine Zeitung, seine Finger hatte er darüber verschränkt. Seine Nippel waren rosa inmitten der rötlichen Haare auf seinem Brustkorb und als Ethan näherkam, stellte er sich vor, diese Nippel zu lecken.

Hitze raste durch ihn hindurch und er schluckte schwer. Das war eine schlechte Idee und er sollte wieder umdrehen. Aber jetzt war er nahe genug, dass wenn Clay ihn sah, es vielleicht unhöflich wirkte, als hätte Ethan sich umgedreht, und wäre gegangen, weil er Clay mied. Darum ging er weiter langsam um die Rundung des tiefen Endes, wo eine Frau in einem Bikini träge auf der Seite schwamm.

Clays Liege war halb nach unten geklappt und es war absolut möglich, dass er ein Nickerchen hielt und keine Ahnung hatte, dass Ethan überhaupt da war. Ethan wurde noch langsamer, damit seine Flip-Flops nicht auf den Beton klatschten.

Okay, wenn ich vorbeigehe und er mich nicht bemerkt, ist das ein Zeichen. Ich gehe weiter und höre auf, albern zu sein.

Er war immer noch mindestens zehn Schritte entfernt, als Clay „Ethan!", rief und mit einer Hand winkte.

„Oh, hey!", antwortete Ethan zu laut. *Beruhige dich, verdammt noch mal.* Er lächelte, als er näherkam. „Du hast eine gute, schattige Stelle gefunden."

„Jep. Ich hatte einmal Hautkrebs, als ich jünger war, darum weiß ich, dass die Sonne und ich keine Freunde sind."

Ethan keuchte. „Oh mein Gott. Es tut mir leid. Du hast schon erzählt, dass du vorsichtig sein musst, aber das war mir nicht klar."

„Nein, nein. Das muss dir nicht leidtun." Er deutete nebenbei einladend auf die Liege zu seiner Linken. Ethan legte sein gestreiftes Handtuch vom Resort aus und setzte sich, sein Herz schlug zu schnell, als er seinen Hut abnahm, weil sie ja im Schatten lagen. Clay fügte hinzu: „Ich sollte nicht so dramatisch sein – es war kein Melanom. Basalzellenkarzinom. In Australien ziemlich häufig. Es kann sich nicht ausbreiten, darum ist es nicht so gefährlich wie andere Krebsarten. Dennoch musste es operativ entfernt werden, darum ist es nicht nichts."

„Wow. Ich bin froh, dass es kein Melanom war. Natürlich. Wo war es?", fragte er, bevor ihm klar wurde, wie übergriffig das war. Auch wenn Clay sich jetzt wie ein Freund anfühlte, durfte Ethan nicht vergessen, dass das wahrscheinlich vor allem in seinem Kopf war. „Es tut mir leid, ich bin so neugierig! Das musst du mir nicht erzählen."

Siehst du? Das war eine blöde Idee. Ich werde mich mit dieser Schwärmerei zum Narren machen. Vielleicht ist sie doch nicht so harmlos.

„Keine Sorge. Es war auf meinem linken Schulterblatt." Clay beugte sich vor und drehte sich leicht, damit Ethan es sehen konnte. Er griff mit seiner rechten Hand über die Schulter, seine Finger fanden eine blasse kreisförmige Narbe. Direkt darunter befand sich ein Tattoo, eine Art grünes Schild mit einer gelben Sonne, die über einem grünen Horizont aufging und fünf Sternen auf dem Schild. Es war ein paar Zentimeter breit und mehrere Zentimeter lang.

„Cooles Tattoo." Ethan hatte nie den Wunsch verspürt, eines zu bekommen, aber er schaute sich gern die anderer Leute an. Ehe er sich abhalten konnte, fuhr er es mit seiner Fingerspitze nach. Clays Rücken war ebenfalls voller Sommersprossen und *gottverdammt*, warum war das so sexy? Die Sekunden verstrichen, während er Clay berührte und keiner von ihnen sagte etwas.

Schließlich fragte Ethan: „Hat es eine Bedeutung?" Er berührte ihn immer noch und Clay schauderte. Ethan ließ mit trockenem Mund seine Hand sinken.

Clay räusperte sich und lehnte sich wieder an. „Es ist Teil des Kricket Australia Logos. Auf ihren Uniformen ist links ein Roo und ein Emu auf der rechten Seite. Darunter steht ‚Australien'." Er lachte und murmelte etwas, das Ethan nicht verstand.

„Was war das Letzte? Es tut mir leid."

„Ich habe mir gedacht, dass das gesamte Logo zu haben für ein Tattoo zu viel war. Ich wollte nicht, dass es zu groß ist, aber ich mag es, ein wenig davon zu haben."

„Du magst Kricket wirklich, huh?"

Clay lachte. „Was hat mich verraten?"

Ethan kicherte. „Oh, du wolltest mir von dieser Sache erzählen. Den …" Er zermarterte sich das Hirn auf der Suche nach dem richtigen Wort. „Ashes?"

„Ah, ja." Clay neigte seinen Kopf vor und schaute Ethan über den Rand seiner Pilotenbrille mit intensiv blauen Augen an. Ein Thrill der Erregung schoss durch Ethans Adern. Clay fragte: „Bist du sicher, dass du es wirklich wissen willst? Es besteht kein Grund, mir schönzutun, Mate."

„Nein, ich will es wirklich wissen!" Er lachte und es klang zittrig, darum täuschte er ein Husten vor. „Ich habe Sport geliebt, als ich jünger war und ich will wieder damit anfangen. Aber die Mets waren letzte Saison episch schlecht, darum war ich nicht sonderlich motiviert, wieder aufzuspringen."

„Was ist passiert, dass du das Interesse verloren hast? Ich kann mir das nicht vorstellen."

„Oh. Es war …" Ethan deutete auf seine Ohren. „Ich habe das

Interesse an praktisch allem verloren. Ich war für ungefähr vier Jahre wirklich depressiv. Aber das letzte Jahr war deutlich besser. Ich habe mich damit abgefunden, nehme ich an. Aber ich bin immer noch nicht so, wie ich davor war."

„Ah." Clay nickte mitfühlend. „Ich verstehe. Du findest dich immer noch zurecht. Das kann eine Weile dauern. Als ich nach Sydney gezogen bin, war das ein ziemlicher Kulturschock. Mein ganzes Leben war auf den Kopf gestellt. Zuhause, Arbeit – einfach alles."

„Ja." Ethan zögerte, aber als Clay ihn so geduldig und ohne jegliche Verurteilung anschaute, bekam er das Selbstbewusstsein zu sagen: „Und jetzt wieder Single zu sein, das ist so … seltsam. Wer bin ich, wenn ich … Wenn ich nicht mit Michael zusammen bin?" Seinen Namen laut auszusprechen schmerzte, fühlte sich gleichzeitig aber auch gut an. Es löste einen Teil des Drucks in ihm.

Clay nickte erneut. „Ich war so lang eine Hälfte von Mr und Mrs Kelly. Es hat wehgetan, das zu verlieren, das steht fest." Er lächelte traurig. „Zur Hölle, ich habe immer noch das Gefühl, als würde ich mich noch zurechtfinden. Ich dachte, ich müsste mittlerweile den Dreh raushaben, aber so ist wohl das Leben."

Wärme füllte Ethans Brustkorb, Zuneigung und Verständnis flossen. „Immer voller Überraschungen, nicht wahr?" *Und einige davon waren sogar wirklich gute Überraschungen. Wie einen sexy älteren Mann kennenzulernen, der mich irgendwie mag. Der mich irgendwie versteht.*

„In der Tat." Clay schaute ihn für einen Moment an. Dann meinte er: „Weißt du, es ist schön, mit jemandem darüber zu reden, der das auch erlebt hat. Ich habe nicht wirklich viele Mates gefunden, seit ich umgezogen bin und abgesehen von Facebook sehe ich die Blokes aus Curry nicht. Nicht, dass wir viel über solche Dinge reden würden."

Ethan fühlte sich so verdammt *gut*, dass Clay sich ihm anvertraute. Er musste sich davon abhalten, erfreut zu grinsen. Stattdessen scherzte er: „Die starken, schweigenden Typen im Outback, huh?"

Clay kicherte. „Etwas in der Art." Er trank aus einer Wasserflasche. „Ich bin froh, dass ich dich kennengelernt habe." Dann zuckte er zusammen und sah entsetzt aus. „Ich sage nicht, dass ich froh über das Trauma bin, das du erlebt hast. Es ist grauenvoll, dass deine Hochzeit ins Wasser gefallen ist." Er verzog das Gesicht. „Vielleicht ist es doch besser, wenn ich nicht über all das rede."

„Nein, nein. Es ist in Ordnung. Ich weiß, was du gemeint hast. Ich bin nicht beleidigt." Er lächelte aufrichtig und war erleichtert, als Clay sich sichtlich entspannte. Aber vielleicht war es an der Zeit, die Stimmung aufzuhellen. Er lehnte sich auf seiner Liege zurück und sagte: „Na gut, erzähl mir alles über die mysteriösen Ashes. Vielleicht kann Kricket mein neuer Sport werden." Und weil es Clay wichtig war, wollte er wirklich mehr darüber erfahren.

Clay grinste. „Wenn du darauf bestehst." Er lehnte sich zurück und überkreuzte wieder seine Knöchel. „Was weißt du über Kricket?"

„Äh … nichts? Es ist irgendwie wie Baseball und dauert ewig?"

Clay warf seinen Kopf zurück, lachte und entblößte seinen Hals. Ethan beobachtete seinen Adamsapfel. Clay sagte: „Ich fange von vorne an."

Ethan nickte und sagte uh-huh, während Clay das Grundlegende erklärte. Stumps, Schläger, ein Wicket, ein Pitch, Creases, Bowling – Ethan war sich nicht sicher, ob er wirklich alle Informationen verstand, aber er nickte weiter, er liebte das Rumpeln von Clays Stimme.

„Ergibt das Sinn?", fragte Clay.

„Ja! Es ist eine Menge auf einmal zu verstehen, aber ich glaube, dass ich es kapiere."

„Wir sollten uns ein Match anschauen. Das ist wirklich die beste Art zu lernen."

Mit einem Magen, der Purzelbäume schlug, versuchte Ethan, seine Stimme ruhig zu halten. „Das wäre cool, ja. Also, was ist mit diesen Ashes?"

„Die Ashes sind eine Test-Serie zwischen England und Australien. Test-Matches können fünf Tage dauern, im Gegensatz zu einem ODI-" Er brach ab. „Du wirst zu Tode gelangweilt sein, wenn ich das alles im Detail erkläre. Kurz gesagt, England und Australien spielen jedes zweite Jahr eine Serie von fünf Matches. Das ist sehr kompetitiv. Eine Menge patriotischer Stolz spielt da mit rein. Der Name kommt aus den späten 1800ern, als wir England zum ersten Mal da drüben besiegt haben. Von den Kolonien auf englischem Boden besiegt zu werden, war für die Pommies ein ziemlicher Schock, gesegnet seien sie. Unser Bowler hat vierzehn Wickets für neunzig geschafft."

„Ich habe keine Ahnung, was das bedeutet, aber es klingt gut?" Ethan lachte. Clay lachte ebenfalls und Mann, er war so heiß.

„Es war sehr gut. Also, eine der Zeitungen in London hat nach unserem Sieg einen scherzhaften Nachruf auf das englische Kricket geschrieben. Am Ende stand da ‚Die Leiche wird kremiert und die Asche nach Australien gebracht.' Die Briten waren entschlossen, ihre Asche zurückzubekommen und im Lauf der Jahre, *murmel murmel*."

Ein plauderndes Paar ging vorbei und machte es unmöglich, den letzten Teil zu hören, aber Ethan riet: „Über die Jahre wurde das der Name des Turniers?"

Clay runzelte die Stirn in Richtung des Paars, das zum Glück weiterging. „Du hast es verstanden. Die Legende besagt, dass, als England nach Australien zum Spielen gekommen ist, eine Dame dem Kapitän eine Urne mit der Asche eines verbrannten Kricket Bails gegeben hat. Diese Urne befindet sich in einem Museum im MCC in England, aber jetzt bekommt das Siegerteam eine

Kristallversion davon, die es bis zur nächsten Serie behalten darf.“

„Ist das dein Ernst?“

„Mate, ich mache nie Scherze über Kricket. Niemals.“

Ethan grinste. „Ich liebe es, dass die Trophäe eine Urne ist. Das ist wunderbar. Danke, dass du mir das alles erklärt hast.“

„Ich würde dir den ganzen Tag das Ohr mit Kricket abkauen, wenn du mich lässt.“

Ich würde dich so viele Dinge tun lassen.

Ehe Ethans Gedanken zu tief in die Frage eintauchen konnten, wie sich Clays Bart an seinem Gesicht anfühlen würde, wenn sie sich küssten, sagte Clay: „Erzähl mir über Baseball. Deine Mets sind nicht so gut?“

„Nicht letzte Saison. Aber es gab ein Jahr, als ich ein Kind war? Wir haben es nicht in die World Series geschafft, aber sie war dennoch hervorragend. Weißt du, wenn während der Saison alles gut zu laufen scheint und die Spieler tolle Typen sind und du das Gefühl hast, dass du sie *kennst* und du so heftig für sie jubelst. Und wenn sie gewinnen, ist es einfach das beste Gefühl der Welt.“

Clay grinste. „Es gibt nichts Besseres, Mate.“ Dann lachte er, seine Schultern bebten.

„Was?“ Ethan lachte auch. „Du verstehst es, oder?“

„Absolut.“ Clay sah aus, als würde er versuchen, mit dem Lachen aufzuhören, schaffte es aber nicht.

„*Was?*“ Ethan stupste Clays nackten Arm mit seiner Faust an, aber widerstand dem Drang, seine Handfläche auf die harten, mit Haaren bedeckten Muskeln zu legen. Er stöhnte, als er über das nachdachte, was er gesagt hatte. „Oh, ich verstehe. ‚Heftig jubeln‘. Du weißt, dass ich es nicht so gemeint habe. In den Staaten bedeutet ‚jubeln‘ nicht, dass man Sex hat.“ Er kicherte, weil er und Clay anscheinend zwölf waren.

Während sie zusammen über den albernen Witz lachten, piepte die Batterie von Ethans Hörgerät in seinem linken Ohr. Das bedeutete, dass die Rechte ebenfalls bald ausgehen würde. Er verzog das Gesicht angesichts des lauten Piepens und sagte: „Es tut mir leid, ich muss die Batterien in meinen Hörgeräten austauschen. Sie piepen, um mich darauf hinzuweisen."

„Kein Problem. Ich versuche, mich zusammenzureißen. Natürlich ist mein Kopf jetzt voll mit dämlichen Witzen."

Ethan grinste. „Erzähl mir einen, bevor ich gehe."

„Nun, wusstest du, dass die Australier keinen Sex haben?"

Das Wort „Sex" aus Clays Mund zu hören, ließ Ethans Eier kribbeln und machte ihn schwindlig. Seine Stimme klang zu hoch, als er sagte: „Nein? Was tun sie dann?"

„Sie haben Mates."

Ethan brach in Gelächter aus und Clay stimmte ein. Natürlich war es kindisch. Aber es war ihm vollkommen egal. Es machte *Spaß*. Michael hätte die Augen verdreht, weil er immer zu versnobt für Wortspiele war. Und wow, Ethan wurde klar, dass er und Michael seit langer, langer Zeit keinen albernen Spaß mehr gehabt hatten.

Er hatte es vermisst, sich so entspannt zu fühlen. Er musste sich keine Sorgen machen, was Clay denken würde, wenn er einen dämlichen Witz riss oder nach einer Doppeldeutigkeit „das hat sie jedenfalls gesagt" verkündete. Weil Clay mit ihm lachen würde.

Weil Clay *wunderbar* war.

Ethan winkte ihm und ging um den Pool herum, er schwebte auf Wolken. Er stellte sich vor, dass er die Hitze von Clays Blick auf seinem Körper spüren konnte. *Ich werde mir einen runterholen müssen, wenn ich mich nicht zusammenreiße. Er ist nur nett. Hör auf, dir etwas einzubilden!*

Das Eco-Resort hatte erhöhte hölzerne Bohlenwege, an denen sich die Gästezimmer befanden und jede Menge Bewuchs darum herum. Er lächelte in sich hinein – na schön, er grinste – und winkte, als er an Stan und Violet vorbeikam. In seinem Zimmer hatte Ethan seine Koffer ordentlich gepackt und verschlossen, weil er gelesen hatte, dass man einen Koffer nie auf ein Bett stellen sollte, weil man sich sonst Bettwanzen einfangen konnte.

Ein paar Minuten später waren Ethans Sachen auf dem zweiten Bett verteilt, sein Herz raste und sein Mund war trocken. Seine Batterien für die Hörgeräte waren nicht da. „Fuck, fuck, FUCK!"

Er durchsuchte erneut seine Kleidung. Nichts. Er sagte sich, dass sie irgendwo sein mussten, und versuchte, methodisch zu suchen. Nichts. Er rannte ins Bad und schaute dort erneut nach. Nichts. Das erinnernde Piepen seiner Hörgeräte, während die Zeit auslief, half nicht im Geringsten. Das Rechte machte jetzt auch mit, genau wie er es erwartet hatte.

Ethan öffnete die Schubladen, obwohl er nichts eingeräumt hatte. Er wühlte sich durch die Mülleimer, die vom Zimmerservice noch nicht geleert worden waren. Dann, nachdem er noch drei Mal gesucht hatte, musste er seine Niederlage eingestehen. Seine Batterien waren nicht da. Er versuchte verzweifelt, Atem zu holen, während er in der Mitte seines Zimmers stand, das aussah, als wäre ein Hurrikan hindurchgezogen.

Dann erinnerte er sich an den kleinen Balkon mit Blick auf den Wald. Er entriegelte die Tür und schob sie mit einem Knall auf, sein Herz hämmerte. Nichts. Er versuchte, sich zu erinnern, wann er die Packung mit den kleinen runden Batterien zuletzt gesehen hatte und sein Kopf blieb leer. Hatte er sie in den Whitsundays gelassen? Er konnte sich nicht vorstellen, so etwas zu tun, aber er hatte alles aus seinem großen Koffer geholt, um ihn neu einzuräumen.

Und natürlich hatte er in der Regel zwei Batterien in seinem kleinen Behälter für die Hörgeräte, hatte diese aber nicht ersetzt, weil er in einem Flugzeug gesessen war, als seine Batterien den Geist aufgegeben hatten.

„Fuck!"

Wenn er auf dem Festland wäre, wäre es ganz einfach, welche in einem Laden zu kaufen. Mit hämmerndem Herzen rannte er aus seinem Zimmer und den Weg entlang zurück zur Rezeption. Vielleicht hatten sie einen Laden. Er hatte nichts gesehen – vielleicht war ein Geschenkeladen nicht ökologisch? – aber es musste auf der Insel einen Ort geben, an dem man Sachen kaufen konnte. Oder?

Falsch.

Der junge Mann hinter der Rezeption schüttelte entschuldigend seinen Kopf. „Wir haben nur wenige essenzielle Sachen hier." Er fügte noch etwas hinzu, das sich in den vier ominösen Piepsern in Ethans linkem Ohr verlor, die signalisierten, dass die Batterie jeden Moment sterben würde. Und nach wenigen Momenten wurde sie still. Der Mann sagte noch etwas und Ethan bemühte sich, es nur mit seinem rechten Hörgerät zu verstehen. Er drehte seinen Kopf und beugte sich vor.

Der Mann schaute ihn an, als würde er auf eine Antwort warten und Ethan sagte: „Wie bitte?"

Er winkte ab und Ethan konnte mit Leichtigkeit seine Lippen lesen, weil er an diese Worte gewohnt war: „Nicht so wichtig."

„Könnten Sie, verdammt-" Er fing sich und atmete tief ein, um seinen Frust niederzuringen. Er senkte seine Stimme, oder hoffte es zumindest. „Können Sie bitte aufschreiben, was Sie gesagt haben?"

Ihm einen nervösen Blick zuwerfend, als wäre Ethan ein Irrer, kritzelte der Mann auf ein Stück Hotelnotizpapier.

Ich werde den Zimmerservice bitten, die Handtücher zu durchsuchen, um sicherzugehen, dass nichts aus Versehen mitgenommen wurde.

Immer noch schwer atmend, nickte Ethan. „Danke." Er drehte sich um und ging von der Rezeption weg, seine Lungen waren verengt. Als er die breite Treppe hinunterging, die auf einer Seite zu einem Restaurant führte und dem Poolbereich hinter Glastüren, entdeckte er Stan und Violet, die draußen im Schatten in einem Bereich mit Korbmöbeln und Tischen saßen. Er näherte sich ihnen, um zu fragen, welche Art Batterien Stan benutzte.

Natürlich nicht dieselben – die von Stan waren kleiner. Er und seine Frau waren sehr nett und mitfühlend und Ethan stand kurz davor zu *weinen*, wie der Verlierer, der er war, darum dankte er ihnen schnell und floh zurück in die Lobby. Wo er stand, während die Minuten vergingen und er versuchte, nicht komplett durchzudrehen. Seine rechte Hörhilfe würde schon bald ausgehen, das erinnernde Piepen ließ ihn zusammenzucken.

Dann war Clay da, sein Gesicht vor Sorge verzogen, während er etwas sagte, das Ethan wegen des Murmelns aus dem Restaurant in der Nähe und den Leuten in der Lobby nicht verstand. Ethan erzählte ihm von den verschwundenen Batterien und fügte hinzu: „Ich vermute, ich habe sie im letzten Hotel vergessen? Ich weiß es nicht. Es spielt jetzt auch keine Rolle. Sie sind nicht da." Clay sagte etwas, das wahrscheinlich mitfühlend war und Ethan schüttelte seinen Kopf. „Es tut mir leid. Es ist wirklich schwierig, nur mit einem zu hören. Und das Rechte wird auch nicht mehr lange durchhalten."

Clay nickte, schaute sich um und führte Ethan dann zu einer kleinen Ecke, seine große Hand warm und tröstlich auf Ethans Schulter, bevor er sie wegzog. Ethan atmete lang aus. „Ich habe Stan gefragt, aber seine Hörhilfen sind anders und die Batterien passen nicht in meine."

„Verdammt." Clay versuchte eindeutig, deutlicher zu sprechen. Seine Sonnenbrille hatte er sich auf den Kopf geschoben und er beugte sich vor, schaute Ethan eindringlich an. „Woher bekommst du neue Batterien? Muss es ein besonderer Laden sein?"

„Nein, nur eine Apotheke. Aber hier haben sie keine."

„Ich frage an der Rezeption, wann das nächste Boot aufs Festland fährt. Wenn du mir sagst, welche Batterien, kann ich sie in der Apotheke holen und zurückkommen, so schnell es geht."

Clays Freundlichkeit ließ Ethans Augen erneut unter Androhung von Tränen brennen. Seine rechte Hörhilfe piepte, aber dank Clays ruhiger Präsenz konnte er tief Luft holen und seinen jagenden Puls beruhigen. „Das ist ein sehr nettes Angebot. Aber nein, es ist dein freier Tag. Ich komme klar."

„Es ist kein Problem. Ich fahre immer gern Boot."

Clay war unglaublich. Es war *absolut* ein verdammtes Problem, aber er war so tröstend und ruhig. *So sexy.* Nein, nein, jetzt war nicht die Zeit darüber nachzudenken, aber es lockerte den massiven Knoten der Anspannung in Ethans Brustkorb. „Ich komme klar." Er atmete lang aus und schaute sich in der Lobby mit der hohen Decke um. Wenigstens schien niemand seinen Zusammenbruch mitzubekommen. „Es geht mir gut. Ich kann morgen Batterien besorgen. Es tut mir leid. Manchmal sind meine Angstzustände einfach …" Er machte eine explodierende Bewegung mit seinen Händen.

Clay lächelte und Ethan wollte ihn wirklich, *wirklich* küssen. „Keine Sorge. Wir haben alle unsere Momente. Ich kann mir vorstellen, dass es eine angsteinflößende Sache ist, nicht hören zu können. Es gibt einem Mann das Gefühl, schrecklich … nackt zu sein. Wenn du weißt, was ich meine."

Denk nicht an Clay nackt. „Ja, genau so ist es. Verletzlich, würde ich sagen. Aber es hilft-" Er brach ab. Wäre es seltsam, es zu sagen? Was zur Hölle. Ehe er die Nerven verlieren konnte, sagte er: „Es hilft, dich hier zu haben. Danke."

Natürlich dachte er jetzt zu einhundert Prozent an Clay nackt und als Clay einen Arm um Ethans Schultern legte und ihm eine männliche Halbumarmung gab, half das nicht.

Er redete leise und ruhig neben Ethans rechtem Ohr und schrie nicht, wie so viele wohlmeinende Leute es tun würden. „Wie wäre es, wenn ich uns zwei Dosen Four X kaufe – die sind am Pool erlaubt, aber kein Glas. Drüben auf dem Hauptdeck gibt es eine Bar und wir können sie mit zurück in den Schatten nehmen."

Ethan war an Clays großen, starken Körper gepresst, eine

Situation, die sein Schwanz sehr gerne weiterverfolgt hätte. Da er Angst hatte, wie hoch seine Stimme vielleicht klingen mochte, nickte er einfach. Clay klopfte ihm auf den Rücken und ließ ihn los und sie gingen nach draußen. Ethan versuchte, das Bier auf sein Zimmer schreiben zu lassen, aber natürlich winkte Clay ihm ab und akzeptierte keine Einwände.

„Dieser Shout geht auf mich."

Ethans Brauen zogen sich zusammen. „Dieser was?"

„Shout." Er deutete auf die Bierdosen, die der Bartender auf die Theke stellte.

„Ich dachte mir, dass ich das verstanden habe. Ein Shout ist eine Runde Getränke?" Als Clay nickte, grinste Ethan. „Cool. Danke. Dann zahle ich die Nächste." Sein Lächeln verblasste. „Es sei denn, du hast etwas anderes zu tun. Du musst nicht den ganzen Tag mit mir abhängen."

Clay zuckte mit den Schultern. „Ich muss nirgendwohin, Mate."

Ethan versuchte, sich zu beherrschen, aber er wusste, dass er Clay angrinste. Ihn wahrscheinlich anhimmelte, aber er war dankbar und das Gefühl der Sicherheit, das durch ihn floss war tröstlich.

Als sie wieder auf ihren Liegen saßen, die Sonnenbrillen auf den Nasen, trank Ethan das herrlich kalte Bier, die Dose steckte in einem Isolator, auf den das Logo des Resorts aufgedruckt war. Da er wieder leichter atmen konnte, sagte er: „Danke. Das ist perfekt." Und trotz des kurz bevorstehenden Verlusts seiner Hörhilfe, meinte er es. „Wir sollten schwimmen gehen. Ich kann unter Wasser besser hören."

„Ja?" Er sagte noch etwas, das Gemurmel war.

Ethan riet, dass er wissen wollte warum. „Ich glaube, weil jeglicher Klang durch die Knochen in meinem Schädel übertragen wird, nicht durch die Luft."

„Huh." Clay nippte an seinem Bier, seine Kehle arbeitete. Er hatte Sommersprossen in der Vertiefung an seinem Halsansatz, die in Ethan den Wunsch weckten, sich hinüberzubeugen und sie sanft zu küssen. „Ist es so für alle tauben Menschen?"

„Ich weiß es nicht. Ich glaube, es hängt davon ab, wie schwerwiegend der Hörverlust ist und welche Art man hat." Er hielt inne. „Rede ich zu laut?"

„Nein", sagte Clay. „Und es ist ohnehin niemand in der Nähe."

Er redete also wahrscheinlich zu laut, aber Clay war nett, wie immer, weil er *unglaublich* war. Ethan versuchte, seine Lautstärke zu modulieren.

„Es gibt zwei grundlegende Arten, aber eine Menge Varianten innerhalb dieser zwei Kategorien. Ich glaube, ich habe dir erzählt, dass meine sensorineural ist? Im Grunde bedeutet das, dass die Nerven und Sensoren im Innenohr beschädigt sind und das kann durch viele verschiedene Dinge hervorgerufen werden. Konduktiver Hörverlust ist eher mechanisch. Wie ein durchlöchertes Trommelfell oder zu viel Ohrschmalz oder Wasser im Ohr. Etwas, das den Schall blockiert. Manche Leute haben ein wenig von beidem. Es kommt immer darauf an." Seine rechte Hörhilfe gab das dringlichere, schnellere Piepen von sich, das ihn darauf hinwies, dass die Batterie gleich ausgehen würde. „Nun, die sind bis morgen tot. Ich bin raus." Er verzog das Gesicht, als er seine Hörgeräte herauszog, dann seine wunden Ohren rieb.

Dann erkannte er, dass Clay ebenfalls das Gesicht verzog, und schaltete schnell die rechte Hörhilfe aus. Er versuchte, nicht zu schreien. „Es tut mir leid. Ich nehme an, die Batterie hatte noch eine Minute." Er konnte es nicht hören, aber wenn er seine Hörgeräte herausnahm, während sie an waren oder wenn seine Ohrform lose wurde, gab es ein hohes, kreischendes Geräusch, das laut Michael Folter war.

Ein rachsüchtiger Gedanke kam ihm, als er an all die Male dachte, die Michael sich beschwert hatte. *Gut.* Aber Ethan saß mit

Clay an einem Pool und er wollte nicht über Michael nachdenken oder Todd oder irgendetwas davon. New York befand sich auf der anderen Seite der Welt und Ethan würde im Jetzt bleiben. Er würde bei Clay bleiben.

Nachdem sie ihr Bier getrunken hatten, gingen sie schwimmen. Clay versuchte, unter Wasser zu reden, und bekam es nicht sonderlich gut hin. Sie kamen wieder an die Oberfläche und lachten, dann spielten sie ein kleines Spiel, etwas in der Art von Marco Polo, wobei Clay an ihrem leeren Ende des Pools seine Augen schloss und versuchte, Ethan zu fangen. Wenn Ethan stand, reichte ihm das Wasser bis an den Brustkorb, die perfekte Höhe, um herumzualbern.

Ethan versuchte, nicht zu lachen und zu schreien, während er Clays ausgestreckten Händen zu entkommen versuchte. Und vielleicht ließ er sich nach ein paar Minuten einfangen, Clays große Hände legten sich um seine Arme. Clay öffnete die Augen und Wasser tropfte von seiner Nasenspitze. Sie grinsten einander an und standen so nahe, dass Ethan sich nur ein paar Zentimeter bewegen musste, bevor ihre Lippen sich trafen und …

Lachend entzog er sich und machte eine rollende Bewegung mit seiner Hand. „Lass uns noch eine Runde spielen!"

Das taten sie und Ethan schaffte es, Clay nicht zu küssen und alles zu ruinieren.

Kapitel Neun

CLAY WACHTE VOM schwachen Summen seines Handys auf dem Nachttisch auf. Weil Pete sich nie an die Zeitunterschiede zu erinnern schien, wenn er im Ausland war, hatte Clay angefangen, über Nacht auf Vibration zu schalten, wenn er arbeitete. Er brauchte vor den langen Tagen hinter dem Steuer jedes Bisschen Schlaf, das er bekommen konnte. Eine einzelne Textnachricht würde ihn nicht wecken, aber wenn jemand mit einem Notfall anrief, dauerte das Vibrieren in der Regel lang genug, um ihn zu wecken.

Er war sofort wach, als ihm klar wurde, dass es tatsächlich ein Anruf war, griff mit hämmerndem Herzen nach seinem Handy und blinzelte das Bild von Sams lächelndem Gesicht auf dem Bildschirm an. Mit ungeschickten Fingern wischte er über das Icon. „Sam? Was ist los, Liebling?"

„Es ist alles wieder gut, mach dir keine Sorgen. Ich musste mit Gilly zum Tierarzt, aber es geht ihm besser."

Clays Brustkorb war schmerzlich verengt. „Was war los?" Er vermisste Gilly, wenn er unterwegs war und der Gedanke, dass dem armen Jungen etwas passierte, während er so weit weg war, bereitete ihm Übelkeit.

„Eine verdammte weiße Zecke. Ich wollte gerade ins Bett und er wirkte ein wenig krank. Hatte sein Abendessen nicht ganz gefressen und ich wollte kein Risiko eingehen. Wir haben ihn sofort zum Tierarzt gebracht und der hat sie gefunden. Ich hatte ihn früher am Tag schon abgesucht, habe das kleine Mistvieh aber wahrscheinlich übersehen."

Sein Herz hämmerte immer noch. „Gutes Mädchen, dass du nicht gewartet hast. Wenn Gilly nicht jeden Bissen verschlingt, ist das immer ein Grund zur Sorge." Himmel, er wünschte, er könnte bei ihnen sein. Gilly war ein haariges Biest, ein Durcheinander aus braunem und rötlichem Fell und sie suchten ihn täglich nach den Zecken ab, die einen Hund mit nur einem Biss töten konnten. „Es geht ihm besser?" Clay wurde klar, dass er nicht einmal auf die Uhr geschaut hatte. Um die Ränder der Vorhänge kam ein schwaches Licht herein und er griff nach seiner Uhr auf dem Nachttisch und sah, dass es kurz nach sechs war. Sein Wecker würde schon bald losgehen.

„Jep. Ich habe gerade mit dem Tierarzt gesprochen. Sie haben ihm sofort das Antiserum gegeben. Wir sind nur für ein paar Stunden nach Hause gefahren, weil sie gesagt haben, dass wir sonst nichts tun können. Ich habe es gehasst, ihn dort zu lassen, aber sie haben auch gesagt, dass wir ihn vor heute Morgen nicht mehr sehen können. Wir fahren demnächst zurück."

„Okay. Ruf mich an, wenn ihr das macht. Jase hat übernachtet, oder?"

Sam seufzte laut. „Ja, Dad. Ich bin eine erwachsene Frau und du weißt, dass ich schlafen werde, mit wem immer ich möchte und du hast da nichts mitzureden."

„Strewth! Kein Grund, die Stacheln aufzustellen. Darf ich nicht fragen, mit wem meine Tochter ihre Zeit verbringt?" Das letzte Jahr über war es Jason gewesen, und er war kein schlechter Junge. Kein hoffnungsloser Fall wie ihr erster fester Freund in Curry und er hatte einen guten Job bei einer Bank. Clay musste zugeben, dass er immer noch nicht begeistert war von dem Gedanken, dass sein kleines Mädchen ... nun, *eine Frau war*, aber sie war erwachsen, wie sie es gesagt hatte.

„Natürlich war es Jase. Vergiss nicht, dass wir am Freitagnachmittag über das Wochenende nach Merimbula fahren. Wir kommen Montag zurück, weil Jase sich einen zusätzlichen Tag freigenommen hat. Er leiht sich das Wohnmobil seines Freundes und wir nehmen unsere Räder mit. Aber wir werden sehen, wie es Gilly geht. Da wir die Zecke früh genug erwischt haben, sagt der Tierarzt, dass er bis dahin wieder wird. Ich hoffe, dass wir ihn bis Freitag mit nach Hause nehmen können.“

Es war jetzt Mittwoch und Clay würde am Samstagmorgen zu Hause sein. Er würde genau genommen schon am Freitagabend wieder in Sydney sein, aber es war an diesem Tag so eine lange Fahrt, dass er im Hotel blieb, weil er und Shiv die Gäste durch Sydney führten, bevor die Tour mittags endete. Er hatte festgestellt, dass es sich nicht lohnte, sich nach Parramatta zu schleppen, weil er die Gäste, die nach dem Abschiedsessen nicht zurück ins Hotel gehen wollten, fahren musste.

„In Ordnung, Liebling. Halte mich auf dem Laufenden. Ich freue mich darauf, dich am Montag zu sehen. Armer alter Gilly. Umarme ihn von mir.“

„Das werde ich. Wie geht es dir? Waren die Straßen okay? Sind die Gäste nett?“

„Ja, nicht zu viel Verkehr. Die Gäste sind ein netter Haufen.“ Er wollte ihr gerade von Ethan erzählen, fühlte sich dann aber seltsam. Würde sie es komisch finden, dass er sich mit jemandem verstand, der nicht viel älter war als sie?

Es ist nicht komisch, oder? Ich bin nur nett.

Ehe er noch etwas sagen konnte, fragte Sam: „Hast du dir diese Profile angesehen?“

Clay stöhnte. „Nicht jetzt. Das werde ich, ich verspreche es.“

Ihre Stimme wurde sanfter. „Du musst es nicht tun. Ich hasse es nur zu denken, dass du einsam bist. Mum hat Barry und es ist zwei Jahre her.“

„Ich habe dich, wenn ich in Sydney bin, oder nicht? Und Gilly. Ich bin nicht einsam." Er war sich nicht sicher, ob das stimmte oder nicht, aber er wollte sich in seiner Freizeit nur entspannen. Oder den Tag mit einem Bloke wie Ethan verbringen. Kein Stress, kein Problem. „Hast du diese Woche mit Pete und deiner Mum gesprochen?"

„Uh-huh. Pete und ich schicken uns beinahe täglich Snapchats. Er hat Spaß. Du weißt schon, das übliche Pete-Zeug."

„Ist Snapchat das, wo die verdammten Dinger verschwinden?"

Sie lachte. „Jep. Ich weiß, ich weiß, du siehst den Sinn darin nicht. Und ich habe am Dienstag mit Mum geskypt. Sie hat mich durch ihren Garten geführt. Sie ist besessen davon. Aber es macht sie glücklich."

Clay lachte. „Das tut es. In Ordnung, Liebling. Ruf mich an, sobald du mit dem Tierarzt gesprochen hast."

„Werde ich. Liebe dich. Fahr vorsichtig."

Nachdem er sein Handy ausgemacht hatte, kratzte er sich den Brustkorb und gähnte. Clay schlief immer nackt und kuschelte sich unter die Decke, obwohl die Klimaanlage ein wenig schwach war und er die Decke dieses Mal zu seiner Hüfte geschoben hatte.

Er lächelte, als er daran dachte, was für einen großartigen Tag er gehabt hatte. Er war an den wenigen freien Tagen während der Tour in der Regel zufrieden damit, seine Ruhe zu haben, aber er war froh, dass Ethan zu ihm gekommen war.

Sie hatten ein wenig getrunken und er wusste, dass er aufstehen und etwas Wasser trinken sollte, auch wenn er sichergestellt hatte, dass er nicht betrunken war, weil das nicht professionell war. Auch wenn er zugeben musste, dass er sich letzte Nacht nicht zu viele Gedanken um Professionalität gemacht hatte. Nicht, dass er irgendwelche Regeln gebrochen hätte – nicht wirklich.

Dennoch sah er Ethan mittlerweile nicht mehr als Gast, sondern als Mate. Zur Hölle, Ethan war nur ein paar Jahre älter als Pete – Clay kümmerte sich nur um ihn. Daran war nichts

Falsches. Der Bloke war einsam und er hatte sich ziemlich aufgeregt, als er bemerkt hatte, dass seine Batterien weg waren. Clay wollte ganz sicher nicht allein an einem unbekannten Ort – zur Hölle, auf einem unbekannten Kontinent – sein und nicht hören können.

Ethan hatte so niedergeschlagen ausgesehen und Clay hätte ihn beinahe direkt in der Lobby umarmt. Aber das wäre seltsam gewesen, darum hatte er ihn aufgemuntert und sie hatten den Rest des Tages und des Abends zusammen verbracht, nachdem sie im Pool gespielt und sich entspannt hatten. Es hatte gutgetan, Ethans Grübchen wiederzusehen.

Sie hatten in der Pizzeria auf der Insel zu Abend gegessen, hatten noch mehr Bier getrunken und sich eine Meat-Lovers Pizza geteilt. Sie waren in dem von Fackeln erhellten Patio gesessen, nachdem es dunkel geworden war und es war friedlich gewesen, wie sie einen Block, den Clay von einem der Angestellten erbeten hatte, hin und her geschoben, einander Fragen gestellt und sie beantwortet hatten.

Er war sich nicht sicher, warum er den Block behalten hatte. Es war ihm nur nicht richtig vorgekommen, ihn in den Müll zu werfen. Jetzt las Clay ihn erneut durch, lächelte angesichts ihres Geschriebenen. Das Erste war von Ethan.

Stört es dich, wenn ich auch schreibe? Ich rede nicht gern, wenn ich mich nicht hören kann. Es fällt mir immer noch schwer, meine Lautstärke zu regulieren und ich fühle mich wirklich unwohl. Vor allem in der Öffentlichkeit. Es tut mir leid, ich weiß, es ist nervig, dass du auch lesen musst.

Nachdem er ihm den Block gegeben hatte, hatte Ethan ihn beobachtet und sich dabei auf die Lippe gebissen, als hätte er Angst, Clay würde angewidert seine Hände in die Luft werfen. Clay hatte ihn angelächelt und geschrieben:

Kein Problem, Mate. Lesen ist nicht schwer. Oder hast du etwas anderes gehört? Ich will nur, dass du weißt, dass ich in der Schule eine Zwei hatte.

Nachdem Ethan seine Nachricht gelesen hatte, hatte er mit einem Lächeln zu Clay aufgeblickt und sie hatten gemeinsam gelacht. Clay hatte es überhaupt nicht gestört. Es war ein gutes Gefühl, auf einem ausgeglichenen Spielfeld zu sein. Er wollte nicht, dass Ethan sich unsicher fühlte oder … minderwertig.

Ethan: *Liebster Cop-Film?*

Clay: *Mir hat immer* Lethal Weapon *gefallen, aber Mel Gibson hat sich als echtes Arschloch herausgestellt.* Stirb Langsam *ist immer noch gut. Vor deiner Zeit vermute ich.*

Ethan: *Das ist mein Lieblingsweihnachtsfilm. Ein Klassiker.*

Clay fühlte sich ein wenig alt, wenn er *Stirb Langsam* als Klassiker betrachtete, aber das war es wohl dieser Tage. Er blätterte um und lachte laut in der Stille des Zimmers. Er sollte demnächst aufstehen und sich duschen, aber er schien nicht aufhören zu können, sich die albernen Zeilen anzusehen.

Clay: *Wie findest du die* Bourne *Serie?*

Ethan: *Die Filme sind super. Matt Damon war superheiß.*

Clay wand sich immer noch, wenn er diese Worte sah. Als er sie die Nacht davor gelesen hatte, hatte er gespürt, wie sein Gesicht rot wurde, obwohl es keinen Grund dafür gab. Er wusste, dass Ethan schwul war. Warum war es ein Schock gewesen, den Beweis dafür schwarz auf weiß zu sehen? Er las die nächsten Worte mit einer gewissen Beschämung.

Ethan: *Entschuldige, ich wollte es nicht unangenehm machen.*

Clay hatte seinen Kopf geschüttelt, darauf bestanden, dass alles in Ordnung wäre und war dann aufgesprungen um noch ein paar Drinks zu holen. Als er zurückgekommen war, hatte Ethan ihm eine neue Nachricht zugeschoben. Mit hochgezogenen Augenbrauen.

Ethan: *Hast du je etwas Crocodile Dundee Mäßiges gemacht?*

Clay: *Das war wohl, als ich mit einem Krokodil gekämpft habe.*

Ethans Kopf war nach oben geruckt und er hatte geschrien: „Auf gar keinen Fall!", bevor seine Augen schmal geworden waren.

Ein paar Leute in der Nähe hatten zu ihnen geschaut, aber Clay hatte sie ignoriert, während Ethan etwas geschrieben und ihm dann den Block hingeschoben hatte.

Ethan: *Ich bin mir zu 99% sicher, dass du mich verarschst.*

Clay war nicht in der Lage gewesen, ernst zu bleiben und er lachte in sich hinein, als er jetzt daran dachte. Sie hatten den ganzen Abend hin- und hergeschrieben, hin und wieder hatte eine Brise Ethans Haare aus seiner Stirn gehoben. Gänsehaut hatte Clay gekitzelt, obwohl es eine feuchte Nacht war.

Sein Schwanz entschied, jetzt aufzuwachen. Er spuckte auf seine Handfläche, griff nach unten und pumpte ein paar Mal, dann strich er abwesend mit seinem Daumen über die Eichel. Er schaute immer noch auf den Block, blätterte um und lachte über seine eigene grauenvolle Zeichnung eines Wicket, als er versucht hatte, Kricket weiter zu erklären. Ethan hatte wirklich interessiert gewirkt und das erfreute Clay sogar jetzt. Er pumpte sich immer noch träge, Wärme wanderte durch seinen Körper, während er eine weitere Seite las.

Clay: *Was für Musik hörst du dir an?*

Er hatte den Block über den Tisch geschoben und einen Moment zu spät erkannt, dass dies vielleicht eine dämliche Frage war. Er hatte gesagt: „Es tut mir leid, ich wollte nicht-", bevor ihm eingefallen war, dass Ethan ihn nicht hören konnte. Ethan hatte seinen Kopf gesenkt und seine Antwort geschrieben. Er hatte kurz aufgeblickt und Clay zugelächelt, bevor er weitergeschrieben hatte.

Ethan: *Schon gut. Ich höre mir immer noch manchmal Musik an. Nicht so viel wie zuvor, aber ich kann Musik in meinen Hörhilfen über Bluetooth hören, wenn ich sie auf meinem Handy abspiele. Das ist ziemlich cool. Ich mag Sachen, die von den Lyrics angetrieben werden. Da kann ich die Stimmen besser hören und es ist nicht nur Lärm. Sam Smith, Ed Sheeran. Das ist wahrscheinlich lahm, aber ich bin im Herzen ein alter Mann. Was ist mit dir?*

Clay: *Oldies, würde ich sagen. Men at Work, Bruce Springsteen. Eine Band aus Melbourne namens Crowded House. Ich höre das neue*

Zeug nicht wirklich.

Er erinnerte sich an Ethans schelmisches Lächeln, als er Clay gefragt hatte: *Wie alt bist du wirklich?*

Es war eine freche Frage und Clay grinste, als er daran dachte, und pumpte immer noch seinen Schwanz. Er hatte geantwortet: *Noch nicht bereit, den Löffel abzugeben, du Jungspund.* Er erinnerte sich, wie Ethan eifrig seine Nachricht gelesen hatte, wie seine Augen sich geweitet hatten und er angefangen hatte zu lachen. Wie sein Knie unter dem Tisch gegen das von Clay gestoßen war, als er seinen Stuhl verrutscht hatte, damit eine Familie mit einem Buggy vorbei konnte – der warme Druck und wie keiner von ihnen sich bewegt hatte, nachdem die Familie weg war …

Jetzt pumpte Clay sich schneller, spreizte seine Beine und winkelte ein Knie an. Er stieß mit seinen Hüften nach oben und nutzte seine Ferse als Hebel. Er hatte sich nie oft einen heruntergeholt, aber als er an Ethans Lächeln und seine braunen Augen dachte, die im Schein der Fackeln funkelten, wurde er härter und ließ ein leises „Uhh" hören.

Sein Herz setzte einen Moment aus und er spannte sich an, das Wissen, dass es seltsam war, sich einen herunterzuholen und dabei an Ethan zu denken, flutete durch ihn hindurch. Aber sein Schwanz war verdammt hart und schmerzte und er fickte in seine Faust, bearbeitete seinen fetten Schaft. Er würde einfach nur nicht an –

Ethan, wie er ein wenig zu laut lachte. Ethans T-Shirt, das nach oben rutschte, als er seine Arme über seinen Kopf streckte, sein Bauch, der blass und kitzlig aussah. Wie schön seine vollen Lippen waren. Seine langen Finger. Wie hübsch er aussah, wenn Clay ihn dazu brachte, wirklich zu lächeln. Ethans schlanke, kräftige Gliedmaßen an ihn gepresst, ihre Körper kollidierend, als sie im Pool spielten. Die Haare auf Ethans Brustkorb, die an ihm gerieben hatten, als sie miteinander rangen. Ethans Wangen rosig vom Alkohol und vor Glück, während sie den Block hin- und herschoben, nicht wirklich wichtige Dinge sagten, die aber doch wert waren, gesagt zu werden.

Wie der Sonnenaufgang in Mission Beach ein rosiges Glühen auf Ethans Haut geworfen hatte.

Clay war jetzt zu kurz davor. Er konnte nicht aufhören, süße Lust füllte jeden Teil von ihm, obwohl er nicht aufhören konnte, an Ethan zu denken, während er pumpte. Er musste kommen ...

Ethan war schwul ... Wie fühlte es sich an, einen anderen Bloke zu küssen? Seinen Schwanz zu berühren und –

In die Stille des frühen Morgens schreiend, kam Clay, seine Eier waren hart, als er seine Ladung über seinen Bauch schoss. Er keuchte, die Augen hatte er zugekniffen, die Lust brannte heißer als seit langer Zeit. Er pumpte weiter, als er erneut abspritzte, sein ganzer Körper krampfte. Er sah Sterne – und Ethan.

Clay ließ seinen halbharten, zuckenden Schwanz los und öffnete seine Augen, sein Brustkorb hob und senkte sich schwer. *Verdammt.* Er starrte voller Staunen und mit einem Hauch Entsetzen an sich hinunter. Es war beinahe so, als wäre er ein Fremder. Da waren sein Schwanz und sein Samen auf seiner Haut und verfangen in seinen Schamhaaren.

Er sprang aus dem Bett, eilte ins Bad und drehte die Dusche auf. Doch sogar als er sich sauberschrubbte, konnte er nicht so tun als ob. Es gab keine Zweifel. Er hatte sich einen runtergeholt und dabei an Ethan gedacht. Ethan, der ein Bloke war. Ethan, der ...

Clay stand bewegungslos unter dem heißen Wasser. Er hatte noch nie solche Gefühle für einen Bloke gehabt. Er hatte nie gewollt ... Er holte tief Luft, die Leidenschaft, die durch ihn pulsierte, war nicht zu leugnen. Er hatte noch nie einen anderen Bloke *küssen* wollen. Solch zärtliche Gefühle hatte er immer nur für Barb gehabt – den Drang, zu beschützen und zu umsorgen.

Und diesen Drang hatte er bei Ethan, aber es ging tiefer als das. Eine Lust kratzte in ihm, mühte sich, freizukommen, obwohl er gerade erst gekommen war. Er musste zugeben, dass seine Romanze mit Barb nie besonders heiß und wild gewesen war. Sie waren im Schlafzimmer gut klargekommen. Oder nicht? Vielleicht hatte er es schlicht vergessen, aber er konnte sich nicht erinnern, dass seine Leidenschaft für sie ihn je so heiß verbrannt und sein Inneres nach außen gekehrt hätte.

Clay versuchte, es zu begreifen. Wasser lief an seinem Rücken nach unten und wurde langsam kalt, weil das Eco-Resort nur eine begrenzte Menge warmes Wasser hatte. Was zum Teufel stimmte nicht mit ihm? Er konnte nicht den ganzen Tag herumstehen und er würde sein Handy unter der Dusche nicht hören, wenn Sam ihn wegen Gilly anrief.

Er musste packen und frühstücken und sobald sie das Festland erreichten, würde es eine lange Fahrt sein. Und er musste eine Apotheke für Ethans Batterien finden.

Ethan.

Clay hatte keine Ahnung, was er denken sollte. Sein Magen verknotete sich. Er war peinlich berührt, verwirrt …

Aufgeregt.

Dann stieg die seltsamste Erinnerung in ihm auf, durchbrach die Oberfläche wie etwas, das in der Strömung eines Flusses verloren war und sich in einem Strudel verfing. Der Name – einer, an den er seit Jahrzehnten nicht mehr gedacht hatte – wirbelte durch seine Gedanken.

Tony Taylor.

Das war es – Clay fehlten offensichtlich ein paar Roos im oberen Paddock. Er verließ die Dusche, wischte das Kondenswasser vom Spiegel und starrte sich selbst an, während er seine Zähne fester putzte, als der Zahnarzt es empfohlen hatte. Er war seltsam erleichtert, dass sein Spiegelbild vertraut war – als ob er irgendwie erwartet hätte, dass ein Fremder ihn anstarren würde.

Er schaffte es, über sich selbst zu lachen. Alles war in Ordnung. Er würde unauffällig bleiben und die nächste zwei Tage seinen Job machen, bis sie Sydney erreichten. Es ging nicht gegen Ethan, aber Clay hatte einen Fehler gemacht, als er keine professionelle Distanz gewahrt hatte.

Außerdem stand er nicht auf Blokes, egal, was er gerade gemacht hatte. Daran war nichts falsch, aber das war nicht er. Er musste letzte Nacht doch mehr getrunken haben, als er gedacht hatte. Das hatte sein Hirn zermatscht. So einfach war das.

Nur dass jetzt Panik in ihm aufstieg, zusammen mit der Erinnerung an Tony Taylor, der sich über die Lenkung eines Ute lehnte und winkte, als Clay auf seinem Fahrrad vorbeifuhr, seine Beine pumpten dabei so schnell wie sein Herz.

Geräusche in der Nacht, Scheinwerfer, die durch die Nacht schnitten. Diese Stimme, die so vor Abscheu troff.

„Schmutzige verdammte Schwuchtel.“

Am Waschbecken stehend, seine Zahnbürste so heftig packend, dass er dachte, das Plastik würde brechen, schob Clay die Erinnerungen wieder von sich. Er beugte sich vor, reinigte seinen Mund, spuckte und spuckte, bis er sauber war.

Kapitel Zehn

W *AS HABE ICH falsch gemacht?*
Ethan saß ein paar Reihen hinter der Frontscheibe auf der linken Seite und konnte gerade so die Seite von Clays Gesicht sehen. Er starrte Clays Arm auf dem Lenkrad an, die goldene Uhr und die rötlichen Haare glänzten im Sonnenlicht, das durch das Fenster fiel. Es war dumm gewesen, sich so nahe zu ihm zu setzen – wenn Clay nicht in Sichtweite war, war Ethan zumindest nicht in Versuchung, sich wie ein absoluter Stalker zu benehmen, so wie er es jetzt machte.

Er zwang sich, auf den Fenstersitz zu gleiten und zuzuschauen, wie die Bäume vorbeizogen, als sie nach Süden fuhren.

Was habe ich falsch gemacht?

Die Frage verfolgte Ethan, seit sie Fraser Island verlassen hatten und nach Süden in Richtung Surfers Paradise aufgebrochen waren. Clay hatte kaum ein Wort mit ihm gewechselt. Er war nicht unhöflich gewesen und er hatte geantwortet, als Ethan ihn gefragt hatte, was man in Surfers alles machen konnte, aber es herrschte dennoch eine seltsame Kühle zwischen ihnen, eine Spannung um seinen Mund und seine Schultern, die zuvor nicht da gewesen war.

Um ehrlich zu sein hatte Ethan gehofft, dass Clay vorschlagen würde, sie könnten nach dem gemeinsamen Abendessen zusammen abhängen, aber Clays Blick war nervös herumgehuscht und Ethan hatte nicht den Mut gehabt, ihn zu fragen, was los war.

Ethan fragte sich, ob er wieder krank war, weil Clay, seit sie das Hotel erreicht hatten, verschwunden war, nachdem seine Pflichten erfüllt waren und er war auch zum Abendessen nicht erschienen.

In Wahrheit *hoffte* er, dass Clay wieder krank war, was gemein war. Aber wenn Clay krank war, hieß das vielleicht, dass er nicht wegen irgendetwas wütend auf Ethan war. Ethan hatte in Erwägung gezogen, an der Rezeption nach seiner Zimmernummer zu fragen, damit er nach ihm sehen konnte, hatte dann aber entschieden, dass dies absolut unangemessen war.

Oder? Es ist absolut unangemessen. Clay war nur nett zu mir und ich muss ihn irgendwie vergrätzt haben. Oder vielleicht mag er mich doch nicht. Vielleicht ist er es leid, sich ständig wiederholen zu müssen und er hat Besseres zu tun, als mit dem Verlierer ohne Freunde abzuhängen, der scharf auf ihn ist.

Die Einsamkeit nagte an ihm, ein endloses schwarzes Loch. Er starrte blind auf die Bäume und Lichtungen und blinzelte Tränen zurück. Er hatte sich, was Michael und Todd betraf, etwas vorgemacht und offensichtlich war sein Urteilsvermögen immer noch komplett im Arsch. Er war sich so sicher gewesen, dass die Verbindung, die er zu Clay gespürt hatte, real war. Und obwohl er gewusst hatte, dass es nur auf Zeit und seine Schwärmerei einseitig war, hatte es ihm so viel Frieden und Freude gebracht.

Was habe ich falsch gemacht?

Widerstreitende Emotionen tobten in Ethan, wenn er an die Nacht auf Fraser Island dachte, als sie sich Nachrichten geschrieben und eine Pizza geteilt hatten. Nach dem Grauen, seine Batterien zu verlieren, hatte Clay ihn irgendwie zu einem der glücklichsten Tage gemacht, an die Ethan sich seit langer, langer Zeit erinnern konnte. Er hatte so viel *Spaß* gehabt, mit Clay über Stift und Papier zu kommunizieren. Er verfluchte sich selbst erneut, weil er vergessen hatte, den Block mitzunehmen, als sie aufgebrochen waren, und wünschte sich, dass er sich ihre Notizen jetzt noch einmal ansehen könnte.

Warum, damit du noch erbärmlicher sein kannst?

Dennoch wünschte er sich, er hätte einen Beweis, dass er sich das nicht alles eingebildet hatte. Zusammen zu lachen und albern zu sein und einfach nur … zu sein. Es war magisch gewesen und nachdem sie über den Bohlenweg zurück zu ihren Zimmern spaziert waren und Ethans Kopf von mehr Bier, als er gewohnt war, gesummt hatte, hatte Clay seine Schulter gedrückt, seine stumpfen Fingerspitzen waren über die nackte Haut an Ethans Hals über dem Kragen seines T-Shirts gestrichen.

Fuck, Ethan hatte ihn so unbedingt anspringen wollen, aber natürlich hatte er sich zurückgehalten, hatte gute Nacht und Danke gesagt und zugeschaut, wie Clay weiter zu seinem etwa zehn Meter entfernten Zimmer über den von Lampen erhellten Bohlenweg gegangen war. Er hatte durch seine Tür hechten müssen, als ihm klar geworden war, dass er immer noch wie ein Stalker dastand. Und drinnen war er gegen die Tür gesunken und hatte sich schneller einen runtergeholt als seit seinen Zeiten als Teenager, trotz der Biere.

Er zuckte jetzt zusammen, als er sich erinnerte, wie unbedingt er Clay am nächsten Morgen hatte sehen wollen, aber wie Clay beim Frühstück den Kopf gesenkt gehalten, sich einen Tisch mit Shiv geteilt hatte und dann auf dem Boot zurück aufs Festland mit Shiv gesprochen hatte. Er hatte bei einer Apotheke Halt gemacht, um Batterien zu besorgen, wie versprochen, hatte Ethan aber kaum in die Augen geblickt und sein Lächeln war angestrengt gewesen.

Sie hatten bei Steve Irwins Zoo vorbeigeschaut, was Ethan von seiner Obsession über Clays plötzliche Kälte und natürlich Michaels und Todds Verrat abgelenkt hatte. Er hatte die ganze Nacht auf Fraser Island nicht an sie gedacht, als er mit Clay in ihrer eigenen kleinen Welt gewesen war. Ohne seine Hörhilfen waren alle Laute gedämpft gewesen und das hatte alles irgendwie noch besonderer gemacht.

Er hatte sich schon viel zu lange nicht mehr so mit einer Person verbunden gefühlt und jetzt schien Clay ihn nicht ansehen zu können. Hatte er sich das alle eingebildet? War er vollkommen wahnhaft? Er war es gewesen, was seine Beziehung zu Michael betraf. Vielleicht war es bei Clay dasselbe und jetzt wollte Clay nur seinen Job machen und nicht von Ethan genervt werden. Es hätte nicht so sehr wehtun sollen, aber verdammt.

Das tat es.

Die letzten beiden Tage der Tour wurde viel gefahren, mit nicht allzu vielen Halten zwischen Surfers und Sydney. Sie hielten in einer seltsam schottischen Stadt namens Maclean, in der die Telefonmasten alle in verschiedenen Tartans bemalt waren.

Clay verkündete, dass es laut dem Thermometer des Busses fünfundvierzig Grad draußen hatte und Google erklärte Ethan, dass dies einhundertdreizehn Fahrenheit waren. Niemand wollte viel Zeit draußen verbringen, darum einigten sie sich alle auf eine verkürzte Pause. Shiv sagte noch etwas, das Ethan nicht mitbekam, was aber ein Scherz gewesen zu sein schien.

Es war, als würde man in einen Ofen treten und Ethan drehte sich um, um das zu Clay zu sagen, in der Hoffnung, dass sie zumindest über das Wetter reden konnten, wenn schon über sonst nichts. Aber Clay unterhielt sich mit einem Paar aus England, lächelte sie warm an und deutete auf die kleine Hauptstraße der Stadt, die sich um die Ecke von ihrem Parkplatz befand.

Ethan stand ungefähr zehn Sekunden da, während sie plauderten, unfähig, irgendetwas davon zu verstehen und mit dem Gefühl, dass er störte. Er eilte über die Straße, tupfte den Schweiß weg, der seine Haare bereits nässte und stellte sicher, dass seine Hörhilfen nicht nass wurden. Wie es schien, spazierte der Großteil der Gruppe zu einem kleinen Café oder der Bäckerei nebenan, miteinander plaudernd und lächelnd.

Der Gedanke, zu reden und zuzuhören war einfach zu ermüdend und Ethan ging weiter die Straße entlang und wünschte sich, er hätte seinen Hut mitgenommen. Die Sonne war brutal und er trat in den kleinen Supermarkt, um sich eine große Flasche Wasser und eine Banane zu kaufen. Sein Magen war angespannt und Säure gluckerte in ihm und er wollte nichts essen, dachte sich aber, dass er etwas kaufen sollte. Er wanderte zehn Minuten durch die klimatisierten Gänge, bevor er sich wieder der Hitze stellte und zum Bus zurückkehrte.

Clay ließ ihn laufen und wartete mit hochgedrehter Klimaanlage, als die Gruppe wieder eintrudelte. Als Ethan einstieg, warf Clay ihm einen kurzen Blick zu und zeigte ihm ein angespanntes Lächeln, bevor er wieder etwas auf seinem Handy las. Er hätte nicht klarer machen können, dass er keinerlei Interesse an einem irgendwie gearteten Gespräch hatte, darum sank Ethan wieder auf seinen Sitz und zwang die Banane hinunter.

Die wirklich traurige Sache war, dass ein Teil von ihm Todd eine Nachricht schreiben und ihn um Rat fragen wollte. Todd war immer selbstbewusst und extrovertiert gewesen, war im Laufe der Jahre mit vielen Männern ausgegangen. Aber jetzt waren Todd und Michael verliebt und Ethan war einsamer als je zuvor.

Er versuchte, sich abzulenken und sich von dem Zyklus aus Schmerz und Wut und Scham und Verzweiflung fernzuhalten, zu dem jetzt auch Clay gehörte, ebenso wie Michael und Todd, aber auf der langen Strecke in Richtung Port Macquarie war es eine Herausforderung. Er las die Notizen über die Tour, die Clay ihm kopiert hatte, was ein zweischneidiges Schwert war. Er wollte abgelenkt werden, indem er neue Dinge lernte, aber die Notizen zwangen ihn, an Clay zu denken.

Was habe ich falsch gemacht?

Wenigstens war es die letzte Nacht, bevor sie nach Sydney kamen und Ethan war erleichtert, dass es kein organisiertes Abendessen in Port Macquarie gab. Er hatte es so verdammt satt, zu versuchen, in lauten Restaurants Small Talk zu machen. Er wollte nur, dass die Tour vorbei war, damit er …

Was? Allein in Sydney in einem Airbnb sitzen konnte? Warum habe ich diese Reise gemacht? Was habe ich mir nur dabei gedacht?

Ethan atmete tief ein und kämpfte darum, seine Haltung zu wahren, als sie kurz vor sechs ankamen. Alle gingen ins Hotel und Shiv verteilte in der Lobby die Schlüssel für die Zimmer. Wenigstens war es am Ozean ein wenig kühler als im Landesinneren.

Mit trockener Kehle blieb Ethan, als Clay anfing, die Koffer aus dem Bus zu holen. Vielleicht stand er auf Bestrafung, weil er herausplatzte: „Äh, hey." Es war dämlich, aber er hatte sich wirklich darauf gefreut, Clays tiefe, sexy Stimme wieder zu hören, sobald er seine Batterien hatte und jetzt hatte Clay kaum mehr als ein paar übermäßig höfliche Worte zu ihm gesagt.

Clay schaute ihn nur flüchtig an, als er einen Koffer herauszog, und zeigte ihm ein gezwungenes Lächeln, während er etwas sagte, das Ethan nicht verstehen konnte, weil Clays Kopf wieder gesenkt war.

Fuck, kapier es. Lass den Mann in Ruhe.

Aber jetzt musste er *etwas* sagen, darum fragte Ethan: „Gibt es hier in der Nähe ein gutes Restaurant zum Abendessen? Es tut mir leid, ich habe nicht alles verstanden, was Shiv gesagt hat."

Clay stellte einen Koffer auf den Beton. Er drehte sich zu Ethan, aber sein Blick wich ihm weiter aus. „Ja, es gibt ein gutes Thai-Restaurant ein paar Häuser von hier. Auch ein Fischrestaurant, aber das ist ein wenig fettig. Die meisten sind entlang dieser Straße."

„Cool. Danke. Äh … Ja. Danke." Ethan entkam in die Lobby, wo Shiv darauf wartete, ihm seinen Schlüssel zu geben. Er wusste, dass seine Koffer nach oben gebracht werden würden, darum steckte er sich nur den Schlüssel in die Tasche und ging wieder nach draußen, mied aber Clay, der den Rest des Gepäcks auslud und orientierte sich nach links in Richtung Wasser. Unruhige

Energie durchströmte ihn.

Er ging den Fluss entlang, der sich ins Meer ergoss. Der melancholische Geruch von brennendem Holz wurde hin und wieder vom Wind hergetragen, Rauchsäulen von einem Waldbrand waren weiter weg im Inland zu sehen. Er ging weiter, seine Gedanken drehten sich darum, wie blind er bei Michael gewesen war und was mit Clay passiert war – und dass Ethan das auch verbockt hatte. Nicht, dass *es* je wirklich etwas gewesen wäre.

Auf dem gepflasterten Weg am Fluss entlang befanden sich große bemalte Felsen und laut einer Infotafel hatte es vor einigen Jahren einen Kunstwettbewerb gegeben. Es waren alle möglichen bunten Nachrichten und Zeichnungen und Ethan wurde langsamer, um sie zu lesen, als er sich dem Ozean näherte. Der Wind wehte heftig. Er blieb bei einem stehen, auf dem die Handabdrücke einer Familie zu sehen waren, mit den Namen darunter. Er fragte sich, wie alt sie jetzt alle waren und atmete durch das schmerzhafte Sehnen nach seiner eigenen Familie.

Einige waren Denkmäler, was ihn an seine Eltern denken ließ. Seine Kehle schnürte sich zu und seine Augen brannten. Andere waren inspirierende Nachrichten, dass man das Leben schätzen und im Moment bleiben sollte, was wie billige Plattitüden klang. Andere waren nur gemalte Kunst. Dann blieb er vor einem einfachen Gemälde bestehend aus schwarzen Buchstaben auf einem cremefarbenen Hintergrund auf dem grauen Felsen stehen.

Lewis

Smithy

Taylor

Mulley

„Die besten Antiquitäten sind alte Freunde."

Ethan stand allein da und sein Brustkorb fühlte sich hohl an und er hatte das Gefühl, dass der Wind ihn einfach ins Nichts wehen könnte. Dämliche Tränen flossen aus seinen Augen. Er hatte, abgesehen von hin und wieder einem Facebook oder Instagram Kommentar, keinen Kontakt zu seinen High School

Freunden gehalten. Todd und Michael waren seine Familie gewesen und jetzt konnten sie genauso gut Fremde sein.

Das waren sie auch. Sie hatten ihn zwei Jahre lang jeden Tag belogen. Vielleicht länger. Alles, von dem er gedacht hatte, dass er es wusste, war Müll und jetzt war er wieder an diesem Punkt, hatte gedacht, er würde Clay kennenlernen, nur damit ihm der Boden unter den Füßen weggezogen wurde.

Vielleicht hat er mich kennengelernt und ihm hat nicht gefallen, was er gefunden hat. Vielleicht kann ich niemandem die Schuld dafür geben, dass sie nicht in meiner Nähe sein wollen.

Er zog sein Handy heraus und wollte plötzlich unbedingt wissen, ob Michael und Todd ihn kontaktiert hatten. Er tippte auf seinen Facebook Messenger und ließ sein Handy beinahe auf den bemalten Felsen fallen. Er hatte die rote Zahl in der Ecke der App eisern ignoriert, als sie im Laufe der Woche gestiegen war. Es waren jetzt über zwanzig und sein Herz hämmerte wild, als er die Liste der Namen als.

Michael und Todd waren ganz oben, gefolgt von Onkel Chuck, Clara und einigen anderen Leuten, die vor allem Michaels Freunde waren. Ethan machte sich nicht die Mühe, weiter nach unten zu scrollen. Mit zitternden Fingern, der Wind pfiff schmerzhaft in seinen Hörhilfen, drückte er auf Michaels Thread, wo sich eine Abfolge ähnlicher Nachrichten fand.

Ich weiß, dass du nicht von mir hören willst, aber ich möchte sicherstellen, dass es dir gut geht. Bist du jetzt in Cairns? Ich hoffe, die Flüge waren in Ordnung. Hab viel Spaß, ja? Du verdienst es.

Eth, bitte sag mir nur Bescheid, ob es dir gut geht, okay. Du hast keine Nachrichten gelesen. Wir machen uns Sorgen.

Bitte antworte. Ich hoffe, du hast eine großartige Zeit, so wie deine Mom es immer wollte. Mir tut das alles leid, wirklich. Ich wollte nicht, dass es so läuft. Ich liebe dich immer noch.

Im Ernst, geht es dir gut? Wir machen uns wirklich Sorgen. Kannst du uns einfach wissen lassen, ob du lebst?

Okay, ich weiß, dass du auf der Tour bist, weil ich in deren Büro angerufen habe, um es bestätigen zu lassen. Ich hoffe, sie ist super. Wir verstehen, dass du gerade im Moment Raum brauchst, aber wir sind hier und denken an dich, wenn du bereit bist, Baby.

Ethan schmeckte Galle und fürchtete, dass er sich übergeben würde. Es gab ähnliche Nachrichten von Todd, nur mit mehr „Dude" und „Bro". Aber genau wie bei Michaels Nachrichten wurde sehr oft „wir" benutzt. Wie so viele Male zuvor, durchlief Ethan den Schmerz, die Scham und die Wut.

Die Furcht war ein Zittern in ihm, ließ seine Knie wanken und als er am Wasser stand, allein, und Familien vorbei spazierten, ging es nicht nur um Michael und Todd.

Warum wollte Clay nicht mehr mit ihm reden, wie er es zuvor getan hatte? Was hatte Ethan getan, um es zu verbocken? Hatte er Clay zu sehr angeschwärmt? Das war nicht seine Absicht gewesen. Wirklich nicht. Aber vielleicht hatte Clay sich unwohl gefühlt, weil er heiß auf ihn und viel zu offensichtlich gewesen war.

Er ging schnell zurück zum Hotel und zwang sich, mit dem verdammten Weinen aufzuhören. Es war albern, dass es ihn überhaupt kümmerte, was Clay von ihm dachte. Sie hatten sich gerade erst kennengelernt und Ethan hatte eindeutig zu viel erwartet.

Er verzog das Gesicht bei dem Gedanken, wie klammernd und nervig er wahrscheinlich gewesen war. Zeit mit Clay zu verbringen, war eine großartige Ablenkung gewesen und er hatte von einem praktisch Fremden, der einfach nur versuchte, seinen Job zu machen, viel zu viel verlangt.

Er entschied sich, das Essen zu vergessen und ging ins Bett, obwohl es draußen immer noch hell war. Schuld nagte an ihm und er öffnete die Nachricht von Onkel Chuck.

Hey, Kumpel. Geht es dir gut? Ich habe mit Michael gesprochen und er hat mir erzählt, was passiert ist. Wahrscheinlich nicht alles, aber genug, vermute ich. Kara hat gestern das Baby bekommen — noch ein Mädchen, sieheneinhalb Pfund.

Wir haben sie Lily Emma genannt. Kannst du mir nur sagen, wo du bist und dass es dir gut geht? Ich weiß, dass du erwachsen bist, aber ich mache mir dennoch Sorgen.

Ethan antwortete schnell, dass es ihm gut ging und er auf der Tour war und Glückwünsche und so weiter und so fort. Es war seltsam, zu denken, dass das Leben zu Hause weiterging. Es schien alles so unglaublich weit weg zu sein. Die Taubheit hatte dank Clay angefangen nachzulassen und jetzt *litt* Ethan.

Was habe ich falsch gemacht?

NACH EINEM MORGEN, an dem sie einige Sehenswürdigkeiten von Sydney besucht hatten, verließen sie den Bus und sammelten sich vor dem Hoteleingang. Sie hatten die Nacht zuvor ein Abschiedsessen im Sydney Tower gehabt, aber Clay war nicht mit ihnen nach oben gekommen. Ein paar der anderen Passagiere hatten den letzten Morgen ausgelassen und waren bereits zu anderen Zielen unterwegs.

Ethan hatte sich verabschiedet, genickt und gelächelt und alles Gute gewünscht und hatte dann gewartet, als die restlichen Gruppenmitglieder sich von Shiv und Clay verabschiedet, ihnen Umschläge mit Trinkgeldern gegeben hatten. Ethan hatte seinen eigenen in der Tasche stecken, den er sich von der Rezeption geholt hatte. Er hatte Violet gefragt, wie viel die Gäste auf Touren wie dieser in der Regel an Trinkgeld gaben und sie hatte gesagt zwischen fünfzig und einhundert Dollar. Auch wenn Australien keine große Trinkgeld-Kultur hatte, waren Touren wie diese anscheinend die Ausnahme. Wenn man bedachte, dass Shiv und Clay sich zehn Nächte und elf Tage um sie gekümmert hatten, schien es richtig zu sein, ihnen einen Bonus zu geben.

Ethan hatte sich für einhundert entschieden. Er gab Shiv einen Umschlag. Shiv dankte ihm und pumpte seine Hand. Der Motor eines ankommenden Autos übertönte, was Shiv sagte, aber Ethan riet, dass es sich um Nettigkeiten handelte, und nickte und lächelte. Während Shiv ging, um Violet mit ihrem Gepäck zu helfen, stand Ethan ein paar Schritte von Clay entfernt, der seine Hände in seine Taschen geschoben hatte. Sein Blick huschte herum.

Fuck.

Clay fühlte sich jetzt eindeutig unwohl und das musst er respektieren. Vielleicht lag es doch daran, dass er schwul war und er seine Schwärmerei für Clay nicht so gut versteckt hatte, wie er gehofft hatte. Dennoch wurde Ethan immer noch rot vor bedauerndem Sehnen, wenn er daran dachte, wie sie in dieser Nacht stundenlang im Glühen der Fackeln gesessen waren und Notizen hin- und hergeschoben hatten. Er hatte sich so … gesehen gefühlt. Akzeptiert. Und das zu verlieren war schockierend schwierig, ganz egal wie viele Male er sich einen Vortrag hielt, dass er und Clay sich gerade erst kennengelernt hatten und er nicht so traurig sein sollte.

Jetzt machte Ethan es noch seltsamer, indem er einfach nur dastand, während Clay auf seine Füße starrte. Er überwand die Distanz zwischen ihnen, hielt Clay den Umschlag hin und sagte: „Vielen Dank für alles. Es war eine großartige Tour."

Clay hob seinen Kopf, musterte den Umschlag und seine Wangen über seinem Bart liefen rot an. Er schluckte schwer, sein Adamsapfel hüpfte. „Nein, Mate. Ich kann von dir nichts annehmen."

Aber Ethan hatte gesehen, dass er Trinkgelder von den anderen akzeptierte. Vielleicht sollte er einfach froh sein, das Geld zu sparen, aber es fühlte sich wie ein Schlag in die Magengrube an. „Warum?" Er sollte einfach gehen, aber er stellte fest, dass er endlich laut fragte: „Was habe ich falsch gemacht?"

Clays Gesicht verzog sich und er sah aus, als ob er Schmerzen hätte, als er schwer seufzte. „Oh, Mate. Nein, es war nichts, was du getan hast. Es tut mir leid, wenn ich …" Er wedelte mit einer

Hand durch die Luft. „Es liegt nicht an dir. Ehrlich. Und du solltest dein Geld behalten. Es würde sich einfach nicht richtig anfühlen. Es tut mir wirklich leid, wie ich mich benommen habe."

Clay klang so aufrichtig und sah so traurig aus, dass Hoffnung in Ethan explodierte. Er klammerte sich verzweifelt daran und eine Idee kam ihm und sprudelte aus seinem Mund, bevor er die Nerven verlieren konnte. „Dann lass mich dir wenigstens ein Bier spendieren? Ich habe in den Nachrichten gesehen, dass heute Nachmittag ein großes Kricket-Match ist." Er schaute in Richtung des Hotels, das ein eher legeres Pub und ein vornehmeres Restaurant hatte. „Wir könnten einfach da reingehen. Du könntest mir mehr über das Spiel beibringen."

„Uh ..." Clay verlagerte sein Gewicht nervös von einem Bein auf das andere. „Das sollte ich nicht. Ich muss den Bus in die Garage bringen und ich bin mir sicher, dass du die Stadt erkunden möchtest."

Heiße, klebrige Peinlichkeit sank durch ihn, die Hoffnung verschwand. Er hatte sich etwas vorgemacht, ein Narr, wie üblich. „In Ordnung, natürlich. Es tut mir leid." Er schüttelte seinen Kopf, wich zurück. „Ich verstehe das absolut. Wie dem auch sei, es war schön, dich kennenzulernen. Ich werde nur ..." Seine Koffer waren drinnen beim Portier und er versuchte, nicht über seine eigenen Füße zu stolpern.

„Warte!"

Ethan drehte sich um und hoffte, dass er das richtig gehört hatte. Clay näherte sich ihm und schaute sich um, als ob er sicherstellen wollte, dass niemand ihn hörte. „Die Garage ist nur ein paar Blocks entfernt. Ich kann für ein Bier zurückkommen. Ich habe jetzt frei."

Er versuchte, ruhig zu bleiben, aber Ethans Herz tat einen Sprung, süße Erleichterung durchflutete ihn. Er grinste. „Ja? Cool. Wir treffen uns in dem Pub da drüben."

Clay nickte, sah seltsam schüchtern aus. „Wir sehen uns in

zwanzig Minuten.“

Die nächsten zwanzig Minuten waren eine verdammte Ewigkeit. Ethan lungerte in der Lobby herum, kämpfte sich durch ein Gespräch mit Stan und Violet, das Durcheinander aus Check-ins und Check-outs hallte von den Marmorfliesen wider. Er war erleichtert, als ihr Taxi kam und nach einem letzten auf Wiedersehen, entkam er auf die Toilette, um sich zu sammeln. Sein Gesicht war albern rot und er spritzte sich kaltes Wasser ins Gesicht, aber achtete darauf, seine Hörgeräte nicht nass zu machen.

Das ist kein Date, verdammt noch mal. Er hat wahrscheinlich nur Mitleid mit mir und ist nett. Schon wieder.

Dennoch flutete Eifer ihn. Zumindest würde er die Dinge mit Clay ein wenig in Ordnung bringen können. Es hätte ihm nicht so wichtig sein sollen – er kannte den Mann erst elf Tage. Aber es war wichtig. Das war es. *Clay* war wichtig und obwohl Ethan früher oder später seine Schwärmerei überwinden musste, hatte er noch ein paar Stunden, um darin zu schwelgen.

Aber sei nicht unheimlich. Kein Stalken. Nur zwei Kerle, die zusammen ein Bier trinken und sich im Fernsehen einen verwirrenden Sport anschauen. Weiter ist da nichts.

Er wartete am Eingang des Pubs auf Clay. Als der ankam, hatte er seine Uniform ausgezogen und trug karierte Shorts, die ihm bis zu den Knien gingen und ein weißes T-Shirt, das seine haarigen, sommersprossigen Arme zeigte. Die Sonne, die durch das Oberlicht schien, ließ seinen Bart um seine Lippen herum kupfern schimmern und Ethan wollte ihn so unbedingt küssen, dass er –

Reiß. Dich. Zusammen!

Er schaffte es, Hi zu sagen und sie fanden einen Tisch in der Nähe eines der Fernseher. Ethan bestand darauf, die erste Runde zu bezahlen. Es schien keinen Kellner zu geben, darum ging er zur Bar und schaute sich die Zapfhähne an.

Auf einem stand „XXXX Gold“, darum bat er die junge Frau hinter der Bar um zwei Gläser davon, weil er wusste, dass Clay es mochte und ihm hatte es ebenfalls geschmeckt. Er hoffte, dass er sich richtig erinnerte, dass man „vier X" sagte und nicht „X-X-X-X". Sie fragte etwas, das ein leises Gemisch aus Schall war, die Hintergrundmusik übertönte es, zusammen mit dem Lachen und den Gesprächen einiger Leute, die an der Bar saßen. Ethan riet, dass sie ihn gefragt hatte, ob das alles war, und sagte: „Ja."

Sie runzelte die Stirn, schaute ihn fragend an und sein Herz wurde schwer. Sie stellte die Frage erneut und er konnte sie immer noch nicht verstehen, darum sagte er: „Es tut mir leid. Ich kann Sie nicht hören."

Jetzt blickte sie ihn verwirrt und leicht misstrauisch an. Sie beugte sich näher. „*Murmel murmel?*"

Seine Wangen wurden heiß und sie hatten die Aufmerksamkeit des Mannes erregt, der auf dem nächsten Barstuhl saß. Er sagte laut: „Murmel Schooner oder ein Pint." Ethan konnte seine tiefere Stimme deutlicher verstehen, aber er war immer noch komplett verwirrt. Schooner? Wie ein Segelboot? *Huh?* Er hatte das Gefühl, als ob alle ihn anstarren würden. Er war sich ziemlich sicher, dass das andere Wort Pint gewesen war, darum klammerte er sich daran und sagte: „Pint, bitte", hoffte inständig, dass dies die richtige Antwort war.

Zum Glück war sie das und sie schenkte zwei Gläser aus dem Zapfhahn ein. Sie stellte sie vor ihn und sagte: „*Murmel murmel* Zimmer."

„Oh, ich zahle einfach." Er holte seine Geldbörse heraus und betete, dass er die Leerstellen korrekt gefüllt hatte.

Offensichtlich hatte er das, weil sie zur Kasse ging und mit der Rechnung zurückkam. Er gab ihr seine Karte, entschied sich, das Bargeld zu sparen und als sie zurückkam, reichte sie ihm einen Stift. Als er sich vorbeugte, um zu unterschreiben, schrie sie ihm ins Ohr: „Wenn Sie etwas auf Ihr Zimmer buchen möchten, müssen Sie nur Ihren Namen auf die Linie unten schreiben und dann kommt es mit auf Ihre Hotelrechnung. Dann müssten Sie jetzt nicht zahlen."

Zusammenzuckend seufzte er. Er wollte ihr erklären, dass er kein Idiot war – er hatte ihre Frage nur nicht gehört und er wusste, wie es funktionierte. Aber das machte er nicht. Sie versuchte wahrscheinlich nur zu helfen, aber sie schaute ihn an, als wäre er dumm. Zumindest waren Trinkgelder in Australien nicht die Norm, darum musste er ihr nichts zusätzlich geben.

Wieder am Tisch bedankte Clay sich bei ihm und sie tranken in seltsamem Schweigen. Das Kricket-Match hatte noch nicht begonnen und im Fernsehen sah man nur Kommentatoren, der Ton war noch nicht an. Zum Glück schien die Hintergrundmusik in ihrer Ecke nicht so laut zu sein und Ethan konnte seinen Stuhl so drehen, dass sein Rücken zum Hauptraum war. Er stellte seine Hörhilfen so ein, dass die Geräusche hinter ihm herausgefiltert wurden.

In dem Moment, als Ethan fragte: „Wer spielt?", sagte auch Clay etwas. Sie lachten unsicher und Ethan meinte: „Es tut mir leid, was hast du gesagt?"

„Ich habe nur gefragt, wo du wohnst, während du hier bist. Ich glaube, du hast erwähnt, dass du etwas gemietet hast."

„Oh ja. Ein Airbnb. Eine Condo in … Darlinghurst? Glaube ich? Ich sollte wahrscheinlich nachsehen, damit ich weiß, wo ich hin muss, huh?" Er wurde bis zu den Ohrenspitzen rot, rückte nervös seine Hörgeräte zurecht und holte dann sein Handy heraus und öffnete seine E-Mails.

Und sah zwei Worte, die ihn ansprangen: *Reservierung* und *Storniert.*

Mit hämmerndem Herzen drückte er auf die E-Mail, um sie zu öffnen. Da stand es: Ein kaltblütiger Text, der sagte, dass er das Geld für seine stornierte Reservierung zurückerhalten hatte. Natürlich hatte er Horrorgeschichten gehört von Gastgebern, die aus irgendwelchen Gründen in letzter Minute stornierten, aber er hatte eine Unterkunft mit einem Superhost ausgewählt, der nur hervorragende Rezensionen hatte!

Das kann nicht sein.

Clay sagte etwas, aber Ethan konnte nicht zuhören. Die E-Mail war von vor drei Tagen und er *verabscheute* sich selbst. Warum hatte er nicht nachgesehen? Er hatte allen Kontakt mit Michael und Todd und der realen Welt vermeiden wollen, aber er hätte verdammt noch mal seine Reservierung überprüfen sollen!

Clays Hand lag fest und warm auf seiner Schulter, sein rauer Daumen ruhten auf der Haut über Ethans Schlüsselbein. Ethan begegnete seinem besorgten Blick, als Clay sagte: „Mate, was ist los? Schlechte Nachrichten?"

Es fühlte sich gut an, auf einfache Weise berührt zu werden, und Ethan wollte sich in Clays Arme schmiegen und alles andere verschwinden lassen. Aber er konnte nicht. Er schaffte es zu sprechen und seine Stimme klang rau. „Meine Condo-Reservierung wurde storniert. Ich ..." Er schluckte schwer, seine Gedanken wirbelten. „Vielleicht kann ich sehen, ob ich länger in dem Hotel bleiben kann. Es ist Samstag, aber hoffentlich sind sie nicht ausgebucht."

Clay verzog das Gesicht. Er hielt immer noch Ethans Schulter. „Das wird ein geschäftiges Wochenende in der Stadt. In Darling Harbour findet ein großes Musik-Festival statt."

„Na gut. In Ordnung. Nun, ich bin mir sicher, dass ich etwas finden werde. Irgendwo." Er lachte, damit er nicht weinte. „Ich sollte einfach nach Hause fliegen. Vielleicht ist das ein Zeichen, dass es Zeit ist, sich allem zu stellen." Er bedeckte sein Gesicht, um nicht zusammenzubrechen. „Ich weiß aber nicht, ob ich das kann."

Für ein paar Herzschläge sagte Clay nichts. Dann seufzte er schwer und sein Atem flüsterte über Ethans Wange. Er drückte seine Finger in Ethans Schulter. „Du kannst mit zu mir kommen. Sam ist über das Wochenende nicht da, darum ist es kein Problem."

„Ich …“ Die Erleichterung war so intensiv, dass Ethan Luft holen musste. Er würde nicht allein sein. „Bist du dir sicher?“

Nachdem er ihn die letzten zwei Tage kaum eines Blickes gewürdigt hatte, schaute Clay Ethan direkt mit seinen klaren blauen Augen an. „Ich bin mir sicher.“

Kapitel Elf

D ER ZUG RATTERTE vor sich hin, als sie auf dem Weg nach Parramatta waren, dem Vorort, in dem Clay mit seiner Tochter wohnte. Ethan versuchte, sich zu beherrschen und nicht zu aufgeregt zu sein, dass er Clays Heim sehen würde. Dass er in Clays Heim schlafen würde!

Ja, aber ich schlafe nicht mit *Clay, also reiß dich zusammen.*

„Wir können ein paar Lebensmittel kaufen und beim Bottlo vorbeischauen, sobald wir unsere Koffer ins Haus gebracht haben."

Ethan runzelte die Stirn. „Wo vorbeischauen? Es tut mir leid." Er hatte Clay gebeten, sich im Zug ihm gegenüber hinzusetzen, damit er seinen Mund deutlich sehen und hoffentlich den Schall direkt in beide Ohren bekommen konnte, ohne dass der Fluss unterbrochen wurde.

„Der Bottlo." Er lachte. „Tut mir leid. Das klingt für amerikanische Ohren wahrscheinlich wie Unsinn. Der Alkoholladen. Wir besorgen uns einen Karton Stubbies und legen die Füße hoch."

Ethan lachte ebenfalls. „Was auch immer du gerade gesagt hast, es klingt großartig."

Er hatte keine Ahnung, warum die plötzliche, harsche Anspannung in Clay nachgelassen hatte, aber er würde sich ganz sicher nicht beschweren. Die Stimmung war immer noch ein wenig vorsichtig zwischen ihnen, nicht die komplette Unbeschwertheit, die sie in dieser Nacht auf Fraser Island gehabt hatten, aber anstatt es zu vermeiden, Ethan überhaupt anzusehen, schien Clay ihm jetzt heimlich Blicke zuzuwerfen. Ethan stellte es nicht infrage. Auch wenn seine Schwärmerei hoffnungslos war, freute er sich doch, seinen neuen Freund wiederzuhaben.

„Was würdest du gerne essen?"

„Ich bin da entspannt. Was immer du willst."

„Ich könnte ein paar Steaks auf den Grill werfen. Ofenkartoffeln. Dazu ein bisschen Gemüse. Sam nervt mich immer, dass ich mehr von dem verdammten Zeug essen soll."

Er lachte. „Das klingt wunderbar. Bist du sicher-"

„*Ja*." Clay hob seine Brauen. „Ich bin mir sicher, dass es kein Problem ist, wenn du das Wochenende über bleibst."

Ethan lächelte dankbar. „Okay. Ich werde sofort nach einer anderen Bleibe suchen. Genaugenommen sollte ich jetzt anfangen." Er holte sein Handy heraus.

Clays Lachen erreichte ihn in dem stillen Zugabteil. Es befanden sich nur wenige andere Leute in diesem Abteil. Ethan hob den Blick, als Clay sagte: „Das wird schon, keine Sorge. Ist das ein amerikanisches Ding, so verdammt angespannt zu sein?"

„Vielleicht? Oder es bin nur ich. Ich kann mich manchmal hineinsteigern." Er rutschte auf seinem Sitz herum, warf einen Blick auf das Industriegebiet, an dem sie gerade vorbeifuhren, und fühlte sich beschämt. „Wie du von der Insel weißt."

War Clay darum so abweisend gewesen? Weil Ethan sich wegen seiner fehlenden Batterien so aufgeregt hatte und so ... bedürftig gewesen war? Clay hatte zu dem Zeitpunkt nicht den Eindruck gemacht, als würde es ihn stören.

Jetzt schien es ihm auch nichts auszumachen. „Nun, es gibt keinen Grund. Wir werden eine Lösung finden. Ich werde dich mit Kricket langweilen und du kannst ein nettes Nickerchen halten."

Ethan lachte und Wärme breitete sich in seinem Brustkorb aus – dieses wunderbare Gefühl der *Sicherheit*, das er nicht so richtig erklären konnte. „Bist du sicher, dass du nicht zu viel davon verpasst?" Sie hatten den Pub verlassen, bevor das Match anfing und hatten nur das eine Bier getrunken, weil Ethan so unruhig und aufgebracht gewesen war.

„Nein, das ist ein ODI. Das dauert mindestens sechs Stunden. Wahrscheinlich länger. Es hat gerade erst angefangen."

„Heilige Scheiße. Das ist lang."

Clay lachte. „Ein Test-Match kann bis zu fünf Tage dauern, also nicht nach Kricket-Maßstäben. Oh, und ODI bedeutet ‚One Day International'. Es gibt einige Unterschiede zu Test-Matches, aber mit denen werde ich dich jetzt nicht langweilen."

„Damit wartest du bis später?", zog Ethan ihn auf.

„Da hast du recht."

Sie verfielen wieder in Schweigen und Ethan versuchte, sich etwas zu überlegen, was er sagen konnte. „Wann musst du zurück nach Cairns?"

„In ungefähr eineinhalb Wochen. Ich habe jetzt vier ganze Tage frei, dann mache ich ein paar Tagesausflüge in die Blue Mountains und so. Ich mache die Sydney-Cairns Strecke jetzt seit beinahe zwei Jahren einmal pro Monat. Habe meine Pflicht erfüllt, darum habe ich mit der Firma darüber gesprochen, näher zu Hause zu bleiben. Bei der nächsten Fahrt begleitet mich ein neuer Mann. Ich zeige ihm, wie alles läuft und dann ist es seine Tour. Ich kann dir sagen, es wird wunderbar sein, öfter bei Sam und Gilly zu Hause zu sein. Sam ist bald mit der Uni fertig und sie wird sich einen Job als Lehrerin suchen. Wird auch nicht für immer mit ihrem alten Herrn zusammenwohnen wollen. Zwischen ihr und Jase wird es ziemlich ernst, glaube ich."

„Hat sie Gilly mit auf ihre Reise genommen?"

Clay lächelte mit Wärme in seinen Augen. „Ja. Ich freue mich, sie beide am Montag zu sehen. Wir hatten Anfang dieser Woche einen Schreckmoment mit Gilly. Er wurde von einer weißen Zecke gebissen. Aber Sam hat ihn schnell genug zum Tierarzt gebracht und jetzt geht es ihm wieder gut.“

„Eine weiße Zecke? Was ist das? Ich meine, abgesehen vom Offensichtlichen?“ Ethan schauderte bei dem Gedanken. „Ist sie für Menschen gefährlich?“

„Nicht so wie für Tiere. Für Hunde und Katzen kann sie absolut tödlich sein. Wenn sie nicht sehr klein oder allergisch sind, ist sie für Menschen nur ein Ärgernis, soweit ich weiß. Wir mussten uns um diese Mistviecher keine Sorgen machen, bevor wir nach Sydney gezogen sind. Es gibt sie nur an der Ostküste. Sie injizieren ein Gift und wenn das die Lungen und das Herz erreicht, dann war es das. Aber es war noch rechtzeitig und Gilly geht es gut.“ Er holte sein Handy heraus. „Sam hat das heute geschickt.“

Er überreichte das Handy und Ethan lächelte das Foto von Sam und Gilly an. Sams blonde Haare wehten um ihr Gesicht und Gillys Zunge hing fröhlich heraus, das Blau des Ozeans schimmerte hinter ihnen. „Großartiges Foto.“ Er gab das Handy zurück.

„Ja.“ Clay schaute auf das Foto und strahlte praktisch. Das ließ Ethans Herz anschwellen.

„Woher kommt Gillys Name?“

Clay rutschte auf seinem Sitz herum und sah ein wenig … beschämt aus? „Nun …“

Ethan lachte. „Es hat etwas mit Kricket zu tun, oder?“

„Schuldig im Sinne der Anklage.“ Clay schnaubte. „Du wirst denken, dass ich irre bin.“

„Mein Onkel Chuck ist von den Buffalo Bills besessen. Er hat eine Bills-Fahne in seinem Vorgarten, schaut sich die Spiele regelmäßig in Wiederholung an und hat seine erste Tochter, Kelly, nach Jim Kelly benannt. Nichts wird mich schockieren.“

„Das ist auch mein Nachname – Kelly. Er war ein guter Spieler, oder? Welcher Sport ist das?“

„Oh, Football. American Football, meine ich. Ja, er war lange Zeit der Quarterback, glaube ich. Für Onkel Chuck ist er wie ein Gott." Er lächelte. „Also komm, gestehe. Wer ist Gilly?"

„Adam Gilchrist. Er ist eine Legende. Seine Schläge sind nicht von dieser Welt. Und er war immer ein solider Bloke, nicht wie Shane Warne. Ich will damit sagen, Warne ist wahrscheinlich der beste Spinner aller Zeiten, aber er konnte seinen Hosenstall nicht zulassen. Immer Sex-Skandale und verbotene Substanzen und Dinge in der Art. Bei Gilly musste man sich um diesen Unsinn nie Sorgen machen. Er stand für alles, was richtig ist." Clay verzog das Gesicht und schüttelte seinen Kopf. „Und ich werde erst gar nicht mit den Dreien anfangen, die letztes Jahr während eines Matches den Ball manipuliert haben. Es war eine Schande für Australien. Der Kapitän wusste davon! Sie hätten sie alle länger sperren sollen, als sie es getan haben, das sage ich dir."

Clays rechtschaffene Empörung war verdammt *niedlich*. Ganz zu schweigen von wahnsinnig sexy. Ethan behielt einen ernsten Gesichtsausdruck, obwohl er lächeln wollte. „Wow. Das ist beschissen, dass sie betrogen haben. Es tut mir leid."

„Ja, nun." Clay verschränkte seine Arme, seine Nasenflügel waren gebläht. Er schwieg für ein paar Augenblicke und schaute dabei aus dem Fenster. „Es hat mir das Herz gebrochen, als ich diese Nachricht gehört habe. Ich kann es immer noch nicht glauben. Man sollte fair verlieren und auf dieselbe Weise gewinnen. Die Jungs, die das Grün tragen, waren immer Helden. *Sollten* es sein. Sich so danebenzubenehmen …" Er rieb sich das Gesicht, die restlichen Worte waren verloren, aber Ethan bat ihn nicht, sich zu wiederholen.

Der Drang, über Clays Indignation zu lächeln war vergangen, weil Ethan erkannte, dass Clay es wirklich schlimm fand. „Es tut mir leid, dass das passiert ist", sagte er leise. Wenn man bedachte, dass Clay ein Kricket-Tattoo hatte, dann war es eindeutig, dass er den Sport liebte. Es war Teil seiner Identität. „Betrügen ist wirklich beschissen.“

Bilder von Michael und Todd stiegen vor seinem inneren Auge auf und er hielt den Atem an, durchlief das Chaos an Emotionen, das die Erinnerung brachte, bevor er sich entschlossen wieder auf Clay konzentrierte, der laut seufzte, dabei den Kopf schüttelte und sagte: „Tut mir leid, Mate. Ich scheiße immer noch, wenn ich daran denke.“

Jetzt runzelte Ethan die Stirn, als er versuchte herauszufinden, ob er das richtig gehört hatte. „Hast du gesagt, dass du … scheißt?“

„Ja.“ Clay schaute ihn ohne einen Hauch Erheiterung an. Dann lachte er und um seine Augen erschienen Falten. „Ich meine damit, ich werde aggro. Es macht mich wütend. Nicht, dass ich auf die Toilette laufen muss.“

„Oh! Ich verstehe.“ Ethan lachte ebenfalls und sie lächelten einander an, als der Zug in Parramatta ankam.

„Wir sind da“, verkündete Clay und verließ den Zug mit seinem kleinen Koffer. Ethan zog seine eigenen. „Ist es für dich okay, wenn wir zu Fuß gehen? Es sind nur ein paar Blocks.“

„Absolut. Ich bin sehr viel gesessen, darum ist ein Spaziergang gut.“

Sie entfernte sich vom Bahnhof und setzten beide ihre Sonnenbrillen auf. Clays Pilotenbrille war immer noch wahnsinnig sexy, wie Ethan bemerkte, als sie losgingen. Sie kamen an einigen dreistöckigen Apartmenthäusern vorbei und kleineren Häusern, bogen in eine ruhige Straße mit trockenen, grün-braunen Rasen ab. Clay betrat die kurze Einfahrt eines kleinen, einstöckigen Bungalows. Das Dach war mit roten Schindeln gedeckt, die Wände waren weiß, die Fensterläden grau und weiter hinten am Ende der Auffahrt gab es eine Garage. Zu beiden Seiten der Steinstufen, die zur Tür führten, standen ordentlich beschnittene Büsche.

An der Tür sagte Clay etwas, während er den Schlüssel ins

Schloss steckte, und Ethan musste ihn bitten, es zu wiederholen. Clay drehte sich auf der obersten Stufe um. „Es tut mir leid. Ich habe gesagt, dass es nichts Großartiges ist, aber es ist zweckdienlich. Vor allem, weil ich jeden Monat beinahe zwei Wochen unterwegs bin."

„Es sieht großartig aus!"

„Nun, es ist gemietet, aber es ist ganz in Ordnung." Er ging voran in das schattige Foyer über einen verblassten Fußabstreifer. Auf der rechten Seite befand sich ein Schrank und links war das Wohnzimmer mit einer braunen Ledercouch, einem grünen Sessel mit Fußablage und einem hölzernen Kaffeetisch. Die Wände waren beige und mit gerahmter abstrakter Kunst dekoriert, von der Ethan sich ziemlich sicher war, dass er sie aus IKEA kannte. Ein gestreifter Teppich strahlte ebenfalls eine schwedische Massenproduktionsschwingung aus.

Michael wäre entsetzt. Dann ein anderer Gedanke. *Gut. Zur Hölle mit ihm.*

„Wenigstens hat Sam aufgeräumt, bevor sie abgereist ist. Hinten bei der Küche gibt es ein kleines Esszimmer, aber da essen wir selten. In der Regel parken wir vor dem Fernseher."

„Cool. Das sieht sehr bequem aus", sagte Ethan und schloss die Tür hinter sich. Es war warm im Haus und Clay schaltete den Deckenventilator über der Couch an und öffnete ein Fenster.

„Wie ich schon sagte, es ist nichts Großartiges."

Ethan zögerte, er war sich nicht sicher, ob er das korrekt verstanden hatte. „Ich habe das nicht als versteckte Kritik gemeint. Es sieht wirklich bequem aus. Ich bin an Form vor Funktion gewöhnt. Michael-" Er brach ab und verzog das Gesicht. „Weißt du was? Es spielt keine Rolle." Er stellte seine Koffer im Eingang ab. „Es ist Zeit für dein Kricket. Wenn du mir sagst, wo der Laden ist, kann ich das Bier besorgen und alle Lebensmittel, die du brauchst."

„Nein, nein, Mate. Ich nehme meinen Ute. Pick-up Truck,

meine ich. Er steht in der Garage. Ich werfe nur kurz einen Blick auf den Spielstand. Du kannst es dir bequem machen. Die Füße hochlegen." Er deutete auf den Sessel.

„Ich würde gerne mit in den Laden kommen. Es ist seltsam, aber ich kaufe gern ein. In Maclean habe ich zwanzig Minuten in diesem winzigen Supermarkt verbracht. Ich liebe es, mir verschiedene Sachen anzusehen."

Clay lächelte. „Wie du willst."

„Aber du bist dir sicher, dass du nicht lieber in den Pub gehen möchtest, um das Spiel zu sehen?"

„Nein. Ich gehe hin und wieder, habe hier aber noch keinen gefunden. Nicht wie in Curry. Sam sagt immer, dass ich mir mehr Mühe geben sollte, mehr Mates zu finden, aber ich weiß nicht. In diesem Alter ist das komisch. Für den Großteil meines Lebens habe ich dieselben Menschen gekannt. Hier sind alle Fremde, mit Ausnahme von ihr und den Leuten aus der Arbeit. Shiv und die anderen Reiseleiter."

„Okay. Wenn du dir sicher bist …"

„Absolut. Außerdem kannst du hier besser hören, oder? Wie soll ich dich zu Tode langweilen, wenn du mich nicht labern hörst?"

Ethan grinste mit Wärme in seinem Brustkorb, dass Clay sich darüber sorgte, dass er hören konnte. „Klingt nach einem Plan."

MIT EINEM BAUCH voller Steak und nachdem das Kricket-Match endlich vorbei war, räumte Ethan ihr Geschirr ab und trug es in die Küche, obwohl Clay protestierte. Kricket dauerte tatsächlich *ewig* und war immer noch verwirrend, aber Ethan hatte wirklich Spaß gehabt. Clay schien es überhaupt nicht gestört zu haben, die Untertitel anzuschalten, auch wenn sie bei Live-Sport ein wenig verzögert kamen und irgendwie nervten. Ethan wollte dennoch die

Kommentare mitbekommen.

Es gab keine Spülmaschine, darum füllte er die Spüle mit Seifenwasser. Clay folgte ihm, während er aus einer Flasche Bier in einer Schutzhülle trank, auf der sich ein Cartoon mit einem betrunkenen Insekt befand, darunter die Worte *STERNHAGEL-VOLL*.

Ethan sagte über seine Schulter: „Ja, ich mache den Abwasch. Keine Widerrede."

Clay erwiderte etwas, das Ethan nicht verstand, weil er sich wieder der Spüle zuwandte, aber er schien keine Einwände zu haben. Eine Brise kam durch das offene Fenster über der Spüle herein, die Deckenventilatoren im Haus nahmen sie auf. Die extreme Hitze hatte zum Glück nachgelassen. Clay hatte gesagt, dass er vor dem Schlafengehen die Klimaanlage anschalten würde und Ethans Schwanz hatte gekribbelt bei dem Gedanken an Clay im Bett.

Sei. Nicht. Unheimlich.

Er hatte gedacht, Clay wäre zurück ins Wohnzimmer gegangen doch als Ethan den Stöpsel herauszog und sich die Hände an einem Küchentuch abwischte, das Geschirr trocknete in dem Geschirrständer neben der Spüle, stellte er fest, als er sich umdrehte, dass Clay immer noch dastand und mit seiner Hüfte an der Arbeitsplatte lehnte, die eine L-Form hatte, um die Küche vom Esszimmer zu trennen. Clay musterte ihn eindringlich und ein Schauder raste über Ethans Haut.

„Wann hast du zum ersten Mal einen anderen Bloke geküsst?"

Die Worte hingen in der Luft und Ethan war sich sicher, dass aller Sauerstoff aus seinen Lungen entkam. Hatte Clay wirklich gesagt … Bildete Ethan sich Dinge ein? „Ich … Es tut mir leid, was hast du gesagt?" Er musste sich verhört haben.

Jetzt wurde Clays bereits rotes Gesicht noch dunkler, seine Fingerknöchel waren weiß, wo er sein Bier umklammerte. Er senkte den Blick und öffnete seinen Mund, klappte ihn dann aber wieder zu und hob seinen Kopf und begegnete Ethans Blick. „Ich habe gefragt, wann du zum ersten Mal einen anderen Bloke geküsst hast." Er nahm einen Schluck Bier, seine Kehle arbeitete. Dann zuckte er mit den Schultern. „Bin nur neugierig."

Wow. Clay hatte das *wirklich* gesagt. Und jetzt hatte Ethan es noch peinlicher gemacht, indem er ihn gezwungen hatte, es zu wiederholen. Sein Herz hämmerte. Vor einer Minute hatte er zufrieden das Geschirr gewaschen, alles war friedlich und heimelig gewesen. Jetzt lag etwas Neues in der Luft, das Funken über seine Haut rasen ließ.

Er versuchte, normal zu sein und sich zu verhalten, als hätte Clay gefragt, wie viel Uhr es war. *Er ist nur neugierig. Es ist nichts.* „Oh! Es tut mir leid. Äh, ich war auf der High School. Ich war ein Junior, also sechzehn. Sein Name war Jaden. Wir waren beide in der GSA. Wir sind eine Weile ausgegangen, aber nichts Ernstes."

Clay nickte schnell. „Ah. Okay." Er nahm einen weiteren Schluck Bier, seine Kehle hüpfte. „GSA?"

„Entschuldige. Gay-Straight Alliance. Das ist ein Club, in dem LGBTQ-Kids unterstützt werden und wissen, dass sie dort einen sicheren Ort haben, an dem jeder ein Alliierter ist."

Clays Brauen hoben sich. „Das haben sie in der Schule? Das ist gut."

„Ja, es kann kontrovers sein, wenn es homophobe Leute gibt, aber die meisten an meiner Schule waren cool. Und ich war vor meinen Eltern geoutet. Jedenfalls, ja. Ich war sechzehn."

„Und da wusstest du schon, dass du schwul bist?"

„Oh ja. Ich wusste es, seit ich acht oder neun war."

„So jung." Clay trank erneut, leerte die Flasche anscheinend, weil er sie auf die Platte stellte und sie dabei umwarf. Er lachte nervös und stellte sie wieder auf.

Warum ist er so nervös?

Ethan zuckte mit den Schultern. „Könnte man sagen? Meine Mom war diesen Dingen gegenüber sehr offen. Sie hat gesagt, dass ihr der Gedanke gekommen war, dass ich es sein könnte, als ich klein war, nur ein mütterlicher Instinkt oder etwas in der Art." Eine Erinnerung, wie sie ihm sagte, dass er eines Tages den Jungen seiner Träume heiraten würde, packte ihn und seine Kehle verengte sich. Er erzwang einen Atemzug und atmete langsam aus. Er wollte gerade im Moment nicht über irgendetwas davon nachdenken. Nicht über seine tote Mom oder seine nicht-stattgefundene Hochzeit. Nichts davon. Nein, er konzentrierte sich auf Clay und wie nervös Clay plötzlich wirkte. Ethan musste das falsch interpretieren.

Clays Hände hingen an seinen Seiten, seine Finger zuckten. „Ich glaube, ich habe die Möglichkeit nie in Betracht gezogen." Er lachte dünn. „Ich weiß nicht, warum ich Unsinn rede. Ich bin ohnehin zu alt, um mich noch zu ändern."

Whoa. Whoooooa.

Ethans Herz hämmerte gegen seine Rippen. Was passierte gerade? War das nur in seinem Kopf oder … *passierte* da etwas? War Clay … sagte Clay? Mit plötzlich trockenem Mund machte Ethan einen Schritt auf ihn zu. Dann noch einen. Clays Blick huschte herum und er atmete schwer, vibrierte praktisch vor … was? Anspannung? Aufregung? Nervosität?

Begehren?

Alles davon? Ethan war jetzt auf Armeslänge heran. Er hatte keine Ahnung, was er sagen sollte, darum versuchte er es mit einem Scherz. „Nun, wenn du mich küssen möchtest, um zu sehen, wie es ist, dann bitte."

Clay lachte nicht. Er schlug Ethan auch nicht oder schubste ihn weg oder sagte ihm, dass das nicht lustig war. Er tat keines dieser Dinge. Nein, seine Lippen teilten sich, sein Gesicht und Hals waren knallrot unter seinem Bart. Er schaute Ethan direkt in die Augen und ruckte vorwärts.

Sie waren jetzt nur noch Zentimeter voneinander entfernt, ihre nackten Zehen berührten sich auf dem Fliesenboden. Ethan konnte schwören, dass er einen elektrischen Strom nur durch diese leichte Berührung spüren konnte und er *musste* träumen, weil es definitiv so aussah, als wollte Clay ihn küssen.

Clay schaute Ethans Mund an, seine Brauen waren zusammengezogen, als wüsste er nicht, was er tun sollte. Er zitterte, als hätte er *schreckliche* Angst – und als wäre er aufgeregt – und Ethan holte tief Luft, Selbstbewusstsein durchströmte ihn zusammen mit dem Drang, sich um Clay zu kümmern und dafür zu sorgen, dass alles gut wurde.

Langsam berührte Ethan Clays nackte Unterarme, hielt die Berührung leicht, als er mit seinen Handflächen hinauf zu Clays Schultern strich. Die Haut war heiß. Seine Daumen fuhren über die Baumwolle von Clays Tanktop. Clay atmete schwer, sein Brustkorb hob und senkte sich, Stöße heißer Luft trafen Ethans Mund. Sie waren ungefähr gleich groß und Ethan schaute in Clays Augen und stellte sicher, dass er wusste, was kommen würde, als Ethan sich vorbeugte und ihre Lippen aneinanderlegte.

Es war kaum ein Kuss, aber es war alles.

Sie schauderten beide und Clays Hände umklammerten Ethans Taille. Ethan drückte seine Lippen jetzt auf die von Clay, bedeckte sie zärtlich. Ihre Augen waren offen, obwohl sie einander aus dieser Nähe nicht wirklich sehen konnten. Ethan lehnte sich ein wenig zurück, musterte Clays wie vom Donner gerührten Gesichtsausdruck.

Ethan flüsterte: „Gefällt dir das?"

Clay nickte ruckartig und etwas, das wie Trauer aussah, legte sich auf sein Gesicht. Aber dann nickte er erneut, atmete schnell aus, schloss seine Augen und küsste Ethan härter.

Es war ungeschickt, aber fuck, es war wirklich *alles*.

Ihre Münder waren immer noch geschlossen und Ethan drängte nicht. Sie küssten sich auf diese Weise – wie Kinder – für eine Minute, drückten nur ihre Münder zusammen und nahmen kleine Atemzüge. Vorsichtig öffnete Ethan seinen Mund ein wenig und leckte über den Saum von Clays Lippen.

Mit einem verzweifelten Stöhnen öffnete Clay seinen Mund, zog Ethan näher an seinen Körper und hieß Ethans suchende Zunge willkommen. Und heilige Scheiße, Clay war *hart*. Ethans Schwanz hatte sich während der Küsse versteift und jetzt drängte er durch ihre kurzen Hosen gegen den von Clay.

Ethan glitt mit seinen Händen nach oben, um Clays Kopf zu umfassen, und neigte sein Gesicht, damit er den Kuss vertiefen konnte. Er drängte ihn gegen die Arbeitsplatte, schob seinen Oberschenkel zwischen Clays Beine und rieb sich an ihm. Sie keuchten und stöhnten, die feuchten Laute ihrer Küsse erreichten Ethans Ohren.

Ich küsse Clay! Das passiert wirklich!

Er war sich nicht sicher, wie irgendetwas davon möglich war, aber Ethan befahl seinem Hirn, den Mund zu halten und es einfach geschehen zu lassen. Ihre Zungen stießen aneinander, ihre Münder waren verschmolzen. Clays Gesichtsbehaarung war rau an Ethans Haut und bescherte ihm wahrscheinlich einen Bartbrand und es war *herrlich*.

Er wollte Clay wie einen Baum erklimmen und sein Schwanz war bereit zu explodieren. Er würde den Zauber wahrscheinlich brechen, wenn er in seiner kurzen Hose kam, darum wich er mit einem Keuchen zurück, Speichel zog Fäden zwischen ihren Lippen.

Er fragte erneut: „Gefällt dir das?" Das tat es eindeutig, aber er wollte es Clay sagen hören.

Clay murmelte etwas und nickte. Ethan packte sein Gesicht. Dieses Mal entschuldigte er sich nicht. „Sag das noch einmal. Deutlich, damit ich dich hören kann."

Ein Schauder durchlief Clay und er krächzte: „Es gefällt mir."

Die Frage tauchte in Ethans Kopf auf und kam direkt über seine Lippen. Er kannte die Antwort und Selbstbewusstsein füllte ihn. „Möchtest du, dass ich deinen Schwanz lutsche?" Besagter

Schwanz stieß gegen seine Hüfte und Clay nickte verzweifelt.

Nachdem er ihn erneut tief geküsst und an Clays Zunge gesaugt hatte, sank Ethan auf die Knie, die nackt auf die harten Fliesen trafen. Er öffnete schnell Clays kurze Hose und riss sie nach unten, zusammen mit seiner Unterwäsche. Die Tatsache, dass Clay eine schwarze Unterhose trug, schickte eine frische Welle der Lust durch Ethan.

Er liebkoste die roten Schamhaare um die Basis von Clays Schwanz, die drahtigen Haare kratzten über sein Gesicht. Dann lehnte Ethan sich zurück und stimulierte den Schlitz an der Spitze von Clays beschnittenem Schwanz mit seiner Zunge. Er legte seine Handfläche um die Basis, drehte sie sanft und konzentrierte sich auf die Eichel, küssend und leckend, als Clay noch härter wurde. Als Ethan endlich die Eichel ganz in seinen Mund nahm, stöhnte Clay.

Ihn tiefer saugend, schaute Ethan auf, er wollte unbedingt sehen, wie Clay ihn anschaute. Aber Clays Augen waren zugekniffen und er hatte beide Hände nach hinten gestreckt und packte den Rand der Arbeitsplatte. Er schien den Atem anzuhalten und der Rausch der Lust, den Ethan erlebt hatte, weil er ihn schmeckte, verebbte.

Will er das immer noch? Will er wirklich mich *oder ist er einfach jemand, der keinen Blowjob ablehnt? Er hat meinen Kuss erwidert, aber ...*

Die Stimmen in seinem Kopf waren zu laut, um sie zu ignorieren, und Ethan würde wahrscheinlich alles ruinieren, aber er musste fragen. Er verlagerte sein Gewicht auf seine Fersen, nahm so ein wenig Druck von seinen Knien und ließ Clays Schwanz aus seinem Mund gleiten. Er war nass von seiner Spucke und knallrot und *verdammt*, Ethan wollte ihn saugen, als gäbe es kein Morgen. Er wollte Clay über den Rand treiben und seine Wichse schlucken.

Aber nur, wenn Clay das auch *wirklich* wollte und sich nicht nur nahm, was er bekommen konnte, weil Ethan es angeboten hatte.

Er konnte es nicht ertragen, den Kontakt ganz abzubrechen, und hielt sich an Clays muskulösen, sommersprossigen Oberschenkeln fest. *Himmel, diese Sommersprossen. Ich will sie alle lecken.* Aber zuerst musste er sich konzentrieren. Er schaute nach oben und nach einem weiteren Moment öffnete Clay seine Augen, begegnete seinem Blick und atmete scharf aus.

Ethan fragte: „Willst du, dass ich aufhöre?"

„Huh?" Clay blinzelte zu ihm hinunter.

„Willst du das wirklich? Wenn ich dich dränge …"

Clay starrte ihn ungläubig an. „Verarschst du mich?"

„Nein, ich … Du hattest deine Augen geschlossen und hast mich überhaupt nicht angefasst."

„Ich …" Sein Adamsapfel hüpfte. „Ich habe das noch nie mit einem Bloke gemacht. Bin mir nicht sicher …"

„Ob du es willst?"

Er lachte bellend. „Mate, sieht es so aus, als ob ich das nicht will?" Er deutete auf seinen harten Schwanz, dick und rot angelaufen und murmelte noch etwas. Als Ethan blinzelte und sein Ohr zu Clay drehte, sagte Clay deutlicher. „Ich weiß nicht, wie es zwischen Männern läuft."

„Ziemlich genau wie mit einer Frau, vermute ich. Im Großen und Ganzen."

„Ja, nun, Barb und ich waren nicht allzu abenteuerlich." Clays Röte kroch an seinem Hals hinunter zu seinem Brustkorb.

Wow, wenn ein Blowjob abenteuerlich war … Ethan lächelte ihn an. „Schon gut." Clays Oberschenkel zitterten ein wenig und Ethan streichelte sie langsam. *Zeit, die Führung zu übernehmen.* Er packte erneute Clays Schwanz mit einer Hand und küsste die Eichel. Immer noch zu ihm aufschauend, sagte er: „Ich möchte dich lutschen und schmecken, bis du in meinem Mund kommst."

Clay stöhnte, sein Schwanz zuckte. Er murmelte etwas, das

wie „Verdammte Hölle" klang.

Mit wachsendem Selbstbewusstsein fügte Ethan hinzu: „Und ich möchte, dass du mich anfasst. Mich anschaust. Bei mir bist."

Clay nickte und streckte zögerlich seine rechte Hand nach Ethans Kopf aus und legte sie dort ab. Er streichelte ihn sanft mit seinen Fingerspitzen, als ob Ethan zerbrechen könnte, aber es war ein Anfang.

„Das ist gut. Pass nur auf meine Hörgeräte auf, okay?" Ethan leckte langsam an der einen Seite von Clays Schaft nach unten und an der anderen wieder nach oben, bevor er ihn wieder ganz in den Mund nahm. Er saugte nur für einen Moment, bevor er sich zurückzog, der Klang von Clays Wimmern erreichte ihn und erfüllte ihn mit Stolz. „Gefällt dir das? Gefällt es dir, wenn ich deinen Schwanz lutsche?"

Clay nickte und murmelte etwas, das zu leise war, als dass Ethan es hören konnte. Ethan konnte sich nicht erinnern, wann er das letzte Mal beim Sex so kühn gewesen war, aber es fühlte sich *großartig* an. Clay wollte ihn. Clay *brauchte* ihn. Er hatte eindeutig Angst und, Scheiße, vielleicht hatte er dieses Begehren sein ganzes Leben lang unterdrückt, wenn dies wirklich sein erstes Mal mit einem Mann war.

Ethan würde es zum besten Blowjob in der Geschichte der verdammten Welt machen.

Mit einer Hand an der Basis des Schaftes und mit der anderen an Clays zitterndem Oberschenkel, saugte Ethan ihn jetzt tief ein, ging wieder voll auf seine Knie, damit er näherkommen konnte. Er sog seine Wangen ein und saugte gierig, sein eigener Schwanz pulsierte in seiner kurzen Hose und drückte gegen den Reißverschluss.

Clays Schamhaare kitzelten Ethans Nase und er versuchte, seine Kehle zu entspannen und nahm ihn beinahe ganz auf. Er musste sich zurückziehen, damit er nicht würgte, und gurgelte, als Speichel von seinen gedehnten Lippen tropfte. Clays Handfläche lag immer noch auf seinem Kopf und folgte seinen Bewegungen. Ethan streichelte mit seiner Hand im Gleichklang zum Auf und Ab seines Mundes. Er hatte sich konzentriert und jetzt schaute er wieder zu Clay auf.

Ein Blitz aus Lust ließ seine Eier hart werden, als ihre Blicke sich begegneten. Die harten Fliesen unter seinen Knien waren ihm egal und auch der zunehmende Schmerz in seinem Kiefer, als sein Mund bis an seine Grenzen gedehnt wurde. Alles, was zählte, war, dass Clay ihn mit solchem Erstaunen und solcher Wärme betrachtete, als ob Ethan die wunderbarste Sache der Welt wäre.

Clay streichelte Ethans Kopf, schob seine Finger in seine Haare und schickte einen Schauder aus Lust an Ethans Rückgrat nach unten. Er stöhnte, sein Mund war voll und Clays Hüften zuckten, er keuchte mit geteilten Lippen. Er liebkoste Ethans Haare und Kopfhaut, immer noch zärtlich, aber mutiger. Er war in Ethans Mund so hart, männlich und heiß.

Da er ihn ganz schmecken wollte, saugte Ethan nachdrücklicher und glitt mit seiner linken Hand nach unten, um Clays Eier zu umfassen. Haare kratzten über seine Handflächen, als er sie knetete, er liebte es, wie schwer und fleischig sie waren. Clay schrie auf, seine Hüften stießen, als er kam.

Seine Finger krallten sich in Ethans Haare und er stöhnte laut, leerte jeden Tropfen in Ethans Kehle. Ethan schluckte, so viel er konnte und atmete verzweifelt durch seine Nase. Als er sich wieder auf seine Fersen setzte, tropfte Samen aus seinem Mundwinkel.

Mit pumpendem Brustkorb starrte Clay auf ihn hinunter, sein Schwanz zuckte. Er lockerte seine Finger in Ethans Haaren, nahm seine Hand aber nicht weg. Er sagte etwas und Ethan fragte: „Was?"

„Ich habe gesagt ‚Allmächtiger Christus'!" Dann lachte er voller Staunen und Ethan lachte ebenfalls, wischte sich den Mund mit dem Handrücken ab und ließ Clays leere Hoden aus seiner anderen gleiten. Ethan grunzte, als er auf die Beine kam, seine

Knie spürten es und Clay packte seine Arme, zog ihn ganz nach oben und hielt ihn fest. Er starrte Ethan voller Staunen an und beugte sich dann vor, um ihn zu küssen.

Ethan drückte seine Hand an Clays Brustkorb. „Du wirst es schmecken können." Er wollte nicht, dass Clay ausflippte, weil es Clays erstes Mal mit einem Mann war, aber vielleicht würde es ihn noch mehr ausflippen lassen, es zu erwähnen? Vielleicht hätte er einfach nichts sagen sollen. Vielleicht machte er es seltsam, wo es das nicht sein musste. Vielleicht –

Er verlor den Faden, als Clay sein Gesicht in seine Hände nahm, seine Daumen strichen über Ethans geschwollene Lippen, sein Blick sank von Ethans Augen zu seinem Mund und wieder nach oben.

Ethan murmelte: „Aber vielleicht gefällt es dir, deine Wichse in meinem Mund zu schmecken."

Ein Lachen brach aus Clay heraus. „Strewth! Die Dinge, die du sagst!"

Ethan grinste. Er war bei Michael kein großer Dirty Talker gewesen, er hatte genau genommen im Bett nie viel geredet. Aber etwas an Clays Unerfahrenheit machte ihn mutig. Es ließ sein Blut singen und seinen Schwanz pulsieren. Er beugte sich vor, Clay hielt immer noch sein Gesicht und er leckte quer über Clays Unterlippe und lächelte angesichts des Stöhnens, das entkam.

Clay öffnete sich für ihn und Ethan küsste ihn tief, traf seine Zunge. Der moschusartige Nachgeschmack von Samen war definitiv da und Ethan reichte ihn feucht weiter, streichelte und erkundete, als Clay stöhnte, ihre Körper fest zusammenpresste. Ethan musste kommen und er rieb sich an Clay, es war ihm egal, ob er in seiner Shorts kam, die Reibung baute sich auf, Lust wallte durch seinen Körper.

Er musste keuchend Luft holen und zog sich von dem Kuss zurück. Clays heißer Atem strich über seinen Mund. Clay schaute nach unten und sagte etwas. Dann hob er den Blick wieder und

Ethan blinzelte, um anzudeuten, dass er es nicht gehört hatte.

„Du musst kommen."

Lachend lehnte Ethan sich weit genug zurück, um seine Shorts zu öffnen und sie weit genug nach unten zu schieben, um seinen Schwanz herauszuholen. Er grunzte, als er sich selbst hart pumpte. „Fuck das muss ich wirklich."

Dann lag Clays Hand auf seiner. „Darf ich?"

Ethan nickte und lehnte sich ein paar Zentimeter zurück. Clay holte tief Luft, als er seine schwielige Hand um Ethan legte und anfing, sie versuchsweise zu bewegen. Sich an Clays Schulter festhaltend, flüsterte Ethan: „Das fühlt sich so gut an. Ich liebe deine Hände. So rau und-" Er konnte nur stöhnen, als Clay ihn härter pumpte. „Uh-huh", murmelte Ethan. „Genau so. Fuck, es wird nicht lang dauern."

Und das tat es nicht. Ethan vergrub sein Gesicht in Clays Hals und ließ sich gehen, der süße Druck baute sich auf, bis er schauderte und kam, und an Clays warmer, sommersprossiger Haut aufschrie. „Oh, verdammt, verdammt", murmelte Ethan, zitterte, als er in Clays Hand kam. Ethan lehnte sich voll an ihn und Clay hielt immer noch seinen weich werdenden Schwanz. Sie beide kamen für ein paar Augenblicke wieder zu Atem.

Dann erreichte der Bariton von Clays Stimme Ethans Ohren und rumpelte durch seinen Brustkorb.

„Was passiert jetzt?"

Kapitel Zwölf

ETHAN HOB SEINEN Kopf, sein Gewicht ruhte immer noch schwer an Clay. Clay war sich nicht sicher, ob er ihn gehört hatte, darum wiederholte er: „Was passiert jetzt?"

„Nun, du könntest wegen deines ersten Mals mit einem Mann ausflippen und mich rauswerfen." Ethan lachte halbherzig und jetzt tauchte ein Funke Furcht in seinen Augen auf. Clay hasste es, ihn zu sehen, und wollte ihn für immer verbannen.

Er schüttelte seinen Kopf und ließ Ethans Schwanz los, dann zog er ihn in eine volle Umarmung. Ethan seufzte an ihm und legte seine Arme um Clays Rücken und hielt sich fest. Der Drang, ihn zu trösten und zu beschützen, vibrierte mit jedem Herzschlag durch Clay. Clays Hand war klebrig, aber er konnte es nicht ertragen, Ethan lang genug loszulassen, um sich abzuwischen.

Sobald er die Einladung ausgesprochen hatte, dass Ethan bleiben konnte, war es unausweichlich gewesen. Trotz eines Aufflammens von Panik hatte er eine seltsame Ruhe verspürt. Er konnte Ethan nicht für immer verschwinden lassen, ohne es … zu *wissen*. Es ging um mehr als nur herauszufinden, ob Ethan ihn ebenfalls mochte – weil Clay ihn mochte, das konnte er nicht leugnen. Es ging darum zu *wissen*, was weggeschlossen gewesen war, tief unten, wo die Sonne nicht hinkam.

Jetzt war die Kiste aufgebrochen, Clay stand mit einem anderen Mann in seinen Armen da und ihre Schwänze hingen heraus, Wichse trocknete auf seiner Hand. Und er wollte es. Wollte mehr. Er räusperte sich und sagte: „Ich war ein Zipfelklatscher, als ich dir die kalte Schulter gezeigt habe."

Ethan hob sein Gesicht und blinzelte. „Du warst was?"

„Ich war ein Arsch. Die letzten zwei Tage auf der Tour. Es tut mir leid."

„Schon gut." Er strich mit einer Hand beruhigend an Clays Rücken auf und ab und lehnte ihre Köpfe aneinander.

Clay konnte sich nicht erinnern, wann er das letzte Mal so gehalten worden war. Er gab Sam einen Kuss und eine Umarmung, wann immer er sie sah, wenn er weg gewesen war und dann, bevor er ging, aber nichts wie das hier. Und mit Barb … Es schien eine sehr lange Zeit her zu sein und sie hatten nie große Gesten gemacht.

Er wollte nur seine Augen schließen und Ethan einatmen, aber er schuldete ihm mehr. Er lehnte sich zurück, damit er Ethan in die Augen sehen und sicher sein konnte, dass er ihn hörte.

„Es hatte nichts mit dir zu tun. Nun ja, *schon* …" Er lachte über sich selbst, sein Gesicht wurde heiß. Ethan wartete und rieb mit seinen Händen kleine Kreise auf Clays Taille. Clays Stimme war rau. „Es ist seltsam, darüber zu reden."

„Du musst nicht."

Doch, das musste er. „Ich war die letzten paar Tage ziemlich aufgewühlt. Jedes Mal, wenn ich dich angesehen habe, wusste ich nicht, was ich denken soll." Er suchte nach den richtigen Worten und fand sie nicht.

„Habe ich etwas getan, das dich aufgebracht hat?"

Scham packte Clay und schüttelte ihn heftig in ihren Fängen. „Nein, Mate. Es war alles meine Schuld. Ich …" Er schnaubte, ließ seinen Kopf sinken, bevor er sein Kinn wieder nach oben zwang, damit Ethan ihn richtig hören konnte. „Nach dem, was wir gerade getan haben, macht es keinen Sinn, dass es mir peinlich ist, es dir zu sagen. Ich habe mir einen runtergeholt und dabei an dich gedacht. Das hat mich ziemlich kalt erwischt. Ich hatte so etwas nicht erwartet."

Ethans Brauen zogen sich für einen Moment zusammen und dann erleuchtete ein breites Grinsen sein Gesicht und zauberte Grübchen auf seine Wangen, seine Zähne blitzten. „Du hast an mich gedacht, während du dir einen runtergeholt hast?"

„Jep. Das hat sich irgendwie angeschlichen und dann …"

Ethan biss sich auf die Lippe und stöhnte leise. „Das ist so heiß."

„Ist es das?" Clay konnte nicht leugnen, dass er erfreut war.

„Oh ja. Sehr, sehr heiß." Er hob seine Hand und streichelte Clays Bart, erkundete, beugte sich kurz vor, um ihn zu küssen und zu liebkosen. „Dann bist du ausgeflippt und hast mich gemieden? Ich verstehe das."

„Es war beschissen von mir."

„Es ist in Ordnung. Danke, dass du es mir gesagt hast. Ich muss zugeben-" Er brach ab, verdrehte seine Augen und zuckte mit den Schultern. „Ich gebe zu, dass es mich aufgewühlt hat. Ich konnte nicht verstehen, was ich falsch gemacht hatte. Ich dachte, dass vielleicht meine riesige Schwärmerei für dich zu offensichtlich war."

„Du hast gar nichts falsch gemacht. Und es war nicht so offensichtlich. Ich dachte es vielleicht, aber ich hatte wirklich keine Ahnung. Du wirst feststellen, dass das typisch ist. Meine Kinder werden dir sagen-" Sein Magen verknotete sich, als Säure hoch blubberte. „Du bist nicht viel älter, als sie es sind. Und wir …" Er deutete auf die wenigen Zentimeter zwischen ihren Brustkörben.

„Ich weiß. Aber ich bin ein erwachsener Mann. Ich weiß, was ich tue. Ich weiß, was ich will. Wir müssen uns jetzt im Moment über niemanden Gedanken machen oder was diese Personen denken könnten."

Natürlich war das jetzt alles, was Clay sich vorstellen konnte –

was zum Teufel würden Sam und Pete und Barb davon halten? Er schauderte und eisige Furcht grub ihre Krallen in ihn. Er konnte nicht atmen, ein schrecklicher Druck baute sich in seinem Brustkorb auf, als er sich ihre Abscheu und ihre Enttäuschung und den Verrat in ihren Mienen vorstellte. *Werden sie mich hassen?*

„Hey, hey." Ethan nahm Clays Gesicht in seine Hände. „Schau mich an. Flipp jetzt nicht wegen anderen aus. Ein Schritt nach dem anderen. Niemand außer dir und mir spielt gerade eine Rolle. Hier. Zusammen. Ich bin hier. Du bist nicht allein. Atme."

Clay tat genau das, zwang seine Lungen, sich zu weiten und zusammenzuziehen und das Trommeln der Panik ließ nach. Er schaute in Ethans freundliche braune Augen und klammerte sich an seine Taille. Ethan küsste ihn sanft. „Nur du und ich sind hier. Nichts anderes zählt im Moment." Er lächelte kurz. „Weißt du, als du mein Trinkgeld nicht annehmen wolltest, dachte ich, dass ich dich *wirklich* beleidigt hatte."

Clay stöhnte und erinnerte sich, wie niedergeschlagen Ethan ausgesehen hatte, als er ihm den Umschlag hingehalten hatte. Er hatte sich wie ein richtiges Arschloch gefühlt. „Ich dachte, es wäre besser so, aber als ich dich so fertig gesehen habe, konnte ich es nicht ertragen. Du bist klug und mitfühlend und-" Er musste Luft einsaugen. „Und es ist wahnsinnig schön, dich anzusehen. Du bist ein echter Fang und ich will nicht, dass du jemals traurig bist. Zu denken, dass du vielleicht unglücklich bist, weil ich ein Feigling war, war einfach zu viel. Es tut mir so leid."

Seine Worte hingen zwischen ihnen und Ethans Augen weiteten sich, bevor sein Gesicht weich wurde. Sein Adamsapfel hüpfte und er flüsterte: „Danke." Dann beugte er sich vor und küsste Clay zärtlich, seine vollen Lippen waren warm und wunderbar.

Und obwohl Ethan keinen Bart hatte, war sein Gesicht nicht so weich wie das einer Frau, die Stoppeln dort rieben an Clays Bart. Wenn er ihn küsste, wusste Clay, dass er einen Mann küsste.

Er. Küsste. Einen. Mann.

Die Worte füllten seinen Kopf, klangen aber wie eine Fremdsprache, sogar als Ethan in Clays Mund leckte und Clay ein Stöhnen hörte. Er fühlte auch die Vibration in seiner Kehle, was bedeutete, dass er derjenige war, der stöhnte. Es war, als wäre er außerhalb seines Körpers, staunend, jedoch lebendiger in jedem Zentimeter, als er es je gewesen war.

Als sie sich trennten, um Luft zu schnappen, lächelte Ethan schief. „Ich fühle mich so gut, wenn ich mit dir zusammen bin. Ich hätte mir nie erträumt … Aber hier sind wir.“

„Das sind wir“, stimmte Clay zu. Sie *waren* und es war die seltsamste und wunderbarste Sache, die Clay sich vorstellen konnte. „Ich weiß nicht, was ich davon halten soll. Es ist alles neu. Ich verstehe nicht, woher es gekommen ist. Aber …“ Er musste Luft holen. „Es fühlt sich … wahr an.“ Doch sobald die Worte heraus waren, schlug der Zweifel seine rostigen Haken in ihn. „Ich sollte das aber nicht tun.“ Er kämpfte ein weiteres Aufwallen von Furcht nieder.

„Warum nicht? Wir wollen es beide. Wir sind erwachsen. Ich weiß, dass es schwer ist, die internalisierte Homophobie zu ignorieren, die dich im Moment wahrscheinlich gerade anbrüllt.“

Clay dachte über diese unbekannten Worte nach. Er wusste natürlich, was Homophobie war, hatte sie aber nie als „internalisiert“ angesehen.

Ethan fügte hinzu: „Wenn sonst niemand auf der Welt wäre – wenn es nur wir beide wären, und du gerade im Moment alles tun könntest, ohne Angst zu haben, was würdest du tun wollen?“

Clay schaute in Ethans Augen und strich mit zittrigen Händen über Ethans Seiten und auf seinen Rücken. „Mist, ich mache dein T-Shirt klebrig.“

Ethan lachte. „Das ist mir egal.“ Er fragte erneut. „Was würdest du tun wollen?“

Clay dachte darüber nach, wie gut es sich anfühlte, Ethan an sich gepresst zu haben. Er platzte heraus: „Ich würde deine

Kleidung ausziehen und dich ganz sehen wollen." Er lachte bellend. „Ich nehme an, du bist nicht so scharf darauf, mich zu sehen."

Ethan starrte in Clays Augen, hielt sein Kinn. „Das bin ich. Du bist so sexy." Mit seiner anderen Hand schob er Clays Oberteil nach oben, glitt mit der ersten Hand darunter und streichelte Clays Brustkorb. Das schickte Schauder der Lust über seine Haut und seine Nippel stellten sich auf. „Ich will dich. Ich möchte dich sehen und berühren. Lass uns ins Bett gehen."

Clay nickte mit hämmerndem Herzen. Aufregung mischte sich mit einem Hauch Nervosität. „Willst du … Du weißt schon. Tun, was Männer zusammen tun?" Er hatte noch nie etwas in seinem Hintern gehabt und er war sich nicht sicher, ob ihm das gefallen würde. Obwohl, wenn er über seinen Schwanz in Ethan nachdachte, dieser interessiert zuckte.

„Wir müssen gar nichts tun. Wir können einfach nur reden. Ich will nur mit dir zusammen sein. Lass uns nichts übereilen."

„Richtig. Das Pferd von hinten aufzäumen." Er atmete erleichtert aus. *Ein Schritt nach dem anderen.*

Sie zogen sich ihre Hosen wieder an und als sie den Weg von der Küche den kurzen Flur entlanggingen, wusste Clay nicht, wohin er schauen oder was er mit seinen Händen tun sollte. Er fuchtelte mit ihnen herum und Ethan nahm eine und drückte sie beruhigend, bevor er wieder losließ.

Clay schaltete die Lampe neben seinem Bett an und drehte sich mit ausgestrecktem Arm. „Nun, das ist es. Nichts Besonderes." Er schaltete den Deckenventilator an, schaute sich nervös um und stellte sich vor, was Ethan sah.

Ein Holzboden, der geschmirgelt und poliert gehörte, aber der ovale Teppich neben dem Bett war sauber, verziert mit blauen und grünen Zacken. Das Bett war ein Queensize, neu, weil Clay es gekauft hatte, als er eingezogen war. Das alte, das er mit Barb in Curry geteilt hatte, war durchgelegen gewesen und hatte dringend ersetzt werden müssen. Der Bettrahmen war billig und hatte kein Kopfteil.

Die Vorhänge vor dem Fenster waren blau, die Wände in dem Beige gestrichen, das sie gehabt hatten, als er und Sam eingezogen waren. Es gab eine lange Kommode gegenüber dem Fußende des Bettes, mit allem möglichen Kleinkram auf der Ablage. Nicht das Ordentlichste, aber seine Kleidung war in den Schubladen zusammengelegt und hing im Schrank und er hatte wenigstens keine stinkenden Socken herumliegen lassen.

Ethan näherte sich der Kommode und Clay lachte nervös. „Das ist die Sammelstelle für alles." Es lagen ein paar Werbebriefe herum, die er sich hatte anschauen wollen, bevor er sie entsorgte, eine alte Zeitung, die er in den Müll hätte werfen sollen, eine Packung Batterien, die er zurück in die Schublade in der Küche hatte bringen wollen und ein paar gerahmte Fotos der Kinder, als sie noch klein waren.

Abwesend lächelnd, sagte Ethan: „Es ist großartig." Er beugte sich vor und schaute sich die Fotos von Sam und Pete an, öffnete seinen Mund, schloss ihn dann aber wieder und richtete sich auf. Er nickte in Richtung des gerahmten Fotos über der Kommode und fragte: „Wo ist das?"

Clay blinzelte das Foto an, auf dem die Sonne strahlend rosa und orange über roter Erde unterging. „Ah, das ist in Curry. Habe es schon seit Jahren. Es war ein Hochzeitsgeschenk. Ist jetzt schon ein wenig verblasst. Der Rahmen könnte schöner sein. Ich sollte es wohl loswerden."

„Es ist wunderschön." Ethan drehte sich lächelnd zu ihm.

„Stört der Ventilator dich?" Clay sehnte sich nach der Luft auf seiner fiebrigen Haut und es war einer dieser Ventilatoren, die angeblich lautlos waren, aber er wollte nicht riskieren, dass Ethan ihn hören konnte.

„Nein. Es fühlt sich herrlich an und ich höre gar nichts." Sein Gesicht verzog sich für einen Moment, als würde er sich darauf konzentrieren zu lauschen. „Nein, alles gut." Dann wurde sein Blick von der anderen gerahmten Deko in seinem Zimmer angezogen, die über dem Bett hing. Er kroch über die Matratze, ging auf den Knien über das dünne blaue Laken. „Ist da Gilly drauf? Sein Namensgeber, meine ich."

Der Anblick von Ethan auf seinem Bett ließ Clays Lungen für einen Moment einfrieren. Er hustete. „Uh, ja. Der Dritte von rechts. Das ist das Siegerteam der Ashes 2002-2003. Die Kinder haben es mir im Jahr darauf zum Geburtstag geschenkt. Es ist auch alt und billig. Ich sollte es abnehmen."

Er steckte seine Hände in seine Taschen, bemerkte dann, dass er seine kurze Hose nur weit genug nach oben gezerrt hatte, um gehen zu können, und jetzt hatte er sie wieder an seinen Ober-schenkeln nach unten geschoben. Er riss sie wieder nach oben, wünschte sich, dass er aufhören würde, so ein Idiot zu sein.

Ethan schaute ihn an und grinste. „Hör auf, dich zu entschuldigen. Dein Zimmer ist großartig." Er schaute wieder auf das Kricket-Team. „Und ich verstehe es – mit dem Grün sind die Hüte gemeint, oder?"

Clay blinzelte. „Ja, das stimmt." Er musste es vorhin schon erwähnt haben und hätte wissen müssen, dass Ethan es nicht verstehen würde.

Dann zog Ethan sich sein T-Shirt über den Kopf und entblößte seinen nackten Oberkörper. Er hatte ein paar dunkle Haare über seine Brustmuskeln verteilt und seine Nippel waren klein und rot. Er war schlank, hatte aber dennoch Muskeln. Clay starrte, seine Kehle war trocken und seine Gedanken wirbelten.

Natürlich hat er Muskeln, du Drongo. Alle Menschen haben Muskeln!

Aber die Definition von Ethans Muskeln ließ Clays Hände zucken, weil er sie berühren wollte. Er konnte nur versuchen zu atmen, als Ethan seine kurze Hose – alle Lagen – nach unten schob und sich davon befreite, sie auf den Boden warf, bevor er sein Gewicht wieder auf seine Fersen verlagerte und dabei Clay die ganze Zeit beobachtete.

Sein Schwanz war unbeschnitten und dick, eine dünne Spur aus dunklen Haaren führte dorthin. Clay wusste nicht, wohin er schauen sollte – auf diesen Schwanz oder Ethans Nippel oder die Bewegungen seiner Kehle oder das Aufblitzen von Grübchen in seinen Wangen oder seine wunderschönen Augen oder die Haare auf seinen Oberschenkeln, die Clay berühren und an sich spüren wollte.

Mit einem schelmischen Lächeln krümmte Ethan einen Finger und Clay hatte das Gefühl, als ob seine ganze Welt der Gnade dieser einen Gliedmaße ausgeliefert wäre. „Komm her.“

Seine Füße gehorchten und Clay kam an der Seite des Bettes zu stehen. Ethan rutschte auf den Knien näher, sein Schwanz hüpfte und schwoll an. Er streckte die Hand aus und Clays Herz hämmerte, aber Ethan nahm nur Clays Handgelenk und nahm seine Uhr ab. Er legte sie auf den Nachttisch mit dem Untersetzer aus Kork, auf dem sich die schwarzen Schwäne von Perth befanden, das Set hatte er einmal von Jen zu Weihnachten bekommen.

Clay spannte sich an. Nein, jetzt war nicht der Zeitpunkt, an seine Schwester zu denken oder Barb oder die Kinder. Natürlich war es, als würde er versuchen, nicht an einen rosa Elefanten zu denken, und Sorge wirbelte durch seine Gedanken.

„Hey, hey.“ Ethan rieb Kreise auf Clays Hüften und schaute zu ihm auf. „Ich bin hier, es sind nur du und ich. Keine Urteile.“

Clay nickte und atmete aus. Seine Rippen würden wund sein wegen all des Keuchens, das er veranstaltete, denn im nächsten Moment konnte er schon wieder nicht mehr atmen, als Ethan Clays T-Shirt nach oben hob und sich hinunterbeugte, um seinen Nabel zu stimulieren, ihn mit der Zunge anzuflicken. Ethan hatte ein paar Leberflecke auf den Schultern und Clay berührte einen und lehnte sich an Ethan, damit er nicht vornüberfiel, während er vor Lust bebte.

Clay riss sich das T-Shirt vom Leib und warf es blind irgendwohin. Dann stand er da und versuchte, seine Knie davon abzuhalten, nachzugeben. Ethan starrte zu ihm auf, während er einen Pfad an Clays Bauch nach oben leckte. Clay wand sich, sowohl vor Lust als auch, weil es ihm peinlich war. „Bin nicht mehr so fit, wie ich schon einmal war."

Ethan runzelte die Stirn. „Kannst du das bitte wiederholen?"

Jetzt fühlte sich Clay noch alberner. „Ich habe gesagt, dass ich nicht mehr so fit bin, wie ich es schon war."

Der Luftstoß von Ethans Seufzen kitzelte Clays Haut. „Mit deinem Körper ist alles in Ordnung. Du bist verdammt *heiß*. Er strich mit seinen Händen über Clays Mitte und an seinem Rücken hinauf. „Du bist stark und sexy." Er erhob sich auf die Knie und rieb dabei mit seiner Wange über Clays Brustmuskeln. „Ich liebe deinen haarigen Brustkorb", murmelte er, bevor er spielerisch in einen Nippel biss, ihn dann küsste und saugte.

„Oh!" Clays Knie gaben beinahe nach angesichts der intensiven Welle der Lust. Ethan hatte sich festgesaugt, seine Finger neckten und zupften den anderen Nippel und es war, als würde ein Feuerwerk direkt in seine Eier schießen.

Ethan schaute grinsend auf, strich jetzt mit seinen Zähnen über den anderen Nippel. „Das gefällt dir?"

„Uh-huh." Clay nickte nachdrücklich.

„Willst du dich mit mir hinlegen?" Er zupfte fragend an Clays kurzer Hose, zog sie aber nur zwei Zentimeter nach unten.

Clay konnte nur erneut nicken, zog sich aus und stand nackt da, während Ethan hungrig zusah und dann zurückrutschte, um Platz zu machen. Ein Teil von ihm wollte das Licht ausschalten und sich unter der Decke verstecken, aber nein. Er wollte Ethan sehen, diese langen Beine, die ausgestreckt waren, seinen Schwanz, der an seinem Oberschenkel ruhte.

Irgendwie schien Ethan wirklich scharf darauf zu sein, Clay

ebenfalls sehen zu können, darum legte Clay sich neben ihn. Auf ihren Seiten liegend, kuschelten sie sich aneinander, berührten einander und küssten sich. Erkundeten.

Clay hatte Barb nie so geküsst. Nie für so lange Zeit, aus keinem anderen Grund als der Freude daran, einander zu schmecken.

Er schob sie aus seinen Gedanken, würgte das Anschwellen der Panik hinunter, erinnerte sich daran, was Ethan gesagt hatte, während er Ethans Hals liebkoste, einen Kuss dort saugte und das leichte Kratzen von Stoppeln unter seinen Lippen liebte. Clay hatte noch nie seine Hände auf einen anderen Bloke gelegt und es war anders auf eine Art, die ihn erregte. Die Kanten und die Festigkeit und die Haare, aber dann die runde Schwellung seines Hinterns.

Himmel, Clay könnte ihn den ganzen Tag berühren. Es waren nur sie beide und der Rest der Welt konnte sich trollen. Vielleicht war es falsch, aber es fühlte sich zu verdammt gut an, um aufzuhören.

Ethan war halb hart, schien aber keine Eile zu haben, zu kommen. Er sctztc sich auf, seine Haare waren zerzaust. „Ich brauche etwas zu trinken. Willst du etwas Wasser?" Er schaute Clay an und wartete auf seine Antwort.

„Vergiss das Wasser. Ich nehme noch ein Blondes."

Ein Lächeln hob Ethans volle Lippen. Lippen, die Clay geküsst hatte. Lippen, die um seinen Schwanz geschlungen gewesen waren. Ethan sagte: „Ich nehme an, was immer du gerade gesagt hast, bedeutet, dass du noch ein Bier möchtest."

Clay nickte, lächelte in sich hinein, als er beobachtete, wie Ethan aufstand. Clay musterte ihn vom Kopf bis zu den Zehenspitzen, als er um das Bett herum zur Tür ging. Seine Haut war blass, vor allem seine langen Beine und sein runder Hintern, seine Arme und sein Hals waren leicht gebräunt. Er schien in der Nähe eines Schulterblattes einen Leberfleck zu haben. Er stand *nackt* in

Clays Schlafzimmer und es schien die natürlichste Sache der Welt zu sein.

In dem Schrank auf der gegenüberliegenden Seite befand sich ein Spiegel, aber Clay stand nicht auf, um zu sehen, wer ihn von dort anschaute. Stattdessen sammelte er die verstreuten Kissen – er hatte immer vier in seinem Bett, obwohl niemand mit ihm geschlafen hatte, seit er nach Sydney gezogen war – und stellte sie an die Wand, lehnte sich zurück, als Ethan mit einem Glas Wasser und Clays Stubby zurückkam.

Clay drückte die Schutzhülle, während er schluckte. „Ahh. Genau richtig."

Ethan lehnte sich ebenfalls an die Kissen. Er trank etwas Wasser und stellte das Glas auf den Nachttisch. Ihre Arme und Oberschenkel berührten sich, als er es sich neben Clay gemütlich machte. Der Ventilator schickte eine kühle Brise über ihre verschwitzte Haut.

„Bist du immer noch bei mir?", fragte Ethan. „Keine Panik oder so?"

Sie saßen nackt wie am Tag ihrer Geburt da und auch wenn Clay es noch nicht ganz glauben konnte, war das Letzte, was er fühlte, Panik. Er schüttelte seinen Kopf. „Es ist eine seltsame Sache."

Ethans Hand lag warm auf Clays Oberschenkel. „Entschuldige, kannst du das noch einmal sagen?"

„Du musst dich nicht entschuldigen. Ich habe gemurmelt." Er drehte sein Gesicht zu Ethan. „Es ist eine seltsame Sache, dass ich keine Panik habe. Es gab ein paar Momente, versteh mich nicht falsch. Aber es fühlt sich … richtig an. Sogar nach Jahren mit Barb war es …" Ihm fielen die richtigen Worte nicht ein, darum hob er die Hand und strich eine Strähne von Ethans Haaren glatt, die wild aufstand. „Nicht wie das hier."

Ethan nickte. „Du hast gesagt, dass ihr beide nicht sonderlich … abenteuerlustig wart?"

Er rutschte peinlich berührt herum. „Wohl nicht."

„Nicht einmal am Anfang?"

„Ich weiß nicht. Es ist jetzt lange her." Er dachte zurück an diese heißen, trockenen Sommernächte, wie sie mit der Gruppe aus der Schule unten am Fluss abhingen. „Als sie entschied, dass wir miteinander gehen sollten, habe ich nichts eingewendet. Sie war ein nettes Mädchen und wir hatten uns schon immer gut verstanden, seit wir kleine Kinder waren. Und so war es dann. Sie war meine feste Freundin und nachdem wir mit der Schule fertig waren, habe ich Vollzeit mit meinem Dad gearbeitet und sie hat in einer Apotheke angefangen. Ich dachte mir, dass sie eine gute Frau sein würde, darum habe ich sie gebeten, mich zu heiraten. Die meisten meiner Mates haben das getan und so war das einfach. Sie war eine gute Frau. Wir haben nie viel gestritten. Es ist einfach gelaufen."

„Mmm." Ethan strich mit seinen Fingern über Clays Oberschenkel und schickte ein Kribbeln durch ihn. „Es war also nie wirklich leidenschaftlich?"

Clay kannte die Antwort, aber es fühlte sich illoyal an, sie laut auszusprechen. Aber wenn es je einen richtigen Zeitpunkt dafür gegeben hatte, dann war er jetzt. „Nein. Es war nicht schlecht, aber als wir aufwuchsen, haben meine Mates endlos über Mädchen geredet. Ich habe den Aufstand nie wirklich verstanden." Er fügte schnell hinzu: „Nicht, dass mit Barb irgendetwas falsch war. Sie war immer eine attraktive Frau."

„Natürlich ist nichts mit ihr falsch", beruhigte Ethan ihn und legte dabei seine Handfläche flach auf seine Haut. „Mit dir ist auch nichts falsch."

„Es gibt Leute, die da etwas einzuwenden hätten, Mate."

„Zur Hölle mit ihnen." Ethans Ton war ernst. „An dem, was wir getan haben, ist nichts falsch."

„Sogar wenn es bedeutet, dass ich …" Clay schien das Wort nicht aussprechen zu können.

„Ob du oder irgendjemand anderes schwul, hetero, bi, trans, pan, demi, ace ist – es spielt keine Rolle. An dir ist nichts falsch. Oder an dem, was wir zusammen getan haben."

„Strewth, ich habe keine Ahnung, was die Hälfte dieser Worte bedeutet."

Ethan lächelte. „Schon gut. Wir können später einen Einführungskurs in sexueller Identität machen."

„'Sexuelle Identität'", wiederholte Clay und rollte die unvertrauten Worte auf seiner Zunge. „Da wo ich herkomme, ist das kein Gesprächsthema, das kann ich dir sagen." Ein kurzes Bild von Tony Taylor, über einen Motor gebeugt, mit Schmierfett an seinen Fingern, füllte seinen Kopf, bevor er es verbannte.

Ethan sagte: „Ja, ich glaube, dass viele Leute Annahmen treffen. Nicht nur über andere, sondern auch über sich selbst."

„Huh." Clay nippte an seinem Getränk, das kalte Bier floss seine Kehle hinunter.

„Hast du dich schon einmal zu Männern hingezogen gefühlt?"

Clay wollte das sofort leugnen, hielt es aber zurück. „Um ehrlich zu sein, bin ich mir nicht sicher. Es klingt albern, ich weiß. Wie kann ich mir nicht sicher sein?"

„Jahre heftigster sexueller Repression können das wahrscheinlich bewirken." Ethan lächelte ihn an, während er mit seiner Hand über Clays rechtes Bein strich, diese langen Finger liebkosten seinen inneren Oberschenkel. „Es ist erstaunlich, wozu unsere Hirne im Stande sind. Wenn du es vor langer Zeit weggeschlossen hast, dann kannst du es einfach vor dir selbst leugnen. Du müsstest dich nicht einmal sonderlich anstrengen, sobald es eine Gewohnheit geworden ist. Weißt du, was ich meine? Wie, als ich anfing, taub zu werden? Ich hatte mich davon überzeugt, dass es eine Million anderer Dinge waren. Ich habe viel zu lang gewartet, es endlich untersuchen zu lassen." Er zögerte. „Hast du … Als wir uns kennengelernt haben, hast du dich da von mir angezogen gefühlt?"

„Ich glaube nicht." War das wirklich erst eine Woche oder so her? Es schien nicht möglich zu sein. „Aber dann habe ich dich kennengelernt. Wir haben angefangen, uns zu unterhalten und … ich wollte mehr von dir sehen. Habe angefangen, die ganze Zeit an dich zu denken." Er legte seinen rechten Arm um Ethans Schultern und liebte das Gefühl, ihn so nahe zu haben.

Ethan beugte sich vor und küsste ihn, ein langsames, feuchtes Gleiten ihrer Lippen und Zungen. Als er sich zurücklehnte, sagte er: „Jetzt siehst du alles von mir."

„Das tue ich."

Clays Wange liebkosend, murmelte Ethan: „Gefällt dir, was du siehst?"

„Du weißt, dass es das tut, Mate."

Ethan lächelte an Clays Gesicht und drückte einen Kuss auf seine bärtige Wange, bevor er sich wieder gerade hinsetzte. Er war immer noch unter Clays Arm gekuschelt und es gab keinen anderen Ort auf der Welt, wo Clay ihn haben wollte.

„Vielleicht bist du demi", überlegte Ethan.

Clay versuchte zu entschlüsseln, was das bedeutete, aber er war sich ziemlich sicher, dass „demi" „halb" bedeutete und das half nicht viel. „Was ist das?"

„Oh, demisexuell bedeutet, dass du dich nur dann sexuell zu jemandem hingezogen fühlst, wenn du eine emotionale Bindung eingegangen bist."

„Huh." Clay war sich nicht sicher, was er davon halten sollte.

„Du musst nicht alles jetzt gleich bestimmen. Ein Schritt nach dem anderen." Ethan stützte sich auf seine Hüfte, glitt mit seinem rechten Bein über das von Clay und streichelte mit seiner Hand über Clays Brustkorb und Bauch. Er beugte sich ein wenig vor und biss Clay ins Ohrläppchen, sein Atem war heiß. „Habe ich schon erwähnt, wie sexy du bist? Diese Nacht auf Fraser Island? Sobald ich in meinem Zimmer war, musste ich mir einen runterholen. Du hast mich so hart gemacht."

Und anscheinend machte er Ethan jetzt auch wieder hart, der

Druck seines Schwanzes an Clays Seite war heiß. *Ah, wieder jung zu sein.* Aber Clay konnte sich nicht erinnern, in seiner Jugend je so erregt, so geil gewesen zu sein. Sein Schwanz erwachte zum Leben und er stöhnte, als Ethan mit seiner Hand darüberstrich. Doch dann nahm Ethan *sich selbst* in die Hand und das zu sehen, schickte Schauder durch Clay.

„Ich war kaum drin – stand immer noch an der Tür. Und ich habe mich gepumpt, habe mir vorgestellt, dass du bei mir wärest. Mich fickst."

Das schickte einen feurigen Thrill durch ihn und Clay verlagerte sein Gewicht, damit er Ethan gut packen konnte. Er war begierig darauf, zu übernehmen. Er schlang seine Hand erneut um Ethans Schwanz und erschauderte unter einer mächtigen Welle aus *Begehren.* Es war mehr als nur Lust – es fühlte sich so verdammt *richtig* an, auf eine Art und Weise, die er nie erwartet hätte. Er drückte leicht und Ethan stöhnte und rollte seine Hüften, biss sich auf die Lippe.

„Das fühlt sich herrlich an", murmelte Ethan.

Das tat es wirklich. Zu wissen, dass Ethan ihn wollte – den Beweis dafür in seiner Hand pulsieren zu fühlen – ließ Clay wie einen Schuljungen zittern. Er hatte vor dieser Nacht noch nie einen anderen Bloke angefasst, nicht einmal als Junge, wenn er herumgespielt hatte. Aber jetzt war es, als ob er Ethans Herzschlag unter seinen Fingern spüren konnte, real und ganz für *ihn.* Und es gab nur sie in ihrer Welt für zwei. Niemand sagte, dass es falsch war. Seine Lungen zogen sich zusammen.

Es war, als würde er nach Hause kommen.

„Hey, es ist in Ordnung." Ethan umfasste Clays Gesicht, seine Stirn war gerunzelt. „Du musst gar nichts machen."

„Das tue ich", krächzte Clay und er konnte sehen, dass Ethan ihn nicht verstanden hatte. Er räusperte sich und packte Ethans Schwanz härter, pumpte einmal. Ethan keuchte, seine Augen schlossen sich. Clay wartete, bis er ihn wieder anschaute. Sehr deutlich sagte er: „Ich muss. Ich muss das tun. Ich will alles tun.“

„Okay. Willst du mir einen blasen?“ Er fügte schnell hinzu: „Du musst nicht.“

Clay fühlte sich, als würde er am Rand der alten, verlassenen Uran-Mine in der Nähe von Curry stehen, seine Mates stachelten ihn an, in das strahlend blau-grüne Wasser zu springen, das den Krater füllte. Wollte er den Schniedel eines anderen Blokes in seinen Mund nehmen? Der nagende Drang, es *wissen* zu wollen, erhob sich.

Er sprang.

Nickend fragte er sich, wie man es in einem Bett am besten anstellte. Er musste nicht lang grübeln, weil Ethan seine Oberschenkel spreizte und Clay drängte, sich zwischen seine langen Beine zu knien. Nach Luft keuchend, neigte Clay seinen Kopf und nahm die Spitze in seinen Mund, bevor er einen Rückzieher machen konnte und hielt die Basis, so wie Ethan es getan hatte.

Ethan stöhnte, als Clay vorsichtig an den obersten Zentimetern saugte. Er machte es. Er war ein offizieller Schwanzlutscher. Durch die Nase einatmend, senkte Clay seinen Kopf, saugte fester und nahm mehr von Ethan in seinen Mund.

Ethan schrie auf. „Oh, fuck. Das ist so gut. Genau so. Was auch immer sich natürlich anfühlt.“

Eine Stimme zischte, dass es nicht natürlich sein sollte, aber das *war* es. Er konnte die Erlösung tief in ihm nicht leugnen, eine geschlossene Faust, die endlich ihren Griff lockerte. Ethan war hart und pulsierte in seinem Mund, als Clay versuchte, mehr von ihm aufzunehmen. Speichel sammelte sich. Das Fleisch war ein wenig schwammig und schmeckte nach Schweiß und Salz und *Ethan.*

Genau wie als er die Kraft von Ethans Erregung in seiner Hand gehalten hatte, war die Tropfen an der Spitze zu schmecken und sein Leben in seinem Mund zu spüren – zu wissen, dass Ethan dieses Begehren für Clay empfand – tiefgreifend auf eine Art und Weise, die er nicht verstehen konnte. Nicht leugnen konnte.

Er leckte schlampig, machte es wahrscheinlich falsch, aber Ethan schien es nicht zu stören. Er strich mit seinen Fingern durch Clays Haare, zupfte und entspannte, nie zu heftig. Er murmelte: „Du machst das so gut", und es freute Clay, das zu hören.

Clay versuchte, ihn tiefer aufzunehmen, und würgte und musste sich zurückziehen. Ethan streichelte seinen Kopf und sagte: „Schon gut. Geh nur so weit, wie du kannst. Es fühlt sich unglaublich an. Ich liebe alles, was du machst."

Und so erkundete Clay mehr mit seiner Zunge, sein Kiefer schmerzte ein wenig, weil sein Mund zu voll war. Er drückte gegen Ethans Oberschenkel, öffnete ihn und liebte das Kratzen von Beinbehaarung unter seinen Handflächen.

„Oh, fuck. Kannst du meine Eier lecken?"

Diese Worte zu hören, schickte Lust in einer Spirale durch Clay. Er hatte außerhalb von Pornos noch nie so wilde Dinge gehört, aber es hatte ihm auch nie sonderlich viel gegeben und er hatte nie wirklich verstanden warum.

Vielleicht ist das ein Hinweis, du Idiot.

„Ja, tiefer. Gut so." Ethan stöhnte mit zurückgeworfenem Kopf. Mit seinen langen Beinen gespreizt und offenem Mund sah er absolut schamlos aus – und wunderschön. Das war kein Wort, das Clay zuvor mit Männern in Verbindung gebracht hatte, aber es war das Einzige, das ihm einfiel, als Ethan kam, seine Eier glitten aus Clays Mund, als sie sich leerten.

Er war nichts anderes als wunderschön, ausgestreckt, mit weißen Tropfen Samen über seinen Bauch verteilt. Clay war selbst wieder halb hart, auch wenn er wusste, dass er nicht in der Lage sein würde, so schnell wieder zu kommen. Als ob er seine Gedanken gelesen hätte, setzte Ethan sich auf und zog Clay an sich, küsste ihn langsam und schmutzig, bevor er flüsterte: „Wir haben die ganze Nacht."

Kapitel Dreizehn

E THAN WACHTE ALLEIN auf. Er blinzelte in Clays Zimmer, Erinnerungen gingen in seinem Kopf an wie Lichtschalter – *knips, knips, knips, knips.* Freude und Lust rasten durch ihn, sein Morgenständer verlangte nach Aufmerksamkeit. Die Haut auf seinem Bauch war gespannt von verkrusteter Wichse – wessen, wusste er nicht sicher. Er kratzte mit einem Fingernagel darüber und grinste in sich hinein.

Er und Clay hatten sich geküsst und geküsst und dann noch mehr geküsst. Sie hatten sich aneinander gerieben, sich überall berührt und Clay war noch einmal gekommen. Er schien absolut benommen vor Lust gewesen zu sein und sie waren schließlich aneinandergeschmiegt eingeschlafen, waren herumgerutscht und hatten gelacht, bevor sie eingeschlafen waren, mit Ethan als dem kleinen Löffel.

Sie hatten sich gerade erst kennengelernt, aber dennoch hatte Ethan sich sicher und warm in seinen Armen gefühlt. Ihm war sogar ein wenig heiß gewesen, aber er hatte nichts tun wollen, um Clay von sich zu stoßen – irgendetwas, das vielleicht falsch verstanden werden konnte. Auch wenn Clay jetzt weg war, seine Seite des Bettes kühl.

Ein Knoten bildete sich in Ethans Eingeweiden und zog sich zu. Im kalten Licht des Tages – das gelbe Licht des Sonnenaufgangs schien durch eine Lücke in den Vorhängen – würde Clay es bereuen? Würde er ausflippen, wie Ethan es befürchtet hatte? Vielleicht war der Zauber gebrochen und es tat ihm leid, dass er Ethan eingeladen hatte, bei ihm zu bleiben. Obwohl er derjenige gewesen war, der ihn eingeladen hatte! Es war nicht so, dass Ethan nach einer Einladung gefischt hatte.

Und Clay war derjenige, der ihn über das Küssen ausgefragt hatte. Ethan hatte ihn nicht angemacht! Er hatte immer und immer wieder sichergestellt, dass Clay zustimmte und darauf stand und Mann, hatte er drauf gestanden. Wenn er jetzt also ausflippte, dann war das seine eigene Schuld.

Es war in Ordnung. Ethan hatte nicht einmal richtig ausgepackt. Er starrte seine Koffer in der Ecke des Zimmers an. Clay hatte sie letzte Nacht geholt, damit Ethan sich die Zähne putzen und herausnehmen konnte, was immer er brauchte, obwohl er dann nackt geschlafen hatte, genau wie Clay.

Aber wenn Clay wollte, dass er ging, würde er nur ein paar Minuten brauchen. Vielleicht sollte er gleich gehen und nicht darauf warten, dass Clay ihn hinauswarf.

Hör auf, auszuflippen, obwohl du noch nicht einmal mit ihm gesprochen hast! Vielleicht –

Er starrte Clay an, der in der Tür des Schlafzimmers aufgetaucht war. Er trug eine kurze Hose, Flip-Flops und ein schwarzes Tanktop, das seine mit Sommersprossen bedeckten Arme und Schultern zeigte. Ein kleiner Busch dunkelkupferner Haare schaute oben an seinem Brustkorb heraus. Für einen gefrorenen Herzschlag, der sich in die Länge zog, begegneten ihre Blicke sich.

Dann erhellte ein Lächeln Clays Gesicht, die Falten um seine Augen wurden tiefer und Erleichterung durchflutete Ethan. Clay war nicht geflohen und er *strahlte*. Weil er wusste, was für einen riesigen Sprung Clay in der Nacht zuvor gemacht hatte – und wie angsteinflößend das gewesen sein musste – war Ethan so verdammt stolz auf ihn, als er ihn am Morgen danach so friedvoll und zufrieden sah, nicht in Panik oder leugnend, was sie geteilt hatten.

Clay sagte etwas und indem er seine Lippen las, dachte Ethan, dass es wahrscheinlich „Guten Morgen" war.

Er antwortete: „Guten Morgen!", und erkannte daran, wie Clay leicht das Gesicht verzog, dass er schrie. „Tut mir leid. Lass mich meine Hörgeräte anlegen." Immer noch unter der dünnen Decke streckte er sich nach einem aus, setzte sich auf und legte es an, verzog aber das Gesicht, weil sein Innenohr so wund war. Er hatte seine Hörhilfen viel später als sonst üblich getragen, entschlossen, so viel von Clays Keuchen und Stöhnen zu hören, wie möglich war.

Aus dem Augenwinkel sah er, wie Clay eine Hand hob, sich dann im Zimmer umsah. Er eilte zu seinem kleinen Koffer und legte ihn auf den Rücken, um ihn zu öffnen. Nachdem er herumgesucht hatte, kam er mit einem Block und einem Stift zurück. Er blätterte die Seiten und schrieb, bevor er Ethan den Block reichte.

Es sieht aus, als würde es wehtun? Du musst sie nicht einsetzen, wenn du nicht willst. Ich gehe zu Macca's. Was hättest du gern?

Zusammen mit einer Welle der Freude, dass Clay sich um seine Bequemlichkeit sorgte – Michael war oft genervt oder ungeduldig gewesen, wenn Ethan schrie, ohne dass es ihm bewusst war – überlegte Ethan, was „Macca's" sein könnte. Ein Coffeeshop? Ein Café? Es schien wahrscheinlich, dass es etwas mit Frühstück zu tun hatte. Er versuchte, seine Lautstärke zu regulieren, und fragte: „Was gibt es dort alles?"

Clay zog die Brauen zusammen und setzte sich auf die Bettkante, schrieb dann wieder auf den Block.

Ich nehme an dieselben Sachen wie in Amerika. Egg McMuffins und so.

„Oh! McDonald's. Kapiert." Sie lachten und Ethan schrieb:
Einen McMuffin mit Speck und Ei und Bratkartoffeln bitte.
Clay erwiderte: *Kaffee schwarz?*

Ethan zögerte. Er erinnerte sich an diesen Morgen in Mission Beach, als er gesagt hatte, dass er ihn schwarz mochte, weil er nicht wählerisch hatte erscheinen wollen, nachdem Clay so nett gewesen war und mit ihm geteilt hatte. Es war eine dämliche kleine Notlüge gewesen, aber jetzt fühlte er sich irgendwie in ihr gefangen. Seine Nervosität stieg, seine Schultern verspannten sich. Mit gerunzelter Stirn warf Clay ihm einen fragenden Blick zu.

Mit hochrotem Gesicht kritzelte Ethan:

Ich nehme normalerweise eine Sahne und eine halbe Packung Zucker. Als wir am Strand waren, wollte ich nicht … ich weiß nicht, undankbar oder so erscheinen. Darum habe ich einfach gesagt, dass ich ihn schwarz mag.

Clay las die Notiz und runzelte dabei seine Stirn noch mehr. Er zeigte Ethan ein verwirrtes Lächeln und schrieb:

Mate, du kannst deinen Kaffee trinken, wie immer du willst.

Ethan versuchte, nicht zu schreien. „Es ist nicht so, dass ich ihn nicht schwarz trinken kann!" Es war so eine dumme Sache, aber er fühlte sich so nervös und angespannt, weil er überhaupt gelogen hatte. *Wird Clay denken, dass ich ein Lügner bin? Wird er denken, dass ich das ständig mache? Vielleicht wird er mir nicht mehr vertrauen. Vielleicht —*

Clay hatte noch etwas geschrieben, während Ethans Gedanken durchdrehten.

Ich bringe den Zucker mit zurück, dann kannst du ihn dir genauso machen, wie du ihn magst.

Er hatte einen kleinen Smiley nach diesem Satz gemalt und Ethan konnte ihn nur für einen langen, harten Kuss an sich ziehen. Clays Bart kratzte angenehm. Ein Teil von Ethan wollte ihn näher zu sich ziehen und das Frühstück vergessen, aber sein Magen protestierte. Clay zog sich zurück und strich mit den Spitzen seiner dicken Finger über Ethans empfindliche Wange, die, wie Ethan vermutete, rot von Clays Bart war.

Er lächelte und winkte Clay, als dieser ging. Ethan wusste, dass er sich manchmal wegen nichts aufregte, aber zumindest schien es Clay nicht zu stören. Ethan hielt immer noch den Block, dessen benutzte Seiten umgeschlagen waren. Er blätterte sie zurück und erkannte mit einem Schuss aus Adrenalin und Freude, dass dies der Block aus Fraser Island war. Dass Clay ihn tatsächlich behalten hatte und er nicht im Müll gelandet war, zusammen mit ihren schmutzigen Servietten und den leeren Bierflaschen.

Clay hatte ihn *behalten*.

Ethan las noch einmal ihr Gespräch von diesem Abend, lachte an einigen Stellen und grinste vor sich hin. Clay war sein Lieblingsmensch auf der ganzen Welt. Ja, Ethan war bewusst, dass Clay im Grunde ein Fremder war und dass dies wahrscheinlich das Glühen der Schwärmerei war und dass er realistisch sein musste, in Bezug auf das, was zwischen ihnen passierte. Es war eine Urlaubsaffäre. Clay experimentierte mit seiner sexuellen Orientierung. Für Ethan war es ein Aufriss, nachdem ihm das Herz gebrochen worden war. Es war nur auf Zeit.

Er nahm jede dieser Warnungen zur Kenntnis, aber sein Herz *sang*.

Im Bad wusch Ethan sich und zog seine grauen Boxershorts an – und bemerkte mit Freude, dass sein Kinn und seine Wangen tatsächlich leicht rot von einem Bartbrand waren. Er tappte in die Küche, kratzte sich am Brustkorb und gähnte, die Fliesen waren abgenutzt und warm unter seinen Füßen. Er schenkte sich ein Glas Wasser aus dem Krug im Kühlschrank ein.

Als er den Hahn aufdrehte, um den Brita aufzufüllen, hörte er ein dumpfes Knallen. War das schon die Eingangstür? Clay hatte überhaupt nicht lang gebraucht. Ethan schaltete das Wasser ab und drehte sich um – und sah eine junge Frau im Küchendurchgang stehen und einen mittelgroßen Hund mit jeder Menge Fell auf sich zuspringen.

Er packte den Plastikgriff des Krugs und stand erstarrt da, als ein wütender Ausdruck Samanthas rundes Gesicht verdunkelte.

Oh fuck. Fuuuuuuuck!

Sie trug eine Caprihose und Flip-Flops, ein weißes Tanktop betonte ihre goldene Bräune, blonde Wellen fielen um ihre mit Sommersprossen bedeckten Schultern. Gilly stupste ihn an, wollte Streicheleinheiten und Aufmerksamkeit, seine Zunge hing heraus, aber ehe Ethan etwas tun oder sagen konnte, hörte er das leise Murmeln von Samanthas Worten, als sie eine wütende Tirade von sich gab, die Fäuste an den Seiten geballt. Sie redete viel zu schnell, als dass er ihre Lippen lesen konnte.

Ethans Herz hämmerte, während er dastand und den Krug wie eine Art Schild hielt. Sie hatte Gilly zu sich gerufen und der Hund konnte eindeutig spüren, dass etwas nicht in Ordnung war, weil er jetzt bellte und sich schützend vor sie stellte.

Samantha hörte zu reden auf, musterte Ethan mit hochgezogenen Brauen. Das war der Teil, wo er etwas sagen sollte, aber seine Kehle war knochentrocken und er konnte nur Stottern. Sie starrte ihn an. Ihre nächsten Worte konnte er klar lesen, weil alle möglichen Menschen ihm im Laufe der Jahre dieselbe Frage gestellt hatten.

„Bist du taub?"

Mit einem Zucken nickte er und hoffte, dass er nicht schrie. „Ja. Ich – ich muss meine Hörhilfen holen. Ich ziehe mich an und …" Er stellte den Krug auf die Arbeitsplatte, fühlte sich noch entblößter und alberner, weil er in seiner Unterwäsche in Samantha Kellys Küche stand. Etwas zu spät fügte er hinzu: „Ich kenne deinen Dad. Ich bin nicht eingebrochen oder so."

Sie war immer noch eindeutig wütend. Ihr Gesicht verzogen und die Nasenflügel gebläht, schüttelte sie ihren Kopf in offensichtlicher Verwirrung. Und da sie den einzigen Weg aus der Küche heraus blockierte, musste er sich ihr nähern. Sie wich zurück, ballte erneut die Fäuste und verengte die Augen, Gillys Bellen klang wie gedämpftes Klatschen, scharf und verwirrt.

„Ich schwöre, ich bin ein Freund deines Dads." Er hob seine Hände und deutete auf seine Ohren. „Ich muss meine Hörhilfen holen. Ich kann dich sonst nicht verstehen. Okay?"

Vorsichtig wich sie zurück in den kurzen Flur und das Foyer und er eilte von ihr weg den anderen Flur entlang zu den Schlafzimmern. Er zog sich hastig seine Jeans und ein T-Shirt an, atmete flach, sein Herz hämmerte dumpf. Er legte seine Hörgeräte an und schaltete sie ein, ignorierte seine wunden Ohren und eilte dann wieder hinaus. Er kam rutschend zum Stehen und starrte.

Samantha stand am Kreuzungspunkt der Flure, ihr Handy in der Hand und Gilly zu ihren Füßen, der aufgeregt war, aber zum Glück nicht bellte. Sie warf ihm einen stählernen Blick zu. „Kannst du mich jetzt hören?"

Ethan nickte und schluckte schwer.

„Ich muss nur noch eine Zahl drücken, bevor ich der Polizei sagen kann, dass sie kommen soll." Sie wich zurück. „Jetzt komm hier raus und fang an zu reden."

Ethan tat, wie ihm geheißen wurde und sie starrten sich im Flur vor dem Wohnzimmer an. Die Eingangstür hinter ihr war offen. Sie sagte: „*Murmel* zu Hölle bist du und wo ist mein Dad? Was machst du *murmel murmel*."

„Ich bin Ethan Robinson. Er ist unterwegs und holt Frühstück." Diese Fragen waren leicht. Er wollte nicht lügen, warum er hier war, aber es fühlte sich auch nicht richtig an, Clay vor seiner Tochter zu outen. Er riet, was ihre letzte Frage war. „Ich, ähm, habe einen Platz zum Schlafen gebraucht und dein Dad hat mir geholfen. Ich bin aus den Staaten. Er war der Fahrer auf der Tour, die ich gemacht habe." Diese Teile stimmten ebenfalls.

„Du schläfst auf unserer Couch?"

Ethan klammerte sich an diese Erklärung wie an ein Floß. „Ja, genau. Mein Airbnb wurde in letzter Minute storniert und er hat mir einen Gefallen getan. Es tut mir so leid, dass ich dir Angst gemacht habe. Er hat dich noch nicht zurückerwartet? Er hat gesagt, dass du die Küste runter bist? Warst du je auf der Great

Ocean Road? Es sieht dort so wunderschön aus. Ich wollte schon immer dorthin. Die Zwölf Apostel sehen und alles. Obwohl ich gehört habe, dass es jetzt weniger sind, wegen der Erosion und es waren eigentlich auch nie zwölf?" *Hör auf zu reden.*

Sie starrte ihn an, ihr Gesicht war immer noch vor Verwirrung verzogen, aber vielleicht lag jetzt weniger Wut darin? Es war schwer zu sagen. Als sie redete, war ihre Stimme definitiv ruhiger. „Wenn du auf der Couch schläfst, warum waren deine Kleidung und Sachen dann in Dads Zimmer?" Sie warf einen Blick in das Wohnzimmer zu ihrer Linken. „Und warum sind da drin keine Decke und Kissen?"

„Ich … Äh …" *Scheiße, scheiße, SCHEIßDRECK.*

„Was zur Hölle geht hier vor sich?" Sie schüttelte ihren Kopf, versteifte sich in einer weiteren Welle der Wut, ihr Kiefer spannte sich an. „Hast du meinem Dad etwas angetan? Ich rufe die Polizei." Gilly fing wieder an zu bellen und Ethan zuckte zusammen, weil es so laut war.

„Nein, bitte nicht!" Er streckte seine Hände aus. „Ich habe deinem Dad gar nichts angetan! Ich erzähle die Wahrheit." Oder zumindest einen Teil. „Er wird jede Minute zurück sein. Er ist zu McDonald's gegangen."

Und *Gott sei Dank*, Clay erschien auf dem kleinen Steinweg, der vom Gehweg aus zum Haus führte. Er joggte die letzten paar Schritte und füllte die offene Tür, hielt eine Papiertüte in einer Hand und ein Tablett aus Pappe mit zwei Kaffees in der anderen. Sein Lächeln gefror in seinem Gesicht. „Sam? Was machst du hier?" Gilly rannte los, seine Zunge hing heraus, als er sich an Clays Beine schmiegte.

„Dad, was zur Hölle ist hier los?" Sie deutete auf Ethan, ihr Finger stocherte in der Luft. „Wer ist das?"

Clays Brustkorb hob und senkte sich schnell, seine Augen waren geweitet, als er zwischen Ethan und seiner Tochter hin und herschaute. „Er ist …" Clay öffnete und schloss seinen Mund wie ein Fisch am Haken, Gilly umkreiste ihn und rieb sich an seinen Beinen.

Sam schnaubte. „Was ist das große Geheimnis?" Sobald die Worte ihren Mund verließen, blinzelte sie. „Warte …" Sie schüttelte ihren Kopf erneut, schloss kurz ihre Augen und hob ihre Hände. „Du bist nicht …" Sie lachte zögerlich.

Ethan hielt den Atem an. Er hatte Angst, auch nur einen Muskel zu bewegen, als Sam zwischen Ethan und Clay hin und herschaute, als ob sie ein Tennismatch ansehen würde. Jetzt war sie an der Reihe, ihren Mund zu öffnen und zu schließen, die Worte wollten offensichtlich nicht kommen und ihr Hirn arbeitete eindeutig auf Hochtouren, als es die Beweise verarbeitete.

Gilly winselte und bellte und Sam packte ungeduldig sein Halsband und führte ihn durch die Hintertür hinaus in den kleinen Garten. Sie schloss die Tür hinter sich, als sie wieder hereinkam. Das andauernde Bellen war jetzt zum Glück gedämpft.

Sam schaute erneut misstrauisch zwischen Ethan und Clay und sagte etwas, das Ethan nicht verstehen konnte.

Clay räusperte sich. „Nun, wir haben uns auf der letzten Tour die Küste hinunter kennengelernt. Sind Freunde geworden. Du sagst immer, dass ich mehr Mates brauche."

„Uh-huh." Sie lachte nervös. Ungläubig. „Dad, ist das … Bist du … *Murmel murmel*?"

Immer noch das Frühstück umklammernd, stand Clay unbeweglich und mit geweiteten Augen da. Ethans Herz hämmerte und er wollte Sam bitten, ihre Worte zu wiederholen, entschied sich aber, dass zu schweigen die klügere Entscheidung war. Er nahm an, dass sie gefragt hatte, ob sie fickten, weil Clays Gesicht fahl geworden war. Die übliche Röte war verschwunden.

Dann lachte Clay bellend. „Nein! Verdammt, was für eine verrückte Idee ist das? Er hat einen Platz zum Schlafen gebraucht. Das ist alles. Du weißt, ich bin nicht-" Er brach ab, lachte abstreitend, als ob er sich nichts Alberneres vorstellen könnte.

Obwohl Ethan wusste, dass Clay schreckliche Angst hatte und unter Schock stand, weil seine Tochter so plötzlich aufgetaucht war, dass er immer noch versuchte zu verarbeiten, was vor sich ging, dass er sich erst noch mit seinen Gefühlen und seiner Identität anfreunden musste und *absolut nicht* bereit hierfür war – *schmerzte* die Verleugnung. Sie schnitt tiefer, als sie das Recht hatte.

Und Clay musste das wissen. Sein wilder Blick ruckte zu Ethan. Er öffnete seinen Mund erneut, schloss ihn dann.

„Ich sollte gehen", sagte Ethan, senkte seinen Kopf, seine Worte klangen fern, sein Brustkorb war hohl und seine Gliedmaßen fühlten sich seltsam leicht an, als ob sie nicht mehr wirklich an ihm befestigt waren. Er machte zwei Schritte, aber Clay blockierte den Flur. Und Scheiße, Ethan brauchte seine Sachen, aber in diesem Moment wollte er nur entkommen, bevor er anfing zu weinen wie ein erbärmlicher Verlierer.

Immer noch die McDonald's Tüte und das Tablett mit den Getränken haltend, trat Clay zur Seite und dann wieder zurück. „Nein!" Ethan hob seinen Kopf und begegnete Clays traurigem Blick. Clay schüttelte seinen Kopf. „Es tut mir leid." Er schaute zu seiner Tochter und Ethan wich einen Schritt zurück und blickte sie ebenfalls an. Tief Luft holend, nickte Clay ihr einfach zu, sein Gesichtsausdruck war schmerzlich verletzlich.

Samantha starrte sie an, runzelte die Brauen. „Dad, was zur ...? Du und dieser Mann?"

Clay nickte. „Fair dinkum."

„Wow, ich kann es nicht glauben!" Ihre Brauen verschwanden praktisch in ihrem goldenen Haaransatz. Sie sagte noch etwas, das Ethan wegen Gillys plötzlichem Bellen hinter der Tür nicht verstand.

„Es tut mir leid", krächzte Clay und Ethan würgte ein weiteres Anschwellen von Schmerz hinunter. Er wollte nicht, dass es Clay leid tat, auch wenn er wusste, dass er es nicht persönlich nehmen sollte.

Die Stille dehnte sich aus, unterbrochen von Gillys Forderungen, wieder reingelassen zu werden.

Sollte ich doch lieber gehen? Mache ich es schlimmer, wenn ich gehe? Oder schlimmer, wenn ich bleibe? Warum sagen sie nichts mehr?

Ethan platzte heraus: „Es tut mir leid. Ich sollte wahrscheinlich einfach … gehen?" Sam und Clay wandten den Blick voneinander ab und konzentrierten sich auf ihn.

Sam stemmte ihre Hände in die Hüften, Worte flogen. „*Murmel murmel*, fuck, *murmel?*"

Er hatte nur das „fuck" verstanden, wegen der vertrauten Form ihrer Lippen. „Äh, es tut mir leid, ich habe das alles nicht verstanden. Wenn du bitte langsamer reden könntest? Es ist wahnsinnig nervig, wenn man sich immer und immer wieder wiederholen muss, ich weiß."

„Dir muss gar nichts leidtun", sagte Clay, seine Stimme war tief und klar, schickte einen Schauder aus Wärme an Ethans Rücken hinunter, trotz allem.

Sam atmete lang aus und redete ruhiger. „Kannst du mich jetzt hören?" Als Ethan nickte, redete sie weiter und artikulierte ihre Worte deutlich, als würde sie mit einem Kleinkind reden. „Ich habe gesagt, wenn du und Dad Sex habt, warum zur Hölle rennst du vor ihm weg? Hast du kein Rückgrat, oder was?"

„Oi!" Clay verschwand für einen Moment im Wohnzimmer, kam dann ohne die Tüte und die Getränke zurück und stellte sich neben Ethan. „Er ist nicht rückgratlos und er ist auch nicht dumm. Du kannst deutlich sprechen, ohne ihn zu behandeln, als wäre er langsam. Das ist er definitiv nicht."

Sie öffnete ihren Mund, schloss ihn dann mit angespanntem Kiefer. Nach einem weiteren tiefen Atemzug sagte sie: „Es tut mir leid. Das ist alles nur …" Sie wedelte mit den Händen. „Nicht das, was ich heute Morgen erwartet habe."

Clays Indignation löste sich auf und er sah noch schuldbewusster aus. „Es tut mir leid, Liebling. Ich weiß, dass es ein ziemlicher Schock sein muss." Er ließ seinen Kopf hängen und sagte noch etwas, das Ethan nicht verstand.

„Enttäuschung? Nein." Sam schüttelte ungläubig ihren Kopf. „Ich kann dir sagen, dass es definitiv ein Schock ist." Sie rieb sich das Gesicht. „Ich versuche, es zu begreifen. Es war eine lange Nacht und ich habe das nicht kommen sehen."

Clay nickte und Ethan schwieg und schaute zwischen ihnen hin und her.

Sam schüttelte erneut ihren Kopf. „Du bist wirklich ein stilles Wasser, nicht wahr? Ich dachte, ich würde dich in- und auswendig kennen. Ja, ich bin überrascht. Ich bin nicht *enttäuscht* und dir muss gar nichts leidtun. Ich wünschte nur, du hättest es mir erzählt. Ich hätte aufgehört, dir damit auf die Nerven zu gehen, eine neue Frau zu finden, wenn ich gewusst hätte, dass du nach einem Bloke suchst. Das hätte uns beiden eine Menge Ärger erspart."

Ein Lachen blubberte in einem nervösen Schwall aus Ethan heraus, bevor er es unterdrücken konnte. Sam und Clay starrten ihn an, dann einander. Sie fingen beide an zu grinsen und es war wie eine Welle, die am Sand brach, als sie ebenfalls anfingen zu lachen, unsicher und holprig.

„Nun. Ich denke, es gibt ein paar Dinge, über die wir reden müssen." Sam wandte sich Ethan zu und hielt ihm ihre Hand hin. „Ich bin Samantha Kelly, aber alle nennen mich Sam. Außer meine Mum wenn sie aggro ist."

„Hi. Ethan Robinson." Er schüttelte ihre Hand. Es war keine Überraschung, dass ihr Griff fest war. „Es ist sehr schön, dich kennenzulernen."

„Es haut mich um, dich kennenzulernen." Sie hielt ihr Handy immer noch in der Hand und es klingelte. Sie zuckte zusammen. „Lass mich nur ..." Sie wischte, um anzunehmen. „Hi. Jep, ich bin auf dem Weg. Hatte der Doc einen Termin für dich? Gut." Für ein paar Momente herrschte Schweigen. „Babe, alles wird gut." Sie verdrehte ihre Augen in Clays Richtung und drehte sich dann um und ging ein paar Schritte. Der Rest ihrer Worte war für Ethan nur Kauderwelsch.

Als sie auflegte, drehte sie sich wieder um. „Jase ist gestern gestürzt und hat sich einen Schneidezahn ausgeschlagen. Er war nicht einmal auf seinem Bike, der Depp. Ich musste warten, bis ich nüchtern war, um zurück in die Stadt zu fahren und einen Zahnarzt zu finden, der eine Notversorgung hat. Es wird ein Vermögen kosten, aber hoffentlich wird Jases Versicherung *murmel murmel*. Er jammert ohne Unterlass." Sie verzog das Gesicht. „Um fair zu sein, er hat sich seinen Mund ziemlich heftig an einem Felsen aufgeschlagen. *Murmel*. Ich bin nur kurz nach Hause, nachdem ich ihn abgeliefert hatte, um Gilly zu füttern."

Anscheinend hatte Gilly das gehört, weil er anfing, enthusiastisch hinter der Tür zu bellen. Ethans Schultern hoben sich und er fummelte an seinen Hörhilfen herum. Clay berührte kurz seinen Arm – kaum eine Nanosekunde – und nickte in Richtung des Wohnzimmers, weg vom Bellen.

Sam folgte. „Ich komme zurück *murmel*, angenommen, der Patient ist versorgt." Ethan dachte, dass sie vielleicht „diesen Nachmittag" gesagt hatte. Sie schenkte Ethan ein zögerliches Lächeln, ging dann ein paar Schritte zu Clay und legte ihre Arme um seinen Hals. Sie war zierlich und Clay erwiderte ihre Umarmung, hob sie dabei hoch.

Was unglaublich sexy war, aber Ethan stoppte den Gedankengang, wie stark und beschützend Clay war. Wie zärtlich und –

Konzentrier dich, verdammt noch mal.

Sam sagte etwas zu Clay, das Ethan nicht hörte und wandte sich dann zum Gehen. Sie wirbelte noch einmal herum und starrte finster auf die McDonald's Tüte auf dem Kaffeetisch. Dann schüttelte sie ihren Kopf mit deutlicher Missbilligung in Clays Richtung, bevor sie Ethan kurz winkte und ging.

Jetzt waren Ethan und Clay wieder allein, aber in einer ganz neuen Welt. Ethan hatte schreckliche Angst zu fragen, aber er konnte nichts anderes tun.

„Was passiert jetzt?“

Kapitel Vierzehn

ETHAN STAND EIN paar Schritte von ihm entfernt und sie starrten einander an. Nach der überraschenden – genau genommen schockierenden – Leichtigkeit, die Clay gefühlt hatte, seit er mit Ethan auf seinem Bauch neben sich aufgewacht war, war es jetzt schmerzlich peinlich. Er war halb überzeugt, dass er gleich allein aufwachen und all das in einem verschlafenen Blinzeln vorbei sein würde.

Er wusste nicht, was er denken oder sagen sollte, darum platzte er heraus: „Ich denke, wir sollten unser Frühstück essen, bevor es zu kalt wird. Oh, und lass mich Gilly füttern. Geh und fang an.“

Ethan nickte und Clay beeilte sich, Gilly hereinzulassen und ihm etwas Liebe und sein Futter zu geben, wobei er auch sein Wasser auffüllte. Sobald Gilly sein Futter verschlang, kehrte Clay ins Wohnzimmer zurück.

Auf einem Ende der Couch sitzend, hatte Ethan sein Macca's nicht angerührt. Er lächelte Clay nervös an und Clay setzte sich neben ihn, ließ das mittlere Kissen zwischen ihnen frei, mit einem seltsamen Summen in seinem Kopf und Brustkorb. Wenigstens schien es im Moment nicht so, als würde Ethan fliehen.

Clay wühlte in der Papiertüte herum, begierig auf jede Art von Ablenkung. Er holte seinen Wurst-McMuffin heraus und die

Bratkartoffeln, dann schob er die Tüte nach links zu Ethan. Anschließend stellte er den Kaffee mit der Sahne vor Ethan, wobei er beinahe beide Becher verschüttete, als er einen zu heftig aus dem Papp-Tablett riss. „Der Zucker ist in der Tüte."

Es war surreal, das war es. Clay wickelte sein Sandwich aus, nahm einen großen Bissen und füllte seinen Mund. Während er kaute, versuchte sein Hirn, alles zu verarbeiten. Als er im Bett aufgewacht war und Ethan schwer neben ihm geatmet hatte, seine vollen, rosigen Lippen geteilt und die braunen Haare zerzaust, hatte Clay darauf gewartet, dass die Panik einsetzte.

Nur, dass dies nicht passiert war.

Von Kopf bis Fuß errötend, hatte er sich an all die Dinge erinnert, die sie zusammen gemacht hatten und er war glücklicher gewesen, als er es je für möglich gehalten hatte. Friedvoll. Befriedigt. *Begeistert.* Er hatte es getan. Er hatte die Sache getan, über die er seit Fraser Island nachgedacht hatte. Er hatte Ethan geküsst und ihn überall berührt und es war wunderbar gewesen. Clay hatte wirklich nicht gewusst, dass Sex so sein konnte.

Und er wollte mehr davon, das konnte er nicht leugnen. *Wollte* es nicht leugnen. Aus dem Augenwinkel warf Clay einen Blick auf Ethan, der gerade einen Plastikstab benutzte, um den Zucker in seinen Kaffee zu rühren. Clay wollte mehr von Ethan. Es war aber verrückt. Oder? Abgesehen davon, dass er ein Bloke war, war Ethan zu jung. Nur ein paar Jahre älter als Sam und Pete.

Ein frischer Speer Furcht durchbohrte ihn. Sam war da gewesen. Sie war dort gestanden und sie hatte ihn und Ethan zusammen gesehen und er hatte ihre ungläubigen Fragen ehrlich beantworten müssen, denn abgesehen von diesem kurzen Ausfall am Morgen, als er es geleugnet hatte, hatte er sie noch nie über irgendetwas belogen, das wichtig war. (Notlügen, dass Santa Claus real war, ob er Macca's gegessen und Frauen auf Dating-Seiten Nachrichten geschickt hatte, zählten nicht.)

Was er und Ethan getan hatten, zählte.

Clay biss in der Stille in seine Kartoffeln. Ein Teil von ihm konnte immer noch nicht glauben, dass er irgendetwas davon getan hatte. Aber dieser Drang zu *wissen* hatte an ihm genagt und er bedauerte es nicht. Konnte es nicht. Sogar nachdem er Sams süßes, hübsches Gesicht so erstaunt gesehen hatte.

Aber sie war ein gutes Mädchen. Schon immer gewesen. Aus irgendeinem Grund spuckte sein Hirn eine Erinnerung an eines ihrer Zeugnisse aus der Grundschule aus.

Samantha ist freundlich und nett zu allen Schülern. Sie setzt sich immer für ihren Klassenkameraden Tom ein, wenn er auf dem Spielplatz gehänselt wird. Wie Sie wissen, hat dies manchmal schon aggressive Züge angenommen, aber wir können Samantha ihr Mitgefühl nicht zum Vorwurf machen.

Es war damit weitergegangen, dass sie natürlich Gewalt nicht guthießen, hatten sich dabei auf das eine Mal berufen, als Sam einem Bully einen schnellen Tritt unter die Gürtellinie verpasst hatte. Tom hatte das Downsyndrom und Clay hatte nie verstanden, wie ein paar der anderen Kinder dem armen Kerl gegenüber so grausam sein konnten. Das waren wohl Kinder. Oder eigentlich Menschen. Einige von ihnen waren ihr ganzes Leben lang grausame Arschlöcher.

Aber er hatte sich immer voller Stolz an die Worte der Lehrerin erinnert. Seine Sam trat Bullys immer in die Eier und rückten jedem den Kopf zurecht, der es brauchte. Sie hatte nie Angst gehabt, ihre Meinung zu sagen. Und sie hatte ihn so fest umarmt, bevor sie gegangen war. Während Clay und Ethan schweigend aßen, dachte Clay daran, dass sie leicht nach Vanille und Rauch gerochen hatte und wie sie ihm ins Ohr geflüstert hatte:

„Liebe dich, Dad. Ganz egal, was ist."

Er verspürte jetzt eine weitere Welle der Erleichterung. Ja, sie würde zu ihm stehen, so wie sie es getan hatte, als Barb verkündet hatte, dass sie ihn verlassen würde. Clay war so verloren gewesen und Sam hatte den Plan für ihn gemacht, dass er nach Sydney ziehen würde. Sie hatte gesagt, dass sie es leid war, auf dem Campus zu wohnen und dass zusammen ein Haus zu mieten perfekt wäre. Auch wenn das Letzte, was die meisten ihrer Altersgenossen tun wollten, war, mit ihrem alten Herrn zusammen zu wohnen anstatt ihren Mates. Pete hatte sich zu der Zeit in den Skibergen von Neuseeland herumgetrieben und war wahrscheinlich erleichtert gewesen, dass er vom Haken war.

Was würde Pete darüber denken, dass sein Dad ein … ein, was immer er war, war? Und Barb? Clay konnte sich nicht vorstellen, was Barb denken würde. Seine Eingeweide zogen sich zusammen.

„Danke für das Frühstück."

Clay ruckte mit seiner Aufmerksamkeit zurück zur Couch und zu Ethan, der kaum eine Armeslänge entfernt saß. „Natürlich", sagte er, bevor er einen weiteren Schluck kalt werdenden Kaffees trank. Dann wurde ihm klar, dass er gemurmelt und Ethan nicht angesehen hatte. Er holte tief Luft, drehte sein Gesicht zu Ethan und wiederholte: „Natürlich." Er fügte hinzu: „Sam schimpft, weil ich zu viel Frittiertes esse, aber manchmal ist das genau das Richtige."

Ethan lächelte zögerlich. „Absolut." Er faltete seine leere Sandwichverpackung zu einem winzigen Rechteck. „Geht es dir gut?"

Clay musste lachen. „Ich habe absolut keine Ahnung, Mate. Ich nehme an, ich stehe ein bisschen unter Schock."

„Ich mache dir keinen Vorwurf. Das ist eine Menge zu verarbeiten. Aber Sam scheint wirklich cool zu sein. Ob du nun entscheidest, dass du …" Er schien zu versuchen, die richtigen Worte zu finden. „Ob du nur experimentierst oder am Ende, du weißt schon … dich offiziell outest? Es scheint, dass sie dich unterstützen wird. Was wunderbar ist."

Outen.

Das Wort türmte sich groß und seltsam auf. Er nahm einen

weiteren Schluck Kaffee. „Es fühlt sich nach mehr als experimentieren an. All diese Bezeichnungen, die du gestern aufgezählt hast – schwul, bisexuell, demi und den Rest – das ist mir alles neu. Natürlich wusste ich, dass es schwule Menschen gibt. Es kommt mir nur so vor, als wäre es jetzt viel offener."

„Das stimmt. Es ist nicht mehr so stigmatisiert. Ich denke, die Menschen können jetzt viel offener sein, was ihre Identität betrifft, als das in der Vergangenheit der Fall war. Es ist aber noch ein weiter Weg."

Clay rollte dieses Wort in seinem Kopf herum, wiederholte es. „Stigmatisiert. Huh."

Gilly kam ins Wohnzimmer gerannt und wollte Aufmerksamkeit. Clay und Ethan kraulten ihn für eine Minute, dann deutete Clay auf das Hundebett in der Ecke. Gilly ging gehorsam dorthin und rollte sich zusammen.

Clay räusperte sich. „Wie dem auch sei, als ich aufgewachsen bin, wurde über all diese Dinge nicht gesprochen. Zumindest nicht, soweit ich mich erinnern kann. Ich habe manchmal Peter Allen im Fernsehen gesehen, als ich klein war. Er war immer auffällig, aber es ist mir nie in den Sinn gekommen. Ich erinnere mich, dass Dad ihn nicht sonderlich mochte, aber Mum hat diesen Song geliebt, ‚Tenterfield Saddler'. Sie hatte die alte Aufnahme. Ist ein guter Song. Geht zu Herzen. Sie hört ihn sich immer noch gern an. Es ist erstaunlich, dass sogar mit Demenz Songs irgendwie fest im Hirn verankert sind. Sie kann immer noch bei all ihren alten Lieblingsliedern mitsingen, obwohl sie sich nicht an meinen Namen erinnern kann."

„Wirklich? Wow. Das ist erstaunlich." Er lächelte sanft. „Wenigstens kannst du noch Musik mit ihr teilen."

„Ja, wir hören sie stundenlang. Peter Allen hatte noch einen anderen Song, ‚I Still Call Australia Home', der ist brillant." Clay lachte reumütig. „Ich war noch nicht einmal in Tassie und das Lied schnürt mir die Kehle zu."

Ethan lächelte. „Die muss ich mir anhören.“

„Quantas hat einen guten Werbespot mit ‚I Still Call Australia Home‘ gemacht, vor ungefähr zwanzig Jahren. Er wurde von Kindern gesungen und sie hatten all diese Aufnahmen von Orten überall auf der Welt und dann von Australien. Ich sage dir, du hast noch nie einen Pub voller Blokey Blokes so gerührt gesehen, wie wenn diese Werbung gespielt wurde.“

„Nicht einmal, wenn Australien die Ashes gewinnt?“, zog Ethan ihn auf.

Clay lachte, ein Teil der Spannung in ihm löste sich. „Nun, das ist vielleicht gleichauf.“ Er lächelte Ethan an und war in der Lage, ein wenig tiefer zu atmen. Er ließ die Worte in einem zittrigen Ausatmen herauskommen. „Mit dir gestern Nacht zusammen zu sein, hat mir wirklich gefallen.“

Das fühlte sich wie eine Lüge an und er korrigierte es schnell, weil Ethan das verdiente. „Mehr als ‚gefallen‘. Ich habe es geliebt, oder nicht? Aber weil Sam einfach so aufgetaucht ist, bin ich ganz durcheinander. Ich hoffe, sie war dir gegenüber nicht zu aggro?“

Ethan lachte unsicher. „Ich mache ihr keinen Vorwurf. Sie hat sicher nicht erwartet, nach Hause zu kommen und einen Fremden in seiner Unterwäsche in ihrer Küche zu finden.“

„Strewth. Nun, wenigstens warst du nicht nackt, eh?“

„Ja, das ist wenigstens etwas.“ Ethan lachte erneut, ein wenig atemlos und nervös, immer noch am Rand der Couch sitzend, sein rechteckiges Sandwich-Einwickelpapier umklammernd. Clay war sich plötzlich bewusst, wie weit sie voneinander entfernt saßen und wie sehr er das hasste.

Er rutschte näher und griff nach Ethans Hand. „Es tut mir leid wegen des Aufruhrs. Du hast definitiv mehr bekommen, als du bestellt hast. Ich würde dir keinen Vorwurf machen, wenn du gehst.“ Er drückte Ethans Faust. „Aber ich will nicht, dass du gehst, nur damit das klar ist.“

Mit einem zittrigen Seufzen entspannte Ethan sich ein wenig, löste seine Hand und drehte seine Handfläche nach oben, um seine Finger zwischen die von Clay zu schieben. Das Papier war jetzt zwischen ihren Handflächen eingeklemmt und sie lachten. Ethan warf es auf den Tisch und hielt Clays Hand.

„Ich will nicht gehen, darum glaube ich, sind wir uns einig? Ich mag dich wirklich sehr."

Clays Herz sang und er versuchte, ruhig zu bleiben. „Mir geht es genauso."

„Gestern Nacht war unglaublich. Und ich weiß, dass dir von all dem der Kopf schwirren muss. Sam auch." Er verzog das Gesicht. „Ich weiß, wie es ist, wenn man einen großen Schock erleidet, der dein ganzes Leben verändert. Ich bin mir sicher, du warst so früh nicht bereit, mit deiner Tochter über all das zu reden."

Clay lächelte reumütig. „Es stand nicht auf dem Plan, nein." Er dachte über den Ausdruck des Schmerzes nach, der gerade über Ethans Gesicht gehuscht war wie ein Donnergrollen und riet, worum es ging. „Was ist mit deinem Verlobten passiert? Wenn ich das fragen darf."

Der schmerzliche Ausdruck kehrte zurück und Ethan rutschte auf der Couch herum, die Spannung überkam ihn erneut. Aber er hielt immer noch Clays Hand. Auch wenn sein Griff ein wenig zu fest war, hatte er nicht losgelassen. Clay sagte: „Mate, wir können es ruhen lassen. Es tut mir leid."

„Nein. Ich sollte darüber reden. Ich glaube, das muss ich, falls das Sinn ergibt." Er rollte seine Schultern, saß immer noch aufrecht am Rand der Couch. Er schaute in Richtung des Fensters, aber sein Blick war in die Ferne gerichtet, als würde er etwas ganz anderes sehen. „Die kurze Version ist, dass ich vor dem Tag, an dem Michael und ich heiraten sollten, ihn dabei erwischt habe, wie er Todd, meinen besten Freund, gevögelt hat."

Clay saugte Luft ein, Wut folgte seinem Entsetzen auf den Fersen. Oh, mit diesen beiden Arschlöchern in einem Zimmer allein zu sein. Er würde ihnen die Hintern versohlen. „Es tut mir leid." Ethan schaute ihn nicht an, aber wie es schien, hatte er ihn in der Stille des Raumes gehört.

Mit hüpfendem Adamsapfel nickte Ethan. „Ja. Es war grauenvoll. Die lange Version ist so ziemlich die gleiche. Ich konnte meinen Augen nicht glauben, verstehst du? Ich habe es nicht kommen sehen. Ich hätte es wahrscheinlich sehen sollen, aber das habe ich nicht. Ich habe die Hinweise ignoriert und alle Anzeichen, dass die Dinge mit Michael nicht in Ordnung waren. Ich habe komplett geleugnet."

„Oi." Clay drückte Ethans Finger. „Das ist nicht deine Schuld. Sie haben dich betrogen."

Ethan zeigte ihm ein wässriges Lächeln. „Ja." Er starrte wieder zum Fenster und Clay folgte seinem Blick. Eine fluffige weiße Wolke stand am blauen Himmel. Unter dem Fenster schlief Gilly tief und fest, friedlich zusammengerollt. Clay wartete in der Stille darauf, dass Ethan weiterredete.

„Als ich Michael auf dem College kennengelernt habe, war er wirklich aufregend. Obwohl er aus Buffalo kam, so wie ich, wirkte er … gebildet. So cool. Und obwohl wir nicht viel gemein hatten, hatten wir genug. Es war das College. Wir wussten noch nicht einmal, wer wir waren, und wir haben einander wirklich gemocht. Wir fühlten uns zueinander hingezogen. Der Sex war großartig. Wir hatten eine Menge Spaß. Es war wirklich, wirklich hart, meine Eltern und meine Großmutter zu verlieren, als ich ein Teenager war. Aber ich habe mich durchgearbeitet. Die Trauer war noch da – ist sie immer noch, aber sie … verändert sich. Weißt du, was ich meine?"

„Ja. Das Leben muss weitergehen."

„Genau. Darum habe ich mich auf die Uni konzentriert und Michael und mein Leben zu leben. Auf Partys zu gehen. Ich glaube, zum Teil habe ich versucht, meine Trauer zu leugnen. Ich habe mich in den *Spaß* geworfen, beinahe schon … aggressiv."

„Macht Sinn."

„Ich wollte nicht die traurige Waise sein, weißt du? Dann ist das passiert." Ethan deutete auf eine seiner Hörhilfen. „Und ich habe mich verändert. Zusätzlich zum Verlust meiner Eltern war es zu viel. Es ist, als ob man ein paar Schläge einsteckt und es schafft, auf den Füßen zu bleiben, aber dann kommt noch ein Schlag und *bamm*. Ich musste mich wirklich mit meiner Trauer auseinandersetzen. Um meine Familie und um mein altes Leben."

In der Stille sagte Clay deutlich: „Das ist verständlich. Nicht deine Schuld."

Ethan seufzte und drückte Clays Finger. „Ich weiß. Aber ich habe mich verändert. Und Michael hat mich nicht verlassen. Er und Todd haben mich so unterstützt. Nachdem ich mein Hörvermögen verloren hatte und so depressiv war, waren sie entschlossen, mich da rauszuholen. Und vielleicht war das mehr für sie als für mich. Weil sie den alten, lustigen Ethan zurückwollten." Er seufzte erneut. „Das ist wahrscheinlich nicht fair. Michael hat wirklich lang zu mir gehalten, als ich unglücklich war."

„Das ist etwas, was jemand, der dich liebt, tun sollte. Mit dir durch dick und dünn gehen."

Ethan blinzelte ihn an. „Durch was?"

„Dick und dünn."

„Oh, ja. Und ich glaube, so ist es passiert. Michael und Todd wollten mir wirklich helfen. Und sie haben sich wirklich reingehängt. Wir alle sind in die Stadt gezogen und bevor ich mein Gehör verloren hatte, hätte ich es wahrscheinlich auch geliebt. Aber es ist dort so voll und laut und wenn ich ehrlich bin? Ich hasse es. Den Verkehr und das Gehupe und die Bauarbeiten. Diese Geräusche werden durch meine Hörgeräte verstärkt und es ist ständig schmerzhaft. Und ich weiß, dass andere Orte auch laut sein können." Er zuckte mit den Schultern. „Es hat sich nur nie wie Zuhause angefühlt. Aber ich konnte nicht erwarten, dass sie in Buffalo bleiben. Das wäre ihnen gegenüber nicht fair gewesen.

Darum bin ich mitgegangen und das war meine Entscheidung."

Ihre verbundenen Hände waren jetzt verschwitzt, aber Clay lockerte seinen Griff kein bisschen. Er wartete.

Ethan sagte: „Da waren wir also, in New York und Michael und ich haben durch Glück dieses Apartment in Brooklyn gefunden und er und Todd sind aufgeblüht. Sie haben neue Freunde gefunden und sie haben es geliebt in Bars und Clubs zu gehen. Solche Orte sind für mich jetzt nur noch frustrierend. Und ich habe lang gebraucht, um einen Job zu finden. Ich war immer noch so deprimiert. Mit meinem Erbe habe ich meine Studienkredite bezahlt, darum hatte ich kein Geld für Therapie oder Medikamente. Und ich wollte nicht mit einem Seelenklempner reden. Ich wollte mich nur einigeln und Videospiele spielen und mich der Welt nicht stellen. Ich wollte keinen Sex. Ich wollte nicht feiern. Mehr und mehr waren es Michael und Todd, die Dinge gemein hatten."

„Das gibt ihnen aber nicht das Recht-" Clay brach ab, bevor er es aussprach.

„Nein. Und ich bin wütend. Versteh mich nicht falsch." Ethans Augen füllten sich mit Tränen. „Ich bin wirklich verdammt wütend. Aber die Sache ist die, Michael und ich hätten uns schon vor langer Zeit trennen sollen. Wir haben uns selbst eingesperrt. Er hatte das Gefühl, dass er mich nicht verlassen konnte, während ich so niedergeschlagen war. Aber ich glaube, er hat angefangen, mir zu grollen. Und ich war der Einzige, der mich aus meiner Depression holen konnte. Ich musste mich nur durcharbeiten. Ich musste mich in meiner Trauer und meiner Wut suhlen, bis ich genug davon hatte. Dann konnte ich anfangen zu akzeptieren, dass ich niemals wieder so hören würde wie früher und dass mein Leben sich dauerhaft verändert hat."

Ethan wische sich mit seiner freien Hand über die Augen und lachte leise. „Es ist seltsam, das alles laut auszusprechen. Ich nehme an, es hat gesimmert und jetzt kocht es wohl über."

„Heute ist der Tag dafür", stimmte Clay zu und schenkte ihm ein Lächeln. Ethan weinen zu sehen, war wie Schläge auf seine Nieren. Er hatte Schmerzen, wollte Ethan in seine Arme ziehen und die Tränen wegküssen. Aber er nahm an, dass Ethan noch ein paar Dinge zu sagen hatte.

Ethan lächelte. „Das ist es wohl. Jedenfalls, als ich endlich aus diesem Nebel gekommen bin, in dem ich jahrelang war, steckten Michael und ich zu tief drin. Und ich denke, dass ich wusste, dass unsere Beziehung nicht mehr funktioniert, aber ich habe mir eingeredet, dass er so loyal gewesen ist. Ich dachte, wir könnten sie in Ordnung bringen. Ich habe mich darauf gestürzt, der beste feste Freund zu sein. Ich habe all die Dinge gemacht, die er wollte, sogar wenn ich sie gehasst habe. Ich habe versucht, mich mit ihm über nichts zu streiten, sogar wenn er ein Arsch war. Himmel, dann habe ich ihn gebeten, mich zu heiraten." Er schüttelte seinen Kopf. „Ich hatte wirklich Wahnvorstellungen. Ich hatte immer heiraten wollen und ich habe mir eingeredet, dass Michael offensichtlich der Eine war, nach allem, was wir gemeinsam durchgestanden hatten. Es war … Ich habe nicht einmal an die Möglichkeit *gedacht*, dass jemand anderes dort draußen viel besser passen würde."

Clay lachte reumütig. „Das klingt vertraut."

Ethan schaute zu ihm. Er lächelte schwach. „Ja. Ich habe an diese Parallele gar nicht gedacht."

„Wir sind schon ein feines Paar, nicht wahr?" Und eine Stimme in seinem Kopf antwortete, *das sind wir*. Aufregung und Zuneigung wogten durch ihn, noch während eine andere Stimme ihn warnte, dass er und Ethan sich kaum kannten. Und dass Clay erst einmal herausfinden musste, wer er war. Doch als Ethans Wangen Grübchen bekamen, seine braunen Augen ganz warm und er lächelte, war es schwer, darauf zu hören.

Clay platzte heraus: „Warum warst du so scharf darauf, zu heiraten? Mir kommt es so vor, als ob die meisten Leute in deinem

Alter das dieser Tage nicht sind. Zumindest nicht meine Kinder. Pete ist damit beschäftigt, überall auf der Welt Herzen zu brechen, und Sam hat keine Eile."

Der Gedanke an Pete brachte einen weiteren Stich Furcht zwischen seine Rippen. Sie waren schon immer ein wenig aneinandergeraten, aber war das nicht bei den meisten Vätern und Söhnen so? Pete war Barbs Liebling gewesen und Sam Clays. Aber natürlich liebten er und Barb beide innig. Pete und Sam waren ihre Kinder. Natürlich liebten sie sie. Es würde für Pete sicher ein Schock sein, aber er würde sich am Ende damit abfinden. Das tat er immer. Und Barb …

Clay schob diesen Gedanken in eine Kiste und warf den Schlüssel vorerst weg. Er konnte sich darüber keine Sorgen machen, nicht, wenn Ethans Augen wieder feucht waren.

Ethans Wangen bliesen sich auf, als er laut ausatmete. „Als ich mich vor meiner Mom geoutet habe, war ich dreizehn. Ich war in diesen Typen aus dem Fußballteam verknallt. Tanner. Er war der Torhüter und er war so heiß. Und er hat eine Geburtstagsparty gefeiert und mich nicht eingeladen. Was in Ordnung war – wir hatten uns kaum unterhalten, abgesehen von ‚gutes Spiel' und einigen High Fives. Er war auf einer anderen Schule und hat nur ein paar Jungs aus dem Team eingeladen. Aber verdammt, ich war am Boden zerstört. Es war albern. Und ich habe mir die Augen aus dem Kopf geweint und meine Mom hatte diese Art, mir Dinge aus der Nase zu ziehen. Du weißt, wie Moms sind."

Clay lächelte. „Ja."

„Wie dem auch sei. Ich habe dann endlich gestanden, dass ich in ihn verliebt war." Er lachte und verdrehte seine Augen. „So dramatisch. Aber mein Herz war gebrochen. Und meine Mom hat mich einfach umarmt und hat mich für eine lange Weile weinen lassen. Und dann hat sie mir erzählt, dass sie in einen Jungen namens John verliebt gewesen ist. Dass sie ihn so unbedingt hatte heiraten wollen, er aber nicht bereit war. Sie waren noch jung gewesen, aber ich nehme an, es war in der Schweiz normal, relativ früh zu heiraten. Kleinstadt."

Ethan schwieg ein paar Momente, sein Blick war wieder in die Ferne gerichtet, seine verschwitzten Finger umklammerten die von Clay. Schließlich sagte Ethan: „Mom hat mir erzählt, dass sie sich geirrt hatte und dass John nicht gut genug für sie gewesen ist. Dass sie den Jungen ihrer Träume dann in Buffalo, New York kennengelernt hat, als ein junger Mann stehen geblieben ist und ihr geholfen hat, ihr Auto aus einer Schneewehe zu schieben. Dad hat im Winter immer Katzenstreu und eine Schaufel im Kofferraum gehabt." Als er Clays deutliche Verwirrung sah, fügte Ethan hinzu: „Um es auf dem Schnee zu verteilen, damit die Reifen Grip haben. Der Punkt ist, dass Dad immer vorbereitet war und Mom erkannt hat, dass Verantwortungsbewusstsein die heißeste Sache der Welt ist." Er lächelte in sich hinein. „Das hat sie immer gesagt."

„Es ist gut, vorbereitet zu sein", stimmte Clay zu und hoffte, dass Ethan das auch sexy fand.

„Also, Mom hat mir erzählt, dass sie wusste, dass ich eines Tages den Jungen meiner Träume heiraten würde und dass es wunderschön sein und sie so stolz sein würde. Dass *ich* wunderschön war, so wie ich war und dass sie und Dad und Oma und die ganze Familie mich liebten." Er lachte. „Ich vermute, dass sie bereits einen Verdacht gehabt hatten und ich hatte gedacht, es wäre so ein riesiges Geheimnis. Dass sie mich vielleicht hassen würden. Ich hätte wissen müssen, dass ich keine Angst haben musste, es ihnen zu sagen. Sie waren immer liebevoll."

Clay zuckte zusammen und die Faust in ihm ballte sich fester, sein Inneres wurde wie Würste zwischen diesen gnadenlosen Fingern gedrückt. Und verdammte Hölle, warum dachte er an Tony Taylor in der Auffahrt und sein schiefes Lächeln und seine von Schmiere schwarzen Finger, wie er Clay winkte, als er vorbeiging?

„Hey", sagte Ethan, lehnte sich näher zu ihm und neigte

seinen Kopf, um Clays Blick zu begegnen. „Geht es dir gut? Du siehst aus, als würde dir schlecht werden." Ethan hielt Clays Handfläche und rutschte näher, hob die Hand und strich mit seiner freien Hand über Clays Kopf und schickte dadurch Wärme durch ihn hindurch.

„Das ist das verdammte Macca's!" Clay zwang seine Lungen, auszuatmen. „Sam hat recht. Ich sollte diesen Mist nicht essen." Er schaffte es, aufrichtig zu lächeln, konzentrierte sich auf Ethan und vergaß die Vergangenheit. „Aber mir geht es gut. Mein Magen hat sich nur komisch gedreht."

„Bist du sicher?" Ethan runzelte die Stirn.

„Absolut. „Du hast mir von deiner Mum und deinem Dad erzählt. Sie klingen wunderbar."

„Das waren sie. Ich hatte großes Glück, sie zu haben."

„Und darum wolltest du unbedingt heiraten? Wegen dem, was deine Mum an diesem Tag gesagt hat?"

Ethan lachte schnaubend, seine freie Hand glitt an Clays Hals nach unten. Seine Finger malten beruhigende Muster. „Dumm, oder? Es war nicht einmal eine große Sache gewesen. Es war nicht so, als ob sie stundenlang über meine Hochzeit in der Zukunft geredet hätte. Aber ich habe mich immer daran erinnert. Wie sie mich akzeptiert hat. Und ich habe mir eingeredet, dass ich den Jungen meiner Träume heiraten und sie stolz machen würde, auch wenn sie nicht mehr da war, um es zu sehen. Ich habe mich selbst davon überzeugt, dass Michael zu heiraten alles in Ordnung bringen würde. Und er hat Todd bereits gefickt, als ich ihn gefragt habe, und er hat sich zu schuldig gefühlt, um Nein zu sagen – aber nicht schuldig genug, um zu gestehen. Ich nehme an, sie haben sich immer wieder gesagt, dass sie es tun würden, aber es war nie ein guter Zeitpunkt."

„Nun, den sollte es auch nicht geben, oder? Man muss sich einfach zusammenreißen und es tun!" Clay hatte diesen Michael und Todd nie gesehen, aber er hasste sie. „Feiglinge sind sie. Du verdienst besseres."

„Weißt du was?" Ethan nickte. „Ich denke, das tue ich. Und wenn sie zusammen glücklich sind, mit ihren Partys und polyamourös zu sein, dann können sie sich austoben."

„Poly was?"

„Polyamourös. Wenn mehrere Leute in einer Beziehung sind. Oder jemand mehr als eine, voneinander getrennte Beziehungen hat. Als ich sie erwischt habe? Da hat Michael gesagt, dass er uns beide liebt und dass er mit mir *und* mit Todd zusammen sein möchte."

Clay konnte seinen Ohren nicht trauen. „Er hat erwartet, dass du dem zustimmst? Damit er alles haben kann? Verdammt."

„Für manche Leute funktioniert das gut. Wenn alle zustimmen, habe ich kein Problem damit, aber es muss jeder von Anfang dabei sein. Das ist ein Schlüsselfaktor."

„Das würde ich auch so sehen, Mate."

Ethan lachte, strich mit seiner Hand an Clays Brustkorb nach unten und kratzte mit seinen Nägeln durch die Haare, die aus Clays Tanktop herausschauten. Er ließ Clays Hand los, aber Clay hatte keine Zeit, dagegen zu protestieren, weil Ethan näher rutschte, seine Füße anzog und mit seiner feuchten Handfläche über Clays Arm fuhr.

Ethan sagte: „Danke, dass du zugehört hast. Es hat gutgetan, das alles laut auszusprechen. Ich habe das Gefühl, als würdest du mich wirklich hören. Nicht nur sprichwörtlich, sondern … Du weißt, was ich meine?"

Clay wusste ganz genau, was er meinte, und nickte Er war sich sehr bewusst, dass Ethans Hände ihn berührten, nicht drängend oder mit einem festen Vorhaben, sondern einfach da und solide.

Ethan senkte den Blick und schluckte schwer, bevor er Clay in die Augen blickte. „Willst du das immer noch? Uns?" Er lachte schnaubend und fügte schnell hinzu: „Nicht, dass es schon wirklich ein *uns* gibt und ich weiß, dass das alles neu und verwirrend ist." Er hob seine Hände und deutete mit einer auf die Eingangstür. „Und irre stressig, weil Sam nach Hause gekommen ist. Also, wenn du pausieren möchtest, verstehe ich das absolut. Ich will dich nicht drängen. Ich kann mir ein Hotel suchen."

Was Clay wollte, waren Ethans Hände wieder auf ihm. Damit sie ihn erdeten. „Ich will nicht, dass du irgendwohin gehst." Mit einem hässlichen Zucken wurde ihm klar, dass Ethan in weniger als einer Woche zurück ans andere Ende der Welt gehen würde.

Er packte Ethans Schultern. „Ich möchte dich hier bei mir. Dass du mir neue Worte beibringst. Unter anderem. Du hast einiges an Arbeit vor dir. Du weißt, was sie über alte Hunde und neue Tricks sagen."

Ein Grinsen erhellte Ethans Gesicht und es war, als wäre das Dach verschwunden und die Sonne würde direkt auf sie herabscheinen. „Du bist nicht so alt und ich werde dir alles beibringen, was ich weiß."

Dann küsste er Clay tief und Clays Hände kamen nach oben und legen sich um sein Gesicht. Er atmete ihn ein. Sie schmeckten nach frittiertem Frühstück und bitterem Kaffee und es war wunderbar. Ethan schob seine Zunge in Clays Mund, keuchte und Clay zog ihn auf seinen Schoß, sodass Ethan rittlings auf ihm saß, seine Knie neben Clays Hüften lagen.

Das Bedürfnis zu berühren erwachte in Clay wie ein Feuer im Busch, das über die rote Erde fegte. Sie rieben sich aneinander, wurden durch ihre Kleidung hart. Er liebte das Gefühl von Ethan in seinen Armen, sicher auf seinem Schoß und weit weg von den Feiglingen, die ihn verletzt hatten.

Er wusste, dass es andere Dinge gab, die er klären musste, wie noch mehr mit Sam zu reden und herauszufinden, was in ihm vor sich ging, aber in diesem Moment wollte Clay sich nur an Ethan klammern und ihn zum Seufzen und Stöhnen bringen, seine Tränen komplett trocknen und dafür sorgen, dass er sich gut fühlte, so wie er es verdiente.

Alles andere konnte warten, oder nicht?

Sie trennten sich, um nach Luft zu schnappen, Ethans Jeans stand jetzt offen und Clays kurze Hose war so weit nach unten geschoben, wie er es schaffte, ohne Ethan von seinem Schoß zu werfen. Ethans blasses Gesicht war wieder gerötet und Clay streichelte ihn sanft am Kinn.

„Ich werde dir einen ordentlichen Knutschbrand verpassen.“

Ethan zog seine Brauen zusammen. „Hast du gerade ‚Knutschbrand‘ gesagt?“ Dann lachte er erfreut, seine Wangen bekamen Grübchen und Clays Herz zog sich zusammen. „Bedeutet Knutschen Küssen?“ Als Clay nickte, fügte er hinzu: „Dann tust du das ganz bestimmt.“ Er wackelte mit den Brauen. „Und ich liebe es. Unter anderem. Das hier steht auch auf der Liste.“ Er rollte seine Hüften und sie stöhnten beide.

Dann fing er Clays Lippen mit seinen ein und sie küssten und küssten und Clay liebte so viele Dinge an Ethan und wie er sich bei ihm fühlte, dass er keine Ahnung hatte, wo er anfangen sollte sie aufzuzählen.

Kapitel Fünfzehn

DIE TRÄGE, HERRLICHE Lockerheit in Clays Gliedmaßen löste sich auf, als sein Handy klingelte und Sams wunderschönes Gesicht auf dem Bildschirm erschien. Clay und Ethan saßen im Schatten eines breiten Sonnensegels im Garten und unterhielten sich über Winter in Buffalo – die wie Folter klangen – während Gilly zu ihren Füßen an einem Gummispielzeug nagte.

Mit trockener Kehle nahm Clay an und, versuchte, so normal wie möglich zu klingen. „Hiya, Liebling. Wie geht es Jase?" Ethan drückte sein Knie und warf Gillys Spielzeug durch den Garten. Gilly rannte eifrig hinterher und Ethan folgte ihm.

Sam stöhnte. „Nicht gut. Der Zahn ist wieder in Ordnung, aber sie mussten ihm Lachgas geben und er hat mir auf dem Parkplatz vor die Füße gekotzt. Er fühlt sich ziemlich beschissen. Ich werde bei ihm bleiben."

„Armer Kerl. Und natürlich. Es macht Sinn, bei ihm zu bleiben." *Ist das der wahre Grund? Oder will sie mich jetzt nur nicht sehen?*

„Ich bleibe nicht wegen dir weg, Dad."

Er musste lachen. „Wie kannst du immer meine Gedanken lesen?"

„Jahrelange Erfahrung, Mate. Obwohl ich anscheinend keine so gute Arbeit geleistet habe." Sie lachte unsicher. „Das ist mir nicht aufgefallen und ich denke, das hätte es tun sollen. Abgesehen von meinem ständigen Aufziehen, dass du in Adam Gilchrist verliebt bist."

Er lachte. „Vielleicht war da doch etwas dran. Aber mir ist es auch nicht aufgefallen, wenn du das glauben kannst."

Sie schwieg einen Moment und Clay schaute zu, wie Ethan und Gilly am anderen Ende des Gartens spielten. Ethan lachte fröhlich und rieb Gillys Bauch. Dann sagte Sam: „Stimmt das? Du wusstest bis jetzt nicht, dass du auf Blokes stehst?"

Tom Taylors Gesicht flackerte in seinen Gedanken und seine Lungen zogen sich zusammen. Er meinte rau: „Klingt verrückt, oder?" Dann schaffte er einen Atemzug. „Ich verstehe es noch nicht wirklich. Aber ich ..."

Sie war still, bevor sie nachhakte. „Was, Dad? Was es auch ist, es wird zwischen uns nichts ändern."

„Ich bin in Ethan verliebt." Sein Hals kribbelte und er packte das Handy so heftig, dass er dachte, es würde brechen. „Sehr sogar."

„Er ist wirklich niedlich. Kommt mir nett vor. Er ist also teilweise taub? Nicht, dass es eine Rolle spielt."

„Ja. Er hat Probleme mit dem Hören, das ist der richtige Ausdruck."

„In Ordnung, okay. Das ist cool. Er ist ..." Sie lachte. „Nun, er ist sehr jung, oder? Du wilder Hund. Ich dachte nicht, dass du das drauf hast."

Mit heißem Gesicht rutschte Clay auf seinem knarzenden Gartenstuhl herum und wandte seinen Blick davon ab, wie Ethans T-Shirt sich hob und seinen Bauch zeigte, als er seine Arme zum Feiern über seinen Kopf streckte, nachdem Gilly gesprungen war und das Spielzeug im Flug erwischt hatte. „Er ist siebenundzwanzig. Ich weiß, dass es ein ziemlicher Unterschied ist. Das wird den Leuten nicht gefallen."

„Die Leute können mich mal. Wenn ihre beide euch mögt, ist

das alles, was zählt.“

„Das denkst du wirklich?“ Sein Brustkorb verengte sich. Er liebte sie so sehr, dass er es manchmal kaum aushalten konnte.

„Natürlich. Ich möchte, dass du glücklich bist. Darum habe ich dich so genervt, dass du es mit Daten versuchst. Als Mum mit diesem Deppen Bazza durchgebrannt ist und alles sich verändert hat, hast du dich auch verändert. Ich dachte mir, dass du sie vermisst. Ihre Gesellschaft.“

„Ich nehme, das habe ich. Ein wenig, auch wenn … Nun, auch wenn zwischen mir und deiner Mum nie ein Feuerwerk war. Ich habe sie immer noch geliebt, natürlich. Das werde ich immer.“

„Ich weiß. Ihr beide verdient es, glücklich zu sein. Richtig glücklich. Sie war ein echtes Miststück, als sie dir das angetan hat, aber vielleicht war es besser so.“

„Oi! Rede so nicht über deine Mum. Du weißt es besser.“

Sie lachte trocken. „Schon gut. Tut mir leid. Hör zu, du weißt, dass ich Mum liebe. Es war nur ein echter Schock, als sie entschieden hat zu gehen. Offensichtlich. Wir haben schon hunderte Male darüber gesprochen.“

Er seufzte. „Ich weiß. Es war für mich auch ein Schock. Aber es war besser so. Das war es wirklich.“ Als er an Barb dachte, verspannte er sich. „Du hast das ihr gegenüber nicht erwähnt, oder?“

Sie schnaubte und er konnte sich vorstellen, wie sie die Augen verdrehte. „Klar, Dad. Das Erste, was ich getan habe, war, Mum anzurufen und ihr davon zu erzählen. Für wen hältst du mich? Pete?“

Clay lachte bellend und Sam stimmte ein. „Und Nein, ich habe es Pete auch noch nicht erzählt. Oder Tante Jen oder Nan. Nicht, dass Nan sich dreißig Sekunden, nachdem ich es ihr erzählt habe, noch daran erinnern würde. Wie dem auch sei, das ist alles deine Sache. Ich meine damit, dass du es irgendwann tun musst, aber es ist erst ungefähr fünf Minuten her. Ich denke, wir können das ein wenig sacken lassen.“

„Ja. Das heute war eine Überraschung.“ Er versuchte zu lachen. „Für uns beide.“

„Meine Gedanken drehen sich wie wild, so viel steht fest. Ich brauche einen guten Drink.“

„Ich habe gerade gedacht, dass es Zeit für ein Stubby ist.“

„Ich bin überrascht, dass du so lang gewartet hast. Es ist nach Mittag und dein freier Tag, Mate. Wo wir gerade davon reden, wann arbeitest du wieder?“

„Am Donnerstag. Ich mache den Rest der Woche Tagesausflüge in die Blue Mountains. Dann nächste Woche ein paar Doppel-Nächte zur Great Ocean Road.“ Die Erinnerung, dass Ethan dann weg sein würde, lag wie ein Stein in seiner Kehle.

„Hör zu, vielleicht sollte ich diese Woche bei Jase bleiben. Dir und Ethan etwas Zeit für euch geben. Was meinst du?“

„Nun …“ Er atmete lang aus. „Ja, das wäre gut, Liebling. Bist du dir sicher?“

„Absolut. Und es ist nicht, weil ich vor dir weglaufe.“

„Ich weiß. Danke.“

„Na gut, der Patient ruft. Liebe dich, Dad.“

„Ich dich auch, Liebling.“

Clay legte auf und schaute zu, wie Ethan und Gilly mit dem Huhn aus Gummi Tauziehen spielten. Ethans Gesicht war gerötet und Clay wollte ihn aufs Gras drücken und küssen. Und dann noch mehr küssen.

Und noch mehr.

Er schaute sich um, fragte sich, ob die Nachbarn es sehen könnten, als Ethan zurückkehrte und sich auf den Stuhl neben Clay fallen ließ, ein wenig außer Atem. Gilly folgte und stupste Ethans Beine an.

„So ein Wendehals“, bemerkte Clay. „Ich bin nicht mehr interessant.“ Er streckte die Hand aus und streichelte Gilly. Gilly war hin- und hergerissen zwischen ihnen, er hechelte, sein Kopf bewegte sich wild.

Ethan lachte. „Er ist wunderbar." An Gilly gewandt fügte er hinzu: „Das bist du, nicht wahr? Ja. So ein guter Junge." Er kratzte Gilly hinter den Ohren, während Clay seine Flanken streichelte.

„Ja, er ist ein guter Kerl. Der Beste."

„Wie geht es Sams festem Freund?"

„Der ist ein wenig fertig. Ihm ist schlecht wegen der Medikamente, die sie ihm gegeben haben, während sie seinen Mund in Ordnung gebracht haben." Clays Puls hüpfte. „Sam wird diese Woche bei ihm bleiben. Dadurch haben wir Zeit für uns. Ist das für dich in Ordnung?"

Immer noch Gilly streichelnd, blitzten Ethans weiße Zähne in einem Lächeln auf. „Ja, das wäre großartig. Ich nehme an, du willst nicht, dass ich mir ein Hotel suche?"

„Nein, ich möchte dich hier bei mir haben." Die Worte waren sehr ernst herausgekommen und die Luft fühlte sich dichter an, als sie einander ansahen. Eine neue Art Emotion wallte auf. Clay räusperte sich und fügte hinzu: „Ich habe bis Donnerstag frei. Ich kann dich die nächsten Tage herumführen."

„Das wäre traumhaft. Mir ist gerade aufgefallen, dass ich für heute Nacht Karten für die Oper habe. Wenn du die Oper hasst, ist das in Ordnung. Wir müssen nicht gehen." Er lachte nervös, sein Blick sank nach unten und er zuckte mit den Achseln. „Es ist ziemlich lahm, vermute ich. Michael ist das eine Mal, als wir in die Met gegangen sind, eingeschlafen. Aber das Opernhaus ist berühmt, darum hat er eingewilligt, mitzugehen."

Clay sprach sehr deutlich. „Michael ist ein Vollidiot." Er fragte sich ernsthaft, was um alles in der Welt Ethan in ihm gesehen hatte, vermutete aber, dass es irgendetwas gewesen sein musste.

Ethan schaute zu ihm und lachte. „Ja, das ist er irgendwie. Für mich ist die Oper perfekt, weil es die Untertitel gibt, damit ich verstehen kann, was vor sich geht. Oder Ballett, weil sie die Geschichte durch Tanz erzählen. Aber Michael wollte immer nur

Off-Off-Off Broadway Stücke über den hochtrabendsten Scheiß sehen. Einmal haben wir eines besucht, in dem zwei nackte Menschen Abendessen gekocht und über ihren Tag gesprochen haben. Das war es. Ich bin mir sicher, dass es ein Kommentar über die Bedeutungslosigkeit des Lebens war oder etwas in der Art, aber mich hat das nur noch depressiver gemacht. Außerdem konnte ich nur die Hälfte von dem verstehen, was sie gesagt haben."

„Ich war noch nie in der Oper, aber ich würde liebend gern gehen. Die Oper ist an einer wunderschönen Stelle im Hafen. Du musst sie unbedingt sehen. Wir können zuerst Essen. Wir suchen uns ein ruhiges Restaurant. Und ich kenne einen guten Platz zum Parken."

„Ja?" Ethan grinste. „Okay. Bist du dir sicher, dass du in die Stadt fahren willst? Mich stört der Zug nicht."

„Oh ja, an einem Sonntagabend ist es einfach. Wenn man einmal einen Bus während der Rush Hour durch die Stadt gefahren hat, ist alles andere ein Kinderspiel."

„Cool. Wir sehen *Turandot*. Das Stück hat dieses wirklich berühmte Lied? ‚Nessun Dorma'?" Ethan fing an zu summen und schüttelte dann den Kopf. „Oh mein Gott, ich verbocke es. Du wirst es erkennen, wenn du es hörst. Ich überlasse das den Profis."

„Das ist besser so", stimmte Clay ernst zu.

„Hey!" Ethan schlug Clay spielerisch auf den Arm und Clay kitzelte ihn. Dann mussten sie nach drinnen gehen, weil die Nachbarn sonst definitiv eine Show bekommen hätten.

SYDNEY WAR SO verschlafen, wie es nur sein konnte, als sie später an diesem Abend zurückfuhren. Clay stoppte den Ute an einer roten Ampel und deutete durch zwei Gebäude auf den Sydney Tower. Ethan beugte sich nach unten und verdrehte den Hals.

„Oh! Der Hammer." Er richtete sich wieder auf und lächelte

Clay an und Clays Herz schwoll an. Sie hatten sich Hosen und Hemden und Krawatten angezogen. Ethans Krawatte war lila mit einem leichten Schimmern und sogar im Fahrgastraum des Ute und nur mit der Straßenbeleuchtung und der Konsole, betonte sie seine Augen. Ethan war eine Schönheit, das war er.

Und er gehört mir.

Clay umklammerte das Lenkrad und erinnerte sich selbst daran, dass dies nicht stimmte. Dass er viel zu sehr vorauseilte. Sie kannten sich nur wenig länger als eine Woche. Waren erst seit vierundzwanzig Stunden … *zusammen.* Er war absolut irre, wenn er dachte, er und Ethan wären ein richtiges Paar oder so.

„Es hat dir wirklich gefallen?", fragte Ethan. „Fair dinkum?"

Clay lachte. „Fair dinkum, Mate. Ich mag ja ein Bananenbieger aus dem absoluten Hinterland sein, aber ich mag ein wenig Kultur."

Ethan lachte erfreut und Clay wollte ihn küssen, aber die Ampel sprang um. Ethan fragte: „Hast du ‚Bananenbieger' gesagt? Habe ich das richtig gehört?"

„Jep. Das ist eine alte Bezeichnung für jemanden aus Queensland. Nicht wirklich schmeichelhaft."

„Klingt außerdem superschwul." Ethan grinste und streckte die Hand aus, um Clays Oberschenkel zu streicheln.

Schwul. Das Wort wirbelte in Clays Hirn herum. Der Gedanke, dass dieses Wort zu ihm passte, war immer noch fremd. „Das ist mir vorher nie aufgefallen, aber ich nehme an, du hast recht." Ethans lange Finger streichelten leicht über Clays linken inneren Oberschenkel, schickten ein Kribbeln in, nun, seine *Banane.* „Und die Oper hat mir gefallen. Ein ziemliches Spektakel. So viel Farbe. Ich weiß nicht, wie sie diese hohen Töne erreicht haben. Mir ist es ein paar Mal eiskalt den Rücken hinuntergelaufen."

„Ja! Mir auch. Ihre Stimmen sind so kräftig, dass ich sie wirklich gut hören kann. Es ist nicht so sehr die Lautstärke, sondern die … Reichhaltigkeit. Ergibt das Sinn?"

Clay nickte. „Die Akustik ist ebenfalls nicht von dieser Welt. Und diese Sets und Kostüme. Ich war erst einmal zuvor im Theater. Bin mit den Kindern nach Brissie gefahren, um *Wicked* anzuschauen. Es hat mir gefallen, aber mir ist nie in den Sinn gekommen, hinzugehen, seit ich hergezogen bin. Es war ein wirklich schöner Abend."

Ethan rieb Clays Oberschenkel. „Ich freue mich so, dass es dir gefallen hat. Die erste Aufführung, die ich je gesehen habe, war eine lokale Produktion von *Rocky Horror*. Ich war ein Kind und habe die Hälfte der Witze nicht verstanden, aber ich habe gewusst, dass ich absolut queer bin."

Clay verspannte sich. „Oi! Nenn dich nicht so!" Plötzliche Wut pulste durch ihn, wie eine Landmine, die detonierte.

Neben ihm wurden Ethans Augen groß. Er riss seine Hand von Clays Oberschenkel. „Was?"

„Das ist ein schlimmes Wort!"

Ethan starrte ihn mit offenem Mund an. Nach ein paar Momenten der Stille fragte er angespannt: „Warum schreist du mich an?"

Clay war übel, Schweiß brach auf seiner Stirn aus, seine Haut war klamm und sein Atem kam in kurzen Stößen. „Das ist ein schlimmes Wort", wiederholte er mit leiserer Stimme. „Ich mag es nicht, wenn du das über dich selbst sagst." Er fuhr auf den Highway, sein Herz hämmerte zu hart in seinem Brustkorb. Warum sollte Ethan so etwas sagen?

Als er zur Seite schaute, starrte Ethan ihn immer noch an, seine Stirn war gerunzelt und – verdammt – Schmerz schimmerte in seinen Augen. Clay sagte schnell: „Es tut mir leid, dass ich geschrien habe. Ich wollte nicht aggro werden."

Nach ein paar Momenten meinte Ethan: „Okay." Er räusperte sich, war aber eindeutig immer noch nervös.

Clay hasste sich selbst und achtete darauf, ruhig zu reden. „Es tut mir leid. Wirklich." Er versuchte, gleichmäßig zu atmen. Warum war er so durchgedreht? Ethan würde denken, dass er irre war.

Nach ein paar weiteren Momenten der Stille sagte Ethan: „Okay. Also, die Sache mit diesem Wort ist, dass viele Leute es jetzt benutzen. Nicht auf negative Weise. Mit Stolz. Hast du von dem Akronym LGBTQ gehört? Dafür steht das Q. Queer. Nun, manche Leute sagen vielleicht, dass es für ‚questioning', also für ‚fragend' steht, was natürlich auch in Ordnung ist, aber für mich war es immer queer." Ethan holte zittrig Luft. „Wie dem auch sei. Ich will damit sagen, dass es für viele Leute jetzt kein schlimmes Wort mehr ist."

Als er das Wort erneut hörte, versuchte Clay, nicht zusammenzuzucken. „Nein, das war mir nicht bewusst." Seine Kehle fühlte sich an, als wäre sie voller Steine. Die Stimme seines Vaters füllte plötzlich seinen Kopf, so klar, als ob er zwischen ihnen im Ute sitzen würde.

„Schmutziger verdammter Queerer."

„Clay? Geht es dir gut? Scheiße, vielleicht solltest du anhalten." Ethan streckte die Hand wieder nach ihm aus und rieb sein Bein. „Atme."

Blut rauschte in Clays Ohren und für einen Moment sah er die roten Rücklichter vor sich doppelt. Dann schnappte er nach Luft und das Entsetzen ließ nach. Er presste hervor: „Es geht mir gut." Aus dem Augenwinkel konnte er sehen, dass Ethan ihn besorgt musterte, seine Hand war ein warmer, wunderbarer Druck auf Clays Bein.

Clay hielt den Blick auf die Straße gerichtet und sie fuhren für eine Minute schweigend, während er sich aufs Atmen konzentrierte. Schließlich wiederholte er: „Es tut mir leid."

„Es ist in Ordnung. Sind wir bald da?"

„Nicht mehr lang. Kein Verkehr."

„Gut. Konzentrier dich einfach auf die Straße."

Das tat er und dank Ethans Hand und seiner freundlichen, geduldigen Nähe, die Clay stabilisierte, waren sie schon bald zu Hause. Er stoppte in der Auffahrt, seine Stimme war rau, als er sagte: „Wenn du aussteigen willst, bevor ich in die Garage fahre? Da drin ist es eng."

Ethan stieg aus und wartete auf dem Weg. Er folgte Clay ins Haus. Als die Tür geschlossen und das Licht an war, fragte Ethan: „Geht es dir gut?"

„Ja." Natürlich ging es ihm gut. Warum auch nicht? Es war Unsinn. „Es tut mir leid."

Ethan stand ein paar Schritte von ihm entfernt und spielte mit seinen Fingern. „Es hat mir Angst gemacht, als du so geschrien hast."

Scham rammte in Clay. „Himmel, es tut mir leid." Er wollte Ethan an sich ziehen, aber war das falsch? „Ich bin nicht oft aggro, ich schwöre." Er verzog das Gesicht. „Klingt wie ein Haufen Mist, nicht wahr? Das ist es, was alle Blokes, die ihren Frauen Angst machen, sagen. Aber ich verspreche es. Beim Leben meiner Kinder, so bin ich nicht."

Ethan nickte. „Ich glaube dir."

„Ja?" Clay hatte Angst zu hoffen. „Ich habe nicht alles ruiniert?"

Ein kleines Lächeln erschien auf Ethans hübschem Mund. „Nein."

„Würde es dich stören, wenn ich … Wenn wir …" Er deutete zwischen ihnen.

Das Lächeln war immer noch da. „Du willst eine Umarmung?"

„Das wäre schön."

Dann war Ethan in seinen Armen, strich mit seinen Händen über Clays Rücken und murmelte: „Es ist alles gut. Ich bin da."

Und verdammt, Clay wollte nicht, dass er je wieder ging. Was, wie er wusste, verrückt war. Es war nicht möglich und Clay würde sich noch in dieser Woche von ihm verabschieden müssen. Ethan hatte gesagt, dass sein Flug am Samstag gehen würde und das war zu früh. „Geh nicht", sagte er, bevor er sich stoppen konnte.

Ethan lehnte sich zurück. „Tut mir leid. Kannst du das noch einmal sagen?"

Dieses Mal sagte Clay nur: „Danke. Dass du deswegen so ruhig geblieben bist. Es war mir nicht klar. Das mit diesem Wort."

„Ich verstehe. Es wurde zurückerobert, würde ich sagen? Ich denke, einige ältere Leute haben eine andere Reaktion darauf. Für sie ist es wie das F-Wort. Und ich meine nicht ‚fuck'. Ich hasse es, dieses Wort in irgendeinem Kontext zu sagen."

„Verstanden." Clay nickte und umarmte Ethan erneut fest. Es fühlte sich so verdammt gut an, Ethan zu halten und einfach nur zu atmen. Als ob alles gut werden würde, solang Ethan in seinen Armen war.

Nicht mehr lang. Komm ihm nicht zu nahe.

Zögerlich zog Clay sich zurück. Er versuchte es mit einem neckenden Lächeln. „Und Moment, bezeichnest du mich als alt? Frech."

„Niemals." Ethan grinste. Er hob eine Braue. „Willst du ins Bett?"

„Ich dachte schon, du würdest nicht mehr fragen."

Sie lachten und ein Teil der Anspannung löste sich aus Clays Gliedmaßen. Sie gingen ins Schlafzimmer und zogen ihre vornehme Kleidung aus, Ethan machte ein paar Witze. Clays Körper summte, begierig auf die Erlösung, wieder mit Ethan zu kommen, sich an ihm zu reiben, zu saugen und heftig zu pumpen. Begierig auf diese Flucht.

Doch als sie endlich nackt auf der Matratze lagen, waren Ethans Küsse zärtlich. Er rollte sich auf Clay, stieß ihre Hüften gegeneinander, aber es war locker und süß. Er schien jede Sommersprosse zu verehren, die sich auf Clays Haut befand. Clay hielt ihn eng an sich gedrückt und achtete darauf, seine Hörgeräte nicht herauszustoßen.

Der Ventilator schickte eine Brise über ihre nackte Haut, Schweiß sammelte sich, wo sie zusammengepresst waren. Die Zärtlichkeit, die Clay bei jeder Berührung von Ethans Lippen füllte, war beinahe unmöglich zu ertragen und verdammte Hölle, Tränen brannten in seinen Augen. Was stimmte nicht mit ihm?

Als Ethan ihn endlich in seinen Mund nahm, kam Clay beinahe auf der Stelle. Aber die Lust simmerte und wuchs. Er spreizte seine Beine für Ethan, folgte den stummen Anweisungen seiner Hände. Clays Hintern war am Ende praktisch in der Luft. Er wäre beinahe aus der Haut gefahren, als Ethan ihn tatsächlich *leckte*, ihn aufspreizte.

„Fuck!", schrie Clay.

Zwischen seinen Beinen grinste Ethan mit einem herrlich teuflischen Gesichtsausdruck zu ihm auf, der Clays Eier hart werden ließ. Er grub seine Finger fester in Ethans Haare, während Ethan ihn erneut leckte, ein langer Pfad von Clays Hintern zu seinem Schwanz.

„Himmel! Warum fühlt sich das-" Clay keuchte angesichts der nassen Reibung über sein Loch. „So an?"

Ethan hob seinen Kopf. „Tut mir leid. Das habe ich nicht verstanden."

Clay wollte *schon gut* sagen und weitermachen, aber Ethan hasste es, etwas nicht zu hören und Clay wollte ihn nicht aufregen. Er wiederholte sich und das warme Blasen von Ethans Lachen traf seine Familienjuwelen, schickte einen Schauder durch ihn.

„Willkommen in der wunderbaren Welt des Rimming."

„Wie auch immer man es nennt, mach bitte weiter damit, ja?"

Ethans freudiges Lachen brach ab, als er genau das tat, Clays Hintern leckte, als wäre er ein Lolli. Er fing auch an, Clays Schaft zu streicheln und als seine Zungenspitze *eindrang*, kam Clay so hart, dass er weiße Punkte sah, als er seinen Kopf nach hinten warf. Der Orgasmus wrang ihn aus, als wäre er ein Waschlappen.

Seine Gliedmaßen waren auf die wunderbarste Weise bleiern, als er unter den Nachbeben zitterte. Ethan küsste ihn dort unten überall, leckte dann die milchigen Tropfen von Clays Bauch. Dieser Anblick und das selige Gefühl, dass jemand sich um ihn kümmerte, ließen Clays leere Hoden zucken.

Jetzt war Ethan an der Reihe, aber Clay war sich nicht sicher, ob er überhaupt eine Faust machen konnte. Er wartete mit dem Reden, bis Ethan sich aufgerichtet hatte und sich auf seine Fersen setzte. Sein harter Schwanz war beinahe so lila wie seine Krawatte von vorhin.

Clay sagte: „Du hast mich fertiggemacht." Er streckte die Hand aus. „Du wirst näherkommen müssen."

Aber Ethan grinste nur. „Es ist in Ordnung. Das hier wird nur eine Minute dauern, vertrau mir."

Dann pumpte er sich selbst, sein Blick mit dem von Clay verwoben, und Masturbation war noch nie so erregend gewesen. Clays Atem kam wieder stoßweise, als er zusah, wie Ethan seine freie Hand hob, um seine Nippel zu zwicken, sodass sie rot aufstanden. Ethans Muskeln waren angespannt, seine Hand flog. Dann saugte er an seinem freien Zeigefinger und spuckte darauf.

Er griff hinter sich, seine Augen schlossen sich, während er stöhnte und seinen Rücken aufwölbte. Clay wurde klar, dass er sich seinen Finger in den Hintern steckte, und er wünschte sich verzweifelt, dass er das sehen könnte. Strich er nur um den Eingang, wie er es bei Clay getan hatte, tauchte er nur ein wenig ein?

Oder ging er tiefer?

„Besorgst du es dir selbst?", platzte er heraus, überrascht, seine eigenen Worte laut zu hören.

Ethan zog die Brauen zusammen. „Hast du gefragt, ob ich mich selbst ficke?" Seine Hand bewegte sich immer noch hinter ihm, sein Kiefer war angespannt und die Muskeln in seinem Hals und Arm standen hervor. Als Clay nickte, lächelte er. „Uh-huh.

Ich versuche, die richtige Stelle zu erwischen. Hast du das je gespürt?"

Clay schüttelte seinen Kopf. Er dachte nicht. Er hatte noch nie etwas da drin gehabt, außer einmal beim Arzt. Wie wäre das? Und wie würde es sich anfühlen, *seinen* Finger in Ethan zu haben? Besser als das, seinen Schwanz?

Der Gedanke überwältigte ihn. Was sie machten, war bereits so intim – Ethan auf seinen Fersen zwischen Clays gespreizten Beinen, ihre Augen aufeinander gerichtet, während Ethan sich berührte, ohne Peinlichkeit oder Scham.

Clays Herz schwoll an bei dem Gedanken, dass Ethan ihm genug vertraute, um sich so zu … entblößen. Clay musste ihn berühren und er streckte eine Hand aus und drückte Ethans Oberschenkel.

„Es fühlt sich wunderbar an", stöhnte Ethan. „Wenn ich die Prostata treffe und-" Sein Rücken bog sich durch und er spritze lange Ketten bis hinauf auf Clays Bauch. Keuchend pumpte Ethan sich weiter, bekam noch mehr Tropfen, sein Finger offensichtlich immer noch in ihm und eindeutig am richtigen Ort.

„Himmel", murmelte Clay und Ethan sank in seine Arme. Dorthin, wo er hingehörte.

Bis Samstag, erinnerte eine grausame kleine Stimme ihn. Clay hielt Ethan und gab sein Bestes, sie zu ignorieren.

TONY TAYLOR.

Als Clay in der Halbwelt zwischen Wachen und Schlafen trieb, begannen wirre Gedanken sich zu formen, der Name erschreckte ihn, erschien deutlich und klar.

Stur. Dieses Mal unwillig zu gehen.

Er öffnete seine Augen, sein Atem schauderte, als das Entsetzen sich aufbaute. Mit seinem Kopf auf Clays Brustkorb dösend,

Clays Arm um seinen Rücken gelegt, ruckte Ethan blinzelnd auf.

„Geht es dir gut?", fragte er viel zu laut, schrie beinahe. Clay konnte sein Zusammenzucken nicht verbergen und im Mondlicht griff Ethan nach seinen Hörgeräten auf dem Nachttisch, setzte sie ein und schaltete sie an. „Tut mir leid", sagte er.

„Alles gut. Schlaf weiter." Natürlich waren sie jetzt beide hellwach.

Die Decke war um Ethans Hüften geschlungen, als er sich auf seinen Rücken rollte. Die Tatsache, dass er wirklich hier war – nackt in Clays Bett – wirkte in der Stille der Nacht wie ein Traum. Ethan schaute ihn geduldig an. „Flippst du aus?"

Clay rollte sich auf seine rechte Seite, zu Ethan und strich mit seiner Handfläche über Ethans Bauch, der unter seiner Berührung bebte. „Ich glaube nicht."

„Gut." Ethan fuhr die Konturen von Clays Hand mit seinen Fingerspitzen nach. Er sagte nichts weiter, wartete nur und schaute Clay an, silbernes Licht glitzerte in seinen wunderschönen Augen.

„Kannst du mich gut hören?"

„Uh-huh."

Seine Hand immer noch auf Ethans Bauch gepresst, sagte Clay schließlich: „Ich denke an einen Mann, an den ich schon seit langer Zeit nicht mehr gedacht habe. Seit Jahrzehnten."

Nach einem Moment des Schweigens flüsterte Ethan: „Okay."

„Es ist seltsam, mich nach all diesen Jahren an ihn zu erinnern. Wir sollten wieder schlafen."

Ethan sagte nichts, malte nur weiter kleine Muster auf Clays Handrücken und über seine Finger, schickte so ein warmes Kribbeln durch Clay.

„Ich kannte ihn nicht einmal wirklich."

Ethan schwieg. Wartete immer noch. Nach ein paar Momenten, in denen ein Wirbel an Erinnerungen durch Clays Verstand stob, fragte Ethan: „Wie hieß er?"

„Oh, ja. Anthony Taylor. Tony. Hat ein paar Häuser von uns entfernt in der Doris Street gewohnt. In Cloncurry. Sie war nicht großartig, die Doris Street. Einstöckige Häuser, ein paar Bäume, die es versucht haben. Hin und wieder ein leeres Grundstück. Rasen, die trocken und voller roter Erde waren, aber die Leute haben sich Mühe gegeben. Haben ihre Zäune gerade gehalten und ihre Gärten ordentlich. Keine Autos, die draußen verrostet sind, kein Müll. Eine respektable Straße."

Ethan murmelte etwas Zustimmendes und wartete.

„Tony hat unten in den Minen gearbeitet. Er war wahrscheinlich zwanzig. Ich war, ich weiß nicht, neun oder zehn. Ich habe ihn nicht wirklich gekannt, wie ich schon sagte. Jen und ich haben ihn gegrüßt und ihm gewinkt, wenn er an seinem Auto gearbeitet hat, wenn wir auf unseren Rädern vorbeigekommen sind. Er war ohne T-Shirt draußen, hat sich stundenlang über den Motor gebeugt und gebastelt. Er hatte einen großen grünen Werkzeugkasten aus Metall, wie mein Dad. Ich wollte auch einen."

Clay holte tief Luft und dachte daran, wie Tonys Hände schwarz von Schmieröl waren, wenn er sich aufrichtete und ihnen winkte, wie er manchmal Streifen auf seinem Brustkorb hatte. Tony lächelte ihnen immer freundlich zu. Einmal hatte er geholfen die Kette an Jens Fahrrad zu reparieren und hatten ihnen beiden Lollis aus dem Handschuhfach seines Ute gegeben.

Clay räusperte sich. „Tony hat immer noch bei seinen Eltern gewohnt. Die Taylors hatten noch zwei weitere Kinder in der High School. Mrs Taylor blieb zu Hause, wie meine Mum und Mr Taylor arbeitete auch drunten in den Minen." Clay schüttelte seinen Kopf. „Ich weiß nicht, warum ich an all das denke."

Nach einem weiteren Moment des Schweigens fragte Ethan leise: „Was ist mit Tony passiert?"

Clays Lungen zogen sich zusammen und ein Schauder durchlief ihn. Er entzog Ethan seine Hand und rollte sich auf seinen Rücken, blinzelte an die Decke. Er versuchte, es wegzulachen. „Es fühlt sich an, als ob jemand gerade über mein Grab gegangen ist."

Natürlich wusste er genau, was mit Tony passiert war – nun, nicht *später*, aber in dieser Nacht auf dem Grundstück an der Ecke von Doris und Alice Street. Vielleicht nicht *genau*, aber er wusste genug.

Immer noch an die Decke starrend, konnte Clay Ethan neben sich spüren. Ethan stützte sich auf seinen Ellbogen, wahrscheinlich, damit der Fluss an Worten aus Clays Mund klarer war. Er musterte Clay, berührte ihn aber nicht. Wartete.

„Es ist so ein Unsinn, das hochzuholen." Clays Herz hämmerte und er fühlte sich wie ein Narr. Aber der Druck auf seinen Brustkorb wuchs noch, bis er sich zu einem Atemzug zwang und sagte: „Wir fuhren gerade nach Hause von einem Abendessen bei Tante Marg und Onkel Ian. Sie haben in der Nähe von Julia Creek gewohnt, ungefähr eineinhalb Stunden entfernt."

„Ein so weiter Weg, um zu Abend zu essen."

Clay musste lächeln, obwohl der Druck auf seinen Brustkorb nicht nachgelassen hatte. „Im Outback ist das nichts. Jedenfalls spielten meine Eltern immer stundenlang Rommé mit ihnen und Jen schlief neben mir auf dem Rücksitz. Ich habe versucht, wach zu bleiben. Ich hasste es, im Auto einzuschlafen und dann aufstehen zu müssen und ins Haus zu gehen, und meine Zähne zu putzen und meinen Schlafanzug anzuziehen. Und ich erinnere mich, als wir in die Nähe unserer Straße kamen, war ich dankbar, dass wir endlich zu Hause waren, weil meine Augen so schwer wurden. Dann ..."

Er atmete noch einmal flach und scharf ein. Ihm war nicht klar, dass seine Hände zu Fäusten geballt auf der Matratze neben ihm lagen, bis Ethan vorsichtig seine rechte Faust mit seiner eigenen Hand bedeckte. Ethan streichelte sie mit seinem Daumen und Clay atmete erneut, immer noch zu flach, starrte auf das

Rechteck aus silbernem Mondlicht, das durch das Fenster schien und in einem Winkel auf die Decke traf.

„Dann wurde mir klar, dass an der Ecke etwas vor sich ging. Dort waren Leute. Junge Männer. Es war Samstagabend und ich dachte, dass sie vielleicht Grog trinken. Eine Party feiern. Es ging irgendetwas vor sich und Mum ist langsamer gefahren. Sie ist immer von Tante Marg und Onkel Ian heimgefahren, damit Dad so viel Bier trinken konnte, wie er wollte."

Clay schloss seine Augen, er sah alles in verblassten Schnappschüssen. „Jemand lag am Boden und die anderen haben ihn getreten. Ihn geschlagen. Worte geschrien, die ich nicht verstehen konnte. Wir konnten alles im Scheinwerferlicht sehen."

Clay holte durch den Mund Luft, seine Kehle war trocken, seine Augen immer noch geschlossen. „Es war Tony. Und Mum ist langsamer geworden und hat gesagt, ‚Was für eine verdammte Schande. Wir sollten …' aber sie hat nicht zu Ende gesprochen, als wäre es eine Frage. Das hat sie immer getan. Hat auf Dads Entscheidung gewartet. Und ich erinnere mich, wie Dad mit solchem Nachdruck ‚Nein' gebellt hat, dass Jen aufgewacht ist."

Clays Herz hämmerte dumpf, er sah, wie die Scheinwerfer durch die Dunkelheit schnitten, das Durcheinander kämpfender Körper, die verschwanden, als Mum um die Ecke bog. „Wir sind weiter zu unserem Haus gefahren."

Ethan hielt Clays Faust fest und sagte nichts.

Clay atmete aus. „Ich konnte es nicht verstehen. Ich habe gesagt, ‚Es ist Tony aus unserer Straße! Warum bleibst du nicht stehen?' Und Dad hat gesagt …"

Er konnte nicht weitersprechen, der Knoten in seiner Kehle war zu groß und unbeweglich. Er behielt seine Augen zu, der Druck in seinem Brustkorb drohte, seine Rippen zu brechen. Aber Ethan war bei ihm, seine Hand auf der von Clay, tröstend und geduldig. Solide wie ein Fels.

Clays Lungen weiteten sich genug, dass er atmen konnte, seine

Stimme klang rau. „Dad hat gesagt ‚Er ist ein schmutziger verdammter Queerer. Ist selbst schuld.'"

Da atmete Ethan heftig ein und Clay öffnete seine Augen und drehte seinen Kopf auf dem Kissen. Ethans Augen schimmerten von Tränen und Clay hasste den Anblick. Er lockerte seine Faust, der grauenvolle Druck, der sich in seinem Brustkorb aufgebaut hatte, löste sich, als er seine Finger mit denen von Ethan verwob und ihn festhielt.

Clays Stimme war heiser, aber er zwang sich, weiterzureden. „Und das war es. Tony hätte *sterben* können und meinem Dad war es egal. Er hat an der Straße angehalten und sein Gewehr gezogen, wenn ein Roo oder Emu angefahren worden ist und gelitten hat. Tony war nicht einmal so viel wert wie ein Tier."

Wortlos küsste Ethan Clays Fingerknöchel und hörte zu.

Als Clay wieder zu Atem kam, sprach er weiter. „Ich bin mir nicht sicher, wie sie das über Tony erfahren haben, aber ich nehme an, es hat sich herumgesprochen. Als wir aus dem Auto ausgestiegen sind, konnte ich immer noch seine Schreie hören und ihr Gebrüll in der Nacht. Die Nachbarn mussten es auch gehört haben. Ich schaute mich in der Straße um, aber es gab keine Anzeichen, dass jemand herauskommen würde, um nachzusehen. Nicht einmal aus dem Haus der Taylors. Die meisten Häuser waren dunkel und ich stellte mir vor, wie sie sich alle dort versteckten und seinen Schreien lauschten."

Ethan gab ein schmerzliches Geräusch von sich, wie ein Wimmern, sagte aber nichts.

„Und ich habe nichts getan. Rückgratlos. Ich bin nur meinen Eltern ins Haus gefolgt. Jen wusste nicht, was los war, ihre Augen waren im Mondlicht riesig. Ich erinnere mich, wie sie ihren Mund geöffnet hat, um zu fragen, aber ich habe meinen Kopf geschüttelt und sie hat nichts gesagt."

Clays Hand haltend, drückte Ethan sie.

„Ich habe ihn noch einmal gesehen, am nächsten Morgen. Jen

hat Mum geholfen, Kartoffeln für das Sonntagsessen zu schälen. Wir hatten immer Kartoffelbrei und Braten."

Clay klammerte sich an diesen Erinnerungsfetzen. Die hintere Tür, die hinter ihm zufiel, Jen, die sich laut beschwerte, dass sie auch raus wollte. Dass sein Rad zu klein für ihn wurde und er ein wenig aufstehen musste, damit seine Beine keinen Krampf bekamen. Er hatte eine große Kurve aus der Auffahrt auf die leere Straße gemacht, etwas Dreck war ihm ins Auge geflogen.

„Ich bin auf meinem Rad bei den Taylors vorbeigefahren und Tony ist in ihren Ute gestiegen. Nun, sein Bruder hat ihn auf den Sitz geschoben." Clay musste stoppen und einen Atemzug erzwingen, bevor er weiterredete.

„Sein Gesicht war so geschwollen, Tony hat kaum menschlich ausgesehen. Sein Dad saß mit steinernem Gesichtsausdruck hinter dem Lenkrad. Und das war das letzte Mal, dass ich Tony je gesehen habe. Die Taylors sind in der Doris Street geblieben – haben dort so lang gewohnt wie meine Eltern. Vielleicht immer noch, wenn sie noch nicht gestorben sind. Aber all diese Jahre ist Tony nie zurückgekommen. Nicht einmal."

Immer noch Clays Hand haltend, feucht und fest und solide wie ein Fels, murmelte Ethan: „Es tut mir so leid."

Ein seltsames Lachen blubberte in Clay hoch. „Und weißt du, was ich an diesem Morgen gemacht habe, als ich an Tony Taylor vorbeigefahren bin, der beinahe zu Tode geprügelt worden war und weggeschickt wurde, weil er ein ‚schmutziger Queerer' war? Ich habe *gewinkt*."

Himmel, Clays Wangen waren feucht und ihm wurde mit einem Aufwallen von Scham klar, dass er weinte. „Was stimmt nicht mit mir?" Er wusste nicht, ob er damals oder jetzt meinte.

Aber das spielte keine Rolle, weil Ethan da war, ihn an seinen warmen, schlanken Körper drückte und Küsse auf Clays Kopf verteilte. Kein Urteil fällte, während er murmelte: „Es tut mir leid" und „Es ist nicht deine Schuld."

Clay keuchte an Ethans Kehle und klammerte sich an ihn, als die Tränen flossen. Es war, als wäre sein Hirn in der Zeit zurückgereist und spielte eine Abfolge an Erinnerungen scheinbar willkürlich ab …

Ein Weihnachtstag-Grillen, an dem sein Dad ihn ein Stubby XXXX hatte trinken lassen, wie sie alle in der Sonne in dem fleckigen Garten rösteten, aber Papierkronen von den Weihnachtscrackern trugen. Die kleine Jen, wie sie all die Papierfetzen mit den Witzen darauf sammelte und sie dann voller Freude laut vorlas. „*Wie nennt man einen dreibeinigen Dackel? Einen Wackel-Dackel!*"

Mum, die ihn und Jen zum The Isa fuhr und sie beide eine Platte im Musikladen aussuchen durften, wie sie Lollis im Ute aßen und sich die Radiostation anhörten, die Dad nicht ausstehen konnte.

Wie er Jen mit einer Schlangenhaut, die er im Garten gefunden hatte, die Straße entlangjagte, die Haut trocken und zwischen seinen Fingern zerbröselnd, ihre Schreie absolute Musik in seinen Ohren.

Als die Tränen aufhörten und Ethan ihn immer noch eng an sich gedrückt und sicher hielt, fragte Clay sich, wie es sich anfühlte, seine Haut abzustreifen und neugeboren zu werden.

Kapitel Sechzehn

„*M*URMEL MURMEL.*"

Ethan hatte aus dem Fenster von Clays Pick-up geschaut, als sie sich der Stadtmitte von Sydney näherten, und ein Stadtbus, der vorbei rumpelte, hatte übertönt, was immer Clay gesagt hatte. Ethan drehte sich zu ihm. „Es tut mir leid, kannst du das bitte wiederholen?"

Clay schaute zu ihm. „Ich habe nur gefragt, ob es dir gut geht? Du kommst mir heute sehr still vor." Er trug seine blaue Uniformhose und ein kurzärmeliges weißes Hemd mit dem DL-Logo auf der Brusttasche.

Ihn zurück in seiner Uniform zu sehen war sowohl sexy als auch deprimierend. Die Erinnerung, dass Clay wieder anfing zu arbeiten und Ethan morgen abfliegen würde, lastete schwer auf ihm. Aber er zwang sich zu einem Lächeln, als ob alles in Ordnung wäre. „Ja, natürlich. Es ist nur früh." Und das war es, nicht einmal sechs Uhr.

„Wir nähern uns dem ersten Hotel. Ich werde dich dort rauslassen und parke dann und hole den Bus. Es ist ein Mini, für zwanzig Gäste. Und ihr seid heute nur vierzehn, plus der Reiseleitung."

„Ist es Shiv?"

„Nein, es ist eine Frau namens Kelly." Clays Lachen klang ein wenig nervös. „Sie weiß das von dir und mir nicht."

„Ja, natürlich nicht. Mach dir keine Sorgen." Ethan war sich ziemlich sicher, dass Clay noch nicht bereit war, seinen Kollegen von ihrer Beziehung zu erzählen.

Beziehung. Er schnaubte innerlich. War es das wirklich? Es fühlte sich so an, aber schon bald würde er zurück an die andere Seite der Welt gehen, wo er wohnte und, noch wichtiger, arbeitete.

Ethan fügte hinzu: „Es ist nicht so, dass ich dich während der Tour anmachen werde. Wir werden alles ganz professionell halten." Er strich mit einer Hand über Clays Oberschenkel, seine Fingerspitzen berührten sein Gemächt. Er senkte seine Stimme. „Denk daran, wie heiß es später sein wird, wenn wir endlich wieder allein sind. Es wird unser kleines Geheimnis sein. Wenn wir im Verkehr stecken, kannst du dir vorstellen, wie ich deinen Schwanz lutschen und deine Wichse schlucken werde."

Clay lachte und wurde noch röter. „Strewth, was du alles sagst."

Er sagte das mit solcher Zuneigung, dass es Ethan schmerzte. Er war in Versuchung gewesen, etwas darüber zu sagen, dass Clay ihn ficken und in ihm sein sollte, aber wäre das zu viel? Er hatte nicht drängen wollen, weil das alles für Clay so neu war.

Sie hatten sich berührt und geküsst und gelutscht und waren zu oft gekommen, um es noch zu zählen. Es war der beste Sex, den Ethan je gehabt hatte. Himmel, wie er sich unter Clays großen, rauen Händen fühlte …

Die letzten paar Tage nach Clays Quasi-Zusammenbruch waren herrlich gewesen. Ethan hatte sich Sorgen gemacht, dass er sich vielleicht zurückziehen würde, nachdem er sich in Ethans Armen in den Schlaf geweint hatte, aber am nächsten Morgen war alles in Ordnung gewesen. Es war ein Klischee, aber er hatte wirklich entspannter gewirkt und als ob ihm ein Gewicht von den Schultern genommen worden wäre.

Jahrzehnte der gnadenlosen Verdrängung jeglicher Anziehung zum eigenen Geschlecht konnten nicht in einer Nacht „in Ordnung" gebracht werden, aber einen der Hauptgründe zu verstehen, warum er sich selbst verleugnet hatte, war gewaltig.

Er hatte sich dafür entschuldigt, „ein wenig weinerlich" gewesen zu sein, hatte versucht, es abzutun, doch als Ethan ihm in die Augen geblickt und ihm gesagt hatte, dass er sich niemals dafür entschuldigen musste, seinen Gefühlen Ausdruck zu verleihen, hatte er genickt und Ethan voller Süße geküsst. Dass er Ethan all das anvertraut hatte, gab Ethan das Gefühl, etwas ganz Besonderes zu sein.

Und ich muss gehen. Es ist nicht realistisch, eine Fernbeziehung zu führen. Oder?

Er schaute zu, während Clay souverän durch die Straßen der Stadt fuhr, das Schweigen zwischen ihnen entspannt im Morgengrauen. Keiner von ihnen hatte Ethans bevorstehende Abreise erwähnt. Clay hatte seine Schicht am Donnerstag mit einem anderen Fahrer tauschen können, aber niemand hatte den Freitag nehmen können, darum kam Ethan mit.

Sie waren jeden Tag unterwegs gewesen und hatten sich die Sehenswürdigkeiten angeschaut. Clay hatte darauf beharrt, dass er selbst den Großteil von Sydney noch nicht gesehen hatte, abgesehen vom Inneren seines Busses aus. Ethan war sich nicht sicher, ob er ihm glaubte, aber er liebte ihn dafür.

Liebte.

Das Wort schauderte durch ihn, geheim und wunderbar. Nicht zu vergessen absolut albern, weil sie sich erst seit kaum zwei Wochen kannten. War es möglich, sich so schnell zu verlieben? Sicher machte er sich nur wieder etwas vor, wie er es getan hatte, als er so entschlossen gewesen war, dass Michael zu heiraten ihre fundamentalen Probleme lösen würde.

Das hier war nur ein Trost. Oder?

Ethan schob den aufflackernden Schmerz und alle Gedanken

an Michael und Todd von sich. Wenn das sein letzter voller Tag mit Clay war, dann würde er ihn nicht vergeuden.

„Da ist Sam", bemerkte Clay.

Ethans Magen zog sich zusammen, als er sie vor dem Hotel entdeckte, wo sie auf ihrem Handy herumtippte. Sie trug eine kurze Jeans und ein grünes Tanktop, ihre goldenen Locken hatte sie halb nach hinten gebunden, ein paar Strähnen umrahmten ihr Gesicht. Einen Flip-Flop hatte sie ausgezogen und strich mit diesem bloßen Fuß über ihr anderes Schienbein.

„Bist du sicher, dass das eine gute Idee ist?", fragte Ethan. Es würde nicht *ganz* sein und Clays kleines Geheimnis auf dem Ausflug sein, dass sie zusammen waren, aber natürlich würde Sam nichts sagen. Dennoch konnten eine Million Dinge schiefgehen, wenn er den ganzen Tag mit ihr zusammen war. „Was, wenn sie mich hasst?"

„Unmöglich", schnaufte Clay mit solcher Überzeugung, dass Ethan ihn küssen wollte. Er tat es nicht, weil sie anhielten und Sam sie bemerkte. Clay fügte hinzu: „Es war schließlich ihre Idee. Ihr beide könnt euch kennenlernen und habt Spaß. Du musst die Blue Mountains definitiv sehen. Sie sind spektakulär, Mate. Glaub mir."

„Absolut, ja. Cool." Er stieg aus dem Truck, winkte Sam und lächelte, was sie ebenfalls machte, bevor sie um das Auto kam und Clay umarmte und küsste. Clay sagte: „Bin gleich wieder mit dem Bus zurück, nachdem ich Kerry geholt habe. Es sind noch zwei weitere Gäste hier und dann holen wir die anderen ab." Er stieg wieder in den Ute und winkte.

Oh Gott, geh nicht weg!

Aber Ethan musste erwachsen sein. Es würde in Ordnung sein. Sam würde ihn nicht die spektakulären Blue Mountains hinunter schubsen.

Wahrscheinlich.

Sie lächelten einander unsicher an. Ethan schob seine Hände

in die Taschen seiner Jeans und zupfte dann ruhelos am Kragen seines T-Shirts. Sam deutete darauf und sagte: „Warst du dort? Im Fernsehen sieht es cool aus."

Ethan schaute auf sein eigenes T-Shirt hinunter und erinnerte sich, dass darauf der Santa Monica Pier und das berühmte Riesenrad abgebildet waren. „Nein. Das T-Shirt ist von Old Navy. Sie machen Oberteile mit allen möglichen Abbildungen."

„Oh. Cool."

„Ja. Äh … Also …" *Erschießt mich jetzt.*

„Kannst du mich gut hören? Dad hat gesagt, dass ich langsam und deutlich reden und dafür sorgen soll, dass du meinen Mund sehen kannst?"

Eine weitere Welle der Zuneigung zu Clay traf ihn wie ein Vorschlaghammer und er lächelte. „Ja. Es ist – das ist perfekt." Er schaute sich in dem leeren Halbkreis vor dem Hoteleingang um. Nur ein paar Portiere plauderten an den Türen. „Es ist schwieriger, wenn es Hintergrundgeräusche gibt. Wie Autos oder Musik oder viele Menschen. Darum muss ich dich vielleicht bitten, dich zu wiederholen. Ich weiß es wirklich zu schätzen, wenn du das tust. Ich weiß, dass es nervig ist, aber manchmal sagen die Leute einfach ‚ist egal' und das ist irgendwie beschissen."

Sie nickte. „Okay. Das macht Sinn."

„Ähm …" *Denk dir etwas aus, das du sagen kannst. Komm schon.* „Oh! Wie geht es deinem festen Freund?" Da. Nettes, sicheres Thema.

„Deutlich besser, danke." Sie verdrehte lachend die Augen. „Er ist immer noch ein großes Baby, aber es verheilt gut."

„Das freut mich zu hören." Ethan nickte und versuchte verzweifelt, sich noch etwas anderes einfallen zu lassen. „Gilly ist ein großartiger Hund."

Sie strahlte. „Das ist er. So ein süßer Kerl. Nicht die hellste Kerze auf der Torte, aber er besteht ganz aus Herz. Ich habe ihn diese Woche vermisst."

Ethan nickte erneut und fühlte sich plötzlich wieder unsicher, weil der Grund, warum sie ihren Hund nicht gesehen hatte, war, dass Ethan mit ihrem Dad schlief. „Ich nehme an, du wirst ihn bald wiedersehen?"

„Ja. Ich komme am Sonntag heim." Sie lächelte peinlich. „Dein Flug geht morgen Abend?"

„Richtig. Clay muss arbeiten, aber er hat gesagt, dass er rechtzeitig zurück ist, um mich zum Flughafen zu fahren, weil es ein später Flug ist."

„Cool." Sie lächelte erneut und *Himmel,* es war eindeutig für sie beide so peinlich.

„Danke, dass du uns diese Woche Zeit für uns gegeben hast." Ethans Gesicht wurde heiß. „Ich meine – nicht dass – es war nur-"

„Entspann dich. Hör zu, ich werde nicht sagen, dass es nicht seltsam ist, an dich und meinen Dad zu denken – nicht, dass ich in Einzelheiten darüber *nachdenke* – aber …" Sie lachte und schüttelte ihren Kopf. „Das ist eindeutig für uns beide eine seltsame Situation. Anstatt schmerzhaften Small Talk zu machen, lass uns einfach die Karten auf den Tisch legen. Ja?"

Sein Herz hämmerte. „Jep. Lass uns das tun."

„Okay. Du bist nicht viel älter als ich und du bist *murmel murmel.* Von dem ich dachte, er wäre hetero. Anscheinend *murmel.* Aber du hast all das verändert. Und das ist in Ordnung! Mehr als in Ordnung, es ist gut. *Murmel murmel.* Ich möchte, dass mein Dad glücklich ist."

„Uh-huh. Ja. Tut mir leid, könntest du ein wenig langsamer sprechen?"

„Oh, stimmt." Sie nickte.

„Danke." Er versuchte, die Lücken zu füllen. „Äh, ja. Wir haben darüber gesprochen und es ist nicht so, dass er immer hetero war und jetzt ist er plötzlich schwul. Ich glaube, dass er jahrelang unterdrückt hat, wer er wirklich ist. Hat sich nicht einmal darüber nachdenken oder es infrage stellen lassen."

Sam runzelte die Stirn. „Warum denkst du, hat er das getan? Ich habe versucht, es zu begreifen. Klar, im Outback als Heranwachsender schwul zu sein war nicht einfach, vor allem damals nicht. Aber war es nur das? Was die Leute sagen würden? Wollte er ‚normal‘ sein und darum hat er Mum geheiratet?“

„Ich denke, all das hat eine Rolle gespielt.“ Er zögerte und war sich nicht sicher, ob Clay Sam von dem traumatischen Vorfall mit Tony Taylor und der Reaktion von Clays Vater erzählen wollte. „Du solltest mit ihm darüber reden und ihn fragen warum.“ Da, das war vage genug, dass er kein Vertrauen verriet.

„Hmm. Ja, das werde ich.“ Sie schaute sich um, aber die anderen Gäste der Tour waren noch nicht aufgetaucht. „Also, ist das dein übliches Ding? Ältere Blokes flachzulegen?“

Ethan lachte peinlich berührt. „Nein. Genaugenommen ist er der Erste. Ich bin auf der High School und auf dem College ausgegangen, aber nur mit Jungs in meinem Alter. Meine einzige ernste Beziehung waren die letzten sieben Jahre mit meinem Verlobten.“ Als sie zusammenzuckte, fügte er schnell hinzu: „*Ex*-Verlobten.“ Da sie so offen waren, gab es keinen Grund, es schönzureden. „Ich bin am Tag vor unserer Hochzeit früher nach Hause gekommen und habe ihn dabei erwischt, wie er meinen besten Freund gefickt hat.“

Sams Kiefer klappte nach unten und ihre Brauen schossen nach oben. „Verdammte Hölle. Das ist brutal. Es tut mir leid, das zu hören.“

„Ja.“ Er schob diese Erinnerungen gewaltsam von sich. „Es war wirklich beschissen, um es milde auszudrücken. Aber ich bin allein in die Flitterwochen gefahren und habe deinen Dad kennengelernt, also …“ Was? Er konnte nichts zu Albernes sagen – wie dass er irgendwie bereits in Clay verliebt war – oder sie würde sagen, dass das Unsinn war. Er endete lahm: „Das ist ein Silberstreif.“

„Stimmt. Eine Urlaubsaffäre, nachdem dir das Herz gebrochen wurde, eh?“ Sie lächelte, aber ihr Kiefer war angespannt.

„Ich mag Clay wirklich. Sehr." Er wollte sagen, dass es bereits so viel mehr als nur *mögen* war, aber er würde morgen abreisen. Es war unrealistisch zu denken, er und Clay könnten es schaffen.

„Oh, natürlich. Nein, du scheinst ein guter Bloke zu sein, Ethan. Ich mache mir nur Sorgen, dass er diesen großen Durchbruch hat und dann wieder allein ist." Sie lächelte. „Ich werde ihn wohl auf den Schwulen- und Bi-Dating-Seiten anmelden müssen."

„Uh-huh", stimmte Ethan zu und wollte schreien bei dem Gedanken, dass Clay mit jemand anderem ausging.

„Denkst du, dass er das ist? Bi? Meine Freundin Lucy ist es. Aber ich weiß nicht, ob Dad Frauen überhaupt mag. Wenn nicht, erklärt das eine Menge, wie er und Mum waren, als sie zusammen waren. Eher wie Mates als ein Ehepaar."

„Ich weiß nicht. Ich denke, dass er vielleicht auch demisexuell ist, zusätzlich zu schwul oder bi. Natürlich ist er derjenige, der seine eigene Identität herausfinden muss."

„Ja, natürlich. Ich werde ihn nicht drängen oder so. Ich bin nur neugierig."

„Absolut. Das verstehe ich."

Sie schaute ihn an. „Ich weiß, dass wir schon darüber gesprochen haben, aber du bist im selben Alter wie mein fester Freund. Das ist wirklich seltsam."

„Ja. Ehrlich gesagt ist es für mich seltsam, dass Clay Kinder hat, die schon Mitte Zwanzig sind. Er scheint mir nicht alt genug zu sein."

Sie lächelte schwach. „Ich nehme an, es ist für uns alle seltsam."

Ein Mann und eine Frau näherten sich und Sam winkte ihnen freundlich zu und fragte, ob sie mit auf die Tour kamen. Das taten sie und nachdem sie sich vorgestellt hatten, kam der Minibus. Ethan lächelte Clay an, als er einstieg und sich auf der linken Seite des Fahrzeugs ans Fenster in der Nähe des Fahrers setzte. Sam setzte sich neben ihn.

Die Reiseleiterin, Kerry, war mittleren Alters und füllig, mit dunklen Haaren, olivfarbener Haut und einem strahlenden Lächeln. Nachdem sie mit dem anderen Paar geplaudert und diese sich gesetzt hatten, stand sie vorne und hielt sich fest, als Clay zum nächsten Hotel fuhr.

„Es ist schön, dich zu sehen, Sam! Clay erzählt oft von dir. Es ist wunderbar, dich und deinen Mate an Bord zu haben." Sie nickten und stimmten zu und es machte absolut Sinn, dass Clay Kerry erzählt hatte, dass Ethan Sams Freund war. Dennoch schmerzte es ein klein wenig und Ethan sagte sich, dass er albern war. Nicht zu vergessen unfair – wenn Clay sich vor seinen Kollegen outete, musste er das in seinem Tempo tun. Er atmete durch den Schmerz und konzentrierte sich wieder auf Kerry.

„Ethan, ich habe etwas für dich." Sie beugte sich über ihren Sitz auf der anderen Seite des Gangs und richtete sich dann mit einem Stapel getackerter Papiere wieder auf. „Clay hat mich gebeten, eine Kopie meiner Notizen mitzubringen. Bitte lass mich wissen, wenn ich etwas wiederholen soll."

Ethan nahm die Papiere und der Schmerz verschwand, Zuneigung wärmte ihn. „Danke. Das ist perfekt."

Als sie beim nächsten Hotel anhielten und Clay und Terry ausstiegen, um eine größere Gruppe Menschen zu begrüßen, lächelte Sam sanft und nickte in Richtung der Papiere. „Das war nett von ihm."

„Ja." Ethan grinste und stellte sicher, dass er leise sprach. „Er ist so rücksichtsvoll und nett. Er macht all diese wunderbaren kleinen Dinge, die mir das Gefühl geben, etwas Besonderes zu sein."

Sams Lächeln wuchs und sie musterte ihn nachdenklich. „Ja. So war er schon immer. Ich bin froh, dass du es sehen kannst. Er ist ein echter Fang, mein Dad."

„Das ist er", stimmte Ethan zu. „Ich habe wirklich Glück."

„Schade, dass du so bald gehst." Sie runzelte die Stirn und schien es ernst zu meinen.

Die Wärme seines Glücks verblasste und die Realität kehrte zurück. Ethan konnte nur nicken und versuchen so zu tun, als würde der nächste Tag nicht existieren.

„WORAUF HAST DU Lust?"

In der Küche reichte Clay Ethan ein kaltes Bier in einem Isolierhalter von Surfers Paradise. Ethan kratzte Gillys Kopf mit seiner freien Hand und sagte: „Was immer du magst. Danke."

Clay fügte hinzu: „Es gibt hier in der Gegend jede Menge Restaurants, wo wir etwas holen können. Einen Chinesen, Thailänder, Pizza, Burger – alles, was du willst."

„Du bist derjenige, der den ganzen Tag gearbeitet hat. Worauf hast du Lust?" Ethan versuchte zu lächeln und seinen Ton leicht zu halten. Sie hatten sich kurz in Clays Truck geküsst, als sie endlich allein gewesen waren, aber als sie im Verkehr feststeckten, um zurück nach Parramatta zu kommen, hatte Ethan seine Hände bei sich behalten. Sie beide wirkten … irgendwie daneben. In ihren eigenen Gedanken verloren, vielleicht. Sie verbanden sich nicht richtig.

Clay sagte: „Ich esse alles, solang es nicht zu würzig ist."

„Gut. Ich auch. Lass mich nachdenken …"

Während des Tages hatte Ethan die wunderschöne Aussicht in den Blue Mountains genießen und mit Sam abhängen und zum Großteil vergessen können, dass die Uhr, was seine Zeit mit Clay betraf, rückwärtslief.

Zum größten Teil.

Jetzt war ihre letzte gemeinsame Nacht. Aber musste sie das sein? Ja, Ethan musste nach Hause gehen und wieder arbeiten und sie wohnten auf unterschiedlichen Seiten des Globus in verschiedenen Zeitzonen und es war nicht so, dass sie sich an den Wochenenden treffen konnten und …

Er seufzte. Die Realität war so deprimierend.

„Nichts davon lacht dich an?" Clay holte sein Handy heraus und tippte. „Es gibt noch viel mehr, mach dir keine Sorgen. Lass mich sehen …"

„Nein, nein, jedes davon ist in Ordnung." Dann platzte er heraus: „Ich kann nicht glauben, dass ich morgen abfliege."

Clay zeigte ihm ein halbherziges Lächeln. „Die Zeit fliegt, nicht wahr?" Gilly war zu ihm gekommen, rieb sich an Clays Uniformhose. Clay streichelte ihn. „Es tut mir leid, dass ich nicht freinehmen kann. Wenn die Tour nicht ausgebucht wäre, könntest du noch einmal mit in die Blue Mountains fahren. Obwohl du heute wahrscheinlich genug gesehen hast."

„Nein, es war großartig. Sie sind wirklich so wunderschön. Man kann von den Aussichtspunkten aus kilometerweit sehen. Die Three Sisters sind so ikonisch. Es war wunderbar, sie persönlich zu sehen." Himmel, das hatte er bereits im Truck gesagt, mindestens drei Mal.

„Es hätte auch kein schöneres Wetter sein können. Kaum eine Wolke heute. Ein wenig heiß, aber nicht zu schlimm, eh?"

„Nein und ich hatte meinen Hut. Dank dir."

Sie lächelten einander an und Himmel, es fühlte sich so gestelzt und falsch an, über das verdammte Wetter zu reden.

Clay sagte: „Ich bin aber rechtzeitig zurück, um dich zum Flughafen zu fahren."

„Danke. Ich … ich wünschte, ich müsste nicht gehen." Er lächelte schwach. „Aber ich habe meine gesamte Urlaubszeit aufgebraucht. Und mein Geld. Darum muss ich mehr davon verdienen."

Clay lächelte zurück, aber es erreichte seine Augen nicht. „Stimmt. Natürlich musst du das." Er zögerte. „Es ist nicht so, als ob … Nun, wir haben uns gerade erst kennengelernt und ich muss mir wohl über vieles klar werden."

„Richtig. Absolut." Er hob seine Hand zwischen ihnen, Worte flossen aus seinem Mund. „Und das hier war großartig. Es war, was wir beide gebraucht haben. Eine Urlaubsaffäre oder was auch immer."

Clay senkte seinen Kopf, rieb sich seinen Nacken. „*Murmel murmel.*"

„Entschuldige?" Ethans Magen zog sich zusammen. *Bitte sag, dass es nicht nur eine Affäre war.*

Als Clay seinen Kopf hob, sagte er: „Vielleicht könntest du mich wieder besuchen. Oder ich könnte nach Amerika fliegen. Ich weiß, dass es nicht billig ist und wer weiß, wann wir es schaffen. Ich brauche mindestens zwei Wochen Urlaub und sogar dann wäre es knapp. Aber wir könnten darüber nachdenken."

Eifrig nickend meinte Ethan: „Absolut." Aber er konnte den Gedanken nicht unterdrücken, dass es nicht realistisch war. Sobald er weg war und sie beide wieder in ihren hektischen täglichen Routinen steckten … Würde diese Verbindung dann standhalten? Sie machten sich wahrscheinlich etwas vor, wenn sie dachten, es ginge.

Ethan erholte sich von Michael und Clay hatte sich gerade erst geoutet. Er sollte wahrscheinlich andere Männer daten, anstatt sich an den ersten zu binden, mit dem er zusammen gewesen war. Außerdem wusste jeder, dass Fernbeziehungen selten funktionierten. Sie waren erst seit einer Woche zusammen. Vielleicht war es gut, langsamer zu machen. Vielleicht …

Ethan fügte hinzu: „Wir können definitiv in Kontakt bleiben, oder? Facetime und WhatsApp. Das ist zumindest etwas."

Clay lächelte sanft. „Das würde mir gefallen. Sehr sogar."

„Mir auch. Also machen wir es so und dann sehen wir, was passiert? Und in der Zwischenzeit …"

„Ich nehme an, du hast noch ein Hühnchen mit deinem Ex-Verlobten zu rupfen."

Ugh. Gedanken an Michael und Todd explodierten in seinem Kopf und Ethan verzog das Gesicht. „Ja. Das ist wohl so." Er schauderte und versuchte, diese spezielle Realität weit von sich zu schieben.

Und verdammt, Ethan musste sich ein Apartment suchen. Er hatte sich diese Woche gestattet, im Fantasieland mit Clay zu leben, und jetzt musste er sich den Tatsachen stellen. Sogar wenn er nicht auf Dauer in New York bleiben würde, hatte er eine Menge Geld für diese Reise ausgegeben und war nicht in der Position, seinen Job zu kündigen. Seine Kreditkartenrechnung würde gewaltig sein.

„Es tut mir leid, dass ich das erwähnt habe. Zurück in die reale Welt und all das. Ich fahre nächste Woche zwei Mal die Great Ocean Road. Dann wieder nach Cairns. Zurück ins Hamsterrad."

„Ja. Es ist … Das hier war aber wunderbar. Ich hatte diese Woche eine großartige Zeit." *Untertreibung des Jahrhunderts.*

„Ich auch, Mate." Clay öffnete seinen Mund und schloss ihn dann wieder.

Sie schauten einander für einen Moment an, die Luft war schwer von etwas, das Ethan sich als Sehnen vorstellte. Was er *hoffte*, dass es Sehnen war.

Clay nahm einen Schluck Bier. „Jedenfalls können wir morgen noch schnell gemeinsam zu Abend essen, bevor ich dich absetze."

„Ja. Großartig!" Ethan zwang sich zu einem Lächeln. „Ich werde morgen Spaß mit Gilly haben. Ich muss auch packen. Vielleicht wasche ich auch, wenn das in Ordnung ist?"

„Ja, natürlich. Wir können jetzt unser Abendessen bestellen und ich zeige dir, wie die Waschmaschine funktioniert. Ich habe keinen Trockner, aber draußen gibt es eine Wäscheleine. Alles trocknet in kürzester Zeit."

„Großartig." Wunderbar. Herrlich. Würden sie den Rest ihrer letzten Nacht damit verbringen, höflich und peinlich berührt zu sein und über Weichspüler zu reden?

Clay schaute auf sein Handy. „Lass mich sehen. Möchtest du etwas Italienisches oder vielleicht-“

„Ich will, dass du mich fickst.“

Clay versuchte, sein Handy festzuhalten und ließ es auf die Arbeitsplatte neben sein Bier fallen. Gilly stupste ihn für weitere Streicheleinheiten an und Clay murmelte etwas, das Ethan nicht verstand, bevor er Gillys Futter aus der Vorratskammer holte und seine Schüssel in der kleinen Essecke füllte.

Mit jagendem Puls wartete Ethan. Vielleicht wollte Clay nicht? Nicht alle Männer mochten Analsex und das war natürlich absolut in Ordnung. Sie hätten wahrscheinlich darüber reden sollen, bevor Ethan in der Küche damit herausplatzte, am Abend, bevor er das Land verließ.

Als Clay ihm wieder gegenüberstand, nur wenige Schritte entfernt, sagte Ethan: „Kein Druck. Wenn du nicht bereit bist, oder es nicht willst oder was auch immer. Das ist absolut in Ordnung. Wir sollten uns einfach das Abendessen bestellen. Ich wollte nicht, dass es seltsam wird.“

Clay rieb sich über das Gesicht und sagte etwas. Als Ethan blinzelte und seinen Kopf ein wenig drehte, ließ Clay seine Hand sinken. „Es tut mir leid. Ich habe gesagt, dass die Dinge bereits seltsam sind, oder nicht?“

„Uh-huh. Aber wenn das unsere letzte Nacht zusammen ist, lass uns einfach so tun, als wäre sie das nicht.“

„Ja. Das können wir tun. Wir könnten morgen von einem Truck überfahren werden. Man muss im Hier und Heute leben. Das sagt Pete immer.“

Ethan nickte. „Noch bin ich hier. Du bist hier. Wir sind beide hier.“ Er lachte zu laut. „Ich bin der König der Beobachtung.“

Mit hüpfendem Adamsapfel fragte Clay: „Wenn du ‚ficken‘ sagst, dann meinst du …“

„Deinen Schwanz in meinem Hintern.“

Clay errötete und es war so verdammt niedlich, dass Ethan

grinsen musste. Zur Hölle mit der Peinlichkeit. Zur Hölle mit der Realität. Sie waren immer noch zusammen und sie würden das Beste daraus machen.

Er überwand die Distanz zwischen ihnen, nahm Clays Gesicht in seine Hände und küsste ihn tief. Seine Finger strichen über die weichen Haare von Clays Bart. Clay erwiderte den Kuss und schlang seine Arme um Ethans Rücken, ihre Zungen trafen sich.

Ihr Keuchen und Stöhnen und das Schmatzen ihrer Lippen war laut in Ethans Hörhilfen und er liebte es. Dann fing Gilly an zu bellen und er musste den Kuss unterbrechen und das Gesicht verziehen.

Mit geröteten Wangen, die Lippen geschwollen und nass, lächelte Clay Ethan an. „Einen Moment." Er schob Gilly nach draußen und schloss die Tür, dann drehte er sich um und lehnte sich dagegen. „Er geht nach dem Abendessen gerne raus und hält ein Nickerchen auf Sams Liege."

„Cool. Es ist also alles gut?"

„Alles ist wunderbar." Clay grinste.

Ethan lächelte ihn an. „Morgen existiert nicht. Okay?"

Clay nickte, seine Lippen teilten sich, seine Atmung war flach. „Also … wie …?"

„Lass uns ins Bett gehen." Ethan hielt ihm seine Hand hin und Clay kam eifrig und nahm sie, seine Handfläche war ein wenig verschwitzt. Ethan drückte sie und ging voran.

Kapitel Siebzehn

ALS ETHAN SEINE Kleidung auszog, fummelte Clay an seiner eigenen herum. Sein Herz hämmerte bis in seine Kehle hinauf. Er war sich nicht sicher, warum das so gewaltig erschien, weil sie bereits so viel mit ihren Mündern und Händen getan hatten, aber … das war es.

Ethan schob zärtlich Clays Hände von den Knöpfen seines Hemdes weg. Er öffnete sie geschickt und drückte Küsse auf Clays Lippen, während er arbeitete. Nachdem er das Hemd über Clays Arme nach unten gezogen und auf den Stuhl in der Ecke geworfen hatte, zog er am Saum von Clays Unterhemd.

Clay hob seine Arme über seinen Kopf und das Stück flog ebenfalls in Richtung Stuhl. Ethan biss sich auf seine volle Unterlippe, strich mit seinen Händen über Clays haarigen Brustkorb und murmelte: „Ich liebe deinen Körper."

„Nicht so fit, wie ich schon mal war", murmelte Clay und zog dabei seinen weichen Bauch ein. Ethan runzelte die Stirn, drehte seinen Kopf und reckte sein Kinn vor, so wie er es machte, wenn er etwas nicht hören konnte. Unsicher lachend, wiederholte Clay sich.

Ethan lachte nicht. Er schaute Clay ruhig an und sagte erneut: „Ich. Liebe. Deinen. Körper." Seine Hände wanderten tiefer, um Clays Mitte und an seinem Rücken nach oben. Er presste seine

Lippen auf Clays Schlüsselbein. „Ich liebe deine Sommersprossen und deine breiten, starken Schultern."

Er ging um Clay herum, seine Hände fest, damit Clay sich nicht mit ihm drehte. Seine Lippen fuhren über die Erhebungen von Clays Rücken und Rückgrat, dann über das Tattoo. Von hinten öffnete er den Reißverschluss von Clays Hose und schob sie mit seiner Unterwäsche nach unten. Clay stieg heraus und trat blind danach.

Ethans Hände tauchten tiefer, diese langen, wunderschönen Finger strichen über Clays Poritze. Sein Mund folgte, küsste leicht und Clays Knie zitterten, sein Schwanz schwoll an. Ethan küsste die Rückseite von Clays Oberschenkeln, seine Finger malten namenlose Muster.

Als Ethan sich wieder vor Clay stellte, sein Schwanz gerötet und aufstehend, küsste er Clays Mund erneut und flüsterte: „Siehst du, wie hart du mich machst, ohne überhaupt berührt zu werden?"

Clay konnte nur stöhnen und ihn für einen weiteren langen Kuss an sich ziehen. Er tauchte mit seiner Zunge in Ethans Mund und schluckte das herrliche kleine Wimmern, das er von sich gab.

Sie atmeten beide schwer, als Ethan fragte: „Willst du mich ficken?"

Er stellte sicher, dass er nicht stotterte. „Ja."

„Also, ich habe gestern Kondome gekauft, nur für den Fall. Weil ich dich wirklich in mir haben möchte. Wenn du das willst."

Er schenkte Ethan ein Lächeln. „Klingt für mich nach einer guten Idee." Er kribbelte vor Aufregung. Sex mit Barb war für ihn nie sonderlich interessant gewesen, aber der Gedanke, auf diese Weise in Ethan zu sein … Nun, auf ein wenig andere Weise in ihm zu sein, aber Clay dachte, dass das Grundprinzip ähnlich war.

Ethan leckte seine Lippen. „Okay. Cool."

Es war immer noch so neu und aufregend und schwer zu glauben, dass er Ethan *hatte. Will ihn für immer für mich haben.*

Da war wieder dieser tiefe, wilde Instinkt und Clay sagte ihm, dass er den Mund halten sollte. Er würde Ethan sicher vertreiben, wenn er anfing, über für immer zu reden.

Morgen existiert nicht.

„Okay", hauchte Ethan. Er atmete schnell, sein Blick war strahlend und eifrig. „Und ich möchte sicherstellen, dass du dich damit wohlfühlst, wenn es also irgendwann zu viel wird oder es dir nicht gefällt, können wir aufhören. Natürlich." Er hatte sehr schnell gesprochen und brach ab. „Ich werde jetzt aufhören zu plappern."

„Es gefällt mir."

„Der Gedanke, mich zu ficken oder mein Plappern?"

Clay grinste, Lust simmerte durch ihn, zusammen mit einer Welle der Zuneigung. „Beides." Er fügte hinzu: „Ich mag alles an dir", weil es die reine Wahrheit war.

Das brachte ihm einen tiefen Kuss ein. Ethan legte seine Arme um Clay. Sie rieben sich aneinander, ihre harten Schwänze trafen sich. Stöhnend löste Ethan sich, seine Lippen glänzten von Spucke.

„Ich möchte noch nicht kommen." Clays Hand haltend, wich er zum Bett zurück und ließ dann los, um in seinem kleineren Koffer zu suchen. Dann kroch er auf die Matratze. Er streckte sich auf seinen Rücken und ließ eine Folienpackung und eine Flasche neben sich fallen. Clay fühlte sich wie der glücklichste aller Blokes, weil er das hier haben durfte.

Ethan hob seine Hand. „Ich möchte dich sehen, wenn du in mir bist."

„Wir können es so machen?" Er schüttelte lachend den Kopf. „Ich bin ahnungslos, nicht wahr?"

Aber Ethan lachte ihn nicht aus. „Ich werde es dir zeigen. Komm her."

Clays Herz klopfte wie eine Trommel, als er sich auf ihn legte. Er genoss das Gefühl von Ethans Körperhaaren, die an ihm rieben, seiner schlanken, festen Gliedmaßen und seinem Brustkorb. „Ich liebe deinen Körper auch", sagte Clay.

Er wusste, dass Ethan es mochte, wenn seine Nippel berührt wurden, darum neigte er seinen Kopf, um an ihnen zu saugen und fühlte sich siegreich, als er mit seinen Zähnen über einen kratzte und Ethan mit einem hohen Stöhnen seinen Rücken aufwölbte.

Der Ventilator war an, bewegte sich in einem gleichmäßigen Rhythmus und die Luft hauchte über Clays heiße Haut. Schweiß sammelte sich in seinem Nacken und Ethans Finger fuhren durch Clays Haare, während Clay an seinen Nippeln knabberte und kratzte, bis sie rot und hart waren.

„Hier", keuchte Ethan, hob Clays Kopf an und reichte ihm die Flasche. „Mach deine Finger feucht. Nimm zuerst deine Uhr ab. Du willst nicht, dass sie voller Gleitgel ist."

Während Clay das Gel auf seinen rechten Zeige- und Mittelfinger gab, wand Ethan sich unter ihm und zog seine gespreizten Beine an, bis seine Knie praktisch an seinen Schultern waren. Clay setzte sich auf, damit er mehr Platz hatte.

„Bist du dir sicher, dass ich dir so nicht wehtun werde?" Mit trockenem Mund musterte er Ethans Hintern, der köstlich entblößt war.

„Ich bin sehr beweglich. Ich möchte dein Gesicht sehen." Er zog Clay für einen Kuss an sich und flüsterte dann: „Dring mit einem Finger in mich ein."

Nickend umkreiste Clay Ethans Loch mit seinem Zeigefinger und machte die drahtigen Haare dort klebrig von Gleitgel. Ethan schien das nicht zu stören, er drängte ihn, bis Clays Fingerspitze in ihn eindrang.

„Genau so, uh-huh", murmelte Ethan. „Mehr. Dehn mich. Mach mich bereit für deinen Schwanz. Ich will alles."

Sie machten das wirklich und der Gedanke, dass sein Schwanz in die enge Hitze passte, die sich um seinen Finger schloss, war sowohl unmöglich als auch unwiderstehlich. Clay stieß ein wenig härter zu und sein ganzer Finger glitt hinein.

„Himmel, gut so", stöhnte Ethan. „Knick deinen Finger ab. Finde den kleinen-" Er hob beinahe vom Bett ab, als er aufschrie. „Ja, genau da."

Ethans Schwanz tropfte und Clay beugte sich vor, um die Tropfen mit seiner Zunge zu fangen. Ethan stöhnte und verlangte: „Schieb noch einen Finger rein."

Wieder schien es unmöglich zu sein, aber Ethans Hintern dehnte sich, um ihn aufzunehmen. Es musste wehgetan haben und Ethan kniff seine Augen zu, verzog dabei das Gesicht. Doch als Clay anfing, seine Finger herauszuziehen, öffneten Ethans Augen sich.

„Nein. Es ist so gut. Bitte."

Also behielt Clay seine Finger drinnen und leckte an Ethans Eiern, die getrimmten Haare kratzten seine Nase. Aber Ethan hatte gesagt, dass er nicht so früh kommen wollte und so wie er keuchte, hatte Clay das Gefühl, dass er kurz davorstand.

Clay lehnte sich zurück, zog seine Finger heraus und griff erneut nach dem Gleitgel. Er fragte: „Bist du bereit für mich?"

Ethans Augen hatten sich geschlossen und er konzentrierte sich wieder auf Clay. „Entschuldige. Kannst du das wiederholen?"

Clay fühlte sich dumm, es noch einmal zu sagen, und seine Wangen wurden heiß. „Ich habe gefragt, ob du bereit für mich bist."

„Ob ich bereit bin, von deinem großen, heißen Schwanz genagelt zu werden?" Er grinste schelmisch. „War das die Frage?"

Clay lachte und entspannte sich ein wenig. „Ja, du Mistkerl. Das war die Frage."

„Mein knackiger Hintern ist so bereit, genagelt zu werden."

Clay versuchte, nicht von dem Adrenalin zu zittern, das durch ihn pumpte und riss die Folie auf, zog dann das Kondom über und bedeckte es mit Gleitgel. Ethan zog Clay näher an sich, küsste ihn und griff nach unten, um Clays Schwanz an seinem Hintern zu positionieren. Er wand sich erneut und hob seine Hüften noch mehr an.

Die Eichel von Clays Schaft stupste Ethans Hintern an und jetzt lachte keiner von ihnen mehr. Nickend schob Ethan Clays Hände an seine angezogenen Oberschenkel. „Halt mich offen. Dring ein."

Clay tat, was ihm gesagt wurde und verzog das Gesicht, als er den Widerstand in Ethan spürte. „Wie fühlt es sich an?"

„Es brennt, aber du fühlst dich so gut an. Das wird es wert sein. Nur ein wenig weiter und dann – ja!" Ethan ließ seinen Kopf nach hinten sinken und stöhnte, als Clay ganz in ihn eindrang.

„Himmel!", schrie Clay, die Hitze packte ihn besser als alles, was er je gefühlt hatte. Weil es *Ethan* war. Clay war tatsächlich in ihm. Ja, er war in Ethans Mund gewesen, aber das hier war anders. Er befand sich in seinem Kern.

Er fickte tatsächlich einen anderen Bloke. Und nicht nur irgendeinen Bloke – Ethan. Den besten Bloke, den es gab. Dass sie dies teilten, weckte in Clay den Wunsch, vor Freude zu jubeln und bei dem Gedanken zu weinen, dass Ethan gehen würde. Morgen existierte nicht, darum konzentrierte er sich wieder auf das Jetzt.

Ethans Kehle arbeitete und Clay wollte seinen Adamsapfel lecken, aber er hatte keine Gelegenheit. Ethan hob seinen Kopf, zog sich mit seinen inneren Muskeln um Clay zusammen und brachte ihn zum Beben.

Ethan packte Clays Hüften. „Beweg dich. Bitte. Ich brauche mehr."

„Ja." Clay zog sich ein wenig zurück und bewegte sich sachte. „Himmel, du fühlst dich unglaublich an."

„Du bist so heiß in mir. Die Dehnung ist …" Er brach stöhnend ab. Schweiß tropfte in die Vertiefung unter Ethans Kehle und Clay lehnte sich nach unten und leckte. Er liebte die Explosion von Salz auf seiner Zunge.

Ethan zog rau an Clays Haaren und verlangte einen Kuss, während Clay ihn mit leichten Stößen fickte. „Härter", keuchte er. „Bitte." Er zog sich zurück, bis sie sich in die Augen sehen konnten, seine Pupillen waren riesig vor Lust. „Du wirst mir nicht wehtun. Das verspreche ich."

Mit sich anspannenden Muskeln zog Clay sich zur Hälfte zurück und rammte wieder vor, seine Eier klatschten an Ethans Pobacken. Sie stöhnten beide und Clay fragte: „Das gefällt dir, Liebling?"

Aber Ethan hörte ihn nicht über seinem eigenen Grunzen und Stöhnen und es schien ziemlich offensichtlich, dass, Ja, Ethan das gefiel. Sehr sogar. Er war so eng und warm und perfekt und Clay verlor sich in ihm, fickte Ethan, bis er wusste, dass er kommen würde.

Ethan schlang seine langen Beine um Clays Taille, seine Augen waren vernebelt, als er keuchte. Als Clay zwischen sie griff, um ihn zu pumpen, stöhnte Ethan. Sein Schwanz war wie Eisen in Clays Griff. Es brauchte nur ein paar Bewegungen, bevor er kam, sein Mund geöffnet und seine Augen geschlossen.

Ethan bebte in seiner Erlösung und er zog sich um Clay zusammen, der Druck so heiß und richtig. Ethan nahm Clays Gesicht in beide Hände und befahl: „Komm in mir. Stell dir vor, dass es kein Kondom gibt und du mich füllen wirst, bis deine Wichse herausläuft."

„Verdammte Hölle", murmelte Clay und rammte erneut in Ethan, bevor sein Orgasmus durch ihn hindurchraste wie ein Zyklon. Er schauderte tief in Ethan, Ethans Beine waren fest um ihn geschlungen. Ethan hielt ihn dort, während Clay durch die Nachbeben zitterte. Er vergrub sein Gesicht in Ethans Hals und keuchte an seiner Haut.

Als er endlich seinen Kopf hob, zog er langsam seinen weich werdenden Schaft heraus und wurde das Kondom los. Es war eine feuchte Sauerei zwischen ihnen, aber Clay hatte keine Eile, sauber zu machen. Er liebkoste Ethans gerötete Wange. „Es hat sich gut angefühlt, oder?", konnte er nicht widerstehen zu fragen, nur um sicherzustellen, dass es nicht zu sehr wehgetan hatte.

Ethan grinste. „Das hat es definitiv. Wenn du es irgendwann ausprobieren möchtest …" Er brach in Gelächter aus. „Ich kann bereits spüren, wie du bei dem Gedanken deinen Hintern zusammenzwickst."

Clay lachte ebenfalls. „Ich bin mir nicht sicher, ob ich heute Nacht dafür bereit bin." *Auch wenn morgen nicht existiert.*

Ethan lächelte und küsste ihn zärtlich. „Das ist in Ordnung. Ruh dich aus. Weil du mich heute Nacht definitiv noch einmal ficken wirst."

„Können wir zuerst etwas zu essen bestellen?", zog Clay ihn auf.

„Ich nehme an, das kann ich erlauben."

„Ich muss wieder zu Kräften kommen nach dem hier." Er runzelte die Stirn. „Bist du sicher, dass es nicht zu sehr wehtun wird?"

„Ich möchte dich morgen spüren."

Da war sie, die Erinnerung, dass morgen *existierte* und die Zeit verrann. Sie beide wusste es, aber sie hörten auf zu reden und küssten sich stattdessen, versuchten, für eine kleine Weile länger zu vergessen.

NATÜRLICH KAM MORGEN, das Miststück.

Sie waren bis lang nach Mitternacht aufgeblieben und Ethan hatte sich kaum gerührt, als Clay sich vor dem Morgengrauen aus dem Kokon ihres Bettes erhoben hatte. Ethans Hintern musste wund sein, nachdem er Clays Schwanz geritten hatte wie ein Cowboy auf einem Bullen. Clays Brusthaare waren mit getrocknetem Samen bedeckt und er lächelte in sich hinein, als er sich unter der Dusche schnell schrubbte.

Oh, wie sehr er sich wünschte, er könnte krankfeiern, aber dann würde er zwanzig Leute in ihrem Urlaub hängenlassen, nicht zu vergessen, dass die Firma nicht erfreut sein würde, um es milde auszudrücken.

Als Clay einen Kuss auf Ethans zerzausten Kopf drückte, murmelte Ethan etwas, wachte aber nicht auf. Clay hatte sich auf Zehenspitzen durch den Raum bewegt, als er sich fertiggemacht hatte, und erkannte etwas zu spät, dass dies nicht nötig gewesen wäre, weil Ethan seine Hörgeräte nicht trug und tief im Traumland weilte. Wenn Clay sich nur zu ihm gesellen könnte.

Er schüttelte sich. Es war Zeit, in die Gänge zu kommen und aufzuhören, sich Dinge zu wünschen, die nicht sein konnten. Gilly bellte und winselte, als Clay ging und Schuld überkam ihn. Aber Ethan würde bald mit ihm Gassi gehen und sie würde einen schönen Tag zusammen verbringen.

Clay gestattete es sich, auf der Fahrt nach Sydney Trübsal zu blasen, aber sobald er den Bus und die Gäste hatte, zwang er sich zu einem Lächeln. Er hatte einen Job zu erledigen.

Stunden später, nachdem ein Unfall zwei Spuren gesperrt und Clay gefährlich spät zu Ethan hatte kommen lassen – und die Zeit geraubt hatte, die sie fürs Abendessen gehabt hätten – stand Clay an der Seite, während Ethan seine Koffer eincheckte. Clay hatte sich seine übliche kurze Hose und T-Shirt angezogen. Er rutschte mit seinem Fuß immer wieder aus seinem Thong und zurück und spielte nervös damit herum, die Hände hatte er in seine Taschen gesteckt.

Es war alles eilig gewesen und sie hatten auf der Fahrt nicht viel geredet, beide waren sie angespannt. Jetzt waren sie hier und bald würde Ethan durch die Sicherheitskontrolle müssen und das würde es dann sein. Klar, sie konnten sich schreiben und über Facetime sehen und plaudern. Aber sie hatten getrennte Leben. Sie mussten realistisch sein.

Oder?

Mit jeder Sekunde, die Clay Ethan am Ticketschalter beobachtete, wie er seine Hand hinter sein Ohr legte, weil die Frau nicht deutlich genug redete, hallte ein Wort durch Clay. Es wurde mit jedem dumpfen Schlag seines Herzens stärker.

Nein.

Nein.

Nein.

Als Ethan sich ihm näherte, führte Clay ihn nahe an die Wand in der langen, schmalen Abflughalle, so weit weg vom Lärm, wie es möglich war, auch wenn sie immer noch mittendrin standen. Clays Kopf fühlte sich leicht an, sein Körper summte mit einer seltsamen Energie. Er starrte Ethan an – diesen tapferen, wunderschönen Mann, der in Clays Leben geplatzt war und es für immer verändert hatte. Clay hatte nicht einmal gewusst, wie verloren er war, aber gefunden zu werden war tiefgreifender, als er es sich je hätte vorstellen können.

Die Realität konnte sich ins Knie ficken.

Ethan schaute ihn mit fragend gerunzelter Stirn an, deutliche Sorge schimmerte in seinen Augen. „Clay?"

„Ich will nicht, dass du gehst." Die Worte waren kaum mehr als ein Flüstern, seine Kehle war zu trocken.

Ethans Stirnrunzeln vertiefte sich und er fummelte an seinen Hörhilfen herum und bewegte sich, bis sein Rücken der Halle zugewandt war. „Es tut mir leid, könntest du das wiederholen?"

Ja, das konnte er ganz sicher. Sich räuspernd, sprach Clay deutlich. „Ich will nicht, dass du gehst." Er schüttelte seinen Kopf. „Es ist mir egal, dass wir uns gerade erst kennengelernt haben. Es ist mir egal, wenn es albern ist. Geh nicht."

Mit aufleuchtendem Gesicht packte Ethan Clays Hand und verwob ihre Finger fest miteinander. „Ich will auch nicht gehen. Ich weiß, dass wir erwachsen und vernünftig sein sollen, und realistisch und all diesen Scheiß. Und ich weiß, dass wir uns gerade erst kennengelernt haben und dass du gerade herausfindest, wer du bist und dass du wahrscheinlich mit anderen Leuten ausgehen solltest-"

„Zur Hölle damit." Clay holte zittrig Luft und drückte Ethans Finger. Er schaute sich um, sah die Leute, die an ihnen vorbeigingen oder in Schlangen standen, um zu sehen, ob jemand in Hörweite war, aber dann schüttelte er seinen Kopf. „Mir ist es egal, wer es weiß. Ich bin ein Queerer. Das ist meine Identität." Clay dachte für einen Moment darüber nach. „Sagen die Leute das so? Oder nur man ist ‚queer'?"

Ethans Wangen zeigten die Grübchen und er griff nach Clays anderer Hand und packte sie fest. „In der Regel sagt man ‚queer', aber du kannst dich so beschreiben, wie immer du willst. Oder nicht. Das ist deine Entscheidung."

„Nun, ich bin mir beim Rest nicht sicher, aber ich weiß, dass ich nicht hetero bin. Weil ich noch nie jemanden so gemocht habe wie dich. Ich will nicht mit anderen Leuten ausgehen. Nicht mit diesen Frauen auf Sams Webseiten oder irgendwelchen anderen Blokes. Nur mit einem."

Wenn Clay diese Wahrheiten *wusste* – zu ihnen stand – dann würde er das voll und ganz tun. Seine Stimme war rau, aber er versuchte, deutlich zu sprechen und zog Ethan näher zu sich, bis sich ihre Schuhspitzen berührten. „Jahrelang habe ich mich selbst nicht gekannt. Ich bin einfach mitgelaufen und habe das getan, von dem ich dachte, dass es von mir erwartet wird. Wenn ich jetzt tue, was von mir erwartet wird, dann sage ich Auf Wiedersehen und du gehst zurück nach Amerika. Und wir werden einander wahrscheinlich nie wiedersehen und die Leute werden sagen, dass es so sein sollte, weil das nur eine Urlaubsaffäre war und dass zwischen uns ein zu großer Altersunterschied ist, weil du kaum älter bist als meine Kinder."

Ethans Hände zitterten in denen von Clay. „Ja. Und ich erhole mich gerade von einer Trennung und wir haben nicht genug gemein und wie werde ich hier unten einen Job bekommen? Wir müssten uns um mein Visa kümmern und was, wenn es nicht funktioniert?"

„Alles valide Punkte, nehme ich an." Sein Herz hämmerte so heftig, dass er es hören konnte. Er schüttelte seinen Kopf, platzte heraus: „Und mir ist all das komplett egal! Ich verliebe mich in dich. Kann sein, dass ich es schon getan habe." Scheiße. Er hatte es gesagt.

Und er *wusste*, dass es stimmte.

Aber Ethan runzelte die Stirn und Clays Magen sank in seine Kniekehlen und drehte sich um. Er war zu weit gegangen und hatte es verbockt, oder? Er hatte Ethan vertrieben und –

„Es tut mir leid, das musst du noch einmal sagen." Ethan starrte finster eine Gruppe Menschen an, die mit ihren Trolleys vorbeikamen, lachend und lärmend. „Langsamer? Ich habe nichts davon verstanden." Er drückte Clays Hände und schenkte ihm ein nervöses Lächeln.

Tief Luft holend, redete Clay deutlich, sein Herz hämmerte immer noch, als er seinen Brustkorb aufschlitzte und entblößte. „Ich habe gesagt, dass es mir egal ist, was wir tun sollten. Mir ist es egal, was andere Leute denken. Mir ist es egal, dass ich zu alt für dich bin. Ich liebe dich, Ethan."

Ethan starrte ihn endlose Sekunden an. „Du … Du liebst mich?"

„Ja. Kannst du mich immer noch nicht hören?" Er schaute sich um und suchte nach einer Stelle, aber überall befanden sich Menschen. „Zur Hölle, wie wäre es, wenn wir auf die Toilette gehen? Da sollte es ruhiger sein?"

„Nein, nein, ich habe dich dieses Mal gehört." Ethans Augen glänzten und sein Lächeln war wackelig. „Ich wollte nur sicherstellen, dass es real ist."

„Es ist real." Clay packte Ethans Hände fester. „Ich weiß es."

„Ich liebe dich auch. Es ist mir egal, ob es zu schnell ist."

Clay hätte mit seinen Armen wedeln und zur Decke fliegen können. Reine Freude brach in ihm auf. „Kannst du das noch einmal sagen? Es würde mich nicht stören, es zwei Mal zu hören."

Auf die Zehenspitzen gehend, grinste Ethan. „Ich liebe dich, Clay Kelly."

Clay riss Ethan in seine Arme, umarmte ihn, als würde sein Leben davon abhängen. Weil es das tat. Das tat es wirklich. Ethan klammerte sich an ihn und Clay wollte sich gerade zurücklehnen und ihn küssen, als er eine Familie entdeckte, die an ihnen vorbeiging. Die Eltern hatten die Stirnen gerunzelt und murmelten etwas, die Kinder starrten.

Plötzlich fühlte er sich, als ob alle sie anschauen würden, darum ließ er den Kuss aus und löste sich langsam aus der Umarmung. Sie machten nichts falsch, aber sein Gesicht war heiß und seine Haut juckte unter den Blicken von Menschen in der Nähe.

Ethan zog die Brauen zusammen und schaute sich um. Er lächelte sanft. „Schon gut. Es dauert ein wenig, bis man sich an offen gezeigte Zärtlichkeiten gewöhnt."

„Ich sollte mich davon nicht stören lassen, ich weiß."

„Ein Schritt nach dem anderen." Ethan schenkte ihm ein weiteres süßes, verständnisvolles Lächeln.

„Du warst so geduldig. Bist du sicher, dass du mich haben willst?"

Jetzt grinste Ethan. „Ich bin zu einhundert Prozent sicher."

„Ja?" Clays Herz würde gleich platzen. „Warum sollten wir es beenden, wenn es gerade erst angefangen hat?"

„Genau. Warum sollten wir tun, was von uns ‚erwartet' wird? Das habe ich schon versucht. Ich dachte, ich würde alles in meinem Leben in Ordnung bringen, indem ich Michael heirate, und tue, was von uns erwartet wurde. Zur Hölle damit. Ich will nicht gehen. Ich meine damit, ich muss heute Nacht gehen, weil ich meinen Job nicht ohne Vorwarnung kündigen kann. Aber ich will zurückkommen. Ich will mit dir zusammen sein. Sind wir verrückt?

„Es gibt wohl nur eine Möglichkeit, das herauszufinden."

„Genau", sagte Ethan grinsend. „Was ist das Schlimmste, was passieren kann? Es funktioniert nicht und ich lande wieder in den Staaten. Oder ich bleibe hier, wenn ich einen Job habe. Ich denke, das ist ein akzeptables Risiko."

Mit rasendem Puls sagte Clay: „Ich werde dir helfen, für den Flug zurück zu zahlen. Du ziehst bei mir ein. Sam ist wahrscheinlich bereit, zu Jase zu ziehen. Wir finden eine Lösung. Ich rede mit meinem Boss und sage ihm, dass ich die langen Fahrten nicht mehr machen kann. Was auch nötig ist, wir werden dafür sorgen, dass es klappt."

„Das werden wir. Zur Hölle mit der realen Welt. Wir werden sie kleinkriegen." Er hob seine Hand für ein High Five und Clay schlug lachend ein.

Wenn es der realen Welt nicht gefiel, konnte sie sich mit allen anderen ins Knie ficken.

Kapitel Achtzehn

DREIUNDFÜNFZIG TAGE.

Es war März und das letzte Mal, als Ethan diese Treppe hinaufgegangen war, war vor dreiundfünfzig Tagen gewesen. Er starrte finster das flackernde Licht im zweiten Stock um der guten alten Zeiten willen an und ging dann langsam weiter in den dritten Stock, Schritt für Schritt.

Es war auf surreale Art und Weise vertraut – das alarmierende Knarzen der vorletzten Stufe, die Beule in dem Rohr, das aufs Dach hinaufführte. Das Knallen der Tür hinter ihm, als er das Treppenhaus verließ. Die zehn Schritte oder so zu seiner Eingangstür auf dem alten, fleckigen Teppich.

Nein, *Michaels* Tür. Das hier würde nie wieder Ethans Heim sein. Und zusammen mit dem bittersüßen Schmerz von allem, was er verloren hatte, war da der Rausch der Erleichterung und der Vorfreude. Er hatte diesen Moment gefürchtet, seit er in New York gelandet war und angefangen hatte, seinen Plan in die Tat umzusetzen.

Zeit, dieses Kapitel abzuschließen.

Es fühlte sich seltsam an, zu klopfen, aber das machte er, obwohl das gezackte Metall des Schlüssels sich in seine andere Handfläche grub. Die Tür ging auf und Michael stand da in seiner üblichen schwarzen Hose und einem Hemd und starrte Ethan mit einem gezwungenen Lächeln an.

„Hey", sagte Michael. „Äh ..." Er trat zurück. „Komm rein."

Ein Teil von Ethan wollte sich weigern und ihm sagen, dass er die Kisten einfach in den Flur stellen sollte, aber nein. Er konnte das. Er *musste* das tun. Als er eintrat, hätte er beinahe automatisch den Reißverschluss an seiner Frühlingsjacke geöffnet und sie an einen der Haken gehängt. Er behielt sie an und steckte seine Hände in die Taschen seiner Jeans.

Todd erschien am Ende des kleinen Flurs. Er trug das klassische Asteroids T-Shirt, das Ethan ihm vor ein paar Jahren zum Geburtstag gekauft hatte. Er lächelte nervös. „Hey, Eth. Es ist so gut, dich zu sehen, Mann."

Und verdammt, es *war* gut, ihn zu sehen. Und Michael. Sie waren so lang alles für Ethan gewesen und für einen schrecklichen Moment hatte er Angst, dass er in peinliche Tränen ausbrechen würde.

Das tat er nicht.

Mit hocherhobenem Kopf nickte er Todd zu. „Hey. Danke, dass du gekommen bist."

„Natürlich. Wir wollten wirklich mit dir reden." Er wich zurück und sie begaben sich ins Wohnzimmer.

Durch die offene Schlafzimmertür konnte Ethan das Bett sehen. Er ließ die Erinnerung zu, wie Todd auf Michael saß, seinen Schwanz aufnahm. Er erinnerte sich an den Verrat, durchlebte die Emotionen – Schmerz, Zorn, Scham, Verzweiflung – und kam auf der anderen Seite wieder heraus.

Akzeptanz.

Nein, Ethan würde nicht weinen und er würde nicht schreien. Es war vorbei und sein Leben würde dadurch besser werden. So. Viel. Besser. Er lächelte in sich hinein bei dem Gedanken, dass Clay seine letzte Ostküsten-Tour beendet hatte und an das Foto, das er Anfang der Woche geschickt hatte, von einem unglaublich rosigen Sonnenaufgang in Mission Beach.

Das Einzige, was fehlt, bist du.

„Äh, Eth?"

Ethan blinzelte zurück in die Gegenwart und sah, wie Michael und Todd unsichere Blicke tauschten. Sie hatten wahrscheinlich Angst, dass er kurz davorstand, durchzudrehen, so wie er lächelte.

„Ja." Er schaute sich in seinem ehemaligen Zuhause um – ganz kühle Farben und modisch scharfe Kanten. Umzugskartons standen an einer Wand gestapelt. Nicht viele, wahrscheinlich zehn, ordentlich in Michaels Handschrift beschriftet, weil er wusste, wie sehr Ethan es mochte, wenn Dinge organisiert waren.

Badzeug
Bücher
Krimskrams
Erinnerungen
Kleidung

In den meisten befand sich Kleidung, höchstwahrscheinlich der Inhalt seiner Schubladen. Ein paar volle Kleidersäcke hingen vom Buchregal.

„Onkel Chuck ist unten mit seinem Van", erklärte Ethan.

„Okay", antwortete Michael. „Wir können helfen, alles nach unten zu bringen." Er trat von einem Bein aufs andere, eine Angewohnheit, wenn er nervös war. Er sagte noch etwas, das Ethan nicht mitbekam, aber es spielte keine Rolle.

„Stellt nur alles in den Flur. Wir kommen klar."

Todd platzte heraus. „Eth, bitte rede mit uns. Wir wissen, dass wir es total verbockt haben, aber-"

„Ich werde reden. Und ihr beide werdet zuhören." Er wartete ein paar Momente, während sie einander ansahen. „Ich werde euch niemals vergeben, dass ihr mich so angelogen habt. Und so lange Zeit. Ich hätte euch vielleicht vergeben können, dass ihr euch ineinander verliebt habt, aber nicht das." Er schaute Michael direkt an. „Nicht, dass ihr am Tag vor unserer Hochzeit auf unserem Bett gefickt habt."

Michael atmete zittrig aus, sein Blick war zu Boden gesenkt.

„Ich weiß. Es tut mir leid.“

Ethan schaute Todd an. „Du warst mein bester Freund.“

Todd schluckte hart und schaffte es, Ethans Blick standzuhalten. „Es tut mir leid. Ich-“

„Es spielt keine Rolle. Die Wahrheit ist, Michael und ich hätten uns schon vor Jahren trennen sollen. Es ist vorbei und das war es schon seit langer Zeit, wenn man genau darüber nachdenkt. Wir waren jung. Wir haben schlechte Entscheidungen getroffen. Wir alle. Ich habe mich entschieden, mit euch hierherzuziehen und als ich es gehasst habe, habe ich entschieden zu bleiben. Und jetzt gehe ich.“

Sie richteten sich ein wenig auf und teilten einen weiteren Blick. Michael fragte: „Wo gehst du hin?“

„Nach Australien. Ich wechsle in das Büro der Firma in Sydney. Ich habe bereits auf internationaler Ebene gearbeitet und das ist gefragt. Sie wollten mich nicht verlieren, darum zahlen sie meine Arbeitsgenehmigung.“

Michael keuchte. „Ist das dein Ernst? Du ziehst ans andere Ende der Welt? Für wie lang?“

„Wer weiß. Vielleicht für immer. Ich sollte mich wohl bei euch dafür bedanken, dass ihr lügende Betrüger seid. Allein in die Flitterwochen zu fahren war das Beste, was mir je passiert ist. Ich habe meine eigene Version von Crocodile Dundee kennengelernt. Wir werden es miteinander versuchen und sehen, was passiert.“

„Murmel murmel.“ Michael redete viel zu schnell, seine Hände schnitten aufgeregt durch die Luft.

„Moment, wer ist dieser Typ?“, fragte Todd mit gerunzelter Stirn.

„Das geht euch nichts an“, gab Ethan ruhig zurück. „Diese Beziehung, diese Freundschaft?“ Er deutete zwischen ihnen und sich. „Das ist vorbei. Für immer. Ich lösche meine Accounts in den Sozialen Medien. Ich gehe nach Australien und fange neu an. Neues ich, neues Instagram.“

„Aber warte", flehte Michael. „Ich liebe dich immer noch, Baby." Er streckte die Hand aus. „Liebst du mich denn gar nicht mehr?"

Ethans Kehle schnürte sich zu und Jahre an Erinnerungen spulten sich im Schnelldurchlauf in seinem Kopf ab. Sie waren zu verschwommen, um sich auf einzelne zu fokussieren, es waren eher die Empfindungen von Wärme und Zuneigung und Leidenschaft und Lachen, die vor viel zu langer Zeit verblasst waren. „Die letzten paar Jahre haben wir nur noch ein Programm abgespielt. Du hast mich angelogen und ich war deprimiert und dann, als ich das überwunden hatte, habe ich so getan, als ob alles immer noch funktionieren könnte. Dass zu heiraten alles in Ordnung bringen würde." Tränen brannten in seinen Augen, aber er unterdrückte sie. „Ich habe euch beide geliebt und ein Teil von mir wird das immer tun. Aber das hier ist ein Abschied."

Todd schüttelte seinen Kopf. „Komm schon, Mann. Stell nicht dein ganzes Leben für einen Typen in Australien auf den Kopf, den du kaum kennst. Es muss eine Möglichkeit geben, wie wir das verarbeiten können. Um wenigstens wieder Freunde zu sein. Ich weiß, dass es dauern wird, aber-"

Ethan drehte sich um und ging ruhig zu den hängenden Kleidersäcken, legte sie sich über einen Arm. Sie waren schwer, aber das ließ er sich nicht anmerken. Er schaute über seine Schulter für einen letzten Blick auf die beiden Menschen, die er am meisten auf der ganzen Welt geliebt hatte, die ihn jetzt mit schweigender Bestürzung ansahen.

„Ich hoffe, ihr und wer auch immer sonst seid glücklich zusammen. Denn ich werde es sein." Er dachte an Clay und lächelte. „Ich werde unglaublich glücklich sein."

ALS DIESES RÖTLICHE, wunderschöne Gesicht den Bildschirm

seines Handys füllte, schwoll Ethans Herz an. Er wünschte, er könnte Clay küssen und seinen Bart an seinem Gesicht spüren.

„Hey", sagte Ethan. „Wie war die Fahrt nach Sydney?"

„Ein wenig Verkehr, aber nicht zu schlimm." Er hielt inne. „Wie ist es mit-" Er brach ab. „Uh, Michael gelaufen?"

„Du wolltest ‚Arschloch' sagen, nicht wahr?"

Clay lachte. „Schuldig im Sinne der Anklage."

Ethan atmete aus und lehnte sich an das Kopfteil. Das Zimmer war nicht sonderlich vornehm, aber es war sauber und neu und Flughafenhotels hatten wenigstens vernünftige Preise. „Es ist gut gelaufen. Es war, was es war."

„Das bedeutet?" Clay runzelte die Stirn. „Haben sie etwas getan, um dich aufzuregen? Ich meine abgesehen von dem, was sie bereits getan haben."

„Wirst du hierher fliegen und ihnen in den Hintern treten, wenn sie das getan haben?", zog Ethan ihn auf und liebte es insgeheim.

„Und wie ich das werde."

Ethan versuchte, nicht zu sehr zu schwärmen, und versagte kläglich. „Mein Ritter in schimmernder Rüstung. Aber das musst du nicht. Sie haben nichts getan. Es war hart, sie wiederzusehen und wieder im Apartment zu sein. Aber ich musste das tun. Es war ein guter Abschluss. Ich habe Michaels Schwester Clara und ein paar anderen Leuten eine Nachricht geschickt, bevor ich meinen Facebook-Account gelöscht habe. Habe mich hinten in Onkel Chucks Van gesetzt und bin die Kisten durchgegangen. Das meiste davon lagert er für mich ein."

„Er ist ein guter Bloke."

„Das ist er wirklich. Es sind mindestens dreizehn Stunden von und nach Cheektowaga und er hat mich trotzdem noch in Newark abgesetzt, bevor er gefahren ist. Wir stehen uns nicht supernahe oder so, aber es ist schön zu wissen, dass ich immer noch Familie habe."

„Natürlich.“

„Also ja. Es lief ganz gut. Ich hatte Angst davor, aber es fühlt sich gut an, es getan zu haben.“ Er schluckte schwer an den aufwallenden Emotionen. „Es fühlt sich richtig an.“ Er lachte zittrig. „Es tut mir leid. Ich weiß nicht, warum ich plötzlich ganz rührselig werde.“

„Es ist in Ordnung, Liebling.“

Ethans Atem stockte bei diesem Kosenamen. Clays Gesicht zu sehen und den ruhigen Trost in seiner tiefen Stimme zu hören, erfüllte Ethan mit so viel Frieden. Er schaffte ein echtes Lächeln. „Ja. Das ist es. Oh, wie ist Sams Umzug gelaufen?“

„Großartig. Wir haben den Großteil ihrer Sachen in den Ute gebracht, weil Jase bereits Möbel hat. Sie freut sich darauf, mit ihm zusammenzuwohnen, auch wenn der arme Gilly sich weniger freut. Wir werden dafür sorgen, dass er jede Woche ein paar Tage mit ihr verbringen kann.“

„Ich kann es nicht erwarten, Gilly wiederzusehen. Denkst du, er wird sich an mich erinnern?“

„Natürlich wird er das. Du bist unvergesslich.“

Ethan errötete bei dem Kompliment und weil Clay es mit solch niedlicher Ernsthaftigkeit aussprach. „Ich mag mich selbst so viel mehr, wenn ich mit dir zusammen bin.“ Er lachte. „Klingt das dämlich?“

„Nein.“

„All diese Jahre, als ich Depressionen hatte … Ich habe mich manchmal wirklich gehasst. Und ich habe mich endlich mit allem abgefunden und habe mich viel besser gefühlt. Das habe ich. Aber jetzt? Ich war noch nie so selbstbewusst. Ganz egal, was passiert, ich bin wegen dir jetzt ein stärkerer Mann.“

„Nichts wird passieren, Mate. Nun, nichts und alles. Du weißt, was ich meine?“

„Ja.“ Ethan seufzte glücklich. „Ich weiß genau, was du meinst.“ Er zögerte und wollte nicht fragen, hatte aber das Gefühl, dass er musste. „Hast du mit Barb gesprochen?“

Spannungsfalten erschienen auf Clays Gesicht. „Ich werde sie morgen anrufen. Sie und Bazz sind endlich aus dem Urlaub in Milford Sound zurück. Sieht übrigens wunderschön aus. Wir sollten das planen.“

„Das würde ich sehr gern. Ich werde es heute Nacht googeln. Ich weiß nicht, wann ich freibekommen werde, aber hoffentlich zum Jahresende.“

„Keine Eile, Mate. Wir können uns Zeit lassen und nachforschen. Es wird Spaß machen, das zusammen zu planen.“

Ethan nickte. Es würde *alles* sein. „Ich kann es nicht erwarten, dich wiederzusehen.“ Sein Flug nach L.A. war dieses Mal früher, aber ihn störte der lange Aufenthalt nicht. Alles, um endlich loszukommen und weg von New York City.

Clay grinste. „Ich auch nicht. Ich weiß, dass wir jeden Tag gesprochen haben, aber dieser Monat war Folter.“ Er lachte. „Sam sagt, dass ich auf cool machen soll, aber so bin ich einfach nicht, Mate. Ich vermisse dich so sehr.“

Und Ethan liebte ihn dafür. „Ich vermisse dich auch. Also …“ Er konnte nicht widerstehen, schelmisch zu lächeln. „Wirst du an mich denken und …“ Er wackelte doppeldeutig mit den Brauen.

Die Röte auf Clays Wangen war sogar auf dem kleinen Handybildschirm klar zu sehen. „Strewth, was du alles sagst.“

„Oder ich könnte dir jetzt aushelfen. Dir ein wenig von dem zeigen, was dir entgeht, bis ich zurückkomme.“ Er hatte noch nie Telefonsex gehabt, ganz zu schweigen von Facetime-Sex, aber verdammt, er vermisste Clay so sehr. Er brannte darauf, ihn kommen zu sehen – zu wissen, dass es wegen ihm war.

Aber Clays Augen wurden groß und er sah anbetungswürdig entsetzt aus. „Mate, was, wenn jemand zusieht? Hacker oder so? Ich weiß nicht, wie sicher diese Übertragungen sind. Nein, es wird das Warten wert sein, wenn ich dich vor mir habe.“

Ethan lachte. „Okay, ja. Aber ich werde definitiv an dich denken, wenn ich mir einen runterhole. Wie immer. Nur fürs Protokoll."

Clays Zähne blitzten in seinem Grinsen auf, die Falten um seine Augen vertieften sich. „Dito. Ich denke ständig an dich. Fürs Protokoll."

Sein Herz würde platzen und Ethan konnte nur wie ein Idiot grinsen. „Wir sehen uns bald. In echt."

Kapitel Neunzehn

„HIYAH, MR. KELLY. Wie geht es dir?" Barbs Stimme war warm und vertraut und das Aufwallen von Zuneigung in Clay half ihm, auszuatmen.

„Hiyah." Er ging in der kleinen Küche auf und ab, die abgetretenen Fliesen waren warm unter seinen Füßen. Er hatte Gilly nach einer Menge Streicheleinheiten und Küssen in den Garten geschoben und dann seine Uniform ausgezogen. „Bin heute Morgen mit meiner letzten Fahrt die Küste runter fertig geworden, nachdem ich die Sehenswürdigkeiten von Sydney gemacht habe."

„Ah, herzlichen Glückwunsch! Das muss eine Erleichterung sein. Sie haben zugestimmt, dich näher zu Hause arbeiten zu lassen?"

„Ja. Blue Mountains, Great Ocean Road, Hunter Valley. Canberra und Melbourne. Manchmal werde ich ein oder zwei Nächte unterwegs sein, aber es werden vor allem Tagesausflüge ins Hunter oder die Blue Mountains sein."

„Hervorragend. Vermisst du es nie, an diesen alten Minen-Maschinen zu arbeiten?"

„Überhaupt nicht."

„Hat Pete dir erzählt, dass er einen Job hat?"

„Jep. Er hat mir ein Foto von sich in einer Uniform hinter

einer Bar geschickt, um es zu beweisen."

Sie lachte. „Dasselbe hat er mir auch geschickt. Lass uns hoffen, dass er nicht die Uniform eines Mates geliehen hat, um es so aussehen zu lassen." Sie lachte erneut. „Nein, er müsste um Geld bitten, wenn er keinen Job hätte."

„Stimmt."

„Wie geht es Sam?"

„Ihr geht es gut. Ich rufe genau genommen nicht wegen der Kinder an." Sein Atem kam kurz und flach und er packte das Handy fester, wo er es sich ans Ohr hielt. „Es gibt da etwas, das ich dir sagen muss."

Jegliche Spur von Erheiterung verschwand aus Barbs Stimme. „Was ist passiert? Ist es deine Mum? Oder Jen?"

„Nein, nein, es geht allen gut. Es geht um mich. Ich ..." Sein Mund war knochentrocken und er räusperte sich.

„Verdammte Hölle, was ist? Bist du krank?" Ihre Stimme war angespannt und dünn.

„Nein, nichts dergleichen." Zumindest hoffte er sie würde nicht denken, dass mit ihm etwas nicht stimmte, sobald er ihr die Wahrheit sagte. Und natürlich ging es bei dieser Wahrheit um mehr als nur ihn. Es ging um das Leben, das sie geteilt hatten.

Sie atmete laut aus. „Du hättest mir beinahe einen Herzinfarkt verpasst, du Mistkerl. Was ist es dann?"

Sein Herz hämmerte. Es fühlte sich an, als würde es gleich explodieren. „Ich habe jemanden kennengelernt", spuckte er aus.

Barb jubelte erfreut. „Du hast endlich eine feste Freundin? Wurde auch Zeit. Du hast genug Zeit damit verbracht, mir nachzutrauern, Mr. Kelly", scherzte sie.

Ihm war schwindlig und er konnte nicht atmen, ganz zu schweigen von antworten.

Barbs Lachen wurde unsicher. „Komm schon, du hast mir nicht *wirklich* nachgetrauert."

„Nein", schaffte er zu sagen. Nachdem er einen Schluck Wasser getrunken und das Glas mit zitternder Hand zu heftig auf die Arbeitsplatte gestellt hatte, fügte er hinzu: „Ich habe dir nicht nachgetrauert."

Sie lachte. „Für einen Moment hast du mir Sorgen gemacht, Mate. Aber was verschweigst du mir? Komm schon. Besser draußen als drin."

Clay musste lächeln. Dieselbe forsche alte Barb. Das war einer der Gründe, warum sie so lang so gut klargekommen waren, auch wenn zwischen ihnen nie Leidenschaft gewesen war. Sie war eine gute Frau, solide und verlässlich. Nun, bis sie sich in einen anderen Bloke verliebt hatte, aber sie war dennoch eine gute Frau. Sie verdiente mehr, als Clay ihr geben konnte. Der Gedanke, ihre Achtung zu verlieren, sie mit seiner Wahrheit zu verletzen, brachte ihn dazu, sich an die Arbeitsplatte zu krallen. Seine Knie zitterten.

„Was, ist sie ein süßes junges Ding mit hochstehenden Titten? Ich werde nicht verärgert sein. Solang du glücklich bist, ist es für mich in Ordnung."

Er lachte halb, halb stöhnte er. *Besser draußen als drin* hatte jetzt eine ganz neue Bedeutung. Mit einem tiefen Atemzug platzte er heraus: „Es ist keine sie. Und er ist jünger. Siebenundzwanzig, also nicht *so* jung, aber jung genug."

In dem Schweigen konnte er Barb nicht einmal atmen hören. Schließlich seufzte sie. „Ich ... Hast du gesagt er?"

„Ja." Clays Kiefer war so angespannt, dass er vielleicht brechen würde. „Ich nehme an, das ist ein Schock. Es tut mir leid."

Nach ein paar weiteren Momenten des Schweigens murmelte Barb: „Strewth. Du bist ..." Sie schwieg erneut, bevor sie sagte: „Das ist der Grund ...? Du sagst, dass du Blokes magst? Die ganze Zeit?" Sie zögerte einen Moment. „Warum hast du mir das nie erzählt, verdammt noch mal?"

„Es tut mir leid", schnarrte er.

Ihr Tonfall verhärtete sich. „Du hättest es mir wenigstens sagen können, als ich dir erzählt habe, dass ich gehe."

„Es war mir damals nicht klar." Er verzog das Gesicht, weil das so dumm klang, sein Magen verkrampfte sich. „Ich weiß, dass es wahrscheinlich wie ein Haufen Unsinn klingt, aber es war mir wirklich nicht klar. Ich hätte es dir gesagt, das schwöre ich. Ich habe es geleugnet. Seit ich ein Junge war, vermute ich. Habe alles weggeschlossen und den Schlüssel weggeworfen. Dann habe ich diesen Bloke getroffen und er hat mir den Kopf verdreht."

In dem Schweigen dachte Clay an Ethan – die Grübchen in seinen Wangen, die Berührung seiner langen Finger, der Druck seines Körpers, diese langen Beine so fest um ihn geschlungen, als Clay in ihm gekommen war. Seine verschiedenen Küsse – süß und sanft, tief und fordernd, neckend, verschlafen. Die Wärme und Freude, die Clay empfand, wenn er einfach neben ihm saß und einen Film oder Kricket schaute, die einfachsten Dinge teilte.

Er konnte wieder atmen.

Vielleicht verrannte Clay sich in etwas und es würde alles auseinanderbrechen, sobald Ethan zurück war und der Glanz verblasste, aber … Nein. Er wusste, dass es richtig war, mit Ethan zusammen zu sein. Er wusste das im tiefsten Inneren.

Als sie wieder anfing zu sprechen, war Barbs Stimme immer noch angespannt, aber ein wenig netter geworden. „Du hast dich in all diesen Jahren also nie zu einem anderen Typen hingezogen gefühlt? Abgesehen von Adam Gilchrist, aber bei dieser Schwärmerei bist du nicht allein."

Clay schaffte ein kleines Lachen. „Nein. Nicht, dass es mir bewusst gewesen wäre. Aber mit Ethan, ich habe ihn kennengelernt und … Mit ihm ist es anders. Ich glaube … Ich stehe auf Blokes und vor allem auf ihn." Als er es laut zu Barb sagte, wusste er, dass es die absolute Wahrheit war, und seine Schultern lösten sich ein wenig von seinen Ohren.

„Nun."

Nach einem zu langen Schweigen, fragte er mit hämmerndem Herzen: „Bist du noch da?"

„Ja. Ich verarbeite es nur.“

Er atmete aus. „Ja. Das verstehe ich.“

Sie schwieg ein paar Momente, bevor sie fragte: „Du stehst also überhaupt nicht auf Frauen?“

„Nein, ich denke nicht. Es hätte mir auffallen müssen, aber ich habe nie viel darüber nachgedacht. Ich glaube, es hat mir Angst gemacht, es in Erwägung zu ziehen. Denn wenn ich darüber nachgedacht hätte, hätte ich mich mit dem Rest auseinandersetzen müssen.“ Er schluckte schwer und flüsterte: „Die Wahrheit ist, ich hatte Angst. Etwas ist passiert, als ich jung war, und ich habe alles versteckt. Sogar vor mir selbst.“

Er konnte das Stirnrunzeln in ihrer Stimme hören. Und die Sorge, was sein Herz zusammenzog. „Was ist passiert?“

„Erinnerst du dich an Tony Taylor? Er hat in meiner Straße gewohnt.“

„Ja, ich glaube schon. Es hat irgendeinen Skandal gegeben, bevor er weggezogen ist. Ich erinnere mich, dass Mum und Dad darüber geflüstert haben.“

Clay schluckte schwer. *Besser draußen als drin.* „Er war schwul. Wurde aus der Stadt gejagt. Ich habe den Mob gesehen, der ihn beinahe zu Tode geprügelt hätte. Und-“ Er kniff seine Augen zu, als die Erinnerungen ihn überfluteten und Säure in seinem Bauch aufstieg. „Dad hat gesagt, dass er es verdient hat.“

Sie atmete scharf ein. „Dein Dad war ein Mistkerl.“ Dann seufzte sie. „Er hatte auch seine guten Seiten, um fair zu sein. Aber wie kann man so etwas sagen?“

„Ja. Ich kann mir nicht vorstellen, was er denken würde, wenn ich ihm von all dem erzählen würde.“

Barb pfiff. „Das würde wohl nicht gut ankommen.“

„Nein. Nicht sonderlich.“ Schweiß kribbelte an Clays Nacken bei dem Gedanken, dass Dad das über ihn wusste. Er hatte seinen Vater geliebt – natürlich hatte er das. Aber er musste zugeben, dass es ihm nicht leidtat, dass er sich ihm jetzt nicht stellen musste. Er versuchte es mit einem Witz. „Es ist wohl gut, dass er tot ist und Mum es nicht wirklich verstehen wird, wenn ich es ihr erzähle."

„Und was würdest du ihr erzählen? Genau?"

Er schluckte schwer. Besser draußen als drin, richtig? „Ich bin schwul."

Sie schwieg so lange, dass er flüsterte: „Hallo?"

Barb atmete laut aus. „Ich bin hier."

„Ich wollte dich nie täuschen. Oder so viele Jahre deines Lebens verschwenden. Oder meines."

„Ah, wir haben zwei wunderbare Kinder bekommen. Und du warst ein guter Ehemann. Vielleicht nicht im Schlafzimmer, aber sonst fast überall." Sie schwieg wieder einen Moment. „Hör zu, ich werde nicht sagen, dass es nicht schmerzt. Das tut es, verdammt noch mal. Es wird mehr als ein paar Minuten dauern, um das zu begreifen. Aber ich lege nicht auf. Okay?"

„Ja. Danke."

„Wissen die Kinder es?"

„Sam war wunderbar. Ich könnte es mir nicht besser wünschen."

„Nun, das ist keine Überraschung." Barbs Stimme war eine Mischung aus Zuneigung mit einer Spur Verbitterung. „Immer ein Papa-Mädel. Und sie ist eine großartige Person, unsere Sam. Akzeptiert andere immer. Pete auch. Ich nehme an, du hast es ihm noch nicht erzählt, weil ich sonst schon davon gehört hätte."

Clay grinste. „Immer ein Mama-Junge. Und nein, noch nicht. Ich würde lieber mit ihm reden, als es über eine Textnachricht machen, aber du weißt, wie sehr er es hasst zu telefonieren."

„So sind die Kids heutzutage. Wenn der Scheißer nicht abnimmt, schick ihm einfach eine Nachricht. Es wird ihn nicht stören."

„Dass ich schreibe oder … was ich ihm sagen werde?"

„Beides. Er war schon immer sehr offen und du kennst Pete. Ihm ist das egal, oder? Er macht jetzt schon seit Ewigkeiten sein eigenes Ding. In seiner eigenen Welt.“

„Abgesehen davon, wenn er unser Geld braucht.“

Sie lachte scharf. „Jep, abgesehen davon.“

Als sie über Sam und Pete redeten, waren sie zu ihrer vertrauten Leichtigkeit zurückgekehrt. Jetzt schwieg Barb wieder, aber Clay konnte sie atmen hören. Er wartete und sein Magen verdrehte sich wieder.

Sie fragte: „Also, wer ist dieser Bloke?“

„Ethan.“ Clay erzählte ihr kurz, wie sie sich kennengelernt hatten. „An ihm ist einfach etwas Besonderes. Ich weiß, dass wir nicht viel gemein haben, aber wir verstehen uns so gut.“ Er ging in der Küche auf und ab und lachte in sich hinein. „Natürlich waren es nur ein oder zwei Wochen, die wir persönlich miteinander verbracht haben. Er war den letzten Monat in den Staaten, um alles zu organisieren, damit er zurückkommen kann. Ich sollte das Pferd wohl besser nicht von hinten aufzäumen. Aber er lacht über meine schrecklichen Witze und versucht, Kricket zu verstehen. Wir können dasitzen und stundenlang über alles Mögliche reden. Es ist … friedlich zwischen uns.“

„Du bist verrückt nach ihm. Das kann ich deutlich hören.“

Sein Gesicht wurde heiß. „Das bin ich wohl.“

Sie lachte trocken. „Wenn ich so zurückblicke, erklärt das einige Dinge. Du warst nie so heiß auf mich, wie ich das wollte. Sogar als wir jung waren. Ich dachte, dass ich etwas falsch gemacht haben musste.“

Er stöhnte, Schuld drehte ihm die Eingeweide um. „Mit dir war nichts falsch. Das lag nur an mir – es war meine Schuld. Es tut mir leid. Das war dir gegenüber nicht fair. Ich war zu blind.“

„Obwohl du eigentlich andere Blokes anschauen wolltest.“

Clay lachte laut, atmete ein wenig leichter. „Das ist eine Art, es auszudrücken.“

Barb lachte ebenfalls. „Ich konnte schon immer gut mit Worten umgehen. Das ist einer meiner Vorzüge.“

„In der Tat. Barb, ich wollte dir nie schaden."

Sie seufzte. „Ich weiß. Das würdest du niemals tun, nicht wahr? Du warst immer ein guter Mann. Ich wollte dir auch nie schaden. Ich hatte nie vor, Barry kennenzulernen, aber hier sind wir. Und jetzt gibt es Ethan. Das Leben ist schon lustig. Du hast gesagt, dass er Amerikaner ist?"

„Ja." Clays Magen zog sich wieder zusammen, sein Körper spannte sich bis hinunter in seine Zehen an. Bis er Ethan wieder in seinen Armen hatte, würde er sich sorgen, dass etwas schiefgehen könnte. „Er ist jetzt auf dem Weg zurück. Fängt in dem Büro seiner Firma in Sydney an."

„Das ist gut. Ihr könnt es ernsthaft versuchen. Fernbeziehungen sind nicht wirklich dasselbe. Zum Glück für mich sind Barry und ich sehr glücklich zusammen. Hoffentlich ist es für dich und deinen Ethan auch so."

Mein Ethan. Die Wahrheit schlüpfte wieder heraus. „Verdammte Hölle, ich wäre am Boden zerstört, wenn es nicht funktioniert." Er versuchte zu lachen, obwohl er weinen wollte. „Es sollte mir nicht so wichtig sein."

„Es gibt kein ,sollte', wenn es um Liebe geht."

„Die Leute werden sagen, dass er zu jung ist und wir es überstürzen."

„Die Leute können sich ins Knie ficken."

Lachen wärmte Clays Brustkorb. „Das hat Sam auch gesagt."

„Natürlich hat sie das. Sie ist ein kluges Mädchen. Wie ihre Mutter." Barb seufzte erneut. „Hör zu, ich habe mich nicht mit Ruhm bekleckert, als ich dich verlassen habe. Die Leute haben alle möglichen Dinge gesagt und mir die schlimmsten Namen gegeben. Ich mache ihnen das nicht zum Vorwurf, aber ich musste tun, was für mich richtig war. Wir haben mit diesem Leben nur einen Versuch. Wir müssen das Beste daraus machen."

„Das müssen wir." Clay dachte an Ethan in der Luft, wie er näher zu ihm kam. Er lächelte.

„Barry ruft mich zum Tee. Ich glaube, ich werde stattdessen ein Stubby aufmachen. Ich könnte jetzt gerade ein paar Drinks gebrauchen."

Zuneigung und Dankbarkeit wirbelten durch ihn und glätteten ein paar der raueren Kanten. „Mir geht es genauso."

„Wir hören uns bald." Sie hielt inne. „Es erfordert Mut, was du machst. Ich bin stolz auf dich."

Mist, jetzt würde er wirklich anfangen zu weinen. Tränen flossen aus seinen Augenwinkeln. Er musste schniefen, bevor er sagen konnte: „Danke."

„Fang nicht an zu heulen, Mr. Kelly."

Er lachte und wischte sich die Wangen ab. „Ich versuche, es nicht zu tun-" Er zögerte, bevor er hinzufügte: „Mrs. Wallingford. Genieß dein Bier."

Sie verabschiedeten sich und Clay stand eine Minute da und ließ die verschiedenen Emotionen über sich hinwegfließen. Dann ging er zum Kühlschrank und öffnete ein Stubby. Er hatte es getan und er stieß auf sich selbst an und trank, bevor er Gilly wieder hereinließ, sich hinkniete und sich von Gilly feuchte Küsse geben ließ. Ganz egal was passierte, er hatte seine Familie.

„DAD, DU LÄUFST ein Loch in den Boden."

Clay kam abrupt zum Stehen. „Ja. Tut mir leid."

Sam lachte. „Es muss dir nicht leidtun. Aber du musst auch nicht nervös sein. Er wird jeden Moment hier sein. Und alles wird großartig. Stimmt's?" Sie stieß Jase mit dem Ellbogen an, der einen Kopf größer war als sie und einen Wust Haare hatte, die er in einem dieser albernen Man-Buns trug.

Jase schaute von seinem Handy auf. „Keine Sorge, Mr. K. Es ist nur eine Stunde Verspätung. Das passiert bei Flügen ständig."

„Ich weiß, aber …" Clay hatte nichts Vernünftiges zu sagen.

Er *wusste*, dass es nur eine gewöhnliche Verspätung war und dass Ethan nichts dagegen tun konnte und dass es nicht hieß, dass Ethan in letzter Sekunde seine Meinung änderte.

Aber wenn er Ethan wieder warm in seinen Armen hatte, würde er sich entspannen.

Sein Handy summte und er zog es schnell heraus. Das Flugzeug war endlich gelandet, darum war es vielleicht Ethan. Aber es war Pete und Clays Herz tat einen Sprung. Dann lachte er, als er die Nachricht las. Erleichterung löste ein paar der Knoten in seinen Muskeln.

Sam stupste ihn an. „Was?"

„Dein Bruder." Er zeigte ihr den Bildschirm.

Hey Dad. Für mich okay, wenn du auf Blokes stehst. Schließlich steht Mum auf Bazza und das haben wir auch akzeptiert.

PS. Könntest du mir zweihundert Flocken schicken? Nur dieses eine Mal.

Sam verdrehte lachend die Augen. „Sag Nein oder du wirst ihm noch zweihundert Flocken schicken, wenn er fünfzig ist." Dann lächelte sie weich. „Und siehst du? Ich hab' dir gesagt, dass er kein Problem haben wird."

„Ja, du hast immer recht", scherzte er.

„Ich bin froh, dass du es endlich kapierst, Dad." Sie schaute zu Jase. „Siehst du? Ich habe immer recht."

„Hmm?" Jase tippte auf seinem Handy. „Jep, Babe."

„So gewinne ich die meisten Auseinandersetzungen", flüsterte sie Clay zu. „Er wird von der Arbeit abgelenkt."

„Er geht so ins Büro?" Clay musterte Jases Haare.

„Das tut er. Man sieht dieser Tage immer mehr Blokes mit Anzügen und Man-Buns. Wenn du Aktien bewerten kannst wie Jase, dann ist es der Firma egal. Er-" Sie brach ab und blinzelte in Richtung des Ankunftsgates. „Oh! Das könnte sein Flug sein."

Clays Puls ging durch die Decke und er reckte seinen Hals, schaute ungeduldig die Menschen an, die durch die Türen kamen. Mehr Leute versammelten sich im Wartebereich, alle taten dasselbe und wollten unbedingt ihre Liebsten sehen.

Und Clay liebte Ethan. Er wusste es bis in seine Zehenspitzen hinunter.

Dann tauchte Ethan auf und Clay wäre bei seinem Anblick beinahe vor Freude in die Luft gesprungen. Klar, er hatte ihn auf dem Handybildschirm gesehen, aber jetzt kam er in echt auf Clay zu, ein wunderschönes Lächeln teilte seine Lippen. Sein großer Koffer rollte noch ein paar Meter, als er ihn losließ und sich in Clays Arme warf.

Sie klammerten sich aneinander und Ethan flüsterte ein wenig zu laut in Clays Ohr: „Ich habe dich so verdammt vermisst.“ Dann trat er zurück und schaute nervös zu Sam und Jase und dann in die Menge um sie herum.

Clay holte tief Luft und zögerte nicht, als er Ethans Gesicht umfasste und ihn gründlich küsste. Ethans Grinsen, als sie sich trennten, war jeden Seitenblick von Fremden wert, die keine Rolle spielten.

„Hi“, sagte Clay, obwohl er so viel mehr zu sagen hatte.

„Hi“, antwortete Ethan. „Ich kann dich kaum verstehen. Können wir hier raus?“

Clay schaute zu Sam und Jase, die beide grinsten und Ethan umarmten, obwohl Sam ihn erst zum zweiten Mal traf und Jase zum ersten Mal. In diesem Moment war Clay so stolz auf sein Mädchen und ihren festen Freund. Sie hatten darauf bestanden, mit zum Flughafen zu kommen, um Ethan ein warmes Willkommen zu bereiten, und Clay liebe sie beide. Inklusive Man-Bun.

Als Sam und Jase zurück nach Sydney fuhren und Ethans Koffer im Ute verstaut waren, stiegen Clay und Ethan ein. Sie waren endlich allein und Clay hatte so viel zu sagen, dass er nicht wusste, wo er anfangen sollte.

Zum Glück brauchte es dank der vielen Küsse keine großen Worte. Clay konnte sich gerade so beherrschen, Ethan nicht an Ort und Stelle nackt unter sich zu bringen.

Leicht keuchend, seine Lippen feucht und bereits geschwollen, sagte Ethan: „Ich kann es nicht erwarten zu duschen und aus diesen Klamotten zu kommen." Er grinste teuflisch. „Und tagelang nackt mit dir zu bleiben."

Clay schaltete den Motor mit einem dazu passenden Grinsen an. „Warum hast du das nicht gleich gesagt, Mate? Lass uns nach Hause fahren."

Epilog

Sechs Jahre später

„NEIN!"
Der verzweifelte Schrei erhob sich überall im Garten, als Australien ein Wicket an England verlor. Neben Ethan auf dem Outdoor-Sofa stöhnte Clay. Im schwachen Glühen der weißen Weihnachtslichter, die sie für ihre Gartenhochzeit aufgehängt und nie abgenommen hatten, waren Clays Wangen rot von ein wenig zu viel Sonne und Bier.

Ethan drückte Clays Oberschenkel. „Es ist alles gut. Das Spiel ist noch nicht zu Ende." Die Hitze des Tages blieb, obwohl die Sterne schwach über den Lichtern von Mullaloo funkelten, dem ruhigen Vorort von Perth auf der Meerseite, wo er und Clay sich ein kleines Haus gekauft hatten. Seine Schulter presste sich an die von Clay und er stupste ihn ein wenig an. Zu ihren Füßen kaute Gilly glücklich auf einem Gummi-Känguru.

Clay stupste zurück und lächelte ihn an. „Es wäre nur schön, wenn sie an meinem Geburtstag gewinnen würden." Er schaute zurück auf die große Leinwand, die Pete im Garten aufgebaut hatte und zuckte bei der Wiederholung zusammen.

Sam lehnte sich an den Arm des Sofas, eine Hand auf ihrem gerundeten Bauch. „Was auch passiert, du hast bereits ein halbes Jahrhundert für Australien gewonnen, Dad."

Die Leute um sie herum lachten und Ethan verstand nicht, was Sam als Nächstes sagte, aber aus dem neckenden Lächeln zu schließen, das sie Clay zeigte, war es noch etwas darüber, dass er fünfzig geworden war. Clay lachte gutmütig.

Als das Kricket-Match wieder lief, kehrte die Aufmerksamkeit aller Anwesenden zurück zu dem großen Bildschirm. Pete hatte es so eingerichtet, dass sein Laptop die Fernsehübertragung von drinnen bekam, darum hatten sie Untertitel und alles. Er hatte auch Lautsprecher aufgebaut und obwohl Ethan sich Sorgen gemacht hatte, dass es zu laut sein würde, schien es die Nachbarn nicht zu stören, weil sie sie alle zu der Party eingeladen hatten.

Sie hatten seit Mitte des Nachmittags gegrillt und Ethan nippte an seinem Bier, sein Magen war angenehm voll. Er hatte darauf geachtet, nicht zu viel zu trinken, weil er später noch eine Geburtstagsüberraschung für Clay hatte.

Der Garten stand voller Gartenstühle, ihre Freunde und Familie waren von überallher gekommen. Pete und seine feste Freundin waren aus Bali hergeflogen, Sam und Jase waren aus Sydney gekommen und sogar Barb und Barry – der für alle anderen immer noch Baz war, obwohl Ethan dachte, dass sie es mittlerweile voller Zuneigung sagten – waren aus Christchurch angereist.

Clays Schwester, Jen, und ihr Ehemann und die Kinder waren ebenfalls da, zusammen mit ein paar Enkelkindern. Ethan konnte immer noch nicht recht glauben, dass Clay bald selbst ein Großvater sein würde, aber das passierte wohl, wenn man jung heiratete.

Auf einem Sessel, den Ethan und Jase aus dem Wohnzimmer geschleppt hatten, saß in der Nähe Sally, Clays Mom. Ethan *liebte* Sally. Und sie liebte ihn. Klar, er musste ihr jedes Mal, wenn er sie sah, seinen Namen sagen, aber das spielte keine Rolle.

Er nahm sein Bier und küsste Clay auf die Wange, kraulte Gillys Kopf, als der dagegen protestierte, dass Ethan es wagte, sich von seiner pelzigen Hitze zu entfernen.

Ethan kniete sich neben Sallys Sessel und stellte seine Hörhilfen um, in dem Versuch, den Lärm hinter ihm zu blocken und sagte: „Hey, Sal. Hast du Spaß?" Sie war klein und füllig und trug ihre übliche Capri-Hose und ein geblümtes T-Shirt. Ihre grau werdenden Locken zeigten immer noch etwas Kupfer.

Sie strahlte ihn an. „Das habe ich." Manchmal war sie übel gelaunt und konnte wirklich anstrengend sein, aber dann war sie wieder zufrieden und friedlich. Ethan war dankbar, dass heute ein solcher Tag war. Sie sagte etwas, das er nicht hörte und fügte dann hinzu: „Ich mag diesen Film."

„Ja. Es ist ein guter. Er heißt The Ashes."

Sie schwieg für eine Minute, schaute dem Kricket zu. Dann schaute sie sich im Garten um und fragte: „Sind wir auf einer Hochzeit?"

„Nein, aber du bist vor ein paar Jahren hier auf einer Hochzeit gewesen. Als ich Clay geheiratet habe." Sein Herz schwoll bei dieser Erinnerung an. „Es war eine Nacht wie diese. Warm und mit leichtem Wind, aber nicht zu heiß. Hier, ich zeige es dir." Er holte sein Handy heraus und scrollte zu seinem Lieblingsfoto.

Er und Clay trugen weiße Leinenhosen und weiße, kurzärmelige Hemden mit offenem Kragen, Clay mit einem blauen Gürtel und Ethan mit einem roten. Sie standen in diesem Garten, die Sonne ging am Himmel in einer Explosion aus Rosa und Orange unter. Nicht ganz so gut wie ein Sonnenaufgang in Mission Beach, aber die Sonnenuntergänge in Perth waren eine ganz eigene Freude und seit sie in den Flitterwochen nach Mission Beach gefahren waren, hatten sie das Beste aus beiden Welten gehabt.

Ethan hob den Bildschirm, damit Sally es sehen konnte. „Das sind ich und Clay an unserer Hochzeit. Genau hier." Sie hatten sich für die kleine Zeremonie einen mit Blumen geschmückten Bogen geliehen und hatten sich für die Fotos danach darunter gestellt. Aber das hier war keines, das der gebuchte Fotograf gemacht hatte. Es war ein Schnappschuss, den Sam gemacht hatte, nachdem jemand einen Scherz gemacht hatte und Ethan und Clay auf die Person geschaut hatten, die gesprochen hatte.

Sie hielten sich an den Händen und lachten, und in dem Sekundenbruchteil, der für immer eingefangen war, waren ihre Freude und Liebe deutlich zu sehen. Es war perfekt. Ethan mochte dieses Foto mehr als alle der gestellten.

Sally blinzelte den Bildschirm an. „Sieht mein Clay nicht sehr gut aus?"

„Das tut er. Immer." Ethan wechselte zu einem anderen Foto. „Und hier auf diesem bist du. Das sind meine Tante und mein Onkel und da sind Jen und Sam und Pete."

„Das sieht wie eine wundervolle Hochzeit aus."

„Das war es." Ethans Brustkorb verengte sich in plötzlichem Sehnen. „Meine Eltern hätten sie geliebt. Vor allem meine Mom."

Ethan zeigte ihr noch ein paar weitere Fotos, küsste dann ihre weiche Wange und ging ins Haus, als Sam ihn rief. Sie sagte etwas, aber ein Jubeln von draußen übertönte es. Ethan blinzelte und sie wiederholte sich.

„Sollen wir den Kuchen rausbringen? Jen hat gesagt, dass die Kleinen bald nach Hause ins Bett müssen."

„Ja, gute Idee."

Sie hatten einen großen Blechkuchen in einer Kühltasche versteckt und holten ihn jetzt heraus. Sam band sich ihre blonden Locken zurück. „Also gut, fünfzig Kerzen." Sie reichte Ethan ein Feuerzeug und nahm ein anderes.

„Los geht's." Sie stießen die Fäuste zusammen.

Während sie arbeiteten, fragte Sam: „Läuft das Geschäft gut? Deines, meine ich. Ich weiß, dass seines hervorragend läuft. Es ist der Hammer, dass er auf TripAdvisor den ersten Platz für kleine Touren bekommen hat."

Ethan grinste und spürte Stolz aufwallen. „Er hat so hart gearbeitet. Er hat einen Vertrag für einen vierten Minibus unterschrieben. Und natürlich kann er alle Reparaturen selbst machen, das spart also Kosten. Er stellt auch hervorragende Fahrer und Reiseleiter an."

Sie verzog das Gesicht und riss ihre Hand zurück. Sie war anscheinend einer Flamme zu nahe gekommen. „Ich bin verdammt stolz auf ihn. Und du! Du bist jetzt ein Berater. Verlangst du viel Geld von diesen großen Firmen?"

„Das kannst du wetten. Und ich kann von zu Hause arbeiten, wo es schön ruhig ist." Die Kerzen waren jetzt fast alle angezündet, die abstrahlende Hitze brachte Ethan zum Schwitzen. „Okay. Wir sind beinahe fertig."

„Drei, zwei …" Sam zündete die Letzte an. „Okay, los, los! Jase! Mach die Tür auf und den Fernseher leise!", schrie sie und Ethan zuckte lachend vor dem Lärm zurück.

Er und Sam trugen je eine Seite und gingen langsam, Wachs schmolz überall auf das blaue und gelbe Frosting. Sie fingen mit „Happy Birthday" an und alle stimmten ein, inklusive einem heulenden Gilly. Clay lachte und schüttelte seinen Kopf angesichts der Menge an Feuer, das in seine Richtung unterwegs war. Es war ein Durcheinander aus Lärm, aber es war fröhlich.

Clay stand auf und Barb sagte: „Wünsch dir etwas für die nächsten fünfzig Jahre, Mr. Kelly."

Clay schaute zu Ethan, lächelte sanft und sagte nichts. Dann beugte er sich vor, um zu blasen, Ethan und Sam halfen ihm am Ende und überall um sie herum erklang Lachen.

Später, während Clay vor dem Bett kurz duschte, zog Ethan sich seine andere kleine Überraschung an. Die traditionelle weiße Uniformhose schmiegte sich an seine schlanken Beine. Er hatte eine kleinere Größe gewählt, damit sie ein wenig enger als üblich saß. Er würde ja kein Kricket damit spielen.

Oder sie lang anbehalten.

Das weiße, langärmelige Oberteil saß perfekt und er rückte die große grüne Mütze auf seinem Kopf zurecht. Ethan schaute sich noch schnell im Spiegel des Schranks an und grinste. Ja. Clay würde seine Geburtstagsüberraschung gefallen.

Ethan wurde klar, dass er nicht geplant hatte, wo er warten würde. Auf dem Bett liegend? Neben dem Bett stehend? Auf dem Bett sitzend? Oder sollte er an der Tür sein? Er könnte sich neben das große gerahmte Foto eines perfekt rosigen Mission Beach Sonnenaufgangs stellen, das die Wand schmückte. Oder in der Mitte des Zimmers? Vielleicht –

Durch die halb offene Tür des angeschlossenen Bads glaubte er zu hören, wie das Wasser abgestellt wurde. Er schlich sich näher und strengte sich an zu hören. Dann öffnete die Tür sich und er konnte nur noch dastehen und versuchen, sexy auszusehen.

Clay kam abrupt in der Tür zum Stehen. Er hatte ein Handtuch um seine Hüften geschlungen und Wasser klebte an seinen Brusthaaren. Er war immer noch muskulös und *wunderschön*. Sein goldener Ehering glänzte an seinem Finger. Er starrte Ethan staunend an.

Ethan hob eine Braue und entschied sich für ein Kricket-Wortspiel: „Habe ich dich umge*bowlt*?"

Clay überwand unter lautem Lachen die wenigen Schritte zwischen ihnen und zog Ethan in seine Arme, seine Haut war feucht und warm. Er hob Ethan hoch, bevor er ihn wieder abstellte und erfreut angrinste.

„Und wie du das hast. *Strewth*, du siehst unglaublich aus. Ich weiß nicht, wo ich anfangen soll." Er lehnte sich zurück, sein Blick wanderte über Ethans Körper und seine Hände folgten.

„Zuerst einmal könntest du das Handtuch loswerden."

Mit einem brennenden Blick, die blauen Augen verhangen, tat Clay genau das. Dann schob er Ethan rückwärts, bis er gegen den Bettrahmen stieß, der aus solidem, rustikalem Gummibaum gefertigt war. Er lehnte sich dagegen, als Clay auf die Knie ging und am Reißverschluss von Ethans Uniformhose zerrte.

Ethan schob seine Finger durch Clays Haare, die wie gebranntes Kupfer schimmerten, das Licht von oben fing sich in Ethans goldenem Ring. „Alles Gute zum Geburtstag. Du kannst so tun, als wäre ich Adam Gilchrist." Er grinste, als Clay nach oben schaute.

Aber Clay schüttelte seinen Kopf und sprach langsam und deutlich. „Ich brauche ihn nicht. Nur dich. Immer dich."

Dann nahm Clay ihn in den Mund und Ethan stöhnte, süße Lust und Zuneigung flossen durch seine Adern. Er hatte den Mann seiner Träume geheiratet und ihre Flitterwochen dauerten endlos.

Ende

Über die Autorin

Keira strebt in ihren schwulen Liebesromanen nach der perfekten Mischung aus Charakter, Handlung und Leidenschaft. Sie schreibt alles Mögliche, von abenteuerlichen Piratengeschichten bis hin zu herzerwärmenden Weihnachtsromanzen. Ihre liebsten Genres sind Enemies-to-Lovers, Altersunterschied, erzwungene Nähe und leidenschaftliche erste Male. Und obwohl sie ihren Protagonisten weder Herzschmerz noch Drama erspart, garantiert Keira immer ein Happy End !

Mehr unter:

keiraandrews.com